LANGAGES DE VÉRITÉ

DU MÊME AUTEUR

LES ENFANTS DE MINUIT, Stock, 1983 ; Bibliothèque cosmopolite, 1991 ; Plon, 1997 ; 10/18 n° 3097 ; Le Livre de poche n° 3122 ; Folio n° 5029.

LA HONTE, Stock, 1984 ; Plon, 1997 ; Folio n° 5324.

LE SOURIRE DU JAGUAR. UN VOYAGE AU NICARAGUA, Stock, 1987 ; Plon, 1997.

LES VERSETS SATANIQUES, Bourgois, 1989 ; Plon, 1999 ; Pocket n° 10840 ; Folio n° 5343.

HAROUN ET LA MER DES HISTOIRES, Bourgois, 1991 ; 10/18 n° 2402 ; Plon, 2004 ; Folio n° 5094.

PATRIES IMAGINAIRES, Bourgois, 1993 ; 10/18 n° 2567.

LE DERNIER SOUPIR DU MAURE, Plon, 1996 ; Pocket n° 10164 ; 10/18 n° 3003 ; Folio n° 4949.

EST, OUEST, Plon, 1997 ; Folio n° 5263.

LA TERRE SOUS SES PIEDS, Plon, 1999 ; Pocket n° 10891 ; 10/18 n° 3464 ; Folio n° 5196.

FURIE, Plon, 2001 ; Pocket n° 11641 ; Folio n° 5162.

LE MAGICIEN D'OZ, Nouveau Monde éditions, 2002.

FRANCHISSEZ LA LIGNE… ESSAIS, 1992-2002, Plon, 2003 ; 10/18 n° 3856.

SHALIMAR LE CLOWN, Plon, 2005 ; Pocket n° 13003.

L'ENCHANTERESSE DE FLORENCE, Plon, 2008 ; Folio n° 5030.

LUKA ET LE FEU DE LA VIE, Plon, 2010 ; Folio n° 5342.

JOSEPH ANTON. UNE AUTOBIOGRAPHIE, Plon, 2012 ; Folio n° 5654.

DEUX ANS, HUIT MOIS ET VINGT-HUIT NUITS, Actes Sud, 2016 ; Babel n° 1568.

LA MAISON GOLDEN, Actes Sud, 2018 ; Babel n° 1708.

QUICHOTTE, Actes Sud, 2020 ; Babel n° 1817.

"Lettres anglo-américaines"

Titre original :
Languages of Truth
Éditeur original :
Penguin Random House LLC, New York

ISBN 978-2-330-17258-9

SALMAN RUSHDIE

Langages de vérité

ESSAIS 2003-2020

traduits de l'anglais
par Gérard Meudal

ACTES SUD

À la prochaine génération
Nabeelah
et
Rose.

SOMMAIRE

PREMIÈRE PARTIE

CONTES FANTASTIQUES

1

Avant qu'il n'y ait des livres, les histoires existaient déjà. Au début, elles n'étaient pas écrites. Parfois elles étaient même chantées. Des enfants naissaient et avant qu'ils sachent parler, leurs parents leur chantaient des chansons, l'histoire d'un œuf qui tombe d'un mur, peut-être, ou celle d'un garçon et d'une fille qui escaladent une colline et dégringolent à son pied. En grandissant, les enfants réclamaient des histoires aussi souvent que de la nourriture. À présent il y avait celle d'une oie qui pondait des œufs d'or ou celle d'un garçon qui vendit la vache de la famille contre une poignée de haricots magiques, celle d'un méchant lapin envahissant les terres d'un redoutable fermier. Les enfants tombaient amoureux de ces histoires et voulaient qu'on les leur raconte sans cesse. Puis ils grandissaient et retrouvaient ces histoires dans des livres. Mais aussi d'autres histoires qu'ils n'avaient jamais entendues, celle d'une fillette qui tombe dans le terrier d'un lapin, ou celle d'un vieil ours idiot, d'un petit cochon facile à effrayer et d'un âne mélancolique, celle d'un péage fantôme ou d'un endroit rempli de choses fantastiques. Ils écoutaient et lisaient des histoires et ils en tombaient amoureux, celle de Mickey la nuit dans la cuisine, entouré de pâtissiers magiques ressemblant tous à Oliver Hardy, celle de Peter Pan qui croyait que la mort devait être une sacrée grande aventure, celle de Bilbon Sacquet sous sa montagne remportant un concours de devinettes contre une étrange créature qui avait perdu son précieux, et le fait de tomber amoureux de ces histoires éveillait chez les enfants quelque chose qui les nourrirait toute leur vie : leur imagination.

Les enfants s'éprenaient facilement des histoires, et même, ils vivaient en elles, ils en inventaient de nouvelles tous les jours pour jouer, ils ravageaient des châteaux, conquéraient des nations, cinglaient sur le bleu de l'océan et, la nuit, leurs rêves étaient emplis de dragons. Ils étaient alors tous des conteurs, inventeurs d'histoires autant que receveurs. Mais ils continuaient à grandir et lentement les histoires se détachaient d'eux, elles étaient rangées dans des boîtes au grenier et il devint plus difficile pour ces anciens enfants de raconter et d'écouter des histoires, il leur devint plus difficile, hélas, de tomber amoureux. Pour certains d'entre eux les histoires commencèrent à sembler absurdes, inutiles : des trucs de gamins. C'étaient là des gens tristes et nous devons avoir pitié d'eux et essayer de ne pas les considérer comme de stupides ignorants, des ennuyeux ratés.

Je pense que les livres et les histoires dont nous nous éprenons font de nous ce que nous sommes ou, pour rester plus modeste, que le fait de tomber amoureux d'un livre ou d'une histoire nous transforme d'une certaine manière et que l'histoire que nous aimons devient une part de l'image que nous nous faisons du monde, de notre façon de comprendre les choses, d'émettre des jugements et de faire des choix dans la vie quotidienne. En tant qu'adultes, nous tombons moins facilement amoureux et nous sommes susceptibles de nous retrouver avec seulement une poignée de livres dont nous pouvons dire que nous les aimons vraiment. C'est peut-être pour cette raison que nous émettons tant de jugements erronés.

Cet amour n'est ni inconditionnel ni éternel. Un livre peut cesser de nous parler alors que nous avançons en âge et l'impression que nous en avons va disparaître. Ou nous pouvons tout à coup, à mesure que notre vie modèle et accroît, espérons-le, nos facultés de compréhension, être capables d'apprécier un livre que nous avions écarté autrefois, nous pouvons tout à coup en percevoir la musique, être captivés par sa chanson. Lorsque, à l'université, j'ai lu pour la première fois le grand roman de Günter Grass, *Le Tambour*, je n'ai pas réussi à le terminer. Il a traîné sur une étagère pendant dix bonnes années avant que je ne lui accorde une deuxième chance et cette fois il est devenu un de mes romans préférés de tous les temps, un des livres dont je dirais que je l'aime. C'est une question intéressante à se poser : quels sont les livres que vous aimez véritablement ? Faites le test. La réponse vous en apprendra long sur qui vous êtes en ce moment.

J'ai grandi à Bombay, en Inde, une ville qui ne ressemble absolument pas aujourd'hui à ce qu'elle était autrefois et qui a même changé de nom pour devenir Mumbai, ce qui sonne beaucoup moins bien, à une époque si différente du présent qu'elle paraît incroyablement lointaine, fantastique, même : une version, dans la vie réelle, de l'âge d'or mythique. L'enfance, comme nous le rappelle A. E. Housman dans "Le Pays du bonheur perdu", que l'on appelle aussi souvent "Ces collines bleues dont je me souviens", est le pays auquel nous avons tous un jour appartenu et que nous finirons tous par perdre.

Il souffle dans mon cœur un vent qui tue,
Venu d'une contrée lointaine.
Ces collines bleues dont je me souviens,
Ces flèches, ces fermes, que sont-elles ?

Elles sont du pays du bonheur perdu,
Et je revois sa splendeur simple :
Les grand-routes où je passais, heureux,
Et où je ne puis revenir[1].

Dans cette Bombay lointaine, les histoires et les livres qui me parvenaient de l'Occident me semblaient de véritables contes merveilleux. "La Reine des neiges" de Hans Christian Andersen avec ses éclats de miroir magique qui pénétraient dans les veines des gens et transformaient leur cœur en glace était encore plus terrifiante pour un garçon des tropiques où il n'y avait de glace que dans le réfrigérateur. "Les Habits neufs de l'empereur"

1. Poème XL, extrait de *A Shropshire Lad* d'Alfred Edward Housman, traduit de l'anglais par Marc Porée in *Anthologie bilingue de la poésie anglaise*, "Bibliothèque de la Pléiade", © Éditions Gallimard, 2005. *(Toutes les notes sont du traducteur.)*

semblaient particulièrement réjouissants pour un garçon qui grandissait dans la période faisant immédiatement suite à l'Empire britannique. Et il y avait *Huckleberry Finn*, irrésistible pour un gamin de Bombay à cause de l'extraordinaire liberté d'action de son héros, même si je ne comprenais pas pourquoi si Jim, l'esclave en fuite, essayait d'échapper au monde de l'esclavage et de gagner le Nord abolitionniste, il s'embarquait sur un radeau sur le Mississippi qui coule vers le sud.

Peut-être les histoires venues d'ailleurs nous font-elles toujours l'effet de contes de fées et c'est une des grandes merveilles de la littérature qu'elle nous ouvre de nombreux "ailleurs" depuis le monde sous-marin de la Petite Sirène jusqu'au pays d'Oz de Dorothée, et les rend nôtres. Mais pour moi, les véritables histoires merveilleuses étaient plus proches et j'ai toujours pensé qu'en tant qu'écrivain, ç'avait été ma grande chance d'avoir grandi baigné dans ces histoires.

Certaines d'entre elles étaient d'origine sacrée mais comme j'ai grandi dans un foyer qui n'était pas tourné vers la religion, j'étais en mesure de les accueillir simplement comme de belles histoires. Cela ne veut pas dire que je n'y croyais pas. Quand j'ai entendu le *samudra manthan* – l'histoire qui raconte comment le grand dieu Indra a baratté la Voie lactée, en utilisant le légendaire mont Mandara en guise de baratton pour obliger le gigantesque océan de lait du ciel à rendre son nectar, *amrita*, le nectar de l'immortalité –, je me suis mis à voir les étoiles d'une autre façon. À cette époque incroyablement lointaine, mon enfance, une époque où la pollution lumineuse n'avait pas encore rendu la plupart des étoiles invisibles aux habitants des villes, un gamin dans un jardin de Bombay pouvait encore lever les yeux vers le ciel nocturne, entendre la musique des sphères et y voir avec une humble joie l'épais ruban de la galaxie. Je l'imaginais dégoulinant de nectar magique. Peut-être que si j'ouvrais la bouche, une goutte pourrait y tomber et je deviendrais moi aussi immortel.

Telle est la beauté du conte fantastique et de sa descendance, la fiction : on peut tout à la fois savoir que l'histoire est imaginaire, c'est-à-dire qu'elle n'est *pas vraie* et penser qu'elle renferme une profonde vérité. À de tels moments, la frontière entre le magique et le réel cesse d'exister.

Nous n'étions pas hindous dans ma famille mais nous pensions que les grandes histoires de l'hindouisme étaient également à notre disposition. Chaque année, le jour de la fête de Ganpati, lorsque des foules immenses transportaient des effigies de la divinité à tête d'éléphant jusqu'au bord de l'eau à Chowpatty Beach pour immerger le dieu dans la mer, j'avais l'impression que Ganesh m'appartenait, je voyais en lui un symbole de la joie collective et, oui, de l'unité de la ville plutôt qu'un membre du panthéon d'une religion "rivale". Quand j'appris que Ganesh avait un tel amour de la littérature qu'il s'était assis aux pieds de l'Homère de l'Inde, le sage Vyasa, pour se faire le scribe qui rédigea la grande épopée du *Mahabharata*, il se mit à m'appartenir encore plus profondément ; et quand je grandis et que j'écrivis un roman sur un garçon nommé Saleem, doté d'un nez d'une grosseur inhabituelle, il me sembla naturel, même si Saleem venait d'une famille musulmane, d'associer le narrateur des *Enfants de minuit* au plus littéraire des dieux, qui se trouvait lui aussi pourvu d'une grosse trompe en guise de nez. L'effacement des frontières entre les cultures religieuses dans cette ancienne Bombay véritablement laïque apparaît aujourd'hui comme un élément supplémentaire qui oppose le passé de l'Inde à son présent amer, porté à l'oppression, la censure et le sectarisme.

Le *Mahabharata* et son acolyte, le *Ramayana*, deux des plus longs contes fantastiques qui soient, sont toujours vivants en Inde, ils vivent dans l'esprit des Indiens et sont d'actualité dans leur vie quotidienne, tout comme les dieux des Grecs et des Romains continuaient à vivre autrefois dans l'imagination des Occidentaux. Autrefois, et il n'y a pas si longtemps, il était possible dans les pays occidentaux de faire référence à l'histoire de la tunique de Nessus et les gens savaient parfaitement qu'au moment de mourir le centaure Nessus avait, par un subterfuge, persuadé Déjanire, la femme d'Héraclès ou d'Hercule, d'offrir à son époux sa tunique sachant qu'elle était empoisonnée et qu'elle allait le tuer. Autrefois, chacun savait qu'après la mort d'Orphée, le plus grand des poètes et des chanteurs, sa tête tranchée continua de chanter. Ces images et bien d'autres étaient à la disposition des gens comme des métaphores qui les aidaient à comprendre le monde. L'art ne meurt pas avec la mort de l'artiste, disait la tête d'Orphée. Le chant survit au chanteur. Et la tunique de Nessus nous mettait en garde contre le fait qu'un cadeau, même exceptionnel, peut s'avérer dangereux. Un autre cadeau de ce genre fut, bien sûr, le cheval de Troie, qui nous engage tous à craindre les Grecs même quand ils apportent des cadeaux. Certaines métaphores des histoires fantastiques de l'Occident sont parvenues à survivre.

Mais en Inde, pendant mon enfance, les contes fantastiques étaient tous vivants et ils le sont encore. De nos jours, il n'est même pas nécessaire de lire l'intégralité du *Ramayana* ou du *Mahabharata*, une nouvelle qui doit faire plaisir à certains, parce que le *Mahabharata* est le plus long poème de la littérature mondiale, plus de deux mille vers, soit dix fois plus long que l'*Iliade* et l'*Odyssée* réunies tandis que le *Ramayana* compte environ cinq mille vers et qu'il est simplement deux fois et demie plus long que les œuvres réunies d'Homère. Heureusement pour les jeunes lecteurs, la série de bandes dessinées à la popularité immense, *Amar Chitra Katha* ("Histoires d'immortels en bande dessinée") propose des versions satisfaisantes des histoires tirées de l'un et de l'autre. Quant aux adultes, une adaptation télévisée du *Mahabharata* en une série de quatre-vingt-quatorze épisodes a paralysé le pays tout entier lors de sa première diffusion dans les années 1990 et a touché un public se chiffrant à plusieurs centaines de millions de téléspectateurs.

Il faut bien reconnaître que l'influence de ces histoires n'est pas toujours positive. Les hommes politiques sectaires des partis nationalistes hindous comme le BJP se servent de la rhétorique du passé pour fantasmer sur un retour au "Ram Rajya", le "règne de Lord Ram", un supposé âge d'or de l'hindouisme sans les désagréments de membres d'autres religions pour venir compliquer la situation. L'utilisation politique du *Ramayana* et de l'hindouisme en général est devenue, entre les mains de chefs sectaires sans scrupules, une affaire dangereuse. Les attaques contre le livre *Les Hindous*, œuvre d'une érudition consommée, écrite par une des meilleures spécialistes du sanskrit au monde, Wendy Doniger, et la décision regrettable de Penguin India de retirer de la vente des exemplaires du livre et de les pilonner en réponse aux critiques des fondamentalistes en est une claire illustration.

Des problèmes peuvent aussi se poser au-delà du champ politique. Dans certaines versions tardives du *Ramayana*, Lord Ram en exil et son frère Lakshman laissent Sita toute seule dans leur maison dans la forêt pour aller chasser un cerf d'or dont ils ignorent qu'il s'agit en fait d'un *rakshasa*, une sorte de démon déguisé. Afin de protéger Sita en leur absence, Lakshman trace un *rekha*, un cercle magique autour de leur maison, quiconque tente de le franchir, en dehors de Ram, Lakshman et Sita, mourra dévoré par les flammes qui jaillissent de ce cercle. Mais le roi démon Ravana prend l'apparence d'un mendiant et se présente à la porte de Sita pour demander l'aumône et elle franchit le cercle pour lui donner ce qu'il demande. C'est ainsi qu'il la capture et l'expédie par enchantement dans son royaume de Lanka, après quoi Ram et Lakshman doivent livrer une guerre pour la récupérer. "Franchir la *Lakshman rekha*" est devenu une métaphore pour désigner le fait de franchir les limites de ce qui est autorisé ou simplement d'aller trop loin, de se laisser aller sottement à l'iconoclasme et de s'attirer de terribles ennuis.

Il y a quelques années s'est produit à Delhi une agression désormais tristement célèbre, le viol collectif d'une étudiante de vingt-trois ans qui est décédée des suites de ses abominables blessures. Quelques jours après cet événement épouvantable, un ministre d'État a fait remarquer que si la jeune femme en question n'avait pas "franchi la *Lakshman rekha*", c'est-à-dire si elle n'avait pas pris un bus le soir avec un ami au lieu de rester tranquillement chez elle, elle n'aurait pas été agressée. Il retira par la suite ses propos devant le tollé, mais qu'il ait recouru à cette métaphore montre bien que trop d'hommes en Inde pensent encore qu'il y a des limites et des frontières que les femmes ne devraient pas transgresser. Il faut dire que dans de nombreuses versions du *Ramayana*, y compris la version originale du poète Valmiki, on ne trouve pas l'histoire de la *Lakshman rekha*. Mais une histoire fantastique apocryphe peut parfois faire autant d'effet qu'une version canonique.

Je veux cependant revenir à ce moi de mon enfance, enchanté par des histoires qui n'avaient d'autre but que d'enchanter. Je veux me détourner des grandioses épopées religieuses pour me tourner vers l'immense trésor d'histoires ignobles, sournoises, mystérieuses, excitantes, comiques, bizarres, surréalistes et très souvent très fortement empreintes de sexualité que renferme le reste du réservoir oriental parce que, pas seulement pour cette raison mais en fait oui, en partie parce qu'elles montrent tout le plaisir qu'on peut retirer de la littérature une fois que Dieu a été retiré du tableau. Une des caractéristiques les plus remarquables de ces histoires à présent rassemblées dans les pages des *Mille et Une Nuits*, pour ne prendre qu'un seul exemple, est l'absence presque totale de la religion. Beaucoup de sexe, beaucoup de malice, une bonne dose de perfidie, des monstres, des djinns, des rochers géants ; de temps en temps d'énormes quantités de sang et d'horreur ; mais pas de Dieu. C'est pourquoi les islamistes portés à la censure les détestent tant.

En Égypte, en mai 2010, seulement sept mois avant la révolte contre le président Hosni Moubarak, un groupe d'avocats islamistes eut vent d'une nouvelle édition d'*Alf Laylah wa Laylah* (le titre original du livre en arabe) et entama une action pour demander que cette édition soit retirée du commerce et le livre interdit parce que c'était "un appel au vice et au péché" qui contenait de nombreuses allusions à la sexualité. Heureusement, ils ne parvinrent pas à leurs fins et par la suite des questions plus graves se mirent à occuper l'esprit des Égyptiens. Mais le fait est qu'ils avaient raison sur un point. Il y a bien dans ce livre de nombreuses références à la sexualité. Et les personnages semblent bien plus préoccupés de faire l'amour que de se conduire pieusement, ce qui pourrait bien constituer, comme le soutenaient les avocats, un appel au vice si c'est là le prisme puritain et déformé par lequel vous voyez le monde. Selon moi, cet appel est une excellente chose et mérite bien qu'on y réponde mais vous voyez comment des gens qui détestent la musique, les plaisanteries et le plaisir pourraient en être choqués. Il est assez merveilleux que ce texte ancien, ce magnifique recueil de contes fantastiques, garde encore le pouvoir de choquer les fanatiques du monde entier plus de mille deux cents ans après sa première apparition.

Le livre que nous appelons aujourd'hui communément *Les Nuits arabes*[1] ne prend pas son origine dans le monde arabe. Il est probablement d'origine indienne ; les recueils d'histoires indiennes ont aussi un goût marqué pour les récits-cadres, les

1. *The Arabian Nights*, titre généralement employé en anglais pour désigner *Les Mille et Une Nuits*.

histoires enchâssées à l'intérieur d'autres histoires à la manière de poupées russes, et les fables animalières. Quelque part aux alentours du VIIIe siècle, ces histoires sont passées en Perse et selon quelques bribes d'information qui nous sont parvenues, le recueil était connu sous le titre de *Hazar Afsaneh*, "Un millier d'histoires". Il existe à Bagdad un document du Xe siècle qui décrit le *Hazar Afsaneh* et évoque son récit-cadre, l'histoire d'un méchant roi qui chaque nuit tue une concubine jusqu'à ce qu'une de ces femmes condamnées parvienne à échapper à son exécution en lui racontant des histoires. C'est la première fois que nous voyons apparaître le nom de "Schéhérazade". Il est triste que du *Hazar Afsaneh* ne survive aucun exemplaire. Ce livre est le grand "chaînon manquant" de la littérature mondiale, le fabuleux volume par lequel les contes fantastiques de l'Inde ont voyagé vers l'ouest pour finir par rencontrer la langue arabe et se transformer en *Les Mille et Une Nuits*, un livre aux nombreuses versions dont il n'existe pas de version canonique reconnue et qui a ensuite continué son voyage vers l'ouest, vers le français d'abord dans la version d'Antoine Galland au XVIIIe siècle, lequel ajouta un certain nombre de contes qui ne figuraient pas dans le corpus arabe comme "Aladin et la lampe merveilleuse" et "Ali Baba et les quarante voleurs". Et à partir du français, les contes passèrent vers l'anglais et de l'anglais arrivèrent à Hollywood qui est un langage en soi et là ils s'emplirent de tapis volants et de Robin Williams incarnant le Génie. (À propos, il est bon de noter qu'il n'y a pas de tapis volants dans *Les Mille et Une Nuits*. Il y en a partout ailleurs dans la tradition orientale. Il existe par exemple une légende selon laquelle le roi Salomon en possédait un qui pouvait changer de taille et devenir assez grand pour transporter une armée, la première force aérienne. Mais dans *Les Mille et Une Nuits*, tous les tapis restent passifs et inertes.)

Cette grande migration narrative a inspiré une grande partie de la littérature mondiale jusqu'au réalisme magique des conteurs sud-américains de sorte que, lorsqu'à mon tour j'emploie certains de ces procédés, j'ai l'impression de boucler un cercle et de rapporter après un long détour cette tradition du récit chez elle, là où elle a pris naissance. Mais je déplore la perte du *Hazar Afsaneh* qui pourrait si on le retrouvait achever l'histoire des contes, et quelle découverte ce serait… Il résoudrait peut-être un mystère qui est au cœur du récit-cadre ou plutôt à sa toute fin, une question que je me pose depuis des années. Schéhérazade et sa sœur Dunyazâd au bout des mille et une nuits et davantage, sont-elles devenues des meurtrières, ont-elles tué leurs maris sanguinaires ?

C'est, je dois l'avouer, l'aspect sanglant de cette histoire qui m'a d'abord attiré dans *Les Mille et Une Nuits*. Livrons-nous à un petit calcul.

Combien de femmes ont-ils vraiment tuées, ce roi, ce Shâhriyâr, ce monarque sassanide de "l'île ou de la péninsule de l'Inde et de la Chine" et son frère Shâh Zamân, souverain régnant sur la barbare Samarcande ? Cela commence, c'est du moins ce que raconte l'histoire, lorsque Shâh Zamân découvre sa femme dans les bras d'un cuisinier du palais dont les principales caractéristiques sont les suivantes : il est *(a)* noir, *(b)* énorme, et *(c)* couvert de graisse de cuisine. En dépit de ces caractéristiques ou peut-être à cause d'elles, la reine de Samarcande avait l'air de prendre beaucoup trop de plaisir alors Shâh Zamân les découpa en morceaux, elle et son amant, les abandonna là sur le lit de leurs plaisirs et s'en alla chez son frère où peu de temps après il surprit par hasard sa belle-sœur, la reine de Shâhriyâr, dans un jardin près d'une fontaine en compagnie de dix suivantes et de dix esclaves blancs. Les dix et les dix étaient très occupés à se donner mutuellement du plaisir mais la reine appela son amant qui descendit d'un arbre placé là très à propos. L'horrible type était, eh oui, *(a)* noir, *(b)* énorme, *(c)* il bavait ! Comme ils s'amusaient bien, les dix et les dix et la reine et son "nègre" ! Ah, la méchanceté et la duplicité de la gent féminine, et l'inexplicable attrait qu'exercent les énormes Noirs laids et dégoulinants ! Shâh Zamân raconta à son frère ce qu'il avait vu, là-dessus les suivantes, les esclaves blancs et la reine subirent leur sort, personnellement exécutés par le Premier ministre de Shâhriyâr, son vizir (ou wazir). L'amant noir et "baveur" de feu la reine s'échappa, c'est du moins ce qu'il semble, sinon comment expliquer son absence sur la liste des morts ?

Le roi Shâhriyâr et le roi Shâh Zamân prirent dûment leur revanche sur la gent féminine traîtresse. Pendant trois ans ils épousèrent chacun et déflorèrent une jeune vierge chaque nuit puis la firent exécuter. On ne sait pas très bien comment Shâh Zamân à Samarcande mena à bien cette opération sanguinaire mais des méthodes de Shâhriyâr on peut dire certaines choses. On sait par exemple que le vizir, le père de Schéhérazade, le sage Premier ministre de Shâhriyâr, fut obligé de procéder lui-même aux exécutions. Tous ces magnifiques jeunes corps décapités, toutes ces têtes roulant à terre et tous ces cous d'où jaillissait le sang. Le vizir était un homme cultivé, non seulement un homme de pouvoir mais aussi une personnalité pleine de discernement et même dotée d'une sensibilité délicate – il devait bien l'être, certainement, pour avoir élevé une fille comme la généreuse Schéhérazade, un tel parangon de vertu, si merveilleusement douée, aux talents multiples et au courage héroïque ? Et Dunyâzad aussi, n'oublions pas la petite sœur, Dunyâzad. Encore une jeune fille brave, honnête et intelligente. Que pouvait éprouver dans son âme le père de si délicates jeunes filles, forcé qu'il était d'exécuter des jeunes femmes par centaines, de trancher la gorge des filles et de voir leur vie s'écouler avec leur sang ? Quelle fureur secrète peut avoir germé dans son cœur délicat ? L'histoire ne le dit pas. Nous savons en revanche que les sujets de Shâhriyâr se mirent à lui en vouloir énormément et à fuir la capitale en compagnie de leurs filles de sorte qu'au bout de trois ans il ne restait plus de vierges en ville.

Plus de vierges sauf Schéhérazade et Dunyâzad.

Trois ans déjà ; mille quatre-vingt-quinze nuits, mille quatre-vingt-quinze reines mortes du côté de Shâhriyâr, mille quatre-vingt-quinze de plus pour Shâh Zamân ou mille quatre-vingt-seize chacun s'il y avait une année bissextile sur le nombre. Envisageons plutôt le chiffre le plus bas. Mille quatre-vingt-quinze chacun, disons. Sans oublier les vingt-trois du départ. Au moment où Schéhérazade fait son entrée dans l'histoire en épousant le roi Shâhriyâr et en ordonnant à sa sœur Dunyâzad de se tenir au pied du lit conjugal et de demander, après que la défloration de Schéhérazade eut été accomplie, qu'on lui raconte une histoire… À l'époque, Shâhriyâr et Shâh Zamân étaient déjà responsables de deux mille deux cent treize morts. Parmi eux, on ne comptait que onze hommes.

Shâhriyâr, après avoir épousé Schéhérazade et s'être laissé captiver par ses histoires, cessa de tuer des femmes. Shâh Zamân, que la littérature n'avait pas dompté, poursuivit son œuvre vengeresse, tuant chaque matin la vierge qu'il avait violée la veille au soir, montrant au sexe féminin le pouvoir des hommes sur les femmes, la capacité des hommes à séparer la fornication de l'amour et l'union inévitable, du moins en ce qui concernait les femmes, de la sexualité et de la mort. À Samarcande, le carnage se poursuivit pendant encore au moins mille et une nuits puisque ce fut seulement à la conclusion de tout le cycle d'histoires de Schéhérazade, lorsque la plus grande des conteuses demanda à être épargnée, non pas en reconnaissance de son génie mais dans l'intérêt des trois fils qu'elle avait donnés à Shâhriyâr au cours de ces années légendaires, et lorsque Shâhriyâr confessa son amour pour elle, la dernière de ses mille quatre-vingt-dix-sept épouses et renonça à toute intention meurtrière, que le projet de Shâh Zamân prit fin à son tour et que, lavé de toute soif sanguinaire, il demanda et reçut la main de la douce Dunyâzad.

Le nombre total de morts, d'après mes calculs, était alors de trois mille deux cent quatorze au minimum. Parmi eux, on ne comptait que onze hommes.

Intéressons-nous à Schéhérazade dont le nom signifie "native de la ville" et qui devait sans nul doute être une fille de la grande ville, astucieuse, taquine, tantôt sentimentale tantôt cynique, une narratrice de la grande ville aussi contemporaine qu'on pourrait rêver qui piégea le prince dans son histoire sans fin. Schéhérazade racontant des histoires pour sauver sa vie, se servant de la fiction pour défier sa mort, une statue de la Liberté faite non pas de métal mais de mots, qui insista, contre la volonté de son père, pour se rendre dans le boudoir mortel du roi, qui s'assigna la tâche de sauver ses sœurs en domptant le roi, qui avait foi, elle devait vraiment y croire, en l'homme qui se cachait sous le monstre meurtrier et en sa propre capacité à le ramener à son humanité en lui racontant des histoires.

Quelle femme ! Il est facile de comprendre comment et pourquoi le roi Shâhriyâr tomba amoureux d'elle. Car c'est certainement ce qui arriva, en devenant le père de ses enfants et en comprenant au fil des nuits que sa menace d'exécution avait perdu son sens, qu'il ne pouvait plus exiger de son vizir, son père à elle, de la mettre en œuvre. Sa sauvagerie fut émoussée par le génie de la femme qui pendant mille et une nuits risqua sa vie pour sauver la vie des autres, qui fit confiance à son imagination pour se dresser contre la brutalité et la vaincre, non par la force, mais, de façon incroyable, en la civilisant.

Heureux roi ! Mais… (et c'est la principale question que posent *Les Mille et Une Nuits*) pourquoi diable tomba-t-elle amoureuse de lui ? Et pourquoi Dunyâzad, sa jeune sœur, qui se tint au pied du lit conjugal pendant mille et une nuits, à voir sa sœur se faire posséder par le roi meurtrier et à écouter ses histoires – Dunyâzad, celle qui entendait tout mais aussi voyait tout –, pourquoi a-t-elle accepté d'épouser Shâh Zamân, un homme encore plus sanguinaire que son frère tombé sous le charme des histoires ?

Comment comprendre ces femmes ? Il y a dans le conte un silence qui a grand besoin d'être explicité. Voici tout ce qu'on peut dire. Après la fin des récits, Shâh Zamân et Dunyâzad se marièrent mais Schéhérazade posa une condition, que Shâh Zamân quitte son royaume et vienne vivre auprès de son frère afin que les deux sœurs ne soient pas séparées. Shâh Zamân le fit bien volontiers et Shâhriyâr nomma pour gouverner Samarcande à la place de son frère ce même vizir qui à présent était aussi devenu son beau-père. Lorsque le vizir arriva à Samarcande, il fut accueilli avec des transports de joie par les habitants et tous les notables locaux prièrent pour qu'il règne très longtemps sur eux. Ce qu'il fit.

Ma question est la suivante lorsque j'interroge cette histoire ancienne : existait-il un complot entre le père et la fille ? Se peut-il que Schéhérazade et le vizir aient ourdi un plan secret ? Parce que, grâce à la stratégie de Schéhérazade, Shâh Zamân n'était plus roi de Samarcande. Grâce à la stratégie de Schéhérazade son père n'était plus un courtisan, exécuteur des hautes œuvres contre son gré mais un roi de plein droit, un roi bien-aimé et, mieux encore, un homme sage, un homme de paix succédant à un ogre sanguinaire. Alors, sans aucune explication, la Mort survint, simultanément pour Shâhriyâr et Shâh Zamân. La Mort, le "Destructeur des Délices, le Démembreur des Sociétés, la Désolation des Demeures et le Pourvoyeur des Cimetières", vint à eux et leurs palais tombèrent en ruine et ils furent remplacés par un roi avisé dont le nom ne nous est pas parvenu.

Mais comment et pourquoi le Destructeur des Délices est-il arrivé ? Comment se fait-il que les deux frères soient morts en même temps, ce que le texte indique clairement, et pourquoi par la suite leurs palais sont-ils tombés en ruine ? Et qui fut leur successeur, l'Anonyme et Avisé ?

L'histoire ne le dit pas. Mais imaginez encore une fois la fureur du vizir s'accumulant au fil des années où il était contraint de répandre tout ce sang innocent. Imaginez ces années où le vizir a vécu dans la peur, les mille et une nuits de peur pendant que ses filles, chair de sa chair, sang de son sang, étaient cachées dans la chambre de Shâhriyâr, leur destin suspendu au fil d'une histoire. Combien de temps un homme peut-il attendre sa vengeance ?

Va-t-il patienter plus de mille et une nuits ?

Voici ma théorie : c'est que le vizir, à présent roi de Samarcande, était le roi sage qui revint chez lui gouverner le royaume de Shâhriyâr et les deux rois moururent simultanément soit des mains de leurs épouses soit de celles du vizir. Ce n'est qu'une théorie. Peut-être la réponse se trouve-t-elle dans le grand livre perdu. Peut-être pas. On ne peut… qu'imaginer.

En tout cas, le décompte final des morts fut de trois mille deux cent seize. Parmi eux, on comptait treize hommes.

Quand j'eus achevé mon essai autobiographique, *Joseph Anton*, j'eus une grande soif de fiction. Et pas seulement de fiction ancienne mais d'une fiction aussi follement fantastique que mon essai avait été résolument réaliste. Mon esprit oscillait d'un extrême à l'autre de l'éventail littéraire. Et je me suis mis à repenser aux histoires qui m'avaient fait aimer la littérature au commencement, des histoires emplies d'impossibilités magnifiques qui n'étaient pas vraies mais qui, tout en ne l'étant pas, disaient la vérité, d'une manière parfois plus belle et plus mémorable que des histoires qui se réclamaient de la réalité. Ces histoires n'avaient pas non plus besoin de se passer au temps jadis. Elles pouvaient se passer maintenant. Hier, aujourd'hui ou le surlendemain.

Un de ces contes fantastiques provient d'un recueil en sanskrit originaire du Cachemire, le *Katha Sarit Sagara* ou "Océan des courants d'histoire", dont le titre a inspiré le titre de mon livre pour enfants *Haroun et la mer des histoires*. J'avoue avoir volé cette histoire pour la placer dans un roman. Voici plus ou moins comment elle se présente :

“Il était une fois dans un pays lointain un marchand à qui un noble de la ville devait de l’argent, beaucoup d’argent même, quand brusquement le noble vint à mourir et le marchand se dit : voilà qui est fâcheux car je ne vais pas être payé. Mais un dieu lui avait donné le pouvoir de transmigration – cela se passait dans une contrée du monde où il y avait beaucoup de dieux, pas seulement un – et le marchand eut donc l’idée de transporter son esprit dans le corps du seigneur décédé afin que le défunt pût se relever de son lit et lui rembourser ce qu’il lui devait. Le marchand rangea son propre corps en lieu sûr, c’est du moins ce qu’il croyait, et son esprit se glissa d’un bond dans la peau du cadavre, mais en faisant avancer le corps du mort vers la banque, il dut traverser le marché au poisson et un gros cabillaud exposé sur un étal éclata de rire en le voyant passer. Quand les gens entendirent le poisson mort se mettre à rire, ils comprirent rapidement qu’il y avait anguille sous roche et attaquèrent le mort ambulant, convaincus qu’il était possédé par un démon. Le cadavre du seigneur décédé devint vite inhabitable et l’esprit du marchand dut le quitter pour retourner vers sa propre dépouille qu’il avait abandonnée. Mais des gens avaient découvert le corps du marchand et, pensant qu’il s’agissait d’un cadavre, l’avaient mis sur le bûcher, conformément à la coutume en usage dans cette partie du monde. Ainsi le marchand n’avait plus de corps, n’avait pas récupéré ce qu’on lui devait et il est probable que son esprit soit toujours en train de rôder quelque part dans le marché. À moins qu’il n’ait fini par émigrer dans un poisson mort et ne soit en train de nager dans l’océan des courants d’histoire. Et la morale de l’histoire, c’est qu’il ne faut pas trop tenter sa putain de chance.”

Les fables animalières, y compris les histoires de poisson mort qui parle, ont été parmi les plus récurrentes dans le corpus oriental, et les meilleures d’entre elles, contrairement, disons, aux fables d’Ésope, sont amorales. Elles ne cherchent pas à prôner l’humilité ou la modestie, la modération, l’honnêteté ou l’abstinence. Elles ne garantissent pas le triomphe de la vertu. Et le résultat, c’est qu’elles sont d’une modernité remarquable. Il arrive parfois que ce soient les méchants qui gagnent.

Le recueil connu en Inde sous le titre de *Panchatantra* met en scène deux chacals doués de la parole : Karataka, le gentil ou le meilleur des deux, et Damanaka, le méchant intrigant. Au début du livre, ils sont au service du roi lion mais Damanaka n'apprécie pas l'amitié du roi pour un autre courtisan, un taureau, et fait croire au roi que le taureau est son ennemi. Le lion assassine l'innocent animal sous le regard du chacal.

Fin de l'histoire.

Dans les aventures de Karataka et Damanaka, nous trouvons aussi l'histoire d'une guerre entre les corbeaux et les hiboux au cours de laquelle un corbeau feint de trahir son camp et se joint aux hiboux pour découvrir l'emplacement de la grotte où ils vivent. Alors les corbeaux mettent le feu aux différentes entrées de la grotte et tous les hiboux meurent étouffés.

Fin de l'histoire.

Dans une troisième histoire, un homme confie son enfant à la garde de son amie, une mangouste, et à son retour il voit la gueule de la mangouste couverte de sang et il la tue croyant qu'elle a attaqué son fils. Il découvre ensuite qu'en fait la mangouste a tué un serpent et sauvé l'enfant. Mais à ce moment-là, la mangouste, malheureusement, est morte.

Fin de l'histoire.

Beaucoup des petites fables morales d'Ésope, la victoire de la lenteur obstinée (la tortue) sur la vitesse arrogante (le lièvre) ou la stupidité qu'il y a à crier "au loup !" quand le loup n'est pas là ou à tuer la poule aux œufs d'or, semblent véritablement à l'eau de rose comparées à cette sauvagerie digne de Quentin Tarantino. Tant pis pour le cliché de l'Orient pacifique et mystique.

En tant qu'immigré, j'ai toujours été fasciné par la migration de ces histoires et ces histoires de chacals sont allées presque aussi loin que les récits des *Mille et Une Nuits*, se retrouvant à la fois dans des versions arabes et persanes, dans lesquelles les noms des chacals sont devenus Kalila et Dimna. Elles se sont aussi retrouvées en hébreu et en latin et finalement sous le titre de *Fables de Bidpai* en anglais et en français. Mais contrairement aux *Mille et Une Nuits*, elles ne sont plus connues des lecteurs modernes peut-être parce elles accordent trop peu d'importance aux fins heureuses ce qui les rend peu intéressantes pour la Walt Disney Company.

Oui, leur pouvoir subsiste et cela, je pense, parce qu'en dépit de leur lot de monstres et de magie, ces histoires parlent avec une vérité absolue de la nature humaine (même sous la forme d'animaux anthropomorphes). La vie humaine est là dans son intégralité, brave et lâche, honorable et indigne, franche et sournoise, et ces histoires posent la question la plus importante et la plus éternelle de la littérature : comment réagissent les gens ordinaires quand s'immisce dans leur vie l'extraordinaire ? Et leur réponse est la suivante : parfois nous ne nous en tirons pas très bien mais d'autres, nous trouvons en nous des ressources que nous ignorions avoir et nous relevons le défi, nous terrassons le monstre ; Beowulf tue Grendel et même la mère de Grendel encore plus redoutable, le Petit Chaperon Rouge tue le loup, et la Belle dévoile l'amour caché chez la Bête qui cesse aussitôt d'être bestiale. C'est cela la magie ordinaire, la magie humaine, la véritable merveille des contes fantastiques.

Je m'efforce de plaider la cause de quelque chose qui est singulièrement passé de mode par les temps qui courent. De l'avis général, nous vivons une époque peu portée sur la fiction. N'importe quel éditeur ou libraire vous le dira. De plus, la fiction semble s'être détournée de la fiction. Je parle ici de la fiction sérieuse, pas de l'autre sorte. Dans l'autre sorte de fiction, l'imagination fictive est active et se porte bien. C'est le *twilight*, on joue aux *hunger games* et Léonard de Vinci n'est plus qu'un code. La fiction sérieuse s'est rapprochée d'un réalisme du genre d'Elena Ferrante et de Knausgaard, une fiction qui nous demande de croire qu'elle émane d'un endroit très proche de l'expérience personnelle de l'auteur si ce n'est totalement identique et, pour ainsi dire, très éloignée de la magie. Mais il y a plusieurs années, dans un essai fameux, le grand écrivain tchèque Milan Kundera a suggéré que le roman a deux ancêtres, *Tristram Shandy* et *Clarissa Harlowe*. De la *Clarissa* de Samuel Richardson descend la grande tradition du roman réaliste tandis que de *Vie et opinions de Tristram Shandy gentilhomme* découle un filet plus mince de livres, disons, plus bizarres. Ce sont les enfants de *Clarissa* qui ont empli le champ littéraire, dit Kundera, alors que, selon lui, c'est du côté de Shandy – le côté ancien, ludique, comique et excentrique – qu'il restait le plus à faire en matière d'œuvres nouvelles et originales. (Ernest Hemingway, c'est bien connu, s'est choisi une autre parenté littéraire : "Toute la littérature américaine moderne provient d'un seul livre de Mark Twain intitulé *Huckleberry Finn.*" C'est une œuvre plus libre et plus mythique que *Clarissa* mais c'est aussi un roman largement réaliste. Il faut aussi ajouter qu'en choisissant *Tristram Shandy*, Kundera ignore l'œuvre à laquelle le livre doit beaucoup : *Don Quichotte* de Cervantès. L'oncle Toby et le caporal Trim de Sterne sont manifestement inspirés de Quichotte et Sancho.)

Kundera suggérait que les possibilités du roman réaliste avaient été si radicalement explorées par tant d'auteurs qu'il restait très peu de découvertes à faire. S'il a raison, la tradition réaliste est condamnée à une sorte de répétition sans fin. Pour ce qui est de *l'innovation* et je rappelle que le mot *novel* (roman) contient l'idée de l'innovation, nous devons nous détourner du réalisme et trouver par le biais des mensonges de nouvelles voies d'approche de la vérité. Les contes fantastiques de mon enfance m'ont appris non seulement que de telles approches étaient possibles, mais qu'elles offraient des possibilités variées, pratiquement infinies, et qu'en plus elles étaient drôles. Comme je l'ai dit, les pourvoyeurs de camelote fictionnelle, tant en matière de livres que de films, ont compris le pouvoir du fantastique mais tout ce qu'ils sont capables de fournir c'est un fantastique réduit à une bande dessinée en deux dimensions. Pour moi, le fantastique a toujours été une façon d'ajouter des dimensions à la réalité, d'ajouter une quatrième, une cinquième, une sixième, une septième dimension aux trois dimensions habituelles, une manière d'enrichir et d'intensifier notre expérience de la réalité plutôt que de la fuir dans un univers de fantaisie peuplé de super-héros et de vampires.

Les écrivains occidentaux que j'admire le plus comme Italo Calvino et Günter Grass, Mikhaïl Boulgakov et Isaac Bashevis Singer, se sont tous amplement régalés de leurs diverses traditions de contes fantastiques et ont trouvé le moyen d'injecter le fabuleux dans le réel pour le rendre plus vivant et, curieusement, plus véridique. Le choix de Grass de recourir aux fables animalières, l'usage immodéré qu'il fait de flétans parlants, de rats et de crapauds, vient de ce qu'il s'est plongé dans les contes fantastiques d'Allemagne tels qu'ils ont été recueillis par les frères Grimm. Calvino a lui-même rassemblé, et peut-être en partie inventé, bien des contes fantastiques italiens dans son classique *Contes italiens* et toute son œuvre est plongée dans le langage de la fable italienne. Dans le conte immortel de Boulgakov où le diable arrive à Moscou, *Le Maître et Marguerite*, et dans les délicieuses histoires yiddish d'Isaac Singer, avec leurs golems et leurs dybbuks, leurs possédés et leurs apparitions, nous voyons, comme dans la peinture de Chagall, une intense fascination pour les histoires fantastiques des mondes russe, juif et slave, et la volonté de s'en inspirer. Bon nombre des œuvres les plus importantes parues autour des cent dernières années, depuis les contes de Hans Christian Andersen jusqu'aux livres d'Ursula Le Guin, ou aux cauchemars d'une noirceur absolue de Franz Kafka, sont issues du mélange de la réalité avec le surréel, des mondes naturels et surnaturels.

Beaucoup de jeunes écrivains aujourd'hui semblent se mettre à l'œuvre avec le mantra "Parle de ce que tu connais" épinglé au mur derrière leur table de travail et le résultat, comme tous ceux qui ont fait l'expérience des cours d'écriture littéraire peuvent en témoigner, c'est qu'on se retrouve avec un tas de considérations sur les angoisses d'un adolescent de banlieue. Je suis d'un avis légèrement différent. Ne parle de ce que tu connais que si ce que tu connais est vraiment intéressant. Si tu vis dans un environnement tel que celui de Harper Lee ou de William Faulkner, alors oui bien sûr, sens-toi libre de raconter les histoires passionnées de ton Yoknapatawpha personnel et tu découvriras probablement que tu n'as nullement besoin de partir de chez toi. Mais si ce que tu connais n'est pas vraiment intéressant, n'en fais pas un sujet d'écriture. Écris sur ce que tu ne connais pas. Ceci peut se faire de deux façons. La première consiste à partir de chez soi pour aller chercher une bonne histoire ailleurs. Melville et Conrad ont trouvé leurs histoires en mer et dans des terres éloignées, Hemingway et Fitzgerald ont dû aussi s'en aller pour trouver leur voix en Espagne ou sur la Riviera, dans l'East Egg ou le West Egg. L'autre solution c'est de se rappeler que la fiction est fictionnelle et d'essayer d'inventer. Nous sommes tous des créatures rêvantes. Rêve sur le papier. Et si le résultat ressemble à *Twilight*, ou à *Hunger Games*, déchire-le et tente de faire un meilleur rêve.

Madame Bovary et un tapis volant ne sont vrais ni l'un ni l'autre et, qui plus est, ils le sont de la même façon. *Quelqu'un les a inventés.* Je suis favorable à ce que l'on continue d'inventer. C'est seulement en donnant libre cours à la fictionnalité de la fiction à l'imaginativité de l'imagination, aux chants oniriques de nos rêves que nous pouvons espérer approcher la nouveauté et créer une fiction qui pourrait, une fois de plus, s'avérer plus intéressante que les faits.

2

Dans le roman que j'ai écrit pour mon fils quand il avait dix ans, *Haroun et la mer des histoires*, un gamin de dix ans, très agacé, hurle à son conteur de père : "À quoi servent des histoires qui ne sont même pas vraies ?" Le livre qui suivit fut une tentative de réponse à cette question, comprendre pourquoi nous avons besoin de telles histoires et en quoi elles nous satisfont même si nous savons qu'elles sont inventées. C'est une question sur laquelle il semble que je me sois penché toute ma vie d'écrivain : le rapport entre le monde imaginaire et le monde prétendu réel, et notre manière de voyager entre les deux. Cinq ans avant *Haroun*, j'avais écrit sur *Pendule à sens unique*, la pièce de N. F. Simpson, un des très rares dramaturges britanniques à avoir apporté une contribution intéressante au théâtre de l'absurde. Dans sa pièce, un homme reçoit par la poste la maquette qu'il a commandée d'une réplique d'une salle d'audience de la Cour centrale criminelle de Londres connue sous le nom d'Old Bailey ; il l'assemble dans son salon et peu après s'y retrouve lui-même dans le rôle de l'accusé. Un clerc affirme qu'un certain jour, l'inculpé, notre héros, "ne faisait pas partie de ce monde". "Et dans quel monde était-il donc ?" demande le juge, et il obtient cette réponse : "Il semble qu'il ait son propre monde."

(Entre parenthèses : ceux qui n'ont pas lu *Haroun et la mer des histoires* seront sans doute impressionnés d'apprendre qu'il apparaît dans la série télévisée *Lost* où il joue le rôle du livre que lit le personnage de Desmond sur le vol Oceanic 815 au cours d'un *flash-sideway*. J'espère bien que certains lecteurs comprendront ce que veut dire cette phrase parce que moi je n'en ai pas la moindre idée. "À quoi servent les histoires qui ne sont même pas vraies ?" est une question qui pourrait sans aucun doute constituer la base d'une conférence intéressante sur *Lost.*)

Même si nous ne vivons pas entièrement dans notre imagination, nous aimons tous y effectuer quelques voyages. Dans *Alphaville*, le film de Jean-Luc Godard, le héros, le détective privé Lemmy Caution, voyage dans l'espace interstellaire à bord de sa Ford Galaxy, Dorothy Gale débarque au pays d'Oz à cheval sur un tourbillon. Pourquoi et comment, nous autres, faisons-nous le voyage ?

Depuis notre naissance nous désirons de la nourriture, un abri, de l'amour, des chants et des histoires. Le besoin que nous éprouvons pour les deux derniers n'est pas moindre que celui que nous avons des trois premiers. Au cours de ses recherches sur les horribles traitements infligés aux orphelins dans la Roumanie de Ceauşescu, un de mes amis a découvert que ces enfants, si on leur donnait de la nourriture et un toit mais qu'on les privait du reste, ne se développaient pas normalement. Leur cerveau ne parvenait pas à se former correctement. Peut-être, nous qui sommes des animaux doués de langage, possédons-nous un instinct du chant et de l'histoire ; nous avons besoin de chants et d'histoires et nous les recherchons non parce qu'on nous a appris à le faire mais parce que c'est un besoin inscrit dans notre nature. Et s'il y a d'autres créatures sur terre que l'on peut décrire comme capables de chanter, je pense aux trilles des chants d'oiseaux, aux hurlements des loups, au chant long et lent des baleines dans les profondeurs des océans, aucune des créatures qui nagent, rampent, marchent ou volent, ne raconte des histoires. Seul l'homme est l'animal fabulateur.

Le chant, c'est la voix humaine utilisée d'une manière inhabituelle, et tous les humains ne disposent pas de cette capacité, moi le premier, pour créer le genre de signification que la beauté instille en nous. L'histoire, c'est le moyen inhabituel que nous utilisons pour parler de la vie humaine, notre façon à nous d'atteindre la vérité par le biais de l'invention. Et nous sommes la seule espèce qui depuis l'origine ait utilisé les histoires pour voir clair en nous-mêmes. Assis dans la caverne de Platon, les hommes racontaient des histoires sur les ombres qu'ils voyaient sur la paroi pour se faire une idée du monde extérieur. Incapables de comprendre leur origine, les hommes se racontaient des histoires de dieux célestes, de dieux solaires, de dieux ancestraux et de dieux sauveurs, des pères et des mères invisibles qui apportent une solution à la grande question des origines et offrent des conseils sur la question tout aussi importante de la morale. Par le mythe et la légende, nous avons créé nos plus anciens mondes fantastiques, Asgard et le Valhalla, l'Olympe et le mont Kailash et nous y avons enraciné nos pensées les plus profondes sur notre propre nature mais aussi nos doutes et nos craintes.

Haroun et la mer des histoires est une fable sur le langage et le silence, sur les histoires et les anti-histoires, écrit en partie pour expliquer à mon jeune fils la bataille qui faisait rage autour de son père à propos d'un autre roman, *Les Versets sataniques.* Vingt ans après *Haroun*, un autre fils m'a demandé : "Et mon livre ?" Il y a deux réponses possibles à cette question. La première : "Mon vieux, la vie est injuste." Ce n'est pas une réponse honnête, j'en conviens. La deuxième consiste à écrire le livre, et j'ai donc écrit *Luka et le feu de la vie*, ce qui m'a amené à passer une fois de plus beaucoup de temps dans les mondes fantastiques, ces mondes imaginaires que nous aimons habiter quand nous sommes enfants mais aussi quand nous sommes adultes.

Quand j'ai commencé à travailler sur *Luka*, vingt ans après *Haroun*, j'ai beaucoup pensé à "Lewis Carroll", le révérend Charles Lutwidge Dodgson, le créateur du pays des merveilles et j'ai appris ceci de lui. Ce qu'il pouvait faire de mieux pour son second livre d'Alice, *De l'autre côté du miroir*, c'était de ne pas en faire un *Retour au pays des merveilles*. Six ans après avoir publié *Alice au pays des merveilles*, il s'imposa ce défi considérable : créer un monde imaginaire entièrement différent, doté de sa propre logique interne.

Ne revenez jamais sur vos propres traces. Trouvez de nouvelles raisons pour arpenter de nouveaux territoires.

J'ai décidé de relever le défi et de faire de même. Sur le plan commercial, ce n'était peut-être pas la meilleure idée qui soit. Comme me l'a fait remarquer mon fils Milan qui avait alors douze ans. "N'écris pas des livres, papa, écris des *séries*." À l'ère d'*Harry Potter* et de *Twilight*, il avait manifestement raison.

Quelques mots encore sur *De l'autre côté du miroir*. À l'époque où il a paru, le premier livre d'*Alice* a connu un immense succès et le danger de publier une suite qui décevrait les admirateurs de la première heure était très grand, quant à Alice elle-même, Alice Pleasance Liddell, elle avait grandi et n'était plus la petite fille qui, le 4 juillet 1862 au cours d'une balade en barque avec ses deux sœurs et le révérend Dodgson, avait réclamé une histoire et à qui on avait raconté *Les Aventures d'Alice sous la terre*, l'histoire qui fut publiée trois ans plus tard sous une forme beaucoup plus développée, celle du livre connu aujourd'hui communément sous le titre d'*Alice au pays des merveilles*. Beaucoup des plus grandes œuvres de la littérature enfantine ont été écrites pour un enfant en particulier. J. M. Barrie a écrit *Peter Pan* pour faire plaisir aux garçons Llewelyn Davies, A. A. Milne a écrit *Winnie l'ourson* en s'inspirant du jouet préféré de son fils Christopher Robin Milne et Lewis Carroll a écrit *Alice* pour Alice. Mais à l'époque de *De l'autre côté du miroir*, il fallait qu'il écrive en souvenir d'Alice, cette gamine impérieuse qui avait toujours l'air de rabrouer tout le monde et qui demeurait certaine des règles de vie et de bonne conduite même dans un monde dont elle ne connaissait pas les règles.

Mais l'Alice qu'il avait créée pour lui-même continua d'occuper ses rêves. “Elle continue à me hanter, comme un fantôme, écrit-il. Alice glissant sous les cieux / qui reste invisible aux yeux.”

Ma tâche, lorsque j'écrivais *Luka et le feu de la vie*, était plus facile, j'avais un autre fils pour qui écrire et qui pouvait me guider. Et j'ai eu la chance, j'ai la chance, d'avoir baigné toute mon enfance dans la tradition des contes de fées, parmi lesquels les mythes héroïques du guerrier Hamza et de l'aventurier Hatim Tai qui épousèrent des fées, combattirent des gobelins, pourfendirent des dragons et durent parfois affronter des ennemis qui traversaient les airs à cheval sur des urnes volantes enchantées. Depuis mon plus jeune âge, j'ai été, et je reste, un voyageur de pays des merveilles.

Si la tradition réaliste a été dominante, cela vaut bien la peine de consacrer quelques instants à défendre l'alternative, l'autre grande tradition. Il est important d'affirmer que le fantastique n'est pas la fantaisie. Le fantastique n'est pas naïf et ne cherche pas à fuir la réalité. Le pays des merveilles n'est pas un refuge ni nécessairement un endroit attirant ou agréable. Il peut être, en fait il est souvent, un lieu de massacres, d'esclavage, de cruauté et de peur. *La Métamorphose* de Kafka est une tragédie. Le capitaine Crochet veut tuer Peter Pan. La sorcière de la Forêt-Noire veut faire cuire Hänsel et Gretel. Le loup mange bien la grand-mère du Petit Chaperon Rouge. Albus Dumbledore est assassiné et le Seigneur des Anneaux envisage d'asservir toute la Terre du Milieu. Le tapis volant du roi Salomon, qui d'après la légende mesurait cent kilomètres de long sur cent kilomètres de large, punit un jour le grand roi de son péché d'orgueil en se mettant à trembler, provoquant la chute et la mort des quarante mille personnes qu'il transportait. (Et ce n'est pas la première fois que des gens ordinaires eurent à pâtir des péchés de leurs dirigeants. Le pays des merveilles peut avoir autant de défauts que la Terre.)

Nous savons bien, en entendant ces histoires, que même si elles ne sont pas "vraies", puisque les tapis ne volent pas et que les sorcières dans leur maison de pain d'épice n'existent pas, elles sont tout de même "vraies" dans la mesure où elles parlent de choses véritables : l'amour, la haine, la peur, le pouvoir, la bravoure, la lâcheté. Simplement, elles parviennent au réel par un chemin différent. Elles sont ainsi, même si nous savons qu'elles ne sont pas ainsi.

Avant la littérature fantastique moderne, avant le pays des merveilles, les contes de fées et les contes populaires, il y avait la mythologie. À l'origine, les mythes étaient des textes religieux. Les mythes grecs constituaient au début la religion grecque. Mais peut-être est-ce seulement lorsque les gens ont cessé de croire dans la vérité littérale de ces mythes, lorsqu'ils ont cessé de croire en un véritable Zeus lançant des éclairs bien réels, qu'ils sont devenus, que nous sommes devenus, capables de commencer à croire en eux de la même façon que nous croyons en la littérature, c'est-à-dire, plus profondément, avec ce mélange croyance/incroyance par lequel nous abordons la fiction, "ainsi et pas ainsi". Et c'est alors qu'ils ont aussitôt commencé à révéler leurs significations les plus profondes, des significations jusque-là obscurcies par la foi.

Les grands mythes, grecs, romains, nordiques, ont survécu à la mort des religions qui les sous-tendaient en raison de l'étonnante condensation de significations qu'ils renferment. Lorsque j'écrivais mon roman *La Terre sous ses pieds*, j'étais fasciné par le mythe d'Orphée, le plus grand poète qui était aussi le plus grand chanteur, le personnage dont le chant et l'histoire devinrent une seule et même chose.

On peut raconter le mythe d'Orphée en une centaine de mots, peut-être moins : son amour pour la nymphe Eurydice, celle-ci poursuivie par l'apiculteur Aristée, la morsure de serpent qui tua la nymphe, sa descente aux enfers, Orphée se lançant à sa poursuite au-delà des portes de la mort, sa tentative pour la sauver, la faveur que lui accorda le seigneur des enfers, en récompense de son génie du chant, de pouvoir la ramener à la vie à condition de ne pas se retourner, et son fatal regard en arrière. Et cependant si vous commencez à réfléchir plus profondément à l'histoire, elle semble d'une richesse presque inépuisable car elle détient en son cœur une grande tension triangulaire entre les trois plus importantes questions de la vie : l'amour, l'art et la mort. On peut tourner et retourner l'histoire et le triangle vous apprend des vérités différentes. Il vous apprend que l'art, inspiré par l'amour, peut être plus puissant que la mort. Il vous apprend, à l'inverse, que la mort, en dépit de l'art, peut vaincre le pouvoir de l'amour. Et il vous apprend que seul l'art peut rendre possible la transaction entre l'amour et la mort qui est au centre de toute vie humaine.

Il y a une histoire qui apparaît dans plusieurs mythologies, l'histoire du moment où les hommes doivent apprendre à se passer des dieux. Dans sa grande étude des mythes grecs et romains, *Les Noces de Cadmos et Harmonie*, Roberto Calasso nous apprend que cet événement, les noces de Cadmos, inventeur de l'alphabet, et de la nymphe Harmonie, fut la dernière fois où les dieux descendirent de l'Olympe pour se mêler à la vie des hommes. Après cela, nous dûmes nous débrouiller seuls. Dans la mythologie nordique, lorsque l'Arbre-Monde, le grand frêne Yggdrasil, s'écroule, les dieux se battent contre leurs adversaires attitrés, les détruisent puis sont détruits par eux et ensuite ils disparaissent. La mort des dieux exige que des héros, des hommes s'avancent pour prendre leur place. Ce sont là, en grec ancien et en vieux norrois, nos fables les plus anciennes sur le fait de grandir, d'apprendre que vient un moment où nos parents, nos maîtres, nos protecteurs ne peuvent plus nous commander ni nous protéger. Il est un temps où il faut quitter le pays des merveilles et grandir.

Les enfants de Tristram Shandy, pour reprendre l'expression de Kundera, ou les enfants de Quichotte ou de Schéhérazade, ne sont peut-être pas aussi nombreux que ceux de Clarissa Harlowe mais on les retrouve dans toutes les littératures, partout, à toutes les époques. Depuis le Moscou tourmenté de Boulgakov dans *Le Maître et Marguerite* jusqu'aux villages emplis de dybbuks d'Isaac Bashevis Singer, chez les surréalistes français et les fabulistes américains, de Jonathan Swift à Carmen Maria Machado, Karen Russell et Helen Oyeyemi, ils sont partout formant une "grande tradition" alternative, joyeuse et carnavalesque à placer à côté de la tradition réaliste. Les écrivains de ce genre les plus connus dans l'histoire littéraire récente ont été les Sud-Américains adeptes de ce que l'on a appelé le réalisme magique. Le terme de "réalisme magique" est utile quand il sert à désigner les écrivains du boom latino-américain : Julio Cortázar, Alejo Carpentier, Manuel Puig, Carlos Fuentes, Isabel Allende et, bien sûr Gabriel García Márquez ainsi que peut-être ceux qui les ont précédés Juan Rulfo, Jorge Luis Borges et Machado de Assis. Mais c'est un terme problématique parce que, quand on l'utilise, la plupart des gens y voient un équivalent d'une littérature de genre, la *fantasy*. Or, comme j'ai essayé de le démontrer, la littérature du fantastique n'est pas une littérature de genre mais, à sa manière, elle est aussi réaliste que la fiction naturaliste, elle parvient simplement au réel par une porte différente. Un roman naturaliste est tout à fait capable de fuir la réalité. Lisez donc un peu de littérature de gare et vous verrez ce que je veux dire.

On n'atteint pas la vérité par des procédés purement mimétiques. Une image peut être saisie par une caméra ou par un pinceau. Un tableau représentant une nuit étoilée n'est pas moins fidèle à la réalité qu'une photographie, et si l'auteur du tableau est Van Gogh, elle est bien plus fidèle même si elle est beaucoup moins "réaliste". (Je dis Van Gogh et vous autres Anglo-Saxons prononcez VanGo, comme si c'était une entreprise de déménagement, mais les Hollandais, sachez-le, l'appellent Van Ghogh, ce qui ressemble au bruit d'un homme crachant un trait de jus de bétel dans un caniveau de Bombay. Entraînez-vous.) La littérature du fantastique, le conte de fées, la fable, le conte populaire, le roman réaliste magique ont toujours incarné de profondes vérités à propos de l'être humain, ses plus belles caractéristiques comme ses pires préjugés : pour prendre un seul exemple, à propos des femmes.

Parmi celles qui ont le plus brillamment pratiqué et étudié le genre du conte fantastique moderne, comme la romancière et nouvelliste Angela Carter et la romancière et critique britannique Marina Warner, certaines ont parlé avec éloquence de la place des femmes au pays des merveilles où elles sont dépositaires de la vertu ultime (la princesse emprisonnée) ou du vice ultime (la sorcière). Comme je n'ai personnellement pas beaucoup de temps à consacrer aux princesses en mal de sauvetage, je vais me concentrer ici sur les sorcières. Warner fait remarquer que l'iconographie de la sorcière a toujours été entièrement domestique. Le chapeau pointu était un couvre-chef courant au Moyen Âge, le balai, on pouvait en trouver dans tous les foyers et même l'esprit "familier" supposé démoniaque n'était généralement rien de plus qu'un chat. La marque de la sorcière, le supposé troisième téton, ou "téton de la sorcière" qui permettait au diable de téter se trouvait sur le corps de nombreuses femmes à une époque ou grains de beauté et verrues étaient monnaie courante. Tout ce qu'il fallait en fait, c'était une accusation. Pointez le doigt et traitez une femme de sorcière et vous en trouviez les preuves dans presque toutes les maisons.

L'image conventionnelle de la sorcière était celle d'une femme laide, une vieille bique difforme, une souillon cassée en deux, c'est la sorcière telle que nous la trouvons dans les contes de Grimm. Mais dans un conte de Grimm au moins, *Schneewittchen*, ou "Blanche-Neige", avec la méchante reine se regardant dans le miroir magique accroché au mur et posant la question mortelle : "Qui est la plus belle en ce royaume ?", on voit apparaître ce qui deviendra dans l'art et la littérature de la Renaissance un thème très répandu, la belle sorcière. (En fait la belle sorcière apparaît déjà beaucoup plus tôt, dans la mythologie grecque par exemple où l'on trouve la sorcière Circé prenant au piège Ulysse et ses hommes et transformant certains membres de son équipage en pourceaux. Circé a aussi voyagé jusqu'en Inde et on la retrouve dans le *Katha Sarit Sagara* de Somadeva, ce même recueil de contes du Cachemire que j'ai déjà mentionné, l'"Océan des courants d'histoire" où elle devient un démon femelle qui à l'aide de sa flûte magique transforme les hommes en animaux.)

La réunion de deux sortes de pouvoirs féminins, le pouvoir érotique et le pouvoir occulte, dans l'image de la belle sorcière, le remplacement de la vieille souillon par l'enchanteresse, atteint son sommet au cours de la Haute Renaissance lorsque l'Arioste emplit son long poème narratif, *Orlando furioso (Roland furieux)*, de telles femmes et quand les autres artistes de l'époque, je pense à la *Circé* de Dosso Dossi, reviennent sans cesse, de manière presque obsessionnelle, pourrait-on dire, sur ce thème. Lorsque j'ai écrit mon roman *L'Enchanteresse de Florence*, j'ai essayé de comprendre ce que cela signifiait pour les femmes bien réelles d'être jugées capables de ce double enchantement, et que le sexe soit lié de cette manière à la magie. D'un côté, il était clair qu'un tel lien accroissait le pouvoir de ces femmes. "L'enchanteresse" de mon roman se croyait capable d'accomplir des miracles et s'approcha de la sainteté, même le pape Médicis à Rome est à moitié convaincu de sa sainteté. Elle pouvait aussi faire flageoler les hommes de désir, grâce à son exceptionnelle beauté physique. Mais le soupçon de sorcellerie, comme je l'ai suggéré, avait toujours historiquement représenté un danger pour les femmes, et si le vent tournait, si l'humeur générale changeait, les mêmes gens qui hier vous avaient vénérée comme une sainte pouvaient demain vous brûler comme le montre l'exemple de sainte Jeanne d'Arc. Moi aussi j'écrivais sur une femme qui marche sur le fil du rasoir de ce pouvoir vulnérable et qui doit finir par s'enfuir pour sauver sa peau et j'étais frappé par la quantité de littérature fantastique qui traite de la peur des femmes et de leur vénération, qui n'est que l'envers illusoire de cette peur.

Dans son essai, *La sorcière doit mourir*, Sheldon Cashdan suggère que les personnages féminins servent dans les contes populaires d'exemples des péchés capitaux : la vanité de la reine de "Blanche-Neige" ("Miroir, miroir"), la jalousie éprouvée par les deux méchantes sœurs dans "Cendrillon", *Aschenputtel*, l'avidité de la femme du pêcheur dans le conte de Grimm, qui culmine dans sa demande d'être faite pape, ce qui met fin au miracle de l'indicible fortune accordée au pêcheur par le flétan parlant à qui il avait un jour sauvé la vie. Tout disparaît – le palais, les joyaux, l'or – puis le pêcheur et sa femme se retrouvent dans le taudis (en fait les mots employés dans le conte de Grimm sont "pot de chambre") où ils vivaient autrefois.

Les contes fantastiques nous apprennent sur nous-mêmes des vérités qui sont souvent dérangeantes ; ils dévoilent l'intolérance, fouillent la libido, mettent en lumière nos craintes les plus profondes. De telles histoires ne sont nullement destinées à simplement amuser les enfants et nombre d'entre elles, à l'origine, ne s'adressaient pas du tout à eux. Sindbad le marin et Aladin n'étaient pas des personnages de Disney quand ils ont entamé leurs voyages.

Quoi qu'il en soit, c'est une époque très riche pour la littérature destinée aux enfants et aux adultes qui sont restés jeunes dans leur cœur. Depuis le monde de *Max et les maximonstres* de Sendak jusqu'aux autres univers post-religieux de Philip Pullman, de Narnia que l'on atteint en traversant une penderie, jusqu'aux étranges mondes où l'on arrive en passant par une cabine téléphonique fantôme, depuis Poudlard jusqu'à la Terre du Milieu, le pays des merveilles se porte très bien. Et dans nombre de ces aventures, y compris dans mes deux contributions personnelles, ce sont des enfants qui se transforment en héros, souvent pour sauver le monde des adultes, des enfants que nous avons été, des enfants que nous sommes toujours au fond de nous, des enfants qui comprennent le pays des merveilles, qui savent la vérité des histoires et sauvent les adultes qui ont oublié ces vérités.

PROTÉE

Edward Bond et le silence de Shakespeare

À présent que je commence à prendre de l'âge, j'éprouve de temps en temps le même sentiment que le poète philosophe Basho qui, après avoir voyagé de nombreuses années en quête de la sagesse sur la *Route étroite vers le Grand Nord*, dans la pièce d'Edward Bond qui porte ce titre, s'entend demander ce qu'il a appris et répond : "J'ai appris qu'il n'y a rien à apprendre dans le Grand Nord. Rien à apprendre au cours du voyage, voilà la leçon du voyage, la sagesse en elle-même étant la grande illusion."

Edward Bond a été une des grandes figures de l'âge d'or du théâtre britannique dans les années 1970 avec sa vision sombre et intransigeante mais toujours d'une grande intensité dramatique. Ce que les gens retiennent à présent d'Edward Bond c'est qu'il a écrit une pièce intitulée *Sauvés* dans laquelle un bébé était lapidé à mort sur scène, ou pour être exact, les acteurs lançaient des pierres sur un landau dans lequel les spectateurs étaient informés qu'un bébé était couché, même s'il n'y avait pas de bébé et qu'on peut même douter de la minéralité des pierres parce que c'étaient, après tout, des accessoires, et que le caractère fictif de l'action était clairement établi par le fait qu'elle se déroulait sur une scène pendant que des spectateurs, certains bien habillés, d'autres pas, des Londoniens amateurs de théâtre, qui auraient pu se rendre n'importe où ailleurs, étaient assis à des places coûteuses ou pas pour regarder la chose se produire, et nous n'étions pas après tout dans la Rome des gladiateurs, ni même à Londres à l'époque où la foule se rassemblait pour se réjouir des pendaisons à Tyburn Tree (l'actuelle Marble Arch), non, on était au Royal Court Theatre dans Sloane Square et autour du théâtre il y avait le *"swinging London"* qui balançait aussi fort que possible, qui balançait, comme le disait la chanson, comme un pendule. À présent, le caractère fictif de la fiction est une question importante, elle est au cœur de la transaction, du contrat entre l'œuvre et son public, l'œuvre qui avoue qu'elle n'est pas vraie tout en promettant de dévoiler la vérité tandis que le public se laisse embarquer dans ce qui, à sa connaissance, n'est pas crédible, découvrant ainsi des éléments qui méritent qu'on y croie. C'est ce que font les gens quand ils font l'expérience de la littérature, que ce soit sur une scène ou dans un livre, mais ils oublient qu'ils le font ou s'ils s'en souviennent ils n'y attachent aucune importance, ils pensent que c'est *naturel*, même si c'est le contraire, ce n'est *pas naturel*, c'est un artifice, c'est *artificiel*. L'art de lire ou de regarder est aussi un acte créatif, une façon de prendre part à la fiction, *applaudissez si vous croyez aux fées*, sans cela la magie n'opère pas et la fée Clochette meurt. Les enfants savent cela, mais les gens grandissent et oublient tout, comme les enfants Darling ont oublié Peter Pan.

Les gens se souviennent des scandales, n'est-ce pas, et ils se souviennent donc du bébé lapidé d'Edward Bond. Ils n'ont pas tellement de souvenirs de, par exemple, l'extraordinaire pièce de Bond, *Lear*, qui se mesure à Shakespeare dans un combat de poids lourds et parvient curieusement à tenir la distance, à ne pas se faire laminer et qui se sort du combat avec ce qu'on appelle en Angleterre un match nul et que l'on désigne curieusement en Amérique par une référence vestimentaire, *a tie*, une cravate. Les gens ne se souviennent pas, ou peut-être que si, peut-être quelques personnes se souviennent-elles de la pièce d'Edward Bond, *Bingo*, dans laquelle intervient Shakespeare en personne parce qu'il n'y a pas moyen pour les écrivains d'échapper à ce gars-là. (J'ai moi-même un heurtoir en laiton en forme de buste de Shakespeare sur la porte de mon bureau et donc chaque jour quand je viens à mon travail, je peux frapper à la porte et me dire à moi-même d'entrer en sachant que je pénètre non dans mon domaine mais dans le sien, celui de Shakespeare, qu'aucun heurtoir de porte ne peut limiter ni contenir, qui jaillit du heurtoir et prend possession de la pièce derrière la porte pour y établir sa loi, comme il le fait dans toutes les pièces de la grande maison de la littérature, riche ou pauvre.)

Le Shakespeare d'Edward Bond dans la pièce *Bingo*, dont les gens se souviennent ou peut-être pas, prend une cuite avec Ben Jonson, le Ben Jonson d'Edward Bond qui est venu rendre visite à Shakespeare dans sa mystérieuse retraite de Stratford afin de pénétrer un secret aussi grand que le mystère de son génie, à savoir le secret de son silence.

(Les gens ont consacré beaucoup de temps au mauvais mystère, celui qui n'en est pas un de savoir qui a écrit les pièces de Shakespeare, Francis Bacon ou Christopher Marlowe, ou mon hypothèse préférée, *pas William Shakespeare mais quelqu'un d'autre qui porte le même nom*, la vérité toute simple c'est que manifestement Shakespeare était Shakespeare. Il peut sembler insupportable qu'un provincial autodidacte, acteur et scribouilleur, qui n'était même pas capable d'écrire son nom, fût Shakespeare mais c'est bien ce qu'il était.)

Edward Bond comprit que le silence de Shakespeare est le mystère intéressant, la décision de ce grand génie de l'histoire de la littérature anglaise, de renoncer à ce génie au sommet de sa carrière, d'abandonner l'écriture, le métier d'acteur, la direction de théâtre et Southwark, le quartier mal famé des théâtres, des salles de jeu, des bordels et des combats de coqs qu'il devait avoir aimé parce que même après être devenu le dramaturge le plus en vue de son temps il ne le quitta jamais pour des quartiers plus salubres et quand il déménagea ce ne fut pas pour aller loin. Puis tout à coup, à un moment donné en 1613, il décida que son œuvre était achevée et abandonna tout pour rentrer à Stratford sans même un regard en arrière pour y mener pendant trois ans une vie obscure mais apparemment heureuse, une vie de bourgeois de province en compagnie d'Anne Hathaway, la vie et la mort avec Anne à qui, par testament, il légua son second meilleur lit, ce qui n'est pas aussi insultant que ça en a l'air parce que, selon certains universitaires, dans un foyer élisabéthain bourgeois comme celui d'Anne et de Shakespeare, le meilleur lit était gardé en réserve pour le cas où quelque visiteur important se présenterait, gardé intact et inemployé en prévision de la visite impromptue d'un comte ou même d'une reine ou d'un roi, tandis que le second lit était le lit conjugal, celui dans lequel ils faisaient l'amour, Mme Hathaway et son génie qui ne savait pas écrire son nom, l'écrivant un jour – à cette époque où l'orthographe n'était pas formalisée et ne faisait l'objet d'aucun concours – Chackspaw.

Le silence de Shakespeare, l'extinction dans la vie domestique de la voix du doux Will, le magicien qui, à l'instar de Prospero, le magicien qu'il avait créé, quitta son île pleine de bruit, renvoya son équipe et abjura son art et pourquoi ? Il ne nous en a pas laissé d'explication. Mais si nous faisons confiance à son génie nous pouvons deviner que sa dernière intuition fut de comprendre qu'il en avait fini, qu'il était temps d'arrêter. Et donc il arrêta dans un geste de magnificence plein de volonté mais dénué de gentillesse.

Il n'a pas laissé de lettres, pas de journaux, pas d'épreuves, pas de carnet de notes, pas d'autobiographie, rien que son œuvre, son œuvre inépuisable. Cela aussi faisait partie du génie de Shakespeare, de s'assurer que son silence lui survivrait en détruisant ses tâtonnements, ses brouillons, ses hésitations, ses explications et il a dû le faire lui-même car si l'on veut détruire ce genre de documents il faut le faire soi-même et ne pas demander à d'autres de le faire pour vous après votre mort, car ils ne le feront pas, ils feront ce que Max Brod a fait pour Kafka, ils publieront contre votre volonté expresse les textes que vous vouliez faire brûler, ils publieront *Le Procès*, *Le Château*, *L'Amérique*, les *Lettres à Felice* et aussi les *Lettres* à cette autre fille – *à Milena*, voilà.

Mais peut-être Kafka savait-il ce qui allait se passer, parce que Max et lui avaient eu une conversation à ce sujet et Max Brod lui avait dit que s'il le nommait exécuteur testamentaire, il ne détruirait pas les œuvres inédites et, en dépit de cela, Kafka s'obstina et fit de Brod son exécuteur testamentaire et lui demanda de "tout brûler", les lettres à Milena et à Felice mais aussi *Le Procès*, *Le Château* et *L'Amérique*, il le lui demanda en sachant très bien qu'il ne le ferait pas.

Mais Shakespeare était différent, il n'était pas comme Kafka dont la plupart des chefs-d'œuvre n'avaient pas été publiés de son vivant : Shakespeare avait dit ce qu'il avait à dire, ses poèmes avaient été écrits, ses pièces jouées, et donc, ayant choisi le silence, il était bien décidé à ne plus jamais parler, même après sa mort. Il ne voulait pas qu'on puisse lire ses ébauches, ses erreurs, il ne voulait pas être interprété et expliqué par l'étude du fonctionnement de son esprit mais seulement à travers son œuvre, cette œuvre inépuisable, inexplicable. Il se tut parce qu'il n'avait rien à dire, il brûla les années qui lui restaient comme si c'étaient des manuscrits et il n'eut pas l'air de s'en soucier, là-bas, à Stratford il semblait parfaitement content, sans jamais retourner à Londres, sans même jamais, pour autant qu'on sache, aller voir une pièce de théâtre, cessant d'être la personne qu'il avait été et ayant l'air content au contraire de demeurer auprès d'Anne. Dans la pièce d'Edward Bond, *Bingo*, Shakespeare reçoit la visite de Ben Jonson et ils sortent boire, se saoulent royalement et sur le chemin du retour Shakespeare prend froid et meurt, mais pas avant d'avoir dit à Ben Jonson à quel point il l'envie d'obtenir de bonnes critiques, pas avant que Ben Jonson lui ait dit à quel point il envie sa popularité car ils sont tous les deux sous l'emprise de la littérature et ne peuvent jamais se satisfaire de ce qu'ils ont, même s'ils sont les auteurs de *Volpone* et de *L'Alchimiste*, d'*Hamlet* et du *Roi Lear*, même s'ils sont Jonson et Shakespeare.

Edward Bond et son Shakespeare sont des auteurs qui, comme Kafka, font partie depuis longtemps de ma tradition personnelle, la seule tradition qui vaille pour un écrivain en activité parce que c'est celle qu'il se construit à son propre usage, qui n'est pas imposée par les grands prêtres de la littérature ni par des commandements gravés dans la pierre et rapportés du mont Sinaï ou de la faculté d'anglais de l'université de Cambridge par une sorte de Moïse mâtiné de Leavis mais un objet païen, un mélange de trésors, un veau d'or. Ou, disons, une chose née des hasards d'une vie menée dans les champs du mot, né de l'heureuse, et mieux encore, *utile* contamination par d'autres de l'esprit de l'écrivain-lecteur.

J'ai joué un jour dans une pièce de Jonson, le rôle de Pertinax Surly dans une représentation d'étudiants de *L'Alchimiste*, donnée dans le cloître du Jesus College à Cambridge, à l'endroit même où la pièce avait été créée quelque quatre siècles auparavant, du moins à ce que l'on m'a dit. J'ai joué Jonson mais il n'est pas demeuré une référence utile pour moi, alors que Shakespeare est à la fois mon heurtoir de porte et le maître du domaine sur lequel ouvre cette porte, à la fois mon Virgile m'ouvrant les portes du ciel et de l'enfer, et mon diable et mon dieu, et je dis ceci comme quelqu'un qui ne croit ni en Dieu ni au diable. Je ne crois qu'en Virgile mais je comprends la nature du contrat de la fiction, aussi puis-je me laisser embarquer par des choses auxquelles je sais qu'il ne faut pas croire dans l'espoir de découvrir, par ce moyen, quelque vérité sur laquelle je puisse compter, dans laquelle je puisse avoir foi.

Howard Brenton et Shakespeare comme Protée

Bien évidemment il n'est pas seulement le Shakespeare d'Edward Bond ; il appartient en partie à un autre dramaturge, Howard Brenton. Je me rappelle une chose que Brenton avait dite il y a bien longtemps dans une salle du New College à Oxford, il avait dit – du moins c'est le souvenir que j'en garde, le veau d'or que j'ai fabriqué à l'aide des propos qui sont vraiment sortis de sa bouche quels qu'ils fussent – que le plus grand cadeau que Shakespeare avait fait aux écrivains de langue anglaise c'est l'incroyable liberté de forme, liberté qui n'a pas été accordée aux écrivains français et, par exemple, pas à Racine qui était sans doute un grand auteur de théâtre mais dont les formes n'étaient pas libres mais classiques, corsetées et posant des limites, c'était un artiste en tenue de cérémonie, portant perruque et sirotant du bon vin, si l'on peut dire, tandis que Shakespeare avait la chemise débraillée et renversait sa bière, assis dans une taverne.

Prenez *Hamlet*, par exemple. C'est une histoire de fantômes, pour commencer par le plus évident. “Je suis l'esprit de ton père”, déclare le roi mort qui s'appelle lui aussi Hamlet (du moins dans la pièce de Shakespeare même si dans *La Geste des Danois* de Saxo Grammaticus où Shakespeare a pris son histoire, le nom du père d'Hamlet n'est pas Hamlet mais Horwendillus, un nom qu'il valait mieux changer, je pense). Donc *Hamlet* parle d'un Hamlet et du fantôme d'un autre Hamlet, c'est une pièce sur un fils hanté par son père écrite par un père hanté par le fantôme d'un fils mort nommé Hamlet. Tout cela permet à Stephen Dedalus dans *Ulysse* de s'amuser un peu avec la pièce en livrant une interprétation que j'aime bien, qui fut certainement bien rodée. (“Laisse-moi le temps d’avaler d’abord quelques pintes”, demande Buck Mulligan) et dans laquelle “il démontre par l’algèbre que le petit-fils d’Hamlet est le grand-père de Shakespeare et qu’il est lui-même le fantôme de son propre père”. Donc une histoire de fantômes, mais pas seulement car elle ne cesse de changer de forme, devenant tour à tour une histoire de meurtre, un drame politique autour des intrigues à la cour du Danemark et de la menace d’une invasion par Fortinbras, un psychodrame sur l’indécision, une tragédie sur la vengeance, une histoire d’amour tragique, une pièce postmoderne à propos d’une pièce, une pièce intitulée *Hamlet* contenant une pièce intitulée *La Souricière* qui raconte l’histoire d’un régicide semblable au régicide de l’histoire d’*Hamlet*… mais c’est tout de même une histoire de fantômes, encore l’histoire d’un père mort réclamant vengeance à grands cris et c’est, je pense, ce que Brenton voulait dire en parlant de la liberté qu’offre Shakespeare à ceux qui ont la témérité de marcher sur ses traces dans la langue anglaise. Il voulait dire que le grand exemple de Shakespeare nous donne le droit de créer une œuvre qui est plusieurs choses à la fois, qui change de forme, une œuvre qui ne doit pas être soit une histoire de fantômes soit une histoire d’amour, une comédie burlesque pleine de travestissements, ou une pièce historique ou un psychodrame mais qui peut être tout cela à la fois sans sacrifier pour autant la vérité et la profondeur, la passion, l’harmonie ou l’intérêt, sans que cela devienne un fatras embrouillé, déroutant, creux et oiseux. Tenez, prenez *Macbeth* : les sorcières, le fantôme de Banquo, la vision de la dague, toute cette poudre aux yeux, toute cette magie, dans une des pièces les plus férocement véridiques jamais écrites sur le pouvoir, une pièce si effrayante, emplie d’un tel pouvoir d’évoquer les démons qu’on ne doit pas en prononcer le nom à l’intérieur d’un théâtre ; “la pièce écossaise”, ce chef-d’œuvre réaliste au sujet de la bataille pour ce qu’Akira Kurosawa, dans le remake qu’il en donne sous forme d’un film de samouraïs, appelait : le *Trône de sang*.

L’adjectif qui désigne ce genre de littérature est “protéen”.

Cette approche protéenne de la littérature peut être une stratégie beaucoup plus dangereuse, mais cela ne la rend-il pas plus séduisante et non l’inverse ? Randall Jarrell n’a-t-il pas déclaré qu'un roman est une importante œuvre de fiction en prose qui contient en elle quelque chose de fautif ?

(Entre parenthèses je commence à craindre que ce ne soit là un autre de mes veaux d'or et qu'en réalité Randall Jarrell n'ait jamais rien dit de semblable, ou pas tout à fait, tout comme André Malraux n'a jamais dit que le XXIe siècle sera religieux ou ne sera pas. Tout le monde prétend qu'il l'a dit alors qu'en réalité il a dit le contraire, qu'il ne fallait pas qu'il le fût, tout comme Mae West dans *Lady Lou* n'a jamais tout à fait dit : "Viens donc me voir de temps en temps" et Ingrid Bergman dans *Casablanca* n'a jamais non plus exactement dit : "Rejoue le morceau, Sam." J'ai donc vérifié et il apparaît que soit Randall Jarrell a bien tenu le propos que je lui ai prêté, soit d'après la version de Michael Hoffman dans *The New York Review of Books* il a dit qu'un roman c'est "soixante mille mots en prose discursive qui contiennent quelque chose de fautif" ou alors, selon une troisième version dans le magazine *New York*, il l'aurait défini comme "une œuvre en prose d'une certaine longueur qui contient en elle quelque chose de fautif". Donc il a bien dit "qui contient quelque chose de fautif", et a bien voulu dire que cela s'appliquait au contenu des romans. Ce n'est donc pas un veau d'or mais quelque chose qui s'approche d'un fait, même si cette recherche me rappelle une des difficultés de la précision, d'établir *avec exactitude* ce qui a été dit et quand. Ah mais voici la citation originale, elle figure dans la préface de Jarrell au roman de Christina Stead, *L'Homme qui aimait les enfants*. Un roman, dit-il "est une prose narrative d'une certaine longueur qui contient quelque chose de fautif". Quelle satisfaction d'avoir eu raison dès le début, de se référer à une citation qui n'a rien de fautif en elle ! Il semblerait que les faits peuvent aussi nous offrir des plaisirs.)

Donc si un roman et bien sûr une pièce ont tendance à contenir "quelque chose de fautif", faisons au moins en sorte que cette faute soit magnifique, qu'elle parle de l'étrangeté de la beauté du monde, qu'elle cherche à essuyer de nos regards et à ôter de nos oreilles la patine ennuyeuse et la cire étouffante du quotidien qui nous donnent de la réalité une vision monochrome et une perception monotone, qu'elle nous révèle la musique polyphonique de la réalité des choses. Que ce soit une pièce ou bien sûr un roman plein de moments éclatants, de changements obscurs, de personnages pleins de vie, de transformations soudaines, d'images de feu et de glace, de métamorphoses horribles, d'aperçus lumineux, de transformations comiques et d'histoires qui n'ont en elles absolument rien de fautif.

Quand je frappe à la porte de mon bureau et que je me dis à moi-même d'entrer, je remercie mon Shakespeare en laiton de cinq centimètres pour son idée de la forme protéenne. Ce n'est peut-être qu'un heurtoir de porte mais d'après moi il a découvert quelque chose. Souvenons-nous de Protée, le Vieillard de la Mer. "Protée vert comme la mer franchit le grand courant dans son char tiré par des poissons et des étalons à deux pattes", écrit Virgile dans les *Géorgiques*. Protée, qui savait que tout ce qui avait existé était présent et disponible, répugnait à partager son savoir et revêtait des formes nouvelles pour ne pas avoir à livrer ses secrets. Il était capable de se transformer en "un jeune homme, un lion, un sanglier, un serpent, un taureau, une pierre, un arbre, de l'eau, des flammes ou tout ce qu'il voulait". Mais il ne cachait pas toujours la vérité, il lui arrivait de la dévoiler, comme quand il expliqua au mortel Pélée comment capturer la nymphe marine Thétis, la superbe néréide Thétis aux pieds d'argent, encore un être capable de métamorphoses.

"Ne t'inquiète pas si elle se déguise de cent façons, mais tiens-la bien, Quoi qu'il en soit, jusqu'à ce qu'elle ait repris sa forme primitive[1]", ce que fait Pélée et ainsi il capture Thétis, et le résultat magnifique de leur union c'est Achille, même si Thétis sait bien qu'elle n'a pas été séduite sans aide extérieure. "C'est par une volonté divine que tu triomphes !", dit-elle à Pélée, mais trop tard, Achille est déjà en chemin grâce aux révélations de Protée, dieu des métamorphoses, et c'est cet aspect de l'art protéen que j'aime, pas le fait de cacher mais le fait de révéler. C'est cela qui intéressait Shakespeare, Shakespeare qui savait que tout ce qui avait existé existait toujours et était disponible.

L'important à propos du protéisme en littérature, ce que Shakespeare a saisi et nous a permis à nous tous qui l'avons suivi de

1. Ovide, *Les Métamorphoses*, traduit du latin par Danièle Robert, coll. "Babel", Actes Sud, 2018.

saisir également, c'est que *la vie simple*, la vie elle-même n'est pas une mais multiple, n'est pas singulière mais multiforme, n'est pas constante mais change à l'infini. C'est une histoire de fantômes et une histoire d'amour, et une saga politique et une saga familiale, c'est en même temps une comédie et une tragédie, *elle n'est pas réaliste*, pas au sens que donnent à ce mot ceux qui sont chargés de délibérer sur ces questions, pas du tout réaliste dans ce sens-là. La vie de famille n'est pas "réaliste" non plus. Nous faisons semblant de le croire, tous autant que nous sommes, nous inventons l'une des fictions les plus importantes de ce qui prend le nom de "réalité", la fiction de la Vie Ordinaire. Nous feignons tous de croire que cette Vie Ordinaire est la vie que nous avons "réellement", la vie que nous menons "réellement", mais nous connaissons tous en secret la vérité, qui est que lorsque nous avons franchi la porte de la maison familiale et que nous l'avons refermée derrière nous, c'est la pagaille à l'intérieur, ce n'est pas Ordinaire du tout, c'est exagéré et surjoué, c'est monstrueux et parfois c'est presque plus qu'on ne peut supporter ; il y a des grands-pères cinglés, de méchantes tantes, des frères corrompus, des sœurs nymphomanes. Il y a de jeunes garçons qui refusent de toucher à leur déjeuner répugnant et préfèrent se réfugier dans un arbre pour y demeurer le restant de leurs jours comme le personnage qui donne son titre au *Baron perché* d'Italo Calvino, il y a des familles rabelaisiennes géantes, gargantuesques, pantagruéliques, des roteurs géants, ceux qui lâchent des pets géants et il y a des garçons qui ne grandissent pas et hurlent en jouant du tambour comme Oskar Matzerath dans le grand roman de Grass, des garçons qui ont décidé de rester petits, réduits à l'état de nains par l'horreur de leur époque, et il y a des mères comme Úrsula Iguarán, la matriarche de *Cent ans de solitude*, le centre raisonnable d'un monde insensé, il y a des morts prématurées et des accidents bizarres, il y a de la jalousie, des incestes et des haines tenaces qui durent toute une vie, des blessures sont infligées dont on ne guérit jamais, même quand à notre tour nous infligeons les mêmes à d'autres, c'est bruyant et indiscret là-dedans, à l'intérieur de la famille, et parfois on s'en échappe, on traverse des continents et des océans pour la fuir, puis, avec beaucoup de précautions, on en bâtit une nouvelle version à notre usage parce que le problème lorsque l'on tente d'échapper à soi-même c'est qu'on s'emporte soi-même dans la fuite. Oh et puis il y a aussi de l'amour, de l'attention, du soutien et de la tendresse, je ne l'oublie pas. Les familles possèdent aussi ces qualités-là.

Voilà donc les arguments que j'aime défendre lorsque je suis assis, la chemise débraillée, dans une taverne, à renverser ma bière. J'aime soutenir que la réalité n'est pas réaliste et c'est pourquoi je préfère cette autre sorte de littérature, celle que l'on pourrait qualifier de protéenne et qui est plus réaliste que le réalisme, parce qu'elle correspond à l'irréalité du monde.

Protée et autres métamorphoses

Le "réel" est une idée du monde, il en est une description ou un tableau, tout comme l'"irréel". On pourrait même dire que c'est une question de foi, comme l'argent ou les fées. Si les gens n'y croient pas, ils n'existent pas. Si vous ne croyez pas que le billet vert dans votre poche vaut un dollar, alors ce n'est qu'un bout de papier, une fée morte, irréelle. "De la même manière" comme on aime dire en Inde, si vous ne croyez pas en une description donnée du monde, vous refusez de la qualifier de "réelle", vous dites au contraire que c'est un mensonge. La frontière entre la réalité et la fiction n'est pas nette, elle est floue et indécise. La description du monde contient des faits, assurément, et les faits, comme nous l'avons vu, sont des créatures flottantes et insaisissables, mais il y a des armées de chasseurs de faits qui les traquent comme des papillons et parfois ceux-ci se retrouvent cloués au mur comme des phalènes. Ainsi à l'intérieur de chaque réalité donnée, de chaque vision du monde, il y aura un certain nombre de faits épinglés : le nom du président, l'âge de votre épouse, la place occupée par votre équipe sportive favorite dans le classement hebdomadaire, mais il y aura aussi, souvent, des fictions épinglées, des préjugés répandus, des ignorances, des erreurs et des éléments de la propagande d'État (qui apparaissent ces temps-ci dans toute une gamme de couleurs attrayantes) qui se font passer pour des faits. Autrefois, je n'ai besoin de le rappeler à personne, c'était un fait que la Terre était plate. C'est curieux ce que l'on considère comme normal. La Terre est plate, votre maison est votre château, Dieu est grand, vos parents vous aiment, les Red Sox vont (presque) toujours trouver le moyen de perdre et vous n'allez pas vous réveiller un jour pour découvrir que vous avez été transformé en scarabée géant. Lorsque vous vivez dans une certaine image du monde, tout en vous et dans le tableau lui-même insiste sur l'idée que c'est comme ça, c'est cela le monde et rien d'autre et il n'existe rien en dehors du cadre.

Et puis un jour, l'image du monde se brise. Vous vous éveillez un matin et vous découvrez que vous avez été bel et bien transformé en scarabée géant. Ou bien Hitler envahit la Pologne. Ou bien vous êtes un publicitaire qui ressemble à Cary Grant et on vous prend pour quelqu'un d'autre, quelqu'un qui ressemble à Cary Grant et quelques scènes plus tard vous vous retrouvez poursuivi par un avion pulvérisateur de pesticides puis suspendu aux pentes du mont Rushmore. Ou quelqu'un doit avoir colporté des mensonges sur votre compte, comme c'est arrivé à Joseph K, parce qu'on vous arrête un beau matin et personne ne vous explique pourquoi. Ou vous êtes un romancier distingué d'Allemagne de l'Ouest, heureux en ménage, et vous découvrez un jour que l'épouse bien-aimée avec qui vous vivez depuis trente ans est, depuis le début, une espionne communiste et que le mariage n'était que sa "couverture". Ou dans un supermarché vous détournez le regard de votre enfant, l'espace de quelques secondes, et l'instant suivant, l'enfant a disparu et avec lui tout ce que teniez pour votre vie réelle. Ou des terroristes lancent des avions contre les tours jumelles et votre innocence meurt en même temps que votre sentiment de sécurité, en même temps que les milliers de morts. C'est curieux ce que l'on considère comme normal jusqu'à ce qu'on n'y croie plus. Ou qu'est-ce que cela fait d'être Raymond Carver, de s'entendre dire par son médecin qu'on a un cancer du poumon inopérable ? "Je crois bien que j'aurais pu le remercier, écrit Carver, tant les habitudes sont fortes."

Comme je l'ai dit, c'est curieux ce que nous considérons comme normal et comme nous pensons que le monde est solide alors qu'en fait des gens se séparent, meurent, perdent leur travail et changent, eux, nous, ne cessons jamais de changer, la métamorphose commence à apparaître comme la seule constante, le seul réalisme réel mais c'est un problème si votre conception du réel se réfère à la constance et à la stabilité, si vous voulez que le monde soit un cube d'acier alors qu'il n'est en fait qu'une amibe frétillante, un œuf dans une poêle à frire. Entrez dans un bar à New York ou un pub à Manchester en Angleterre ou un café sur la Connaught Place à New Delhi ou même dans ce qu'on appelle Arab Street et tout ce que vous entendrez où que vous alliez ce sont des désaccords. On n'arrive même pas à se mettre d'accord sur la rotation de départ des Yankees, comment pourrait-on être d'accord sur le monde ? Voici la Terre que nous avons, elle n'est pas plate, plus maintenant, nous le savons mais pouvons-nous tomber d'accord sur ce qu'elle est vraiment ? Ronde, d'accord, plus ou moins ronde mais encore ? De plus en plus c'est un lieu où les gens discutent, où ils ne sont jamais d'accord, où la libération d'un homme est l'impérialisme d'un autre, où des lignes de front sont tracées dans le sable, à travers des glaciers, en plein cœur de villes détruites, où se développe une âpre discussion sur la nature de la réalité, sur ce dont il s'agit, des mondes entrent en collision, des réalités incompatibles se disputent le même espace, et il en résulte, bien souvent, de la violence.

Voilà avec quoi je me bats, cette grande masse informe qui change sans cesse, et qui n'est pas capable de s'accorder elle-même sur sa véritable nature, voilà à quoi j'essaie de donner forme et, en ce qui me concerne, parlant à présent moins comme écrivain que comme lecteur, je préfère accorder ma confiance aux auteurs qui reconnaissent l'existence de cette bataille, qui vous font comprendre que toute forme qu'ils imposent à cette masse confuse n'est que provisoire, que leur vision personnelle du monde vient s'interposer, qu'il est très difficile de sortir du cadre. Il vaut mieux leur faire confiance, dans l'ensemble, plutôt qu'à ceux qui prétendent que le monde est solide comme un roc, même si les rocs s'écroulent parfois, et aussi sûr qu'une maison, même s'il arrive aux maisons de vaciller et d'exploser.

Dans un monde aussi instable que celui-ci, donnez-moi toujours une littérature de l'instabilité ou au moins qui reconnaisse celle-ci, qui admette que le monde puisse être secoué par des tremblements de terre, la guerre, ou le hasard, où l'on ne se trompe pas sur la réalité, où l'on accepte de regarder en face la nature de la bête.

Protée.

Protée n'était absolument pas le seul à être capable de métamorphoses en ces temps anciens, Zeus lui-même n'était pas contre quelques changements de forme, particulièrement quand il faisait la cour à des dames, un taureau pour Europe, un cygne pour Léda, raison pour laquelle sa fille Hélène, Hélène de Troie, naquit d'un œuf. En Inde aussi la métamorphose était une pratique divine bien établie. Le dieu Vishnu avait dix incarnations "primaires" et quatorze autres incarnations ou "avatars" parmi lesquels un poisson, une tortue géante, un sanglier et les dieux Rama et Krishna. On peut dire en général de Vishnu que, quand il se métamorphosait, il avait un éventail d'intérêts plus large que celui de Zeus, ses incarnations Rama et Krishna étaient certainement impliquées dans des histoires d'amour immortelles avec Sita et Radna mais elles avaient aussi d'autres chats à fouetter tant sur le plan de la guerre que celui de la philosophie. Ce n'est pas extrapoler que de dire que la naissance de la littérature, en tout cas la naissance de la tradition de la littérature protéenne que je veux célébrer, fut un effet secondaire intéressant de la propension des dieux à la métamorphose, parce que, sans ce cygne, il n'y aurait pas eu Hélène et sans Hélène pas de guerre de Troie, je suis convaincu que ce fut bien la guerre d'Hélène même si une lecture révisionniste moderne explique le conflit par les forces politiques en présence dans la région et place l'avidité d'Agamemnon au-dessus de l'énorme pouvoir sexuel et érotique d'Hélène de Troie. Ce qui me semble une interprétation erronée.

Soyons clair. Techniquement parlant, si l'on s'en tient aux faits, c'est Agamemnon qui sacrifia aux dieux sa fille Iphigénie pour les persuader d'envoyer un vent secourable à la flotte grecque encalminée, c'est Agamemnon qui lança à l'attaque les mille vaisseaux et qui ensuite, après un long siège et de grands faits d'armes de nombreux guerriers de chaque camp, brûla les tours sans toit d'Ilium, mais ici nous découvrons une différence instructive entre les faits et la vérité, qui est aussi, et cela ne manque pas d'intérêt, la différence entre histoire et littérature, et la vérité, la vérité de la littérature est que ce ne fut pas Agamemnon qui lança ces vaisseaux, c'est Hélène qui le fit, et elle aussi qui brûla les tours, et les flammes qui s'élevèrent au-dessus de Troie étaient la manifestation flamboyante de son pouvoir, le pouvoir de la femme la plus désirable du monde.

Et voici Hélène, marchant sous le ventre du cheval de Troie et le caressant, caressant vraiment le bois et la chaleur sexuelle de sa caresse se transmet aux soldats cachés à l'intérieur. C'est une image complètement surréaliste, "impossible", mais nous la comprenons immédiatement parce que nous savons de quoi Hélène est capable, celle qui a lancé un millier de vaisseaux est certainement capable de faire bander un cheval de bois et peut transmettre à travers le bois sa chaleur sexuelle aux soldats cachés à l'intérieur et les exciter tous, l'un d'eux si fort qu'Ulysse dut le tuer, l'étrangler véritablement à mains nues pour l'empêcher de crier. Lisez cela et dites-moi donc si ce n'est pas une histoire sur le pouvoir d'une femme. Sans la séduction de la mère d'Hélène par un Zeus métamorphosé, nous n'aurions rien eu de tout cela, ni Homère, ni *Iliade* ni *Odyssée*, et si l'on se tourne vers l'Orient c'est la même histoire, Vishnu sous la forme de Krishna est non seulement l'un des principaux personnages du *Mahabharata* mais aussi l'auteur supposé du *Bhagavad Gita* tandis que les exploits de Vishnu sous les traits de Rama nous ont donné le *Ramayana*.

Je reviens souvent aux vieilles histoires, je m'abreuve à ces anciens puits non pollués, en partie parce que, lorsqu'on est profondément affecté par l'époque contemporaine, quand une grande part de vos réflexions cherche à comprendre comment façonner dans une œuvre cohérente la vision que l'on a de cette époque, cette masse géante et changeante dont j'ai déjà parlé, il est utile de se remettre en mémoire ce qui a survécu, ce qui revendique le terme d'éternel, de s'asseoir et de s'instruire au pied de ce qui persiste. Mais aussi parce qu'il y a quelque chose de joyeux dans tout cela, par exemple de découvrir dans les anciens textes nordiques qu'au début il y avait une vache géante, la vache Audumla, couchée au fond d'un gouffre sans fond, le Ginnungagap, le bâillement entre les terres de Muspelheim et de Niflheim, les terres du feu et de la glace et elle allaitait le géant Ymir qui tétait ses pis. Tandis qu'Ymir buvait, la vache Audumla, à la recherche de nourriture ou pour se divertir, lécha la glace salée au fond du

Ginnungagap et par ce coup de langue forma le personnage de Buri qui devint le grand-père des dieux Odin, Vili et Ve, quand les dieux grandirent ils tuèrent le géant Ymir et se servirent des différentes parties de son corps pour créer le monde, de son sang ils firent la mer, avec ses os ils élevèrent les montagnes, de sa chair ils firent la terre et de son crâne, le ciel. Ils utilisèrent même les quatre asticots qui étaient apparus sur le cadavre du géant, qui prirent la forme de quatre nains nommés Nord, Sud, Est et Ouest, donnant à chacun d'eux un coin du ciel à soutenir puis ils créèrent Ask et Embla, les premiers humains à partir des branches d'un frêne et d'un orme qui poussaient sur le rivage.

Voilà qui donne un sens de la perspective historique, ne trouvez-vous pas, qui éclaire notre compréhension de la condition humaine quand on sait que nous sommes là tout simplement à cause d'une vache affamée.

J'ai un faible pour les panthéons polythéistes, en partie parce que les histoires sont bien meilleures dans le polythéisme que dans le monothéisme, en partie parce que les divinités monothéistes sont, disons, *inhumaines*. Les traditions que j'aime sont celles dans lesquelles les dieux se conduisent mal. Les divinités grecques et romaines sont particulièrement douées en matière de très mauvaise conduite. Elles sont vaniteuses, susceptibles, vindicatives, fanatiques, lubriques, ivrognes, jalouses, agressives, cruelles. Qui pourrait résister au charme d'une telle bande, de Zeus le violeur en série, ou de la vindicative Athéna ou de Dionysos l'ivrogne capricieux ? Quel progrès par rapport aux modèles moraux des grands monothéismes, ces policiers de l'âme, austères et intraitables ! Les dieux de la Grèce et de Rome, dans leur sagesse, ne s'intéressent nullement à l'entreprise puritaine consistant à se donner en exemple. Ils ne nous disent pas "Faites comme nous" ou "Pensez comme nous". Ils nous laissent libres d'agir et de penser, tout comme ils insistent pour être fidèles à eux-mêmes. Tout ce qu'ils exigent de nous c'est que nous les vénérions. En d'autres termes, ils se comportent exactement comme des personnages de fiction qui n'éprouvent peut-être pas exactement le besoin d'être vénérés mais qui apprécient certainement d'être aimés ou du moins de devenir le sujet ou l'objet de notre fascination.

Les dieux à leur âge d'or étaient très différents des personnages de fiction, à l'époque où les gens croyaient vraiment en eux, l'époque où les mythes grecs étaient la religion grecque et les mythes romains la religion romaine et vous pouviez vous attirer de terribles châtiments en parlant de la manière dont je le fais en ce moment, parce que ce qui est aujourd'hui une plaisante discussion littéraire aurait constitué à l'époque un péché de blasphème. On pourrait souhaiter qu'un ou deux éléments de la fournée des monothéismes en arrivent à ce point de déclin où ce qui est aujourd'hui considéré comme un blasphème deviendrait une plaisante discussion littéraire, mais nous n'avons pas cette chance, du moins pas encore. Bref, les anciens dieux grecs et romains étaient du genre vengeur, ils n'avaient pas besoin des hommes pour faire leur sale boulot, ils le faisaient eux-mêmes, avec un plaisir considérable, en nous imposant d'épouvantables sanctions si nous manquions de les vénérer ou si nous ne le faisions pas assez souvent ou assez bien, ou encore, que Dieu nous en garde, si on les défiait. Ils pouvaient nous punir, nous transformer en araignées comme Arachné ou, comme Prométhée, nous attacher à un pilier et envoyer un grand oiseau nous dévorer le foie pendant toute l'éternité, le foie se régénérant par magie à mesure qu'il était mangé, ou ils pouvaient encalminer notre flotte et exiger le sacrifice de nos enfants ou bien brûler nos villes. Pourtant tout cela est terminé, heureusement, et il ne reste que les livres.

Protée.

C'était un dieu qui avait l'esprit pratique, un dieu qui mérite que les écrivains s'intéressent à lui, qui avait plein de solutions techniques aux problèmes de la vie et une des choses que les écrivains savent bien c'est que *tous les problèmes littéraires sont des problèmes techniques*. Aristée, l'apiculteur, celui-là même qui avait poursuivi Eurydice de ses avances dans un champ où elle avait été mordue par un serpent et en était morte, obligeant Orphée à la suivre aux enfers, Aristée pour qui, par conséquent, on éprouve un certain manque de sympathie, vint voir Protée et lui demanda comment avoir plus d'abeilles qu'il n'en avait déjà. Protée lui demanda de sacrifier du bétail aux dieux et quand Aristée le fit, se déversèrent de leurs cadavres pourrissants de grands essaims d'abeilles. Les conseils de Protée, quand on pouvait le convaincre de les donner, étaient toujours bons à prendre.

Poséidon a tendance à être le dieu marin le plus célébré et on ne prête pas grande attention à Protée. Mais je suggère que nous devrions commencer à nous intéresser à lui parce que l'idée protéenne est à la base de ce que j'appelle l'autre grande tradition, celle qui n'est pas piégée dans une vision erronée du réel où l'erreur est de voir le réel comme ordinaire, quand en fait il est extraordinaire, de le voir comme modéré quand en fait il est extrême, de ne pas le voir comme il est, empli de merveilles, mais sous sa forme simplement naturaliste. Si l'on s'en tient à cette idée protéenne, on évitera toutes ces erreurs et on comprendra en outre que le réalisme dans le roman ne relève pas du respect de certaines règles, il n'a rien à voir ni avec le naturalisme ou l'imitation, le roman tenant moins de la photographie que de la peinture, ou même dans le cas des meilleurs romans, de la vaste fresque couvrant les murs et le plafond d'un imposant palais, ainsi le réalisme dans le roman n'est pas une question de technique, c'est, selon moi, une question d'intention. Autrement dit, si l'intention de l'artiste, de l'écrivain est de créer une réaction au monde aussi vraie et aussi honnête que possible, si son intention est d'employer les meilleures ressources du langage et de l'imagination pour élaborer une réponse artistique à partir du sentiment qu'il a d'être en vie dans ce monde et s'il reste fidèle à cette intention ce qu'il produira sera une œuvre réaliste, qu'elle soit pleine de dragons et de balais ou de bureaux et d'éviers de cuisine. La toile de Van Gogh représentant une nuit étoilée ne ressemble pas à la photographie d'une nuit étoilée, ni en fait à une nuit étoilée quand on la regarde à l'œil nu, mais c'est tout de même un grand tableau représentant une nuit étoilée et tous ceux qui la regardent comprennent qu'elle est vraie.

Et quand on vit à un moment charnière de l'histoire, comme c'est notre cas, comme c'était le cas de Shakespeare quand il écrivait ses pièces protéennes, un moment où tout bouge, où tout change extrêmement vite, lorsque le futur est en jeu et que de gros nuages sombres courent sur le soleil et quand il y a des épidémies et des dragons qui errent de par le monde, alors il devient essentiel d'admettre que les formes anciennes ne pourront plus servir, que les idées anciennes ne sont plus pertinentes, parce qu'il faut tout reprendre, et tout, en faisant de notre mieux, doit être repensé, réimaginé et réécrit, et agir autrement reviendrait à échouer, de la manière la plus lamentable qui soit, dans la quête de notre art.

HÉRACLITE

Quand le dessinateur Charles M. Schulz annonça qu'il allait mettre un terme à la série des *Peanuts*, il reçut un flot de requêtes de lecteurs, réclamant tous la même chose. "S'il vous plaît, rien qu'une fois avant d'arrêter, laissez Charlie Brown jouer au football." Mais Schulz s'est fermement opposé à la demande de ses lecteurs et a préféré suivre la logique de ses personnages. Si Lucy van Pelt laissait Charlie Brown taper dans le ballon, si elle ne le retirait pas à la dernière minute de la trajectoire de son pied toujours confiant et toujours trahi, elle cesserait d'être Lucy. Si Charlie Brown tapait dans le ballon, il ne serait plus Charlie Brown.

Pour Charlie Brown et pour Lucy, leur *ethos*, comme disait Héraclite cinq cents ans auparavant, leur façon d'être au monde, est leur *daimon*, le principe directeur qui façonne leur vie. Charlie Brown doit éternellement fulminer contre la déception d'être conscient de sa crédulité innocente et Lucy ne cessera de s'amuser à mettre en évidence cette crédulité. Ils ne peuvent agir autrement. Leurs personnages ont pris le pouvoir sur leur auteur. L'auteur, après les avoir créées, n'est plus tout-puissant mais dépend de ses créations. Pinocchio n'est plus une marionnette, autrefois il avait des fils, à présent il est libre. C'est un véritable garçon bien vivant.

Avez-vous lu Héraclite ? Question stupide, vraiment, c'est comme vous demander si vous avez déjà bu du vin d'une bouteille brisée ou si vous avez déjà contemplé un tableau ancien qui aurait été, par malheur, réduit à l'état de lambeaux ? Lire Héraclite revient au même parce qu'il reste de lui si peu de choses. Son grand livre a survécu aux empires perse, grec et romain et a été loué par Socrate, Platon, Aristote et Marc Aurèle puis a trouvé le moyen de disparaître. Et tout ce qu'il reste de lui ce sont des citations dans les œuvres d'autres auteurs, certaines dans l'original grec, d'autres paraphrasées ou traduites en latin, rien que quelques tessons brisés numérotés de 1 à 130 tels des fragments dans la vitrine d'un musée. C'est comme si les œuvres complètes de Shakespeare s'étaient perdues et que tout ce qu'il en reste consiste en cent trente phrases sorties de leur contexte et nous ne savons même pas si elles étaient ses pensées les plus fameuses ou simplement des mots qui ont échappé à l'oubli par hasard.

Les fragments rassemblés dans le recueil le plus récent et justement intitulé *Fragments* conservent manifestement un pouvoir considérable, ils ont influencé Montaigne, Nietzsche, Heidegger et Jung, et si nous acceptons la thèse de son traducteur le plus récent, l'élégant érudit Haxton de Syracuse, ce Brooks Haxton, poète de Syracuse, New York, nous pouvons admettre "qu'une influence précoce et durable sur la pensée chrétienne est particulièrement évidente dans le langage héraclitéen qui ouvre l'Évangile selon saint Jean « Au commencement était le Verbe »". Héraclite était un fervent partisan du Verbe. "Toutes choses se produisent conformément au *logos*", dit-il et il ajoute : "Ceux qui ont entendu non moi mais le *logos* sont d'accord que la sagesse, c'est : un est tout." *Logos* était le mot qu'il employait, un mot qui à l'origine signifiait plus que le Verbe, Brooks Haxton nous le rappelle, il signifie : "Tous les moyens qui servent à faire connaître les idées, mais aussi les idées elles-mêmes, les phénomènes auxquels réagissent ces idées et les règles qui régissent à la fois les idées et les phénomènes." Ou comme le dit Jean l'Évangéliste, en grec : "Le Verbe *(logos)* était avec Dieu et le Verbe était Dieu."

C'est une bonne nouvelle pour les romanciers parce que si le Verbe est avec Dieu, qu'est-ce que cela fait de nous ? La seule difficulté pour moi c'est qu'Héraclite affirme cela comme s'il puisait au hasard dans un sac rempli pour moitié de paroles d'un sage et pour moitié de biscuits à prédire l'avenir.

> Les hommes déplacent des tonnes de terre pour trouver une once d'or.

La nature garde ses secrets.

La sagesse est l'unique vérité qui guide et imprègne toute chose.

Sans le soleil. Quel jour ? Quelle nuit ?

Ce qui était éparpillé s'assemble, ce qui était assemblé se disperse.

Un âne préfère les chardons à l'or.

La route qui monte est aussi celle qui descend.

Le début est la fin.

Du fromage de chèvre fondu dans du vin chaud se fige si on ne le mélange pas.

(Celle-là est bien bonne.)

Il ne faut pas parler et agir comme en dormant.

Le plus beau singe est laid comparé à l'homme.

Il est difficile de prendre certaines de ces remarques au sérieux et pourtant il y a beaucoup de gens, des gens avisés, qui les considèrent avec le plus grand sérieux, et à ces sages on est tenté de dire :

Il vaut mieux cacher son ignorance.

Et pourtant, pourtant, Héraclite était un homme remarquable à bien des égards, contemporain mais probablement pas ami de Pythagore, de Lao-tseu, de Confucius et du Bouddha et c'était un véritable chercheur de vérité. Comme le Bouddha, il était né prince, en l'occurrence prince d'Éphèse, sa ville natale, et comme le Bouddha il renonça au pouvoir afin de se mettre en quête de ce qu'il avait lui-même appelé la sagesse *(sophos)* et que le Bouddha appelait l'illumination. Et certains des fragments sont pour moi très éloquents. Par exemple :

> Certains s'encombrent l'esprit de charabia au point de devenir sourds et aveugles.

Ou bien :

> Je fais cas de tout ce qu'on peut voir, entendre, apprendre.

Même si évidemment je suis déçu de l'entendre dire :

> À présent que nous pouvons voyager partout nous n'avons plus besoin des poètes ou des conteurs pour être les témoins sûrs de faits disputés.

Et puis il y a le fragment 119 qui a conquis le statut de grande vérité sur la vie, ce fragment 119 qui nous dit, comme il le disait à Charlie Brown, que l'*ethos* d'un homme est son *daimon*, ou pour recourir à un langage plus simple, que le caractère d'un homme est son destin. "Le caractère est le destin." La clef de l'art du roman en huit syllabes, ou c'est ce que les gens ont longtemps cru. Le caractère du capitaine Achab, déterminé, obsédé, obnubilé par la baleine au point de vendre son âme en échange du droit de la tuer – "Du cœur de l'enfer je te poignarde" –, rend sa mort inévitable. Et le voici pour finir, attaché à sa proie par la corde du harpon et qui se noie, tous les deux liés ensemble, l'homme et la baleine, inséparables dans la vie comme dans la mort. Le survivant du naufrage du *Pequod*, le seul qui vit pour raconter l'histoire, c'est le personnage en retrait d'Ishmael, ou du moins nous pensons qu'il se nomme ainsi. "Appelez-moi Ishmael", nous dit-il et pas "Je suis Ishmael" ou "Ishmael est mon nom". Ishmael peut très bien être un pseudonyme comme le nom "Alias" adopté par le personnage que joue Bob Dylan dans le grand western de Sam Peckinpah *Patt Garrett et Billy le Kid*. "Appelle-moi Alias", dit Dylan jouant le rôle d'Ishmael face à Patt Garrett-Achab (Billy le Kid étant, je suppose, la baleine pourchassée) et quand Garrett lui demande si c'est vraiment son nom, il répond avec un petit sourire énigmatique à la Bob Dylan : "Tu peux m'appeler comme ça." Donc, Appelez-moi-Ishmael, le gars en retrait, celui qui ne veut pas partager la passion et la ferveur de la quête obsessionnelle de Moby Dick, Ishmael survit puisque la survie est sa partie, c'est son caractère et donc son destin. Achab, puisque c'est son destin, puisque c'est ce qu'il désire, s'en va frapper à la porte du ciel.

Et puis il y a les personnages qui incarnent le refus, le refus par exemple de Bartleby, le Scribe, qui préfère ne pas, sans jamais fournir la moindre raison ni même un soupçon d'explication. Mais peut-on vraiment qualifier Bartleby de personnage ou n'est-il simplement que ce refus, énigmatique, irritant, important pour l'effet qu'il a sur les autres et non pas en lui-même ? Je pense qu'il peut l'être parce que ses refus ne se font pas au hasard, ils sont cohérents. Bartleby a des besoins. Il est sans domicile et pratiquement sans le sou et il habite secrètement son bureau de scribe, et quand il y est surpris *en déshabillé**[1], il préfère ne pas laisser entrer son employeur avant de s'être rendu présentable. Il a aussi une haute idée de lui-même en tant que travailleur et s'applique assidûment à sa tâche de copiste mais préfère ne partager ce travail avec personne d'autre. Son orgueil professionnel est peut-être déplacé mais il montre que c'est un homme qui met des frontières à sa vie. Il fera ceci, il ne fera pas cela et il se conformera poliment à ses règles personnelles qu'elles qu'en soient pour lui les conséquences. Est-il donc une sorte de fanatique à la fois passif et agressif ? Je ne pense pas car il ne cherche à imposer ses idées à personne. Face à la pauvreté et même à la mort il a choisi la voie de la dignité, préférant ne pas s'en détourner et accepter son sort. Donc si le caractère c'est le destin, la force de l'approbation est aussi puissante que celle du refus. Bartleby refuse et accepte en même temps. Il préfère ne pas, mais aussi, en silence, il préfère.

Je pense aussi à un autre refus, celui du maquignon, Michael Kohlhass, dans le beau roman qui porte ce titre, d'accepter que

1. Les mots en italique suivis d'un astérisque sont en français dans le texte original.

justice ne lui soit pas rendue. Il insiste pour que la loi soit strictement respectée et que les deux magnifiques chevaux, bien nourris, au poil luisant qui lui ont été confisqués par le junker Wenzel von Tronka et qu'on a laissés dépérir au point de devenir "un couple de haridelles décharnées et à bout de forces[1]" lui soient rendus dans l'état où ils étaient quand on les lui a enlevés en même temps que ses autres biens, un mouchoir de cou, quelques florins impériaux et un ballot de linge, et lorsque sa modeste réclamation est rejetée, il se laisse aller à un comportement si violent que son monde et lui-même en sont à moitié détruits. Son caractère devient le destin de sa communauté tout entière aussi bien que son propre destin. Mais, quand à la fin de l'histoire et après les actes d'une violence inouïe qu'il a commis, il obtient pleinement réparation de ses pertes, il accepte que la justice s'exerce aussi contre lui pour ses propres actes. Ayant obtenu satisfaction, Kohlhass est prêt à donner satisfaction à l'État et se soumet sans discuter à la hache du bourreau. Une fois de plus le refus marche main dans la main avec l'acceptation.

Un siècle et demi après avoir été écrit, *Michael Kohlhass* inspira le romancier américain E. L. Doctorow qui fonda le personnage de Coalhouse Walker dans *Ragtime* sur celui de Kohlhass. Coalhouse Walker, le dandy afro-américain dont la belle voiture est vandalisée par des racistes et qui, comme Michael Kohlhass veut absolument obtenir réparation, insiste pacifiquement et poliment aussi longtemps qu'il le peut et pousse la patience jusqu'à des limites extrêmes et ne se tourne vers des mesures radicales que lorsque les plus modestes ont échoué. Le sens de l'injustice peut pousser un homme à l'extrémisme et on peut lui attribuer bien des mécontentements du monde actuel, mais ce qui fait la particularité de Kohlhass, Coalhouse ou Bartleby c'est leur foi dans la courtoisie, le refus de s'adonner à l'incivilité et à la violence tant que les autres voies n'ont pas été épuisées, leur préférence pour la non-violence même si, dans deux de ces trois exemples, une grande masse de violence se cache sous la surface.

1. Kleist, *Michael Kohlhass*, traduit de l'allemand par G. La Flize, "GF", Flammarion, Paris, 1992.

Cette volonté presque karmique d'accepter ce que la vie vous envoie se retrouve au cœur de la nature de M. Leopold Bloom, ce Juif errant irlandais et quichottesque, "Monsieur Leopold Bloom se régalait des entrailles des animaux et des volatiles", qui aimait sa femme en dépit des infidélités qu'elle commettait avec Blazes Boylan, Bloom qui après son expédition nocturne en ville ramène Stephen chez lui dans le chapitre "Ithaque" d'*Ulysse*, le fils perdu que Bloom n'a jamais eu, ce fils qui est à la recherche de sa mère qu'il a perdue et plus tard, lorsqu'il se retrouve couché avec Molly, il lui parle de lui, le lui présente pour son plaisir et lui laisse deviner ce qu'il ne sait pas lui-même : *c'est un écrivain et il va être professeur d'université en Italie, et je vais prendre des leçons*, rumine Molly à propos de Stephen, *qu'est-ce qu'il est en train de manigancer en me montrant sa photo…* voulant parler de Bloom, du but que Bloom recherche, *je me demande s'il ne la lui a pas offerte et moi avec… je suppose qu'il doit avoir vingt ans ou plus, je ne suis pas trop vieille pour lui s'il a vingt-trois ou vingt-quatre ans.*

Comme c'est poignant, au terme de cette longue journée de pérégrination dans une longue nuit, vers la fin de ce catéchisme qui fait la longueur de tout un chapitre et avant que la voix accablante de Molly ne se déchaîne contre nous, de découvrir que chez Bloom aussi il y a un refus, un refus caché sous son acceptation : il accepte ses infidélités parce qu'il refuse de la perdre, il entre dans le lit conjugal et y trouve "l'empreinte d'un corps humain masculin, non le sien à lui", et couché auprès de sa femme endormie il énumère pour lui-même le nom des amants de sa femme, cette liste dont il n'est même pas le dernier et il éprouve tour à tour les sentiments "d'envie, de jalousie, d'abnégation, d'équanimité", et pourtant il est excité par sa présence, il l'aime malgré ce qu'il sait et dans un geste magnifique où l'humilité du cocu s'allie au désir du mari, il embrasse "les ronds mamelons melons melliflons de sa croupe, chaque rond et melonneux hémisphère à son tour, et leur sillon minon marron, avec une osculation ténébreuse, prolongée, provocante, melon-odorante[1]". Quant à Molly Bloom, Molly qui dit Oui, elle n'est autre qu'un caractère-destin, elle est

1. James Joyce, *Ulysse*, nouvelle traduction sous la direction de Jacques Aubert, © Éditions Gallimard, 2004.

le soliloque de Molly, rien d'autre que le destin, couchée dans son lit, endormie, éveillée, dans l'action et le souvenir, aucun personnage n'a plus incarné la destinée qu'elle, celle de chacun autant que sa propre destinée sensuelle et innocente.

Donc jeu, set, et match pour Héraclite, direz-vous. Caractère, destinée, l'un mène à l'autre et tout est dit, il n'y a rien à ajouter. Ah mais si, il y a beaucoup à ajouter parce que la maxime d'Héraclite ne tient pas compte des éléments liquides de la vie, des éléments gazeux, des éléments en rapport avec les gens, les histoires, le langage, la perception et aussi les valeurs morales qui ne restent pas figés qui ne sont pas fiables. James Joyce, créateur de personnages à la destinée fortement marquée, *agenbitten by inwit*[1], connaissait les faiblesses de la chair comme il savait tout le reste, c'était un maître du changement, de la mutation et au début d'*Ulysse* il invoque le Vieux Père Océan, Protée aux nombreuses métamorphoses : "Méfiez-vous" comme nous prévient le livre "des imitations".

Il y a, par exemple, la question du hasard. Dans le *Mahabharata*, le roi Yudhisthira, un joueur compulsif, perd sa santé, son royaume, la liberté de ses frères et même son épouse à cause de quelques coups de dés. D'une certaine façon, donc, il forge son destin mais une question demeure. Que serait-il arrivé si les dés étaient tombés différemment ? Ce que suggère le *Mahabharata*, à savoir que son adversaire, Shakuni, était champion à ce jeu alors que Yudhisthira n'était qu'un débutant, ne convainc pas. Il n'existe aucun moyen d'être un maître des dés. Une explication des affaires humaines qui omettrait l'influence de l'imprévisible, du chaotique, de l'événement qui se produit sans aucune raison, ne saurait être une explication satisfaisante. Faute d'un clou on peut perdre une bataille. Un enfant chute d'une fenêtre du troisième étage et se relève miraculeusement indemne, le même enfant tombant de la même fenêtre dans d'autres circonstances se tuerait. Nous tournons à droite au milieu d'une foule assemblée lors d'une certaine soirée, un certain jour, et nous rencontrons l'homme ou la femme qui va devenir notre conjoint. Si nous

1. Formule d'anglais médiéval employée par Joyce dans *Ulysse* et qu'on pourrait traduire par : "poursuivis par le remords".

avions tourné à gauche nous ne l'aurions jamais rencontré. Une maison est emportée par un cyclone avec une jeune fille à l'intérieur et en atterrissant elle écrase par hasard une sorcière dont les chaussons vermeils magiques vont finalement ramener la jeune fille chez elle. Et si la sorcière n'avait pas été écrasée ?

Les écrivains croyants voient dans le hasard la main de Dieu. Dans *Le Pont du roi Saint Louis*, Thornton Wilder s'applique à comprendre la signification de la mort de cinq individus sans aucun lien entre eux, qui se sont simplement retrouvés à traverser le pont au moment où il s'est écroulé. Pourquoi précisément ces gens-là au lieu de quelqu'un d'autre ? Le livre, avec un véritable héroïsme, refuse d'accepter la réponse selon laquelle il n'y a aucune raison, que c'est juste une question de malchance, et essaie de pénétrer les desseins de Dieu. Jusqu'à un certain point c'est ce que nous faisons tous, nous n'aimons pas l'idée que nos vies puissent être transformées par les caprices du destin, par la chance ou la malchance, par des éléments que personne ne peut contrôler.

Oui le hasard existe. Un auteur nettement moins croyant que Wilder, le romancier britannique Ian McEwan a plus d'une fois utilisé les changements de vie dus au hasard comme moteur de ses livres ; le rapt d'un enfant dans un supermarché au début de *L'Enfant volé* ; l'image de la montgolfière à la dérive, avec à son bord un groupe de gens qui, encore une fois, ne se connaissent pas, cinq individus sans aucun lien entre eux, dont les vies sont liées par l'accident de ballon dans le chapitre d'ouverture de *Délire d'amour*. Mais dépourvues d'élan religieux, les histoires de McEwan ne cherchent pas la main cachée du Tout-Puissant, les voies impénétrables de Dieu, comme le disent les cantiques, pour accomplir ses merveilles. Au lieu de quoi, McEwan accepte le pouvoir qu'a l'imprévisible de changer les vies humaines et s'applique à rechercher non les causes cachées mais les conséquences de ces événements sur les vies qu'elles affectent et qui sont certainement vécues en fonction de ce que dicte le caractère des personnages, mais chacun sait, nous le savons, les écrivains le savent et les personnages également, qu'en raison de l'intervention de la chance, dans une proportion très importante ce n'est pas leur caractère qui a déterminé leur destin.

Paul Auster et Jerzy Kosinski, chacun de manière très différente, sont des écrivains qui accordent une grande attention aux effets du hasard. Auster comme Vyasa, la figure homérique à qui on attribue le *Mahabharata*, se délecte de la métaphore du jeu comme outil de transformation de la vie de ses personnages. La partie de poker catastrophique que jouent ses personnages principaux, Nashe et Pozzi, contre les reclus de Pennsylvanie, Flower et Stone, dans *La Musique du hasard* rappelle en effet le désastre vécu par Yudhisthira. Kosinski – dans son meilleur livre, *La Présence* – permet à son doux idiot "Chauncey Gardiner", dont ce n'est pas le nom véritable mais un nom donné par le hasard, de s'élever du statut de simple d'esprit au service d'un homme riche à celui de compagnon des grands de ce monde et conseiller des puissants. (Dans le film tiré de *La Présence*, Peter Sellers, dans son meilleur rôle, ressemble de façon troublante au vice-président Dick Cheney, on peut donc penser que le roman de Kosinski était plus prophétique qu'il ne le soupçonnait.)

Et au milieu des années 1970, un auteur écrivant sous le pseudonyme de Luke Rhinehart a connu un énorme succès commercial grâce à un roman intitulé *L'Homme-dé*, l'histoire d'un homme nommé Luke Rhinehart qui décide d'effectuer tous ses choix en lançant les dés : où vivre, que faire, qui épouser, tout. Je me souviens du succès de *L'Homme-dé* parce que, à l'époque, il se trouve que je partageais un appartement londonien à Earl's Court avec un jeune éditeur, Mike Franklin, dont la vie a été transformée par le fait qu'il a acheté, pour une somme très modique, les droits de ce livre qu'il a ensuite vu devenir un énorme best-seller. En tant que jeune écrivain qui tirait le diable par la queue j'ai été très jaloux du succès de *L'Homme-dé* mais à présent j'y vois le signe que, même si on encourage les jeunes auteurs à éviter ce genre de thème romanesque qui repose sur des rencontres de hasard et d'improbables coïncidences, le public des lecteurs, lui, croit profondément dans le pouvoir qu'ont de tels événements d'affecter la vie humaine.

Le cinéma hollywoodien cesserait pratiquement d'exister si on lui interdisait de baser son travail sur le hasard, la morsure accidentelle d'une araignée qui transforme Peter Parker en Spider-Man, Bilbon Sacquet, le hobbit, découvrant par hasard le mystérieux anneau du pouvoir (pour être honnête, J. R. R. Tolkien, membre de l'école de "la main cachée" de Thornton Wilder, aurait affirmé que l'anneau voulait être découvert et avait choisi Bilbon pour ce faire : son caractère était son destin). Et puis il y a toute la partie de l'industrie cinématographique qui repose sur la "rencontre amoureuse". Meg Ryan et Tom Hanks tombant l'un sur l'autre sur internet, Meg Ryan et Billy Crystal entrant accidentellement en collision une demi-douzaine de fois dans le même film. C'est comme si les gens au cinéma n'avaient jamais été correctement présentés ; ils préfèrent se travestir en femmes pour tomber sur Marilyn Monroe à bord d'un train, ou pour tomber l'un sur l'autre à bord d'un navire en train de couler, ou ils se rencontrent en étant impliqués dans un accident de la circulation, le déraillement d'un train ou une catastrophe aérienne, où ils sont abandonnés sur une île déserte ou contraints de se marier par les termes d'un testament s'ils veulent hériter d'une fortune ou en raison de quelque loi de conte de fées, ou de renoncer à être le père Noël.

Le rôle dans les affaires humaines de l'imprévisible, la révolution, l'avalanche, la maladie soudaine, l'effondrement de la Bourse, l'accident, oblige à admettre que le caractère n'est pas le seul facteur déterminant de notre vie. De plus, le caractère n'est plus ce qu'il était il y a deux mille cinq cents ans. Quand Héraclite a émis son jugement sur l'*ethos* de l'homme qui est son *daimon*, ces deux mots *ethos* et *daimon* désignaient des concepts considérés à son époque comme immuables. Le caractère n'était pas changeant mais déterminé. L'esprit qui guidait une vie ne changeait pas. Comme Popeye le Marin l'a exprimé de manière si succincte : "Je suis ce que je suis et c'est tout ce que je suis." Mais à notre époque nous avons une conception plus incertaine, plus fragmentée de ce qu'est vraiment le caractère. Nous discutons beaucoup pour savoir quelle proportion de notre comportement est déterminée par l'extérieur ou induite de l'intérieur. Nous ne sommes absolument pas certains de l'existence de l'âme. Et nous savons que nous sommes très différents en fonction des circonstances. Nous nous comportons d'une certaine façon en famille et d'une autre façon sur notre lieu de travail. Nous sommes plus fluides et plus susceptibles de métamorphoses que nos ancêtres pensaient l'être. Nous savons qu'à l'intérieur du "moi" s'agite toute une foule de "moi" différents qui se bousculent pour se faire de la place, qui apparaissent au premier plan, sont repoussés en arrière, grandissent, rétrécissent, qui parfois disparaissent même complètement tandis que de nouveaux "moi" se développent. Nous pouvons changer si profondément dans le cours d'une vie que nous ne reconnaissons plus ce que nous étions du temps de notre jeunesse. Le dernier empereur de Chine Puyi commença sa vie en se prenant pour un dieu et la finit, à l'époque communiste, comme un jardinier qui prétendait être heureux. Un homme peut-il changer à tel point et demeurer satisfait ? Était-ce là du lavage de cerveau ou une transformation ? La question reste ouverte. Mais la nature de la personnalité et son influence déterminante sur nos actes sont des questions plus problématiques qu'autrefois. Le caractère est peut-être le destin mais qu'est-ce que le caractère ?

On peut trouver dans la sphère politique une troisième réponse à Héraclite ou du moins dans la présence de plus en plus importante des affaires publiques dans notre vie privée. Les guerres napoléoniennes n'apparaissent pas de manière évidente dans les romans de Jane Austen. Le rôle des soldats dans son œuvre est de se montrer dans les soirées et d'être élégants dans leur uniforme. Ce n'est pas la critiquer que de dire cela. Elle sait parfaitement offrir un compte rendu précis, complet et subtil de la vie de ses personnages sans avoir besoin de se référer à la sphère publique qui est tellement éloignée de ces vies qu'elle n'a pratiquement aucun impact sur elles. Ce n'est plus le cas. Le fossé entre public et privé s'est tellement réduit qu'on peut presque dire qu'il a cessé d'exister.

Dans la plus grande partie du monde la disparition de ce fossé façonne la vie des gens depuis leur petite enfance. On pourrait dire que, pour beaucoup d'êtres humains, l'enfance même a été abolie, "l'enfance" définie comme une période sûre, protégée, une période durant laquelle un être humain peut grandir, apprendre, se développer, devenir, pendant laquelle un être humain peut se conduire comme un enfant, de façon puérile, et se voir épargner les rigueurs de l'âge adulte. Ces temps-ci, la misère globale force des enfants à travailler, dans des usines, des champs, les rues des villes. Elle transforme les enfants en petits voyous, en criminels, en prostitués. Et pendant ce temps-là, l'instabilité politique se solde par la mort d'enfants en très grand nombre au Soudan, au

Rwanda, en Inde, en Irak mais elle les transforme aussi en assassins. Voyez à la télévision ces enfants soldats en Afrique, trimbalant leurs armes automatiques et parlant de la mort avec une aisance terrifiante. À une époque où les pressions extérieures qui s'exercent sur nous sont si fortes, en Palestine, en Israël, en Afghanistan, en Iran, beaucoup d'artistes se sentent obligés de prendre en compte cette terrible vérité : pour une grande majorité de la population mondiale, le caractère, qu'il soit fort ou faible, a très peu de chances de déterminer le destin. La misère est un destin, la guerre est un destin, les vieilles haines ethniques, tribales et religieuses sont un destin, une bombe dans un bus ou sur un marché est un destin, et le caractère ne peut que prendre sa place dans la liste. Un spéculateur milliardaire attaque la monnaie de votre pays qui s'effondre et vous perdez votre travail, peu importe qui vous êtes et les qualités dont vous avez fait preuve au travail, vous voilà à la rue. Et le problème ne se cantonne pas au tiers-monde. Le 11 septembre 2001, des milliers de gens sont morts en Amérique pour des raisons qui n'avaient rien à voir avec leur caractère. En ce jour horrible leur *ethos* ne fut pas leur *daimon*.

Jusqu'à l'âge de treize ans, lorsque je fus envoyé de Bombay dans un pensionnat de la lointaine Angleterre, j'avais une personnalité bien plus homogène qu'aujourd'hui. J'avais passé toute ma vie dans la même maison, dans la même ville, au sein de ma famille, parmi des gens dont je connaissais les coutumes inconsciemment, parlant les langues que les gens parlaient, dans cette ville, dans ce pays, à cette époque. Ce sont là les quatre racines de la personnalité : la langue, le lieu, la communauté, les coutumes. Mais à notre époque, la grande époque des migrations, beaucoup d'entre nous se sont vu arracher au moins une de ces racines. Nous quittons le lieu que nous connaissons, la communauté qui nous connaît pour un endroit où les coutumes sont différentes et où peut-être la langue communément parlée est une langue que nous ne connaissons pas, ou si nous la parlons, nous la parlons mal et sommes incapables d'exprimer les subtilités de notre pensée et les facettes de notre personnalité. Dans mon cas, j'ai été élevé dans un univers multilingue, je parlais donc bien anglais, c'était la seule racine à être restée plantée en terre, les autres avaient disparu. Dans la mythologie nordique, l'Arbre-Monde, le grand frêne Yggdrasil, a trois racines. L'une plonge dans le Bassin de la Connaissance proche du Valhalla, le bassin dans lequel boit Odin, mais les autres se font lentement détruire, l'une d'elles est rongée par un monstre appelé le Nidhogg, l'autre est brûlée peu à peu par les flammes de Muspelheim, la région du feu. Quand ces deux racines sont détruites, l'arbre s'effondre et le *Götterdämmerung* commence. Le migrant aussi commence par être un arbre qui se tient debout sans racines, s'efforçant de ne pas tomber. La migration est un acte existentiel qui nous dépouille de nos défenses et nous expose sans merci à un monde qui nous comprend mal, si ce n'est pas du tout, comme si la Terre était dépouillée de son atmosphère et que le Soleil se mettait à darder ses rayons sur elle de toute sa force impitoyable.

C'est l'époque des écrivains immigrés, migrants volontaires et involontaires, exilés et réfugiés. Tahar Ben Jelloun en France, Assia Djebar aux États-Unis ; Hanan El-Cheikh à Londres ; le lauréat chinois du prix Nobel Gao Xingjian à Paris. Et même ceux qui sont en mesure de rentrer sont parfois confrontés à des difficultés au moment du retour comme le Kényan Ngugi wa Thiong'o, opposant déclaré au régime de Daniel Arap Moi qui lors de son retour à Nairobi a été passé à tabac et dont la femme a été violée avec la complicité probable des autorités. Pour de tels écrivains, l'instabilité est une donnée – instabilité du domicile, de l'avenir, de la famille, du moi. Pour eux, l'absence d'un sujet qui s'imposerait automatiquement est aussi une donnée. Certains, comme Nuruddin Farah, le Somalien exilé depuis longtemps, transportent leur patrie en eux, tout comme Joyce portait Dublin en lui, et ne se tournent jamais vers d'autres lieux ou d'autres thèmes. D'autres, comme Bharati Mukherjee, Indienne de la diaspora, se redéfinissent en fonction de leurs conditions de vie nouvelles – en l'occurrence, elle pense et écrit comme une Américaine. D'autres encore, et c'est mon cas, tombent quelque part entre les deux, regardant tantôt vers l'Orient, tantôt vers l'Occident mais toujours avec le sentiment que toutes les vérités sont provisoires, que tous les caractères sont changeants, que toutes les époques et tous les lieux sont incertains, si solidement établies que les choses puissent paraître. V. S. Naipaul, l'écrivain "arrivé" de *L'Énigme de l'arrivée* travaille très dur pour donner vie à son nouveau monde, pour le faire exister par ses descriptions, de chaque haie, de chaque ruelle et si l'effort l'épuise au point que le livre perd son élan narratif, c'est un épuisement bien compréhensible.

Un écrivain immigré comme moi ne peut qu'envier des écrivains profondément enracinés comme William Faulkner et Eudora Welty qui peuvent considérer leur lopin de terre comme acquis et l'exploiter pendant toute leur vie. L'immigré n'a pas de terre sur laquelle se tenir jusqu'à ce qu'il s'en invente une. Cela ajoute au sentiment qu'il a de la précarité de toutes choses et le conduit vers une littérature de la précarité dans laquelle ni le destin ni le caractère ne peuvent être considérés comme allant de soi, pas plus que la relation entre eux. C'est peut-être pour cette raison que je réagis si fortement à des romans comme *Le Grand Escroc* d'Herman Melville, avec son héros insaisissable, fuyant, versatile, ou à d'autres fictions protéennes comme le roman de Philip Roth, *Le Complot contre l'Amérique*, dont l'histoire alternative de l'Amérique dans laquelle le sympathisant nazi et antisémite Charles A. Lindbergh bat Roosevelt à l'élection présidentielle au milieu de la Seconde Guerre mondiale nous rappelle ce que Jorge Luis Borges savait bien : l'histoire est un jardin plein de chemins qui bifurquent et même si les choses suivent une certaine direction elles auraient pu en prendre une autre, et qui serions-nous devenus alors, en quoi nos opinions et nos actes auraient-ils été différents, nos destins n'auraient-ils pas façonné notre caractère plutôt que l'inverse ?

La littérature américaine, comme il se doit de la littérature d'un pays bâti par des immigrés, est particulièrement au fait de ces cheminements aux métamorphoses protéennes par lesquels les individus et les communautés d'immigrants se refont et sont refaçonnés, et ce n'est pas par hasard que tant de ses plus importants chefs-d'œuvre, *Gatsby le magnifique* par exemple, traitent de la comédie et de la tragédie du moi réinventé. Aujourd'hui, la littérature américaine est réinventée par des écrivains dont les histoires viennent d'ailleurs, beaucoup d'écrivains parmi les plus jeunes (je veux dire plus jeunes que moi) embrassent et élargissent les horizons protéens de l'Amérique : Yaa Gyasi, Esi Edugyan, Edwidge Danticat, Ocean Vuong, Viet Thanh Nguyen, Laila Lalami, Maaza Mengiste, il y en a plei

Vladimir Nabokov nous avertit qu'il ne faut pas s'identifier au personnage mais plutôt porter notre attention sur l'auteur dans sa lutte pour créer son œuvre d'art. Malheureusement il est aussi le créateur d'Humbert Humbert pour qui on ne peut s'empêcher d'éprouver de la sympathie même s'il est pédophile et de Lolita qu'on ne peut s'empêcher d'avoir envie de protéger même si elle est d'une banalité fondamentale, et de la mère de Lolita, Charlotte Haze, qui nous donne l'envie de pleurer, et donc je ne crois pas qu'il était parfaitement convaincu de ce qu'il disait. Au cœur du roman se tient et se tiendra toujours la figure humaine, c'est-à-dire le personnage humain, et la nature du roman est de montrer la figure humaine en mouvement à travers le temps, l'espace et les circonstances dues au hasard, et si le personnage ne nous intéresse pas, nous nous intéressons rarement au roman, c'est aussi simple que cela. Mais les êtres humains ne sont pas toute l'histoire à eux seuls, en fait, il leur arrive même souvent de ne pas être les héros des histoires dans lesquelles ils apparaissent ; ils ne jouent qu'un rôle très secondaire dans leur propre vie. Même les personnages de fiction les plus forts doivent à un moment donné affronter l'étrangeté absolue du monde.

Le caractère peut puissamment façonner le destin et doit le faire dans le roman chaque fois que c'est possible mais l'irréel fait aussi partie du réel, le surréel c'est cette étrangeté du monde rendue visible. Héraclite, qui nous a appris que l'*ethos* d'un homme est son *daimon*, a aussi écrit :

> Pythagore a peut-être été le plus pénétrant dans la connaissance de tous les hommes, et pourtant il affirmait garder le souvenir de vies antérieures dans lesquelles il fut une fois un concombre, une autre fois une sardine.

Je suis d'accord avec Pythagore sur ce point. Je veux connaître l'histoire de Pythagore dans sa totalité, le carré de l'hypoténuse aussi bien que la somme des carrés des deux autres côtés, et je n'aurais pas le sentiment de bien connaître Pythagore si je n'étais pas au courant de ses vies antérieures secrètes, passées loin des mathématiques sous la forme d'un concombre ou d'une sardine.

LES DÉBUTS D'UN AUTRE ÉCRIVAIN

(Cet essai est la version plus étoffée de la conférence inaugurale sur Eudora Welty donnée à la National Cathedral School, à Washington, le 20 octobre 2016.)

J'admire depuis longtemps l'œuvre d'Eudora Welty et c'est pour moi un privilège que l'on m'ait demandé de marcher sur les traces de son classique *Les Débuts d'un écrivain*, en évoquant mes propres débuts dans la carrière littéraire. J'ai la chance d'avoir rencontré Eudora, une seule fois, à Londres en 1982. Son roman, *Losing Battles* venait d'être publié au Royaume-Uni par la maison d'édition féministe Virago douze ans après sa sortie aux États-Unis. On m'avait demandé d'en faire la critique, je l'avais trouvé extrêmement drôle et brillant et je l'avais écrit dans mon article, et lorsque Eudora Welty est venue à Londres, j'ai été invité par la formidable directrice de Virago, Carmen Callil, à un déjeuner en petit comité dans un restaurant de Covent Garden. Je ne sais plus très bien qui je m'attendais à rencontrer mais je pense que je m'attendais à voir une vieille dame, une petite provinciale du Sud. Elle n'avait rien de tout cela. Elle était étonnamment grande et extrêmement sophistiquée et pendant deux heures elle nous a régalés d'anecdotes sur Paris et la photographie, deux de ses passions. Comme le déjeuner tirait à sa fin, je me suis aperçu que j'avais été tellement captivé par ses histoires que je ne lui avais posé aucune question sur l'écriture en général ni sur la sienne en particulier. Elle devait avoir soixante-deux ans à l'époque, un âge qui me paraissait incroyablement éloigné de mes trente-quatre ans d'alors. (J'ai dépassé aujourd'hui les soixante-deux ans.) J'ai pensé qu'il fallait que je lui demande quelque chose parce que je pourrais bien ne jamais la revoir. (Et de fait je ne l'ai plus jamais rencontrée, mon sentiment d'urgence était donc rétrospectivement justifié.) Je ne parvenais pas à trouver une question appropriée et dans une sorte de borborygme je laissai échapper ces mots : "William Faulkner !"

Elle se tourna et me regarda avec bienveillance. "Oui, très cher, fit-elle. Et alors ?"

Et alors quoi, en effet, me dis-je légèrement pris de panique. "Dans l'ensemble, finis-je par demander, diriez-vous qu'il a été pour vous une aide ou un obstacle ?

— Eh bien, mon cher, ni l'un ni l'autre, répondit-elle, c'est comme avoir une grande montagne dans le voisinage. C'est très bien de savoir qu'elle est là mais cela ne vous aide pas dans votre travail."

C'était une belle réponse mais j'eus l'audace de poser une question supplémentaire : "Est-ce que vous considérez Faulkner comme un des écrivains les plus proches de vous ?

— Oh non, mon cher, répondit-elle, feignant d'être choquée. Je suis de Jackson et il est d'Oxford. C'est à des kilomètres."

J'avoue avoir toujours envié des écrivains comme Welty et Faulkner pour la profondeur de leur enracinement, pour leur capacité à exploiter un minuscule coin de terre et en tirer des chefs-d'œuvre pendant toute une vie. Ma propre vie a été beaucoup plus erratique que la leur et le résultat c'est peut-être que mes débuts en littérature ont été lents et pleins de tâtonnements. Il m'a fallu longtemps pour trouver ma voie.

J'ai grandi à Bombay, en Inde, mes parents ne lisaient pas beaucoup de romans bien que mon père fût très ferré en matière de poésie ourdoue et quand il se retrouvait le soir au milieu de ses amis il récitait très volontiers des vers de Hafiz, Ghalib et Faiz. Mes parents étaient pourtant l'un et l'autre d'excellents conteurs. C'est ce que je raconte dans mon essai autobiographique *Joseph Anton*, qui, je dois vous en avertir, est écrit à la troisième personne pour des raisons qui seraient trop longues à expliquer :

Quand il était petit garçon, son père à l'heure du coucher lui racontait les grands contes merveilleux de l'Orient. Il les racontait et les re-racontait, les recréait et les réinventait à sa manière. Grandir baigné de toutes ces histoires revenait à apprendre deux leçons inoubliables : d'abord que les histoires ne sont pas vraies (il n'existe pas "en réalité" de génies dans les bouteilles, de tapis volants ou de lampes enchantées) mais que, tout en étant infidèles à la réalité, elles pouvaient lui faire sentir et connaître des vérités que la vérité même ne pouvait lui apprendre, et ensuite qu'elles lui appartenaient toutes comme elles appartenaient à son père Anis et à tout le monde, c'étaient les siennes tout comme celles de son père, les histoires brillantes ou sombres, sacrées ou profanes. Il pouvait les transformer, les renouveler, les abandonner ou les reprendre ensuite quand ça lui plaisait. Il pouvait en rire ou s'en réjouir et vivre en elles, avec elles et grâce à elles. Il pouvait donner vie aux histoires en les aimant ou obtenir d'elles la vie en retour. L'histoire était un bien qui lui appartenait de naissance et personne ne pouvait le lui retirer.

Sa mère, Negin, avait elle aussi des histoires à lui raconter. Negin Rushdie s'appelait de son nom de jeune fille Zohra Butt. Quand elle avait épousé Anis, elle avait changé non seulement de nom de famille mais aussi de prénom, se réinventant pour lui, abandonnant derrière elle la Zohra à laquelle il ne voulait pas penser, celle qui avait été si amoureuse d'un autre homme. Qui était-elle au plus profond d'elle-même, Zohra ou Negin ? Son fils ne le sut jamais car elle ne lui parla jamais de l'homme qu'elle avait laissé derrière elle, préférant toujours égrener les secrets de tous les autres, jamais les siens. Elle était la reine des potins et, assis sur son lit lui tenant les pieds de la manière qu'elle aimait, lui, son aîné et unique garçon, s'abreuvait des nouvelles locales délicieuses et parfois salaces qu'elle avait en tête, la gigantesque forêt pleine de branches entrelacées des arbres familiaux, relevées parfois par le fruit juteux du scandale. Et ces secrets aussi, il s'en aperçut bientôt, lui appartenaient, car une fois qu'un secret avait été révélé, il n'appartenait plus à elle qui l'avait dit mais à lui qui l'avait reçu. Si vous ne voulez pas qu'un secret soit dévoilé, il n'y a qu'une seule règle : *ne le dites à personne.* Cette règle aussi lui serait utile plus tard dans la vie. Dans sa vie adulte, devenu un écrivain, sa mère

> lui disait : "Je vais arrêter de te raconter des histoires parce que tu les mets dans tes livres et cela m'attire des ennuis." C'était la vérité et peut-être aurait-elle été bien avisée de s'arrêter, mais les potins pour elle étaient une drogue et elle n'aurait pu s'en passer, pas plus que son mari, le père de son fils, n'aurait pu s'arrêter de boire[1].

C'était donc une sorte de commencement, un garçon aux pieds de ses parents, écoutant, apprenant. Mes parents m'ont dit l'un et l'autre que lorsque leurs amis me demandaient ce que je voulais faire quand je serais grand, je répondais que je voulais être écrivain. Je n'en garde aucun souvenir mais puisque mes parents affirment que je l'ai dit, cela doit être vrai. Je me suis demandé ce que ce petit bonhomme de six ou sept ans pouvait bien vouloir dire par cette étrange remarque et je suis parvenu à la conclusion que ce qu'il disait en réalité c'est qu'il aimait lire et rêvait de faire partie un jour de ce monde qu'il aimait, le monde des livres. Mais vouloir devenir écrivain et être un écrivain ce n'est pas la même chose et, dans mon cas, le parcours entre le désir et la réalisation n'a pas été de tout repos.

Il y a des écrivains qui, comme la déesse Athéna, jaillissent entièrement formés de la tête de Zeus et sont propulsés dans le ciel littéraire. Ian McEwan et Zadie Smith sont des exemples de cette impressionnante précocité. Mon cheminement a été plus lent et le chemin était semé d'ornières.

Je lisais beaucoup et pas toujours avec discernement, rapportant en douce des bandes dessinées dans ma chambre en pensant que mes parents ne le savaient pas. Superman et Batman, Wonder Woman et Aquaman entrèrent dans ma vie quand j'étais très jeune et encore aujourd'hui je peux distinguer le Joker du Riddler et faire la différence entre la kryptonite verte et la rouge. Et au rayon livres de poche de la bibliothèque de prêt, à l'endroit au nom merveilleux de Scandal Point près de la maison, je pouvais emprunter contre un peu d'argent de poche des livres aux titres remplis d'allitérations *(Le Cas du canard qui se noie, Jeu de jambes)* d'Erle Stanley Gardner, racontant les exploits du grand défenseur

1. Salman Rushdie, *Joseph Anton. Une autobiographie*, traduit de l'anglais par Gérard Meudal, coll. "Feux croisés", © Plon, 2012.

de la loi Perry Mason et les innombrables défaites de son infortuné adversaire, le procureur Hamilton Burger, qui portait un nom de fast-food mais réfléchissait et s'exprimait avec lenteur. Un des mystères tenaces de ces mystérieuses affaires criminelles était de savoir comment, après tant d'échecs, Ham Burger parvenait à garder son poste. On m'a dit, mais je ne sais absolument pas si c'est vrai, qu'Erle Stanley Gardner avait trois caravanes Airstream garées sur sa pelouse avec dans chacune d'elles une secrétaire et qu'il passait ses journées à dicter trois histoires différentes de Perry Mason à ses trois assistantes, il avait l'imagination assez fertile pour occuper les trois dames à plein temps. Enfin, me disais-je, voilà une destinée littéraire qui fait rêver.

Au pied de la petite colline dans le district de Beach Candy à Bombay où j'ai grandi, il y avait une librairie magique, le Paradis du Lecteur, dans laquelle j'ai passé bien des heures, parmi les plus heureuses de mon enfance. Les livres anglais pour enfants que j'y ai trouvés, ceux qui avaient fait le voyage jusqu'en Inde comprenaient *Alice au pays des merveilles* et *De l'autre côté du miroir* qui m'ont fait si forte impression qu'aujourd'hui encore je suis capable de réciter tout le poème "Jabberwocky" ou "Le Morse et le Charpentier". On n'y trouvait pas *Winnie l'ourson*, ce qui était bien dommage. Il y avait une série de livres connus collectivement sous le titre du premier tome, *Hirondelles et Amazones*, à propos de deux familles d'enfants et de leurs aventures à bord d'un petit voilier sur un lac dont on ne donnait pas le nom dans le Lake District en Grande-Bretagne. Ces livres m'ont fasciné tout comme *Huckleberry Finn* à cause de la grande liberté personnelle dont jouissaient les enfants qui semblaient autorisés à vagabonder un peu partout, à peine surveillés par les adultes. Pour le jeune garçon de Bombay, une telle liberté débridée semblait plus fantastique que tout ce qu'Alice trouvait au fond du terrier du lapin et l'Angleterre prenait les allures d'un pays attrayant.

Mes grands-parents maternels vivaient dans la ville universitaire d'Aligarh, au sud de Delhi. Mon grand-père, le Dr Ataullah Butt – "Ataullah" est le nom que Shakespeare a anglicisé sous la forme "Othello" –, était une figure familière d'Aligarh, il circulait à vélo dans les rues de la ville pour se rendre à ses visites, exactement comme la version fictive que j'ai donnée de lui plus tard, le

Dr Aziz, pédalant dans les rues d'une autre ville, Agra, dans *Les Enfants de minuit*. Il avait aussi des contacts avec l'université, je m'asseyais à l'arrière de sa bicyclette et il emmenait son petit-fils, ce rat de bibliothèque, à celle de l'université où je pouvais choisir tous les livres qui me plaisaient. À l'époque comme peut-être encore maintenant, les deux auteurs anglais les plus populaires en Inde étaient Agatha Christie et P. G. Wodehouse et j'escaladais çà et là les sinistres rayonnages pour rapporter des piles d'enquêtes d'Hercule Poirot et de Miss Marple, d'aventures de Wooster et Jeeves, de Lord Emsworth et de sa truie bien-aimée, l'Impératrice de Blandings. Ces deux-là ont fait partie de mes influences littéraires les plus précoces et les plus formatrices.

Mon grand-père m'a aussi influencé d'une autre manière. Il était croyant, avait accompli le hadj sur les lieux saints de l'islam et récitait scrupuleusement ses prières cinq fois par jour, sept jours par semaine. Mais ce qui me frappait aussi dans ma jeunesse c'est que c'est un des hommes les plus larges d'esprit que j'aie jamais rencontrés, il ne considérait aucun sujet comme tabou ou trop scandaleux pour qu'on en débatte. Vous pouviez lui dire, "Grand-père je ne crois pas en Dieu", il tapotait le siège près de lui en disant : "Viens t'asseoir ici et dis-moi comment tu en es arrivé à une conclusion aussi stupide." Il m'a ainsi offert la liberté de penser, peut-être le plus beau de tous les cadeaux.

(Bien des années plus tard j'ai découvert une horrible vérité au sujet de mon grand-père, qui m'a obligé à renoncer au portrait plein d'affection que je viens de faire de lui. Il se comportait mal avec les petites filles, y compris, je le sais de façon certaine, avec au moins une de ses propres petites-filles. Il n'a jamais eu de gestes déplacés envers moi, mais bon, je n'étais pas une petite fille. La découverte de cette pédophilie a eu sur moi un effet dévastateur, m'obligeant à réécrire toute l'histoire de ma famille. Mais ceci est une autre histoire. Je l'ai explorée dans mon roman *Quichotte*.)

Je devais avoir environ dix ans lorsque j'ai vu pour la première fois le film *Le Magicien d'Oz* et il m'a laissé une impression si profonde que, rentré à la maison, j'ai écrit une histoire, ma première je crois bien, intitulée "De l'autre côté de l'arc-en-ciel" sur un garçon comme moi, dans une ville comme Bombay, qui découvre un jour non pas le point de chute de l'arc-en-ciel mais son point de départ, un grand arc-en-ciel très large et très haut dont la courbe s'élève très loin au-dessus de lui à partir du trottoir où il se tient, des marches bien utiles sont taillées pour permettre au garçon de l'escalader et de passer de l'autre côté. Sur l'arc-en-ciel il rencontre diverses créatures fantastiques dont l'identité m'échappe à présent, cela vaut peut-être mieux, il n'y en a qu'une que je me rappelle très bien, c'était un pianola parlant. Quand mon père lut cette histoire il l'emporta, la fit dactylographier par sa secrétaire et annonça qu'il allait la conserver pour qu'elle ne soit pas égarée parce qu'on ne pouvait pas faire confiance aux enfants et puis il la perdit, et une des morales les plus évidentes de cette histoire : ce sont les adultes à qui on ne peut pas faire confiance. Tante Em et oncle Henry sont incapables de protéger Toto de Miss Gulch, et même le Magicien – "Ne faites pas attention à ce type caché derrière le rideau" – est un imposteur.

Il y a un autre souvenir littéraire de mon enfance qui m'irrite encore, et même davantage que le fait que mon père ait égaré ma première œuvre de fiction. J'étais devenu, peut-être pour avoir lu Edward Lear, un passionné des limericks. Mon préféré était le méta-limerick sur le vieux Japonais.

Il était un vieux Japonais
Aux limericks toujours imparfaits
Quand on lui demandait pourquoi
Il soupirait, disant ma foi
"Voyez-vous j'essaie bien des fois, et dans le dernier vers je mets le plus de mots que je connais."

Il arriva qu'un jour, lors d'un cours d'anglais à Cathedral School, le professeur nous demandât de composer le plus de limericks possible en l'espace de vingt minutes. Je ne me sentais plus de joie et en inventai, si ma mémoire est bonne, plus d'une douzaine pendant que mes camarades peinaient à en trouver un ou deux. Je n'en ai retenu qu'un seul.

À un vieillard on demanda :
"Peux-tu marcher la tête en bas ?"

Il répondit : "Oui, je le peux."
Alors ils dirent : "Vas-y, fais-le."
Il le fit donc et décéda.

Un peu macabre, un peu trop inspiré de Lewis Carroll ("Vous êtes vieux, père William"), je le reconnais, mais à ma décharge je n'avais que douze ans, et la scansion est juste. À la fin du cours, je rendis tout fier mon travail et fus immédiatement accusé d'avoir triché. Il était impossible que j'aie réussi à en écrire autant, je devais les avoir recopiés. L'injustice manifeste de cette remarque me reste encore en travers de la gorge. Recopiés sur quoi ? Comment aurais-je pu savoir qu'on allait nous proposer cet exercice ? Cela m'a furieusement donné envie de prouver qu'en réalité je n'étais pas trop mauvais en matière d'écriture. C'est ce que j'essaie toujours de prouver, je suppose.

De ces divers petits glands finirait par pousser un grand arbre. Cela commença toutefois par un déracinement. En janvier 1961 je quittai Bombay pour aller en pension en Angleterre à Rugby School. Je dois souligner le fait que j'avais pris cette décision moi-même. Ma mère ne voulait pas que j'y aille et mon père s'en était remis à mon choix. Qu'est-ce qui a pu décider un garçon de treize ans à partir de chez lui ? J'étais très heureux à Bombay, et à l'école au milieu de mes camarades. Et pourtant quelque chose me poussait à partir et à traverser le monde. Je m'interroge encore sur mes motivations. Était-ce un esprit d'aventure jusque-là insoupçonné ? (J'étais notoirement un "gentil" garçon, bien calme, contrairement à mes sœurs plus espiègles et plus agréables.) Était-ce le rêve d'échapper à toute surveillance comme les Hirondelles et les Amazones ou de partir à l'aventure comme Huck Finn ? J'avais aussi lu des histoires de pensionnat anglais, généralement la série des aventures franchement horribles de Billy Bunter, un gros garçon qui se faisait harceler dans une école appelée Greyfriars. Il y avait un Indien à Greyfriars, un jeune aristocrate nommé Hurree Jamset Ram Singh, qui s'exprimait d'une façon bizarre. Au lieu de dire, par exemple, qu'il avait soif, il disait "l'anadipsie est extrême". S'il était en colère, l'irascibilité était terrible et ainsi de suite. Il était populaire et je me disais que je le serais peut-être aussi. Au lieu de quoi j'ai été confronté au racisme et j'ai découvert pour la première fois ce que cela faisait d'être l'autre de quelqu'un, d'être jugé non sur mon caractère, ma personnalité mais sur mon origine ethnique. Ce fut un réveil brutal. Le jeune homme de près de dix-huit ans qui quitta Rugby était encore plutôt conservateur. À cet égard il était le pur produit de l'éducation d'un pensionnat anglais. Mais sur la question du racisme il avait déjà presque tout appris. Au cours de la période de quatre mois environ entre le lycée et l'université, j'écrivis un long texte intitulé "Rapport final", le récit légèrement romancé de mes derniers mois passés à Rugby School, dans lequel mon expérience des préjugés raciaux tenait une très grande place. Ce texte aussi a été perdu, mais par ma faute cette fois, ce qui prouve que les enfants peuvent être aussi négligents que leurs parents. Je sais, du peu que j'en ai retenu, que ça ne valait pas grand-chose, mais c'était un document sur cette période, et à ce titre, je suis triste de l'avoir perdu.

J'avais été si malheureux à Rugby que même si j'avais déjà obtenu une place à l'université de Cambridge, je demandai à mes parents l'autorisation de la refuser et d'aller à l'université plus près de chez moi. Mon père me persuada d'y aller quand même et je suis heureux qu'il l'ait fait car mon expérience à Cambridge fut le contraire de mes années à Rugby. Elle guérit les blessures du temps de l'école et me fit voir une Angleterre dans laquelle je me sentirais capable de vivre. C'est au cours de ces années que s'éveilla ma personnalité d'adulte.

À Cambridge, je découvris une Grande-Bretagne tolérante qui effaça les souvenirs d'une autre, raciste celle-là. Je découvris aussi l'internationalisme, les manifestations contre la guerre du Viêtnam, le féminisme, les droits civiques, le *flower power* et les filles. Je découvris l'œuvre de Jorge Luis Borges et celle de James Joyce et tous deux ouvrirent brusquement de petites fenêtres dans mon esprit. L'étude de l'histoire m'apprit que le passé n'est pas une donnée acquise mais un élément que nous construisons. J'ai appris ceci d'un de mes professeurs, Arthur Hibbert : "On ne devrait jamais écrire l'histoire tant qu'on n'est pas capable d'entendre les gens parler." Tout cela constituait de bonnes leçons pour le romancier dont je commençais à oser admettre en mon for intérieur que j'aspirais à devenir.

Pourtant je consacrai l'essentiel de mon temps libre à l'université à des activités théâtrales, comme acteur, pas comme auteur, et je participai à des représentations de pièces de Bertolt Brecht, Ben Jonson, Eugène Ionesco et d'autres. J'écrivis bien quelques articles pour le journal des étudiants, *Varsity*. Ma dernière commande fut un papier sur la recrudescence des vols dans les chambres d'étudiants du campus. En digne adepte du nouveau journalisme, je décidai que la meilleure chose à faire était de se mettre "à la place du voleur" et d'explorer quelques étages de diverses "résidences universitaires" pour voir combien d'étudiants oubliaient de fermer leur chambre à clef et d'y pénétrer pour faire la liste de ce que j'aurais emporté si j'avais vraiment été le voleur. Une des chambres que je visitai contenait une grande quantité de matériel audio coûteux et d'autres objets de valeur. Je mentionnai dûment le fait que cette chambre était celle du rédacteur en chef de *Varsity*. À son crédit, il ne censura pas l'article et le publia. Mais on ne sollicita plus jamais ma collaboration.

C'est à Cambridge, au cours des dernières années de mon diplôme d'histoire, que j'étudiai l'histoire des débuts de l'islam et que j'entendis parler pour la première fois de l'incident qu'on appelle celui des versets sataniques, un épisode bien documenté au cours duquel il devait apparaître que la religion avait d'abord envisagé l'idée de reconnaître trois déesses ailées populaires à La Mecque avant de les rejeter, l'histoire d'un prophète tenté par le compromis qui me semblait faire écho aux récits de tentations de prophètes qu'on peut trouver dans la Bible. La première fois que j'ai entendu cette histoire, je me suis dit, comme le romancier en herbe que j'espérais être : "Bonne histoire." C'était en 1968. Vingt ans plus tard, avec la publication des *Versets sataniques*, je découvris à quel point l'histoire était bonne.

Au moment de quitter Cambridge, je savais que le petit garçon que j'avais été ne s'était pas trompé. Je voulais devenir écrivain. Je voulais aussi devenir acteur mais après quelques tentatives dans le monde alors très actif des théâtres alternatifs de Londres, y compris une prestation qui heureusement n'a jamais été enregistrée où je jouais le rôle d'une sorte de Ménie Grégoire vêtue d'une longue robe noire, affublée d'une longue perruque blonde et d'une moustache à la Zapata, j'ai compris qu'il ne serait pas très sage de persévérer dans cette voie. Écrire était ce que je désirais le plus et à partir de ce moment, ce serait donc l'écriture. Mon père n'apprécia pas. L'écriture n'était pas un métier mais un loisir. Travailler auprès de lui dans son usine de textile, ça c'était un métier. Mais, objectai-je, je voulais être écrivain. Après avoir dépensé tout cet argent pour mes études de luxe à l'étranger ? Après que ma mère eut dû supporter mon absence bien plus longtemps que les huit mois initialement prévus ? Je voulais retourner en Angleterre et devenir écrivain ?

Un cri pitoyable, entièrement involontaire, échappa à mon père, exprimant son sentiment le plus profond : "Mais qu'est-ce que je vais bien pouvoir dire à mes amis ?"

(Je ne venais pas d'une lignée littéraire. Mon père avait bien une bibliothèque mais elle sentait le renfermé, les livres quittaient rarement leur place sur les étagères. On disait qu'il l'avait achetée au mètre à son propriétaire initial, une histoire à laquelle je ne voudrais accorder aucun crédit mais dont je n'ai jamais réussi à me débarrasser complètement. J'ai toujours été un grand lecteur mais peu de choses m'attiraient sur les rayonnages de mon père. Il n'y avait pas beaucoup de fiction. Je me souviens de *The Tribe That Lost Its Head* de Nicholas Monsarrat et il y avait aussi un essai autobiographique intitulé *L'Œuf et moi* d'une certaine Betty MacDonald, tous deux publiés dans des versions abrégées par la collection du Reader's Digest Condensed Books. Il y avait quelques romans russes même si je n'ai jamais entendu mon père discuter de littérature russe mais comme les romans en question étaient *La Mère* de Maxime Gorki et *Résurrection* de Tolstoï, je ne le blâme pas de s'être senti découragé. Ailleurs sur les étagères on trouvait des livres plus souvent feuilletés avec des titres comme *Croyez-le ou non* dans la collection des Ripley ou *Petits faits méconnus sur des gens très connus*. Il y avait aussi les hallucinations pseudo-scientifiques d'Immanuel Velikovsky, *Mondes en collision* et *Le Désordre des siècles* exposant ses théories délirantes selon lesquelles des événements interplanétaires auraient façonné l'histoire de l'humanité. C'était le "catastrophisme cosmique" qui préfigurait en grande partie tout le charabia qui lui a succédé, depuis *Présence des extraterrestres* d'Erich von Däniken jusqu'à Dan Brown et son *Da Vinci Code*, un livre si mal écrit, à l'imagination et à l'intrigue si pitoyables, qu'à côté de lui les mauvais livres paraissent bons. Il y avait des pavés ennuyeux analysant des affaires courantes, écrits par John Gunther et Chester Bowles. Il y avait un ensemble de quatre volumes d'*Une histoire des peuples de langue anglaise* de Winston Churchill. Churchill qui, on me l'a rappelé plus d'une fois, a mystérieusement remporté le prix Nobel de littérature mais je reste réfractaire à sa prose. Et aussi en deux fois plus de volumes que le livre de Churchill et dans la version irrésistiblement bizarre établie par Richard Burton, illustrée de gravures monochromes d'un exotisme résolument orientaliste, représentant de séduisantes demoiselles de harems, des cheikhs élégants, des voleurs, des tapis volants, des lampes magiques et le Roc emportant dans les airs Sindbad le Marin en direction de son nid géant, il y avait *Les Mille et Une Nuits*. Je me frayai un chemin au milieu des livres rongés de moisissure de mon père, fasciné par les longues notes de Richard Burton qui ne parlaient que de sexe et je tombai amoureux.)

Pour rendre justice à mon père, dès qu'il a compris que j'étais sérieux quand je parlais de devenir écrivain, il a soutenu ma décision, m'a acheté un billet d'avion pour que je retourne à Londres et m'a fourré un peu d'argent dans la poche pour m'aider à démarrer. À présent que moi aussi j'ai des enfants, je comprends combien cela a dû être difficile pour lui et pour ma mère. Je n'ai plus jamais vécu avec eux et ne les ai revus qu'en de rares occasions lorsque je traversais le monde ou qu'ils le faisaient eux-mêmes. J'étais leur aîné et leur seul fils. Mais au cours de toutes les longues années de difficultés qui ont suivi, ils ne m'ont jamais dit : "Renonce et rentre à la maison." C'était ce que je voulais et ils m'aimaient assez pour le vouloir aussi. Je suis content qu'ils aient vécu assez longtemps pour voir que cette idée n'était pas complètement stupide.

Pourquoi revenir à Londres ? En partie parce qu'à cette époque-là en Asie du Sud il était très difficile de mener une carrière littéraire. Il fallait soit disposer d'une fortune personnelle, soit être fauché et vivre chez ses parents ou alors il fallait occuper un emploi à plein temps, avoir une autre activité et écrire le week-end. D'autre part, l'absence de milieu littéraire avait son importance car alors vous n'aviez personne de suffisamment éclairé pour tester vos premiers travaux, les améliorer et les renforcer en les soumettant à une critique adaptée. Rien de tout cela n'est plus vrai aujourd'hui mais c'était le cas à l'époque. Et il y avait autre chose. En 1968, quand j'ai obtenu mon diplôme, mes parents avaient quitté ma ville natale bien-aimée de Bombay pour s'installer au Pakistan, à Karachi, que j'ai immédiatement détesté. Si Bombay n'était plus à ma portée et si je devais choisir entre Londres et Karachi, ce qui était le cas, alors je choisis Londres.

Donc à présent j'avais vingt et un ans et je vivais à Londres, je partageais une maison avec des amis dans l'Ouest de la ville, dans Acfold Road près de New King's Road, qui était le prolongement totalement banal de cet endroit super à la mode qu'était King's Road. Ma chambre se trouvait au grenier. Pour y accéder, je devais monter à une échelle en bois et passer par une trappe. Je pouvais retirer l'échelle derrière moi, refermer la trappe et me retrouver dans mon univers privé où personne ne pouvait me déranger. Je vivais dans une sorte de pyramide en bois avec un tapis de sisal sur le plancher, un matelas sur le tapis, une table de travail, une chaise et une lampe. C'était une parfaite mansarde d'écrivain.

Comme bien des jeunes gens je balançais à l'époque entre la légèreté insouciante et la panique, entre des accès de perplexité et de confusion et des états de grâce au cours desquels j'étais certain que le monde s'apprêtait à s'ouvrir pour moi à la manière d'une fleur. Je n'avais qu'une chose à faire, me saisir de mon filet, tel un chasseur de papillons nabokovien, et capturer les histoires insaisissables qui voletaient çà et là en moi. Mais les histoires s'avérèrent difficiles à épingler et une bonne part de ce que j'écrivis dans mon nid d'aigle n'était qu'une sorte de transcription de rêves éveillés, le résumé d'histoires que je pourrais bien écrire ou, pire encore, le compte rendu de livres que je m'imaginais avoir écrits, toute une œuvre en forme de songe résumée depuis un point d'observation privilégié placé dans l'avenir. J'écrivais des critiques élogieuses sur tout ce corpus encore non écrit et m'offrais le luxe d'une fierté illusoire de mes prouesses imaginaires. Ces envolées fantasmées à ma propre gloire me plongeaient dans un tel embarras que je les jetais aussitôt après les avoir écrites. Elles offraient un réconfort fugace, onaniste, généralement suivi d'un accès de honte. Je tapais et tapais jour après jour mais sans parvenir à me dissimuler la désagréable vérité : mon travail n'avait pas encore commencé et je ne savais absolument pas comment m'y prendre. Je passais de longues heures dans ma pyramide en bois aussi peu vivant, stérile, vulnérable qu'une momie sans sarcophage. J'émergeais quelques jours par semaine pour gagner ma vie comme rédacteur publicitaire et je découvris que j'étais capable, avec une certaine compétence, de vanter les mérites de fonds de placement, de nourriture pour chiens, de chips, de cigarettes et de parfums. Mon travail personnel continuait à briller par son absence.

À la fin quelques mots me vinrent. J'eus l'idée d'un roman sur un pays d'Orient où un militaire et un milliardaire complotent pour provoquer un coup d'État et pour utiliser comme façade un chef religieux, un *pir*, un homme saint qu'ils pensent pouvoir aisément manipuler. Mais l'homme saint, quand il prend le pouvoir, s'avère incontrôlable et engloutit le monde entier, y compris les gens qui l'ont porté sur le devant de la scène. Si j'avais eu l'intelligence de raconter cette histoire avec clarté et simplicité, elle aurait pu s'avérer bien utile voire prophétique à une époque où des tyrans religieux se sont comportés exactement de cette façon. Malheureusement j'attachais trop d'importance à l'écriture expérimentale et le texte que j'écrivis, intitulé *Le Livre du pair*, fut, de l'avis général, jugé illisible et impubliable. Rejeté, démoralisé, j'entrepris d'écrire quelque chose d'encore moins intéressant, un scénario pour la télévision où les deux voleurs sur le Golgotha, en attendant l'arrivée du Christ qu'on va bientôt crucifier, se lancent dans une sorte de dialogue nihiliste qui rappelle le théâtre de l'absurde de Ionesco et de Beckett que j'admirais à l'université, Vladimir et Estragon sur leur croix, attendant un Godot qui finit par arriver. La pièce, j'ai honte de l'avouer, était intitulée *Discussion croisée*.

Pour devenir écrivain, il faut d'abord se comprendre soi-même et il est plus difficile de parvenir à cette compréhension lorsque votre personnalité est éparpillée à travers le monde. Pendant toute la première moitié des années 1970, j'ai pataugé parce que je n'étais pas parvenu à bien me comprendre moi-même. J'ai encore écrit un autre texte impubliable, de la longueur d'une nouvelle, intitulé *L'Antagoniste*, trop influencé par Thomas Pynchon auquel j'étais très sensible à cette époque et qu'en fin de compte j'ai décidé de ne montrer à personne, et puis une courte tentative laborieuse de satire politique, *Madame Rama*, dirigée contre Indira Gandhi. À en juger rétrospectivement, ces deux textes de jeunesse étaient des faux départs dans le processus qui finirait par me mener aux *Enfants de minuit*. *Les Enfants de minuit* s'en prennent aussi à Indira Gandhi. Et dans *L'Antagoniste* il y avait un personnage secondaire nommé Saleem Sinai, qui était né au moment précis de l'indépendance de l'Inde, à minuit dans la nuit du 14 au 15 août 1947. Simplement je n'avais pas compris sur le moment ce que je devais faire de lui.

Après quatre textes restés inédits, mon premier roman publié, *Grimus*, révèle parfaitement selon moi que l'auteur n'est pas encore parvenu à se comprendre complètement lui-même, qu'il n'a pas pleinement compris quels livres il devait écrire, les siens, qui ne soient pas l'écho des livres des autres et dans lesquels il peut exprimer sa réalité, qui n'est celle de personne d'autre. Quand je le juge aujourd'hui, je le trouve curieusement inégal. Un paragraphe étincelle de vie, la page suivante est bizarrement maladroite. Il y a des gens qui aiment ce livre, je dois dire, mais en général il a été plutôt mal accueilli. Rétrospectivement je suis reconnaissant de ce traitement sévère parce qu'il m'a obligé à considérer mon écriture d'un œil impitoyable et à essayer de comprendre, selon moi, pas du point de vue de la critique, ce que je faisais de travers. Et c'est pendant cette période d'introspection sévère que ma carrière d'écrivain a enfin commencé.

À l'approche de mon trentième anniversaire, je travaillais toujours à temps partiel comme rédacteur publicitaire et mes plus grandes réussites furent des slogans comme les mots en "bulle" que j'inventais pour vendre les barres chocolatées Aero ("le plus pétillant des chocolats au lait sur le marché") : *Adorabulle*, *Délectabulle*, *Irrésistibulle*. Un panneau sur le flanc d'un bus proclamait : *Transportabulle*. Une publicité commerciale : *Profitabulle*. Un panneau dans une devanture : *Disponibulle ici*. Succès ! La campagne dura des années et se poursuivit bien après que j'eus quitté le monde de la publicité. C'est aussi grâce à mon travail de publicitaire que je suis allé pour la première fois en Amérique, envoyé pour un voyage tous frais payés à San Francisco, L.A., Las Vegas, Washington et New York par le Service d'information des États-Unis, pour rédiger, une fois de retour, une campagne de publicité – "La Grande Aventure américaine" – destinée à inciter les Britanniques à passer leurs vacances en Amérique. (Les photos de cette campagne étaient ce qu'il y avait de mieux dans cette opération. Le photographe était le grand Elliott Erwitt.)

C'étaient de maigres récoltes pour un aspirant romancier mais le travail était bien payé et les gens de l'agence voulaient que je m'engage dans une carrière à plein temps en m'offrant pour cela de surprenantes incitations financières. J'avais perdu confiance et la tentation du salaire que me faisait miroiter l'agence de publicité était difficile à refuser. Mais je trouvai, je ne sais comment, la force de refuser. Quand je repense au jeune homme que j'étais, frustré, imparfait, ce refus est ce dont je suis le plus fier. "Imagine comme tu te sentirais mal, me chuchotait une petite voix dans la tête, si à cinquante ou cinquante-cinq ans (je n'imaginais pas vivre plus vieux) tu dois admettre que tu as renoncé à tes rêves après l'insuccès d'un seul livre." J'ai donc résisté aux flatteries des ennemis de ma promesse. Le chant des sirènes était doux et séduisant mais je pensai à Ulysse s'attachant au mât de son navire et ainsi je parvins à rester dans la course.

Je décidai de donner une dernière chance à l'écriture.

J'employai les sept cents livres que j'avais touchées à titre d'avance pour *Grimus* à voyager dans toute l'Inde, de la façon la plus économique possible et aussi longtemps que je pourrais faire durer l'argent, et c'est au cours de ce voyage ponctué de trajets en bus d'une quinzaine d'heures et d'auberges bon marché que sont nés *Les Enfants de minuit*. C'était l'année où l'Inde devint une puissance nucléaire, où Margaret Thatcher fut élue à la tête du parti conservateur et où Sheikh Mujib, le fondateur du Bangladesh, fut assassiné, où la bande Baader-Meinhof fut jugée à Stuttgart, où Bill Clinton épousa Hillary Rodham, où les derniers Américains furent évacués de Saigon, où mourut le *generalísimo* Franco. Au Cambodge, c'était la sanglante "année zéro" des Khmers rouges. E. L. Doctorow publiait *Ragtime* cette année-là, David Mamet écrivait *American Buffalo*, et Eugenio Montale remportait le prix Nobel. Et juste après mon retour d'Inde, Mme Indira Gandhi fut accusée de fraude électorale et une semaine après mon vingt-huitième anniversaire elle instaura l'état d'urgence et fit régner un pouvoir tyrannique. C'était le début d'une longue période de noirceur qui ne s'achèverait qu'en 1977, et je compris presque immédiatement que Mme G était devenue d'une certaine façon le centre de mes projets littéraires encore inaboutis.

Au début, pourtant, je voulais simplement écrire un roman sur l'enfance, nourri des souvenirs de la mienne à Bombay. Je passais de longues heures et des journées entières à exhumer des souvenirs des greniers de ma mémoire où ils prenaient la poussière. Je me rappelai la tour à l'horloge autour de laquelle nous jouions, le Paradis du Lecteur et aussi la confiserie Bombelli et sa fabuleuse boîte de trois pieds de long portant l'étiquette : *un mètre de chocolats*. Je me rappelai ma colère devant la piscine réservée aux Blancs au pied de la colline et le jour où mon meilleur ami perdit le contrôle de son vélo et s'écrasa contre un mur, perdant ses dents de devant. Je me rappelai les brutes à l'école et le jour où le fils du chauffeur de taxi mourut en plein milieu d'un cours. Je me rappelai ma sœur, un vrai garçon manqué, rossant un gamin qui m'avait embêté et je me rappelai que son père était venu se plaindre au mien "votre fille vient de battre mon fils" et la réaction amusée de mon père : "À votre place, je ne le crierais pas sur les toits." Je me rappelai la passerelle proche de Chowpatty Beach avec sur un de ses côtés un slogan publicitaire *Esso met un tigre dans votre moteur* et sur l'autre une recommandation officielle *Si vous avez une conduite d'enfer, vous y allez directement*. Je me rappelai les chansons et les films musicaux. Tout un monde affluait par vagues et je savais qu'un livre était en train de naître. En voyageant en Inde, à la fois à la recherche des lieux aimés et à la découverte de nouveaux endroits, je pensais que j'avais là matière à écrire, j'avais l'impression d'une deuxième guérison aussi importante que celle de Cambridge qui avait soigné les blessures du pensionnat. Cette deuxième guérison était la réduction de la fracture que j'avais en moi, celle qui avait commencé à me couper de mon passé. J'allais écrire mon livre, pensais-je, pour me réapproprier mon passé. Bombay est une ville construite en grande partie sur des terres gagnées sur la mer. Mon livre serait bâti sur une terre littéraire gagnée sur les marées de l'oubli. Je suis ce monde, dirait le livre, et ce monde c'est moi.

À présent, après m'être abreuvé aux sources de l'Inde, je conçus un plan plus ambitieux. J'allais écrire, me disais-je, le livre le plus ambitieux, le plus exigeant dont je puisse rêver. Hollywood ou le fiasco[1]. Si je devais échouer comme écrivain, je préférais m'écraser en flammes plutôt qu'être l'auteur d'un petit ratage minable. La question des hautes ambitions est complexe et met évidemment en jeu le problème de l'ego et d'autres facteurs qui n'ont rien à voir avec l'art. Mais ce que je voulais dire c'est que je voulais prendre sur le plan artistique les plus grands risques que je pouvais imaginer.

Je pensais très peu à l'argent, en fait je n'étais pas sûr d'en gagner un jour, quant à la gloire, devenue de nos jours une question si importante, cela ne m'a même pas traversé l'esprit. Je voulais simplement placer la barre littéraire aussi haut que possible. "Car toutes les vraies audaces viennent de soi[2]." C'est la dernière ligne des *Débuts d'un écrivain* et c'est cet esprit d'audace que, après de longues années de confusion, j'avais décidé d'adopter.

Et je me suis souvenu de Saleem Sinai, né à minuit à l'instant même de l'indépendance de l'Inde, et qui restait incréé dans le premier jet abandonné de *L'Antagoniste*. En plaçant cette fois Saleem au centre même de mon nouveau projet, je compris que l'heure de sa naissance allait m'obliger à étendre considérablement la surface de ma toile. Si l'Inde et lui devaient former un couple, j'allais devoir raconter l'histoire des jumeaux. Il ne s'agissait plus simplement d'un roman sur l'enfance.

L'histoire venait brusquement s'imposer dans le décor. Du coup, Saleem, toujours éperdument à la recherche de sens, rassemblait les deux fils, me suggérant que c'était à cause de lui que toute l'histoire de l'Inde moderne s'était déroulée comme elle l'avait fait, que l'histoire, la vie de sa nation jumelle était en quelque sorte *de sa faute*. À partir de ces arrogantes prémices, la voix du roman, avec ses affirmations comiques, son bavardage incessant et, je l'espère, un sentiment de plus en plus tragique

1. *Hollywood or Bust* est un film de Frank Tashlin de 1956 avec Jerry Lewis et Dean Martin, présenté en français sous le titre *Un vrai cinglé de cinéma*.
2. Eudora Welty, *Les Débuts d'un écrivain*, traduit de l'anglais (États-Unis) par Michel Gresset, Flammarion, 1992.

des prétentions de son narrateur, prit corps. Je fis même en sorte que le garçon et son pays soient d'authentiques jumeaux. Lorsque Emil Zagallo, le professeur de géographie sadique, donnant à ses élèves un cours de "géographie humaine", compare le nez de la péninsule du Deccan au nez de Saleem, la cruauté de la plaisanterie est évidemment intentionnelle.

Pourtant pendant un certain temps je ne compris pas que Saleem devait s'exprimer lui-même. Il ne voulait pas que quelqu'un d'autre raconte son histoire. Il voulait que ce soit lui. J'ai commencé à écrire le livre à la troisième personne et j'ai été de plus en plus frustré de constater qu'il ne prenait pas vie. Je savais, j'étais convaincu qu'il y avait quantité de bonnes histoires qui attendaient d'être narrées mais l'écriture ne parvenait pas à rendre ce que ces histoires exigeaient. Et un jour, à titre expérimental, j'ai laissé Saleem devenir le narrateur du roman. J'ai toujours pensé que c'est ce jour-là que je suis devenu écrivain parce que ce que j'ai produit à ce moment-là fut d'une certaine façon la meilleure page que j'aie jamais écrite selon moi, elle avait une voix qui n'était pas la mienne et qui cependant me permettait de m'exprimer. Tandis que Saleem Sinai se déversait sur la page, je compris qu'il était mon sauveur, que ce que j'avais de mieux à faire, et ma seule possibilité, c'était de le laisser foncer, de donner à cet esprit omnivore une liberté totale pour filer sur la page et de me cramponner à ses basques.

J'étais fauché et l'écriture de ce roman allait prendre du temps. Je fus contraint de reprendre mon travail à temps partiel dans le monde de la publicité pour payer mon loyer. Je travaillais comme rédacteur publicitaire deux ou trois jours par semaine. Le vendredi soir, je rentrais chez moi à Kentish Town dans le Nord de Londres, qui était alors un quartier plus ou moins miteux devenu aujourd'hui très huppé, une sorte de Williamsburg britannique, et je prenais un long bain chaud pour me laver des soucis professionnels de la semaine et en ressortais sous la forme d'un romancier, c'est du moins ce que je me disais. Les gens de l'agence ne comprenaient pas pourquoi je ne voulais pas accepter un emploi à plein temps et continuaient à agiter sous mon nez de substantielles sommes d'argent. Je persistais à les refuser.

Il m'a fallu cinq ans pour écrire *Les Enfants de minuit* parce que j'apprenais à l'écrire tout en écrivant. Je faisais partie de la première génération des enfants de l'Inde libre qui soit née en plus de deux siècles, pénétrée de l'esprit de cette liberté nouvelle mais aussi dépositaire de la connaissance du sang, des grands massacres des musulmans par les hindous et des hindous par les musulmans qui accompagnèrent ce moment de libération. Une génération de transition est exceptionnelle, elle n'appartient totalement ni au passé ni à l'avenir et c'était pour moi un cadeau, en tant que romancier, de posséder par ma naissance ce moment unique. Il fallait que j'apprenne à écrire sur cela, que je fasse en sorte que les événements publics et les vies privées s'écoulent et s'entremêlent, à éviter de me focaliser sur une histoire particulière pour démontrer en même temps comment l'histoire nous façonne et à poser la grande question : Sommes-nous les maîtres ou les victimes de notre époque ? Est-ce nous qui faisons l'histoire ou est-ce l'histoire qui nous défait ? Et pouvons-nous par nos choix et nos actes façonner et changer le monde ?

Entre parenthèses, j'étais suffisamment un enfant des années 1960 pour répondre à cette dernière question par l'affirmative. Les années 1960 étaient un peu folles à bien des égards, mais être jeune à cette époque c'était être convaincu que oui, le monde doit changer et que nous pouvions y parvenir. J'ai gardé en moi l'idée de cette possibilité assez longtemps pour la voir renaître dans l'esprit du *yes-we-can* que Barack Obama a apporté à la Maison Blanche et dans le jeune activisme tout neuf de la période Trump, déterminé à changer le futur et convaincu d'en être capable.

L'époque était intéressante mais ma famille l'était aussi. J'avais un oncle qui écrivait pour le cinéma et qui avait épousé une femme très chic, actrice comme sa sœur, et qui étaient à eux deux les relations les plus agréablement piquantes de ma famille. J'avais un autre oncle, militaire, qui avait débuté comme aide de camp du maréchal Auchinleck, le dernier commandant en chef de l'armée britannique en Inde et avait fini avec le grade de général dans l'armée pakistanaise, ami du dictateur militaire Ayub Khan, et à ma plus grande honte, fondateur et premier dirigeant des fameux services secrets pakistanais, l'agence dite Inter-Services Intelligence ou ISI, cette même ISI qui bien des années plus tard allait donner refuge au Pakistan occupé par les talibans au mollah Omar et à Oussama Ben Laden. Cela s'est passé bien après la mort de mon oncle mais c'est lui qui avait fondé le système qui rendait de telles choses possibles, et même normales, au Pakistan.

Cependant, au fil de l'écriture, j'apprenais aussi une vérité importante. La fiction n'est pas l'autobiographie. La famille du roman a beaucoup en commun avec ma véritable famille. Le grand-père de Saleem est médecin, comme l'était le mien. Il a lui aussi un oncle dans le cinéma et un autre général. Sa sœur, Jamila, surnommée Singe de Cuivre, est un garçon manqué comme l'était ma sœur. J'avais une *ayah*[1] chrétienne originaire du Sud de l'Inde et c'est aussi le cas de Saleem, et ainsi de suite. Mais lorsque j'ai commencé à faire apparaître ces personnages sur la page, j'ai eu du mal à les rendre vivants. Dans la mesure où ils étaient de simples copies de la vie réelle, ils n'avaient pas de vie fictive. Je me suis donc mis à éloigner les personnages des vraies personnes, à les rendre différents de leurs modèles et aussitôt ils se sont réveillés, se sont dressés et se sont mis à vivre. Ainsi l'*ayah* chrétienne, qui exerce un certain temps les fonctions d'infirmière, commet le crime d'où découle toute l'histoire du roman alors que ma véritable *ayah* était la personne la plus respectueuse des lois.

De même la sœur dans le roman devient une merveilleuse cantatrice, alors que, comme tous ceux qui connaissent ma famille vous le diront, avant l'arrivée de ma nièce pianiste professionnelle, aucun d'entre nous ne savait chanter. L'histoire de l'oncle qui travaille dans le cinéma vire à la tragédie et son destin est complètement différent de celui de mon véritable oncle. Le grand-père du roman s'engage à fond dans la politique et le mouvement pour l'indépendance, contrairement à mon grand-père qui était résolument apolitique. Quant à l'oncle militaire, il est poussé vers la caricature satirique. Quand le livre fut achevé, les personnages avaient abandonné leurs modèles pour devenir tout simplement eux-mêmes.

J'ai lu quelque part que lorsque Gabriel García Márquez eut mis la dernière main à son chef-d'œuvre *Cent ans de solitude*, il partit le poster, accompagné de sa femme Mercedes, et tout le

1. En Inde, nourrice.

long du chemin entre leur maison et le bureau de poste, elle se demandait, et si le livre n'était pas bon ? Quand j'eus achevé *Les Enfants de minuit*, je me disais, pour autant que je sache, c'est un bon livre. Mais après de longues années sans aucun succès, je manquais totalement de confiance dans mon propre jugement et je ne savais absolument pas s'il y avait une seule personne au monde qui partagerait mon avis. Si personne n'est d'accord avec moi, pensais-je, c'est que je ne sais pas ce qu'est un bon livre et je ferais mieux de cesser d'écrire. Tout reposait sur l'accueil réservé à ce livre. Hollywood ou le fiasco.

Par chance, ce ne fut pas le fiasco et j'avais enfin une réponse à la question de mon père : "Mais qu'est-ce que je vais bien pouvoir dire à mes amis ?"

Quand j'étais enfant, à Bombay, je faisais ce rêve récurrent dont j'ai attribué plus tard une version à un personnage de mon roman *Deux ans, huit mois et vingt-huit nuits*. Je rêvais que j'étais dans mon lit, dans ma chambre, et que lorsque j'ouvrais les yeux dans mon rêve j'étais capable de m'élever en l'air, faisant tomber mon drap, et de voler dans la pièce sans le moindre effort. C'était très facile et au bout d'un moment je volais vers la fenêtre ouverte, la franchissais et sortais dans le monde. Aussitôt, je commençais très doucement à perdre de l'altitude, pas de manière vertigineuse ni effrayante, mais sensiblement. Comme je l'ai dit, notre maison à Bombay se dressait au sommet d'une petite colline, et je comprenais clairement qu'à un moment donné je serais descendu trop bas pour pouvoir retourner en volant dans ma chambre et que j'allais inévitablement continuer à descendre de plus en plus bas vers l'artère principale très animée au bas de la colline, une rue encombrée de piétons, de cyclistes, de conducteurs de scooters et de motos, où personne n'allait se soucier de voir un ange tomber parmi eux. C'est à peu près à ce moment-là que je m'éveillais. C'était un cauchemar.

Le rêve de devenir écrivain est un peu comme ce rêve d'enfance. Pour réaliser ce rêve il faut quitter la sécurité de l'endroit où vous vous sentez en confiance et protégé, voler à travers le monde et commencer à perdre de l'altitude. Si vous n'avez pas de chance, vous tombez au sol, aussi incapable de voler qu'un dodo, au milieu d'une foule d'étrangers hostiles et votre rêve devient un cauchemar. Mais si vous avez de la chance et que vous êtes déterminé, le rêve revient, et peu à peu vous découvrez que vous n'avez pas besoin de la protection de votre chambre pour vous maintenir en l'air et que vous pouvez sortir en volant par la fenêtre sans avoir le sentiment de vous mettre en danger. Vous ne perdez plus d'altitude et vous gardez le contrôle. Vous naviguez dans l'air vif et brillant. Vous pouvez même monter en flèche. Mais une fois que vous avez trouvé vos ailes, quel que soit le temps que cela vous prenne, quel que soit le nombre d'échecs avant de les avoir trouvées, quand vous avez trouvé vos ailes, vous volez.

DEUXIÈME PARTIE

PHILIP ROTH

(Conférence Philip Roth donnée à la Newark Public Library le 27 septembre 2018)

La dernière fois que j'ai eu des nouvelles de Philip Roth, c'était en octobre 2017, "Comme je suis un enfant de Newark, disait son courriel, la bibliothèque municipale de Newark a récemment instauré une série de conférences à mon nom… Newark n'est qu'à douze minutes de train et guère plus en voiture. Cette bibliothèque et ses annexes ont été très stimulantes quand j'étais gamin et je serais ravi que vous veniez un jour dans la deuxième moitié de septembre parler du moment actuel en Amérique que vous avez mis en scène de manière tellement exubérante dans votre dernier livre. Bien à vous, Philip."

Évidemment, si Philip Roth vous écrit pour vous demander de donner une "conférence Philip Roth", la bonne réponse à cette question est "oui". J'ai donc immédiatement accepté et j'étais aussi, je dois l'avouer, surpris et flatté d'apprendre que Philip Roth avait lu et aimé mon roman, *La Maison Golden*. Vous ne vous attendez pas à ce que vos héros littéraires lisent votre travail. J'ai aussi accepté de parler, comme il le proposait, du moment présent en Amérique, ce que je finirai par faire. Mais après sa mort (je pense que Philip aurait détesté qu'on parle de son "décès" ou qu'on dise qu'il "nous a quittés", ce n'était pas un écrivain à apprécier les euphémismes !), j'ai pensé que la première conférence Philip Roth après la mort de Philip Roth devait logiquement prendre pour sujet Philip Roth lui-même, un écrivain qui par ses livres a permis d'explorer et de comprendre bien des moments américains, passés et présents, et dont l'œuvre, pour reprendre ses termes, a été "un grand stimulant" pour moi et pour beaucoup d'écrivains de ma génération et de la génération suivante.

À mon grand regret, je ne connaissais pas Philip aussi bien que je l'aurais voulu en dépit de ma grande admiration pour son œuvre et de cette coïncidence heureuse qui fait que nous sommes représentés par la même agence littéraire, l'agence Wylie. Nous nous sommes cependant rencontrés plusieurs fois sur une longue période. Mon souvenir le plus vif est celui d'une conversation que nous avons eue à Londres au milieu des années 1980 lors d'un dîner chez lui dans sa maison de Chelsea où il vivait avec Claire Bloom. Il évoqua son désir de rentrer en Amérique à cause du dégoût croissant qu'il éprouvait pour l'antisémitisme britannique, de la colère causée par le refus (qui allait de pair) de reconnaître l'existence d'un tel antisémitisme britannique, et du désir qu'avaient certains Britanniques de lui expliquer qu'il était probablement victime d'une sorte de malentendu culturel. J'ai repensé à ce que Philip avait perçu il y a tant d'années parce que le Parti travailliste britannique s'est retrouvé pendant des années au cœur d'une controverse à cause de l'antisémitisme largement répandu dans ses rangs, un problème dont la direction du parti semblait minimiser l'existence si ce n'est la nier jusqu'à une époque toute récente. Philip Roth, et ce n'était pas la première fois, avait encore une bonne longueur d'avance.

Je lui ai raconté ce soir-là mon expérience personnelle de l'antisémitisme. Un été, quand j'étais jeune, avant que j'aie publié quoi que ce soit, à une époque où je m'habillais sans tenir aucun compte de la mode, je me retrouvai, je ne sais comment, invité à une soirée branchée au cours de laquelle je fus présenté à un créateur de chapeaux à la pointe de la mode dont les œuvres, me dit-on, étaient souvent montrées dans *Vogue*. Il n'avait aucune envie de me rencontrer et se montra cassant, à la limite de la courtoisie, avant de s'éclipser rapidement en quête d'invités plus à la mode. Pourtant, au bout de quelques minutes, il revint vers moi avec un certain empressement et un maintien alambiqué destiné à évoquer l'embarras et le regret, puis m'adressa ces excuses. "Je suis vraiment désolé, dit-il. Vous avez sans doute dû me trouver impoli il y a un instant et, de fait, je l'ai probablement été, mais voyez-vous, c'est parce qu'on m'a dit que vous étiez juif." L'explication était fournie sur un ton qui suggérait que j'allais bien entendu comprendre immédiatement et pardonner. Jamais de ma vie je n'ai eu autant envie de pouvoir affirmer qu'en fait j'étais juif. Quand je racontai cet incident à Philip, il me dit avec beaucoup d'insistance : "Exactement, c'est cela, exactement." Et donc, à ce moment-là, nous n'étions que deux Juifs qui venaient de dîner ensemble à Londres. C'est un souvenir dont je suis fier.

Je possède encore l'édition de poche Corgi toute cornée de *Portnoy et son complexe* que j'ai lue en 1971 quand je venais d'avoir vingt-quatre ans. C'était avant que j'aie seulement mis un pied aux États-Unis, une terre magique que je ne connaissais que par sa littérature et son cinéma. À l'époque, l'Amérique pour moi c'était *Bonnie and Clyde*, *Le Lauréat*, *De sang-froid*, *Rosemary's Baby*, *Bullitt*, *Easy Rider*, *Macadam Cowboy*, *M*A*S*H*, *Love Story*, *Klute*, *Ce plaisir qu'on dit charnel* et *La Dernière Séance*. En littérature c'était *Un enfant du pays*, *L'Homme invisible* et *Augie March*. C'était Pynchon et Vonnegut, Morrison et le *Rabbit* de John Updike, le "nageur" de Cheever, le Yossarian de Joseph Heller et la *Lolita* de Nabokov.

Ma connaissance de la vie des Juifs américains provenait exclusivement des livres, de Bellow, Malamud et Singer. C'est ainsi qu'apparaît l'Amérique à nous qui la regardons de l'extérieur, à la fois bien connue et totalement inconnue. Elle est à la fois l'incarnation du pouvoir et l'expression de la liberté aux multiples facettes, à la fois l'Oncle Sam et Emma Lazarus, à la fois "La Bannière étoilée" et "Blue Suede Shoes" ou Louis Armstrong chantant "What a Wonderful World". Lorsque, en tant qu'étrangers, nous posons le pied dans les rues de New York, nous pensons tout reconnaître parce que nous l'avons déjà vu bien souvent dans des films, sur des photos, à la télévision, sur des toiles et pourtant nous ne sommes pas capables de trouver notre chemin et nous nous perdons facilement. Nous avons en tête la musique de l'Amérique mais nous ne savons pas comment vivent les gens qui ont créé cette musique, et si nous sommes de grands lecteurs, nous portons en nous les mots écrits également sans vraiment rien savoir des expériences vécues d'où ces mots sont nés. Sans avoir jamais vu la Ville des Vents, je me souviens des premières lignes d'*Augie March* : "Je suis un Américain, natif de Chicago – Chicago, cette ville sombre –, et je prends les choses comme je l'ai appris seul, en écriture libre, et je ferai le récit à ma manière..." Et les dernières lignes, tout aussi célèbres : "Je suis une sorte de Christophe Colomb découvrant ceux qui se trouvent à portée de main, et je crois qu'on peut les aborder par cette *terra incognita* proche qui s'étend dans chaque regard. J'échouerai peut-être dans ma quête. Christophe Colomb aussi a sans doute cru avoir échoué quand on l'a renvoyé enchaîné. Ce qui ne prouvait pas qu'il n'y avait pas d'Amérique[1]." J'attendais de l'aide, j'espérais des mots qui m'ouvrent des portes vers des terres inconnues qui allaient, je l'espérais, étendre mon propre regard, et ces mots, ces images, ces sons étaient ce à quoi je me raccrochais. Peut-être allaient-ils me montrer comment réaliser ce que je voulais faire.

Dans cette Amérique imaginaire, imaginée, *Portnoy et son complexe* tomba comme une bombe. "Se branler" ? "Fou de la chatte" ? Je n'avais jamais rien lu de semblable. Je me souviens d'avoir été réellement stupéfait, non seulement par le sujet abordé mais par la jubilation extatique avec laquelle il était traité, la nudité éhontée de la langue, la franchise presque fanatique de la prose. J'ai grandi en Inde où on n'avait pas le droit de s'embrasser dans les films, où les manifestations publiques d'affection étaient mal vues dans la vie réelle, où l'ancienne sexualité de l'art tantrique avait été remplacée par une pruderie facile à choquer et dont j'étais moi aussi partiellement responsable. Dans mes propres livres, j'ai souvent éprouvé une certaine réticence à me montrer explicite quant aux détails de l'activité sexuelle, estimant que ces choses doivent se dérouler en coulisses, si l'on peut dire, mais il y a certaines scènes dans lesquelles, rétrospectivement, je vois clairement l'influence de M. Roth, à propos duquel Jacqueline Susann – Jacqueline Susann en plus ! – disait à Johnny Carson : "J'aimerais bien le rencontrer mais je n'aimerais pas lui serrer la main."

Dans *Les Enfants de minuit*, il y a une scène dans laquelle la mère du narrateur, se souvenant avec tendresse de son premier

1. Saul Bellow, *Les Aventures d'Augie March*, trad. de l'anglais par Michel Lederer, coll. "Folio" n° 6212, © Éditions Gallimard, 2016.

mari depuis longtemps disparu, se donne du plaisir dans la salle de bains, sans savoir que son fils, le voyeur, caché dans le coffre à linge familial, est en train de l'observer. Philip Roth pourrait bien être responsable de cette scène. En général, pourtant, mes narrateurs, contrairement à Alexander Portnoy, éprouvent quelques difficultés à écrire sur le sexe. Dans *Le Dernier Soupir du Maure*, le narrateur tente de décrire ses parents faisant l'amour pour la première fois. "Il vint à elle comme un homme va à son destin, tremblant mais résolu, et c'est ici que mes paroles s'épuisent, aussi vous n'apprendrez pas par ma bouche les détails sordides de ce qui s'ensuivit, quand elle, puis lui, puis ils, et ensuite elle, ce à quoi il, et en réponse elle, et avec ça et en plus et pendant un moment, puis pendant longtemps, et doucement, et bruyamment, et à bout de résistance, et enfin, et après ça, jusqu'à… Pouah ! Mon vieux ! Fini et bien fini[1] !" Ce passage résulte d'une prise de conscience que je dois à Roth, si l'on doit écrire sur le sexe il faut faire en sorte que ce soit drôle. Ailleurs dans ce même passage, j'avoue que c'est la lecture de Roth qui m'a donné le courage d'être un peu plus choquant et, qui plus est, de mêler le sexe et la religion. "Avez-vous jamais vu la queue de votre père. Et le con de votre mère ? Oui ou non, peu importe, ce qui compte c'est qu'il s'agit d'endroits mythiques, environnés de tabous, enlève tes chaussures car ce sol est sacré, comme l'a dit la Voix sur le mont Sinaï, et si Abraham Zogoiby jouait le rôle de Moïse alors Aurora, ma mère, aussi sûr que deux et deux font quatre, était le buisson ardent." Merci, Philip. Les tabous, m'a-t-il appris, sont faits pour être transgressés. Cette leçon m'a quelquefois attiré bien des ennuis.

Pendant la plus grande période de troubles, de fureur qui a suivi la parution des *Versets sataniques*, j'ai souvent pensé à Roth. Je me suis souvenu qu'après la publication de *Goodbye, Columbus*, il a été accusé d'antisémitisme par certains Juifs et qu'après celle de *Portnoy*, un spécialiste de la Kabbale (Gershom Scholem) a déclaré le roman "pire que les célèbres *Protocoles des Sages de Sion*". Je me rappelle aussi que l'un des reproches que l'on faisait à ce texte radical pour l'attaquer c'était de l'accuser d'être mal écrit au point d'être

1. Salman Rushdie, *Le Dernier Soupir du Maure*, traduit de l'anglais par Danielle Marais, © Plon, 1996.

illisible. “Ce qu’on peut faire de plus cruel avec *Portnoy et son complexe*, écrivait Irving Howe, c’est de le relire.” J’ai appris à m’habituer à cette forme d’attaque, plus douloureuse que l’agression de l’ayatollah. Et c’était réconfortant de savoir que Philip Roth avait subi les mêmes assauts.

N’en déplaise à Irving Howe, j’ai à présent lu deux fois *Portnoy et son complexe*. La première fois, à vingt-quatre ans, je n’avais pas tout à fait dix ans de plus qu’Alexander Portnoy et les tourments de l’adolescence mâle étaient encore pour moi un souvenir bien vivant. Ce qui m’avait alors le plus frappé était que ce monde totalement inconnu, le monde d’une enfance juive à Newark, paraissait si familier à un gamin de Bombay. En particulier le poids écrasant de la famille. Ma mère était très différente de Sophie Portnoy mais de nombreuses mères de mes amis, hindoues, chrétiennes, parsies, auraient été parfaitement à leur place dans le Newark de Roth. C’était étrange et délicieux de retrouver dans cet écrit venu de si loin tant d’éléments qui m’offraient le plaisir de m’y reconnaître immédiatement.

J’ai relu le livre quand j’avais soixante et un ans, ce plaisir de l’identification est toujours là, même si l’évocation par Roth de son adolescence me semble à présent un message venu d’une planète lointaine. Mais ce qui me frappe le plus c’est l’étrange acharnement de ce texte. S’il fallait formuler une critique, on pourrait dire qu’il est écrit entièrement sur le même ton. Mais ce ton, ce cri exacerbé de besoin, de souffrance, de désir, cette voix dont Roth dit que, pour la première fois, il l’a “laissée filer”, on ne l’avait encore jamais entendue et après tant d’années elle garde encore toute sa force. Oui elle est choquante, mais il est vrai également qu’elle vous déstabilise. Pour trouver une telle voix aujourd’hui il faut chercher du côté des humoristes. Dave Chappelle est peut-être le fils afro-américain d’Alexander Portnoy.

Relire *Portnoy* et *Goodbye, Columbus* c’est aussi découvrir les premières versions de ce que l’on pourrait appeler la Bien-Aimée rothienne, Brenda Patimkin, Bubbles Girardi, la *shiksa* blonde, objet de tous les fantasmes qu’Alex Portnoy appelle Thereal McCoy, et de manière plus significative Mary Jane Reed, alias le Singe, dont les appétits sexuels correspondent à ceux d’Alex. La Bien-Aimée rothienne a fait l’objet au cours des années de bien des critiques, mais la redécouverte des tout premiers exemples du personnage me permet de voir, tout d'abord, avec quelle affection ils sont dessinés, et ensuite, que les voix masculines chez Roth, de façon évidente et délibérée, ne sont pas fiables quand elles parlent de ses femmes. C'est-à-dire que nous ne nous laissons pas abuser par les tirades d'Alex Portnoy et nous comprenons que son créateur a une vision plus profonde et plus passionnée de ses femmes que celle d'Alex. En achevant la lecture de *Portnoy*, on éprouve une véritable affection pour Alex parce qu'on sait qu'il incarne une vérité profonde sur les jeunes garçons et les jeunes hommes, mais on éprouve aussi une affection tout aussi profonde et un sentiment de compréhension pour le Singe.

C'est l'humour qui fait fonctionner le livre. Sans lui, Alex Portnoy et le roman lui-même seraient insupportables. Mais l'humour est présent à chaque ligne et au lieu de trouver insupportable le livre et le personnage nous l'aimons. Après un demi-siècle il n'a rien perdu de sa force.

Voici ce qu'écrivait Philip Roth dans le *New Yorker* après avoir lu *Augie March* de Saul Bellow, publié quinze ans avant *Portnoy et son complexe* et qui a certainement aidé Roth à trouver sa voie pour ce livre. "Entre le romancier qui a publié *Un homme en suspens* en 1944 puis *La Victime* en 1947 et celui qui publie en 1953 *Les Aventures d'Augie March*, il s'est opéré une transformation révolutionnaire. Bellow envoie tout bouler… Dans *Augie March*, il affirme une conception grandiose et émancipée du roman et du monde qu'il représente, il s'affranchit des contraintes qu'il s'était précédemment imposées, les principes de composition du débutant sont subvertis et […] l'écrivain lui-même est « un inconditionnel de la surabondance ». […] Augie est mû par un enthousiasme narcissique pour la vie et ses formes hybrides à l'infini, Bellow écrit sous l'emprise d'une passion dévorante pour le fourmillement éblouissant du détail[1]." Si l'on remplace dans ce passage Augie March par Alexander Portnoy, *Un homme en suspens* et *La Victime* par *Laisser*

1. Texte paru dans le *New Yorker* en 2000, repris dans *Parlons travail*, traduit de l'anglais (États-Unis) par Josée Kamoun et intégré dans le recueil de Philip Roth, *Pourquoi écrire ?*, coll. "Folio" n° 6646, © Éditions Gallimard, 2019.

courir et *Quand elle était gentille*, et Saul Bellow par Philip Roth, on obtient une description presque parfaite du génie révolutionnaire de *Portnoy et son complexe*, et de son impact extraordinaire, particulièrement après les deux romans plus conventionnels qui l'ont précédé. Le procédé qui consiste à faire du texte tout entier le récit d'une ou plusieurs séances d'Alex chez son psychanalyste a donné à Roth une liberté totale. "Le théâtre du cabinet de psychanalyste, a-t-il dit un jour à David Remnick, dit : ici la règle c'est qu'il n'y a pas de règle, pas d'inhibitions, pas de contraintes, pas de décorum."

Roth et Bellow, Bellow et Roth. Les deux écrivains sont à jamais liés, du moins dans l'esprit des auteurs de ma génération. Pour donner, encore une fois, le point de vue de l'extérieur : pour Martin Amis, Ian McEwan et moi-même, c'étaient les deux écrivains américains qui non seulement nous donnaient la vision la plus claire et la plus brillante de l'Amérique, qui prenaient le roman juif américain pour le transformer en quelque chose de très proche du Grand Roman américain, mais qui nous aidaient également à mieux comprendre comment créer les mondes que nous essayions de faire naître.

Je réfléchissais beaucoup à la question de la langue en essayant de trouver un anglais qui ne sonnerait pas comme s'il appartenait aux Anglais mais qui saurait intégrer et représenter le brouhaha polyglotte de la rue en Inde. Chez Roth et chez Bellow, je percevais cette énergie à laquelle j'aspirais tant, je voyais aussi chez eux la propension à utiliser des mots étrangers sans les traduire. En lisant Roth je me demandais si tous les Américains savaient ce que signifiait recevoir un *zetz* dans les *kishkes* ? Pour ma part, je l'ignorais. Je devinais d'après le contexte qu'un *zetz* devait être douloureux et que les *kishkes* devaient être sensibles mais les détails précis m'échappaient. Et pourtant ils étaient là, des mots yiddish dans un texte anglais, présentés sans aucune excuse. C'est ainsi que nous parlions anglais à Bombay, en le saupoudrant de mots hindis, urdus, marathis ou gujaratis. C'est aussi de la même manière que nous parlions hindi, urdu, marathi ou gujarati, émaillant ces langues des mots anglais qui nous semblaient appropriés. De plus, l'anglais indien n'était pas tout à fait semblable à l'anglais de la reine. Tout comme les Irlandais, les Indiens d'Amérique, les

Australiens et les Américains, les Indiens avaient modelé l'anglais à leur convenance. En anglais de l'Inde, le mot qui désignait un prévenu au tribunal est le *"undertrial"* parce que, comme vous le voyez, il était sous le coup d'un procès. Votre patron est votre *"incharge"* et si des Martiens débarquaient à Bombay ils devraient demander "Conduisez-moi auprès de votre *incharge*". Quand la police tue quelqu'un lors d'une fusillade, on dit qu'il est mort lors d'une *"encounter"* policière. Et le harcèlement sexuel, je suis désolé de le dire, s'appelle *"Eve teasing"*.

J'ai lu *Augie March* et *Portnoy* et j'ai compris que je pouvais employer "mon" anglais, de la même manière que ces deux chefs-d'œuvre avaient employé "le leur". Et si j'avais envie de glisser des mots venus d'autres langues – *rutputty*, *khalaas*, *shanti* – cela ne posait pas de problème du moment que j'en expliquais la signification par le contexte, ainsi le lecteur anglophone comprendrait, ou devinerait que *rutputty* voulait plus ou moins dire "délabré", que *khalaas* signifiait à peu près "fini" ou "foutu" et que *shanti* c'était "la paix". Je compris que l'anglais pouvait être assaisonné à la sauce chutney. Ce fut pour moi une véritable libération.

Je réfléchissais aussi à la forme. J'ai toujours pensé qu'il n'y avait que deux catégories de bons romans. La première est celle que j'appellerais "le roman total", ce que Henry James qualifie de "grand sac fourre-tout", le roman qui s'efforce d'intégrer le plus de vie possible. L'autre est "le roman du presque rien" qui arrache un cheveu de la tête de la déesse et le met en lumière pour révéler la vérité. Jane Austen, W. G. Sebald et, dans un genre très différent, sous la forme de la nouvelle, Raymond Carver appartiennent à cette catégorie. Ce qui est intéressant chez Bellow et Roth c'est qu'ils ont l'un et l'autre appartenu aux deux catégories à divers stades de leur carrière. Bellow a commencé par le presque rien *(Un homme en suspens)* avant de produire les grands monstres avaleurs de mondes, *Augie March*, *Herzog*, *Le Faiseur de pluie*, *Le Don de Humboldt* et plus tard dans sa vie revint au genre minimaliste (*La Bellarosa Connection*, *Un larcin*, *Ravelstein*). Dans le cas de Roth, les grands livres qui englobent tout apparaissent sur le tard dans un brillant déferlement, *Le Théâtre de Sabbath*, *Pastorale américaine*, *J'ai épousé un communiste*, *La*

Tache, qui le mettent au moins à la même hauteur que "la conception grandiose et émancipée du roman et du monde qu'il représente" de Bellow.

J'en dirai davantage sur ces livres dans un moment mais je veux auparavant évoquer la "période intermédiaire" de Roth, celle de ses nombreux alter ego : David Kepesh, Peter Tarnopol, et surtout Nathan Zuckerman qui fit sa première apparition dans *L'Écrivain des ombres* et qui, comme dans la pièce de Kaufman et Hart, *L'homme qui vint dîner*, ne repartit jamais. Ici encore on peut faire une comparaison avec Bellow : Moses Herzog dans *Herzog* et Charlie Citrine dans *Le Don de Humboldt* sont les substituts de Bellow. Charlie est une sorte de disciple du poète Von Humboldt Fleisher, tout comme Bellow était une sorte de disciple de celui qui a servi de modèle à Humboldt, Delmore Schwartz. Et l'histoire de Herzog qui se fait enlever sa femme par son ami est le reflet d'événements survenus dans la vie de Bellow au cours de ses années à Bard. (Dans le roman, l'ami qui commet la trahison est devenu unijambiste. Tels sont les privilèges et les vengeances qu'accorde la fiction.) Mais personne peut-être n'a mieux exploré les nuances de l'alter ego en littérature, de manière plus radicale, que Philip Roth.

Nous savons, ou nous devrions savoir, que la fiction basée sur l'autobiographie n'est pas aussi fiable que l'autobiographie, que Stephen Dedalus est et n'est pas James Joyce, que "Marcel", le narrateur d'*À la recherche du temps perdu*, est et n'est pas Proust, que *Carnovsky*, le roman controversé de Nathan Zuckerman est et n'est pas *Portnoy et son complexe*. Mais comme nous vivons une époque obsédée par l'autobiographie, la tendance est forte d'assimiler l'alter ego et l'auteur lui-même. Personne n'a fait davantage que Roth pour encourager cette tendance à l'assimilation, pour en jouer mais aussi finalement pour la détruire. Quelque part dans un de ses textes sur la corrida, Hemingway écrit que les plus grands toreros travaillent au plus proche du taureau. Roth, en plaçant Zuckerman aussi près que possible du taureau et en lui permettant de faire une pirouette si experte qu'il n'est jamais empalé, est le maître incontesté de ce sport.

Si Zuckerman, Kepesh et Tarnopol débutent leur existence à proximité immédiate de leur créateur, quand il en a fini avec eux, ils se sont éloignés pour mener leur propre vie indépendante et ce voyage, de l'origine personnelle à l'autonomie fictionnelle, pourrait s'appeler l'art de la création.

Roth explore avec subtilité les ambiguïtés de ce genre d'écrit. Dans *La Contrevie*, la colère du dentiste, le frère de Nathan Zuckerman, Henry, provoquée par le portrait imaginaire que Zuckerman a fait de lui et de leur famille va droit au cœur de tout écrivain qui a travaillé aussi près du taureau. Quand j'ai lu *La Contrevie*, j'étais plongé dans l'écriture du roman qui allait devenir *Les Versets sataniques* et, peut-être quelque peu influencé par la lecture du livre de Roth, j'ai décidé de me servir d'un matériau très personnel, la mort de mon père, pour écrire la scène où, vers la fin du livre, Saladin Chamcha se tient auprès du lit de mort de son père. Quand le roman fut achevé, cette scène bouleversa terriblement ma sœur Sameen parce que, disait-elle, mécontente, je l'avais effacée du récit de ce moment qui avait été aussi important pour elle qu'il l'avait été pour moi. "Ce n'est pas toi qui as fait cela pour lui, disait-elle, c'est moi qui l'ai fait. Il ne t'a pas dit cela, c'est à moi qu'il l'a dit." La seule réponse que je pus lui donner c'est qu'elle n'était pas un personnage de mon roman, et elle ne suffit pas vraiment à l'apaiser. J'ai compris à cet instant ce que Henry Zuckerman avait exactement éprouvé. Avoir un écrivain dans la famille est peut-être toujours un désastre pour la famille, surtout quand son alter ego est aussi buté que Nathan Zuckerman. Dans *Les Faits*, le livre en partie autobiographique de Roth – le titre lui-même est encore un des nombreux moyens dont se sert Roth pour jeter le trouble dans notre esprit –, il met en scène Zuckerman commentant le portrait que l'auteur fait de sa "vraie" famille. Zuckerman lui dit qu'il a brossé de sa famille et de lui-même un portrait trop avantageux. "Ne le publie pas", conseille-t-il. Dans *Les Faits*, il laisse entendre que Roth ne dit pas la vérité ou qu'il ne s'en approche pas d'aussi près que son alter ego Zuckerman le fait dans ses romans. À la fin cette approche basée sur l'introspection, la référence à soi-même et l'image miroir ne pouvait que s'épuiser et il est clair que Roth le savait. *Opération Shylock* est un livre de transition, d'un côté c'est peut-être l'exemple le plus extrême de cette écriture en miroir, dans lequel Philip Roth, au sortir d'une dépression nerveuse provoquée par l'Halcion, la même apparemment que celle dont il est question dans *Les Faits*, découvre qu'il y a en Israël un imposteur se faisant appeler Philip Roth et qui assiste au procès de John Demjanjuk de Cleveland qui pourrait bien être – qui est probablement – l'Ivan le Terrible des camps de la mort nazis. Et que ce faux Roth fait la promotion d'idées que le vrai Roth déteste, en particulier le "diasporisme" qui suggère que les Juifs devraient quitter Israël pour rentrer en Europe avant que les Arabes ne déclenchent un second Holocauste. L'Europe, dit le faux Roth aux gens en Israël, est "la patrie juive la plus authentique qui ait jamais existé". D'un autre côté tandis que le jeu de miroirs rothien se poursuit dans ce roman, le sujet a changé. Nous voyons Roth commencer à tourner le regard vers l'extérieur aussi bien que vers l'intérieur, à prendre le monde pour sujet autant ou du moins en même temps que lui-même et à entamer le vaste projet d'aborder dans ses fictions les grandes questions de l'époque, en l'occurrence Israël. Cette volonté de se tourner vers l'extérieur sera la clef de son dernier âge d'or littéraire et la réponse au problème que rencontre Nathan Zuckerman : la perte, l'épuisement de son sujet.

> Zuckerman avait perdu son sujet. Sa santé, ses cheveux – et son sujet. Il était heureux qu'il ne trouvât pas de position pour écrire. Ce dont il avait fait son œuvre romanesque avait cessé d'exister – le lieu de sa naissance n'était plus que le paysage calciné d'une guerre raciale et les gens qui avaient été des géants à ses yeux, morts. Le grand combat juif était contre les États arabes ; ici, il était terminé, et le côté Jersey de l'Hudson, sa rive occidentale à lui, était occupé désormais par une tribu étrangère. Nulle Newark nouvelle n'allait surgir pour Zuckerman, semblable à la première : il n'y aurait plus de père semblable à ces pères juifs, à ces pionniers bardés de tabous, nul fils comme leurs fils bouillonnant de tentations, plus de fidélités à nulle cause, plus d'ambitions, plus de rébellions, plus de capitulations, plus de conflits aussi convulsifs. On n'éprouverait plus jamais si tendre émotion et si profond désir de s'évader. Ayant perdu père, mère et terre natale, il cessait d'être un romancier. Cessant d'être fils, il cessait d'être écrivain. Tout ce qui le galvanisait avait été liquidé, ne laissant rien qui appartînt en propre à lui et à personne

d'autre, qu'il pût revendiquer, exploiter, agrandir et reconstruire[1].

C'est dans ce passage de *Zuckerman enchaîné* que je me sens le plus proche de Philip Roth, moi aussi je sais ce que c'est d'avoir perdu un lieu, un passé et de ne pas pouvoir le réclamer parce qu'il n'existe plus, je connais aussi le sentiment d'avoir tout à coup la terre qui se dérobe sous vos pieds, de ne plus avoir un sol ferme sur lequel les roues de l'art peuvent prendre appui, de voir les choses qui vous donnaient au départ l'envie d'écrire disparaître, je connais la difficulté d'avoir à trouver un deuxième acte, sans parler de la difficulté supplémentaire de devoir le trouver non en soi mais dans le monde où, n'ayant pas d'autre choix, on est obligé de vivre. "Il n'y a pas de deuxième acte dans les vies américaines" selon la formule célèbre de Fitzgerald mais les derniers grands livres de Philip Roth viennent contredire cette affirmation, parce que Roth, à moins que ce ne soit Zuckerman, a trouvé son nouveau sujet en détournant le regard de ses propres origines pour le braquer sur le présent, dans lequel, n'ayant pas d'alternative, il se trouva lui-même.

Le prologue de cette grande trilogie est un livre que bien des gens tiennent pour le meilleur roman de Roth, l'étonnant et bouillonnant *Théâtre de Sabbath*, qui aurait pu tout aussi bien s'intituler *Alexander Portnoy grandit*. Mickey Sabbath, le marionnettiste vieillissant, se libère, comme l'avait fait le jeune Alex, de ce qu'un de ses personnages qualifie de "remarquable panégyrique en faveur de l'obscénité". Comme le jeune Portnoy, le vieux Sabbath est excité, de manière plutôt glauque, par des objets sexuels, ce n'est plus une tranche de foie à présent ni "le soutien-gorge de sa plantureuse grande sœur" mais des sous-vêtements volés dans la commode d'une adolescente, ou une cassette audio pornographique ou le chemisier dissimulant la poitrine d'une étudiante. Il possède aussi, à moins que ce ne soit son auteur, cette étonnante puissance narrative si entraînante, avec laquelle Portnoy et Roth

1. Philip Roth, *Zuckerman enchaîné*, traduit de l'anglais (États-Unis) par Jean-Pierre Carasso et Henri Robillot, coll. "Folio" n° 1877, © Éditions Gallimard, 1987.

ont fait leurs débuts fracassants il y a si longtemps. Il est scandaleux et parfois à la limite du supportable mais ce que nous avons ici c'est Roth en pleine maturité, non plus le jeune homme qui soliloquait sur une seule note, ce que nous avons c'est *De grandes espérances*, pas *David Copperfield*. Mickey Sabbath et le roman qui porte son nom finissent par se révéler tous deux émouvants et profonds. Mickey Sabbath se rappelant son grand frère bien-aimé, tué lors de la Seconde Guerre mondiale ; les souvenirs d'enfance de Mickey sur la côte du New Jersey ; Mickey dans le cimetière où repose sa famille, creusant sa propre tombe ; et surtout peut-être Mickey faisant ses adieux à sa bien-aimée Drenka… Ces grandes scènes montrent que Roth a dépassé le stade de Zuckerman et que désormais son sujet c'est autant les autres que lui-même. Naturellement, il subsiste un peu de Portnoy chez Sabbath et la scène où le marionnettiste pisse sur la tombe de Drenka, en témoignage de son amour, et se fait arrêter pour cela par son fils le policier est un épisode dont Alex Portnoy aurait été fier.

Quant à la trilogie des chefs-d'œuvre qui ont fait suite au *Théâtre de Sabbath* – *La Tache*, *Pastorale américaine* et *J'ai épousé un communiste* –, on a déjà tellement écrit sur elle et elle mérite tant tous les éloges qu'elle a suscités que je n'ajouterai rien de plus que quelques éléments de contexte en guise de taupinières à cette chaîne de montagnes. Je dirai simplement que Nathan Zuckerman apparaît dans les trois romans mais que, cette fois, il raconte l'histoire d'autres personnes et non plus la sienne et que les gens dont il raconte l'histoire, Coleman Silk, Swede et Merry Levoy et Iron Rim entraînent l'œuvre de Roth dans le cœur noir de l'Amérique tel qu'il se présentait à son époque, une époque qui trouve de nombreux échos dans la nôtre.

J'ai épousé un communiste aborde le thème du maccarthysme et de l'époque de l'Amérique où des doigts étaient furieusement pointés vers tant de braves hommes et de braves femmes, en particulier des journalistes, où tant de braves hommes et de braves femmes étaient diffamés et traités d'"ennemis du peuple", et le pouvoir destructeur de cette politique de la peur du rouge peut facilement se lire comme une métaphore du présent.

La Tache aborde le sujet du franchissement de la ligne de la couleur, du fait de se faire passer pour blanc, ce qui a été un thème des écrivains américains depuis *La Tragédie de Pudd'nhead Wilson* de Mark Twain jusqu'à *Passing* de Nella Larsen, jusqu'aux nouvelles de Langston Hughes "Passing" et "Qui se fait passer pour qui ?" ou *L'Imitation de la vie* de Fanny Hurst qui met en scène une jeune fille noire à la peau claire nommée Peola, dont Toni Morrison se souviendra dans le personnage de "Pecola", la jeune fille rendue folle par son rêve inaccessible d'atteindre la beauté blanche dans *L'Œil le plus bleu*. Le livre a été adapté au cinéma sous le titre *Mirage de la vie*, l'histoire y est profondément modifiée mais parle toujours du changement de couleur ; c'est un film réalisé par Douglas Sirk en 1959 avec Lara Turner et Susan Kohner dans le rôle de "Sarah Jane", le nouveau nom de Peola à l'écran.

Le Coleman Silk de Philip Roth, cet universitaire haut placé qui se fait passer pour un Juif américain, évoque l'histoire bien réelle d'Anatole Broyard qui, comme l'a dit Henry Louis Gates, "était né noir et devint blanc". Broyard avait du succès, était séduisant et il lui arrivait souvent d'être hostile envers les Noirs, attaquant en ces termes le *Si Beale Street pouvait parler* de James Baldwin : "Si je dois lire une description supplémentaire des ordures entassées dans les rues de Harlem, adieu la langue de bois, je demande : Ce sont les ordures de qui ?" Henry Louis Gates cite également un associé de Broyard, Evelyn Thornton, qui évoque la réaction de Broyard le jour où un ivrogne noir lui avait demandé de l'argent. Il fit remarquer avec colère : "Je regarde New York et je me demande en moi-même, s'il n'y avait pas de Noirs à New York est-ce que ce serait vraiment une perte ?" (Dans *La Tache* de Roth, Coleman Silk est lui aussi accusé de préjugés raciaux contre les Noirs.) Ces sombres choix, réels et fictionnels, transformés en art par Roth lui ont donné accès au problème de la race en Amérique, un thème qui reste au cœur de l'histoire américaine.

Si *La Tache* évoque la question de la race, *Pastorale américaine* envisage les conséquences en Amérique de la guerre du Viêtnam et de la montée, provoquée en partie par le mouvement pacifiste, d'un radicalisme américain qui a pris la forme d'un terrorisme national violent et même meurtrier. Aujourd'hui que la plupart des actes terroristes aux États-Unis sont perpétrés par des Blancs lourdement armés, le portrait que dresse Roth de la terroriste Merry Levov est plus que jamais d'actualité. *Pastorale américaine*, peut-être le roman le plus "grand public" de Roth, évoque les attentats à la bombe commis par ceux qui se faisaient appeler les Weathermen ou Weather Underground, mais aussi les émeutes de Newark en 1967, les Black Panthers, le procès d'Angela Davis, l'affaire du Watergate et celle de Gorge profonde (les deux sources alors anonymes qui renseignaient Woodward et Bernstein et qui furent par la suite identifiées comme le directeur adjoint du FBI, Mark Felt, et la star du porno, Linda Lovelace). Là encore on ne peut s'empêcher de penser aux échos contemporains. Aujourd'hui, alors que l'actuel gouvernement américain parle si souvent des prétendues tentatives d'"organisations secrètes" au cœur de l'État pour saper son autorité, l'histoire de "Gorge profonde", un homme au cœur de "l'État secret" qui se comporte exactement de cette façon sous la présidence de Nixon, nous rappelle qu'à certaines époques la loyauté à l'égard du pays prend le pas sur la loyauté envers le président.

Ces livres m'ont fait changer d'avis sur Philip Roth. Avant de les avoir lus, je reconnais que dans le match Roth-Bellow, j'avais placé Bellow légèrement au-dessus de Roth, un degré au-dessus sur le plus haut barreau de l'échelle, estimant que les plus grands livres de Bellow étaient un peu plus ambitieux, plus puissants, qu'ils englobaient des mondes plus vastes. La trilogie a définitivement démoli cet argument. J'ai toujours pensé que nous vivions une époque où les événements publics affectent si directement notre vie privée que le rôle de la littérature à présent est de montrer comment fonctionne cette relation, que les romans ne peuvent plus rendre compte simplement d'une vie entièrement privée à la manière de *Madame Bovary* ou d'*Orgueil et préjugés*. Dans mon propre travail je me suis souvent efforcé de trouver les points d'intersection où la conversation privée qui se déroule en moi rencontre la conversation publique qui m'environne, et voir Philip Roth travailler dans cette voie était et est toujours une source d'enthousiasme et d'inspiration.

Et voici le Philip Roth qui dans *Le Complot contre l'Amérique* se transforme finalement en une sorte de prophète, une Cassandre de notre temps, nous mettant en garde contre l'avenir sans être pris au sérieux, à l'instar de Cassandre. La première fois que j'ai lu *Le Complot contre l'Amérique* – cette histoire alternative débordante d'imagination qui raconte l'accession à la présidence de l'aviateur vedette Charles Lindbergh, un démagogue populiste, un isolationniste radical, un raciste et un antisémite, un homme qui ne vit aucun inconvénient à s'acoquiner avec Adolf Hitler et qui dévoila par son triomphe électoral la face cachée la plus sombre des préjugés américains –, je me souviens d'avoir pensé que je n'y adhérais pas, que je le trouvais trop extrême et que, en bref, cela ne pouvait pas arriver ici. Mais nous voici à présent avec un président vedette qui est un démagogue populiste, un isolationniste qui instaure des barrières douanières contre la plus grande partie du monde, un homme dont les cibles culturelles (LeBron James, Don Lemon, Maxine Waters) sont très souvent des gens de couleur et dont le gouvernement a libéré, au sein de sa base politique, une marée de racisme, un homme qui n'a vu aucun inconvénient à sympathiser avec ce tyran meurtrier de Vladimir Poutine et dont les partisans, certains d'entre eux portant des tee-shirts sur lesquels on peut lire "Plutôt russe que démocrate", nous révèlent que la face cachée de la bêtise et des préjugés américains est encore bien sombre et pleine. Pour reprendre la description que donne R. D. Laing de la schizophrénie, l'Amérique est devenue un "moi profondément divisé" et Roth, auteur fasciné par la psychanalyse depuis *Portnoy*, nous offre dans ce livre l'analyse la plus fine de notre réalité divisée. Tel est le destin accidentel de Philip Roth, d'avoir débuté comme un révolutionnaire en littérature et de finir, au terme d'un voyage long, étrange et constamment intéressant, sous les traits d'un prophète politique. On ne peut que s'incliner devant une telle carrière, en regrettant toutefois que, dans cette œuvre prophétique datant de quatorze ans, il se soit avéré qu'il avait vu juste mais qu'il ne soit plus là pour nous aider à découvrir ce qui nous attend.

KURT VONNEGUT ET *ABATTOIR 5*

J'ai lu *Abattoir 5* pour la première fois en 1972, trois ans après sa parution, et trois ans avant de publier mon premier roman. J'avais vingt-cinq ans. 1972 est l'année des accords de paix de Paris qui devaient mettre fin à la guerre du Viêtnam, même si l'indigne retrait final des Américains, avec les gens évacués par hélicoptères depuis le toit de l'ambassade américaine à Saigon, ne devait intervenir que trois ans plus tard.

J'évoque le Viêtnam parce que, même si *Abattoir 5* est un livre sur la Seconde Guerre mondiale, le Viêtnam est aussi présent dans ses pages et les sentiments des gens sur cette guerre plus tardive ont beaucoup à voir avec l'énorme succès du roman. Huit ans auparavant, en 1961, Joseph Heller avait publié *Catch 22*, et c'était l'année où le président Kennedy entama l'escalade de l'engagement des États-Unis dans le conflit vietnamien. *Catch 22*, tout comme *Abattoir 5*, était un roman sur la Seconde Guerre mondiale qui frappa l'imagination de lecteurs qui pensaient beaucoup à une autre guerre. À l'époque je vivais en Grande-Bretagne qui n'avait pas envoyé de soldats combattre en Indochine mais dont le gouvernement soutenait l'effort de guerre américain, ainsi lorsque j'étais à l'université et plus tard, je fus amené à réfléchir à cette guerre et à manifester contre elle. Je n'ai pas lu *Catch 22* en 1961 parce que je n'avais que quatorze ans. En réalité j'ai lu *Abattoir 5* et *Catch 22* la même année, onze ans plus tard et les deux livres ensemble ont profondément frappé mon jeune esprit.

Avant de les avoir lus je n'avais pas imaginé que les romans contre la guerre pouvaient ne pas être uniquement sérieux mais aussi comiques. *Catch 22* est d'un comique délirant, c'est une comédie burlesque. Il montre la guerre comme une folie et le désir d'échapper au combat comme la seule attitude raisonnable. Son ton est celui de l'humour pincé. *Abattoir 5* est différent. Il contient beaucoup de comédie, comme tout ce qu'a écrit Kurt Vonnegut mais il ne présente pas la guerre comme une farce. Il voit dans la guerre une tragédie si terrible qu'il n'y a peut-être que le masque de la comédie qui permette de la regarder en face. Vonnegut est un comédien à la triste figure. Si Joseph Heller était Charlie Chaplin, Kurt Vonnegut serait Buster Keaton. Son ton dominant est la mélancolie, le ton de voix d'un homme qui a assisté à de grandes horreurs et a survécu pour pouvoir le raconter. Les deux livres ont pourtant ceci en commun : ce sont deux portraits d'un monde qui a perdu l'esprit et qui envoie ses enfants faire un travail d'hommes et mourir.

En tant que prisonnier de guerre, âgé de vingt-deux ans, soit de trois de moins que moi au moment où j'ai lu son histoire, Vonnegut se trouvait dans la ville de Dresde, célèbre pour sa beauté, enfermé avec d'autres Américains dans le *Schlachthof-Fünf*, où on abattait des porcs avant la guerre et fut ainsi par hasard témoin d'un des plus grands massacres d'êtres humains de l'histoire, le bombardement de Dresde qui anéantit la ville entière. Le bombardement eut lieu entre le 13 et le 15 février 1945.

Vonnegut nous apprend dans son roman que plus de 135 000 personnes furent tuées à Dresde au cours de cette attaque. En comparaison, plus de 70 000 personnes moururent après le largage de la bombe atomique baptisée Little Boy sur Hiroshima, un peu plus tard la même année, le 6 août. Environ 60 000 personnes moururent à cause de la bombe baptisée Fat Man lâchée sur Nagasaki trois jours plus tard. Le bombardement de Dresde, affirme Vonnegut, fut une horreur à peu près équivalente à l'horreur d'Hiroshima et Nagasaki réunies

Il s'est avéré que les chiffres de morts qu'il avance pour Dresde ne sont pas justes. On estime aujourd'hui que le nombre de victimes se situe autour de 20 000, peut-être même 25 000. Ce qui n'est pas Hiroshima plus Nagasaki mais reste tout de même terrible.

Ainsi vont les choses.

Avant d'avoir relu récemment *Abattoir 5*, j'avais oublié que cette fameuse phrase "Ainsi vont les choses[1]" sert chaque fois, exclusivement, de commentaire à propos de la mort. Il peut arriver qu'une phrase d'un roman, d'une pièce ou d'un film frappe si fortement l'imagination qu'elle sort de la page et se met à vivre sa propre vie indépendante. C'est plus ou moins ce qui est arrivé à l'expression "Ainsi vont les choses". Le problème est que lorsqu'une expression subit un tel décollage, le contexte d'origine se perd. Je suppose que bien des gens qui n'ont pas lu Kurt Vonnegut connaissent très bien "Ainsi vont les choses", mais ils la considèrent, comme j'imagine bien des lecteurs de Kurt Vonnegut, comme une sorte de commentaire résigné sur la vie. La vie prend rarement la tournure que les vivants attendent d'elle et "Ainsi vont les choses" est devenu une de ces expressions que l'on prononce avec un haussement d'épaules, résigné à accepter ce que la vie nous accorde. Mais ce n'est pas le sens qu'elle a dans *Abattoir 5*. "Ainsi vont les choses" n'est pas une façon d'accepter la vie mais de faire face à la mort. Elle est employée dans le livre chaque fois que quelqu'un meurt et uniquement dans ce cas.

Elle est aussi profondément ironique. Sous la résignation apparente, elle cache une tristesse pour laquelle il n'y a pas de mots. C'est le ton de tout le roman, et la conséquence en est que, dans bien des cas, il a été mal compris. Je ne suis pas en train de suggérer qu'*Abattoir 5* a été mal accueilli. Sa réception a été largement positive. Il s'est vendu à un très grand nombre d'exemplaires, la Modern Library l'a classé en dix-huitième position dans sa liste des cent meilleurs romans de langue anglaise du xxe siècle ; et il en est de même sur une liste semblable publiée par le magazine *Time*. Mais il y a ceux qui l'ont accusé du péché de "quiétisme", d'acceptation résignée ou même, selon Anthony Burgess, d'être "une évasion" face aux pires événements du monde. Une des raisons à cela est la phrase "Ainsi vont les choses" et il m'apparaît clairement quand je lis ces critiques que le romancier britannique Julian Barnes avait raison lorsqu'il écrivait dans son *Histoire du*

1. Kurt Vonnegut, *Abattoir 5*, traduit de l'anglais (États-Unis) par Lucienne Lotringer, © Éditions du Seuil, 1971 pour la traduction française.

monde en 10 chapitres et 1/2 que “la définition de l’ironie c’est : ce dont les gens sont dépourvus”.

Kurt Vonnegut est un auteur profondément ironique qui a parfois été lu comme s’il ne l’était pas. L’erreur de lecture va bien au-delà d’“Ainsi vont les choses” et a beaucoup à voir avec les habitants de la planète de Tralfamadore. Il se trouve que je suis un grand admirateur des Tralfamadoriens, qui ressemblent à des ventouses à déboucher les toilettes, et en premier lieu de leur émissaire mécanique Salo, qui dans un roman précédent de Vonnegut, *Les Sirènes de Titan*, se retrouva abandonné sur Titan, une lune de la planète Saturne, parce qu’il lui manquait une pièce détachée pour réparer son vaisseau spatial. Et c’est ici qu’intervient le thème classique chez Vonnegut du libre arbitre, présenté sous la forme d’un dispositif comique de science-fiction. Nous apprenons dans *Les Sirènes de Titan* que toute l’histoire de l’humanité a été manipulée par les Tralfamadoriens qui ont persuadé la race humaine de construire de vastes messages destinés à Salo, leur émissaire, et qui ont poussé nos ancêtres primitifs à développer une civilisation capable de produire la pièce détachée. Stonehenge et la Grande Muraille de Chine étaient quelques-uns des messages de Tralfamadore. Stonehenge signifiait : “La pièce détachée va vous être expédiée le plus rapidement possible.” La Grande Muraille de Chine disait : “Prenez patience, nous ne vous avons pas oublié.” Le Kremlin : “Vous allez pouvoir reprendre la route plus vite que vous ne le pensez.” Et le palais des Nations à Genève, en Suisse : “Faites vos bagages et soyez prêts à repartir très bientôt.”

Les Tralfamadoriens, comme nous l’apprenons dans *Abattoir 5*, ont une perception différente du temps. Ils considèrent que passé, présent, futur coexistent simultanément et pour toujours et sont tout simplement là, figés, éternels. Lorsque le personnage principal du roman, Billy Pilgrim (qui est enlevé et emmené sur Tralfamadore), se retrouve “décollé du temps” et commence à vivre la chronologie à la manière des Tralfamadoriens, il comprend pourquoi ses ravisseurs trouvent comique sa notion du libre arbitre.

Il semble évident, c’est du moins ma lecture, qu’il y a ici à l’œuvre une intelligence ironique et malicieuse, que nous n’avons aucune raison de penser que le rejet du libre arbitre par des extraterrestres ressemblant à des ventouses est également partagé par leur créateur. Il est tout à fait possible et peut-être même raisonnable de lire toute l'expérience tralfamadorienne de Billy Pilgrim comme un fantastique traumatisme provoqué par son expérience de la guerre, comme quelque chose qui n'est "pas réel". Vonnegut laisse la question ouverte comme tout bon écrivain doit le faire. Cette ouverture est l'espace dans lequel le lecteur ou la lectrice peut se faire sa propre opinion.

Lire Vonnegut, c'est s'apercevoir qu'il est sans cesse attiré par la question du libre arbitre, de ce qu'il pourrait être, de la façon dont il pourrait s'exercer ou pas, et qu'il aborde ce thème sous de nombreux angles. Beaucoup de ses cogitations ont été présentées sous la forme de livres attribués à son alter ego fictif, Kilgore Trout.

J'adore Kilgore Trout autant que les habitants de la planète Tralfamadore. Je possède même un exemplaire de son roman, *Le Privé du cosmos*, dans lequel l'écrivain Philip José Farmer s'empare d'une nouvelle de Trout écrite par Vonnegut et la développe pour en faire tout un roman. *Le Privé du cosmos* raconte la destruction accidentelle de la Terre par des fonctionnaires de l'univers incompétents et la quête que mène le seul humain survivant pour trouver la réponse à la fameuse Question Ultime. En ce sens, Kilgore Trout a inspiré la fameuse série de Douglas Adams, *Le Guide du voyageur galactique*, dans lequel, vous vous en souvenez peut-être, la Terre est détruite par les Vogons pour faire place à une autoroute interstellaire, et le seul humain survivant, Arthur Dent, se met en quête de réponses. À la fin, le superordinateur Pensées Profondes révèle que la réponse à la vie, à l'univers et à tout était et est toujours "42". Le problème reste entier, quelle est la question ?

Dans le roman de Vonnegut, *Le Petit Déjeuner des champions*, nous découvrons une autre nouvelle de Kilgore Trout, "Maintenant on peut le dire", écrite sous la forme d'une lettre que Dieu adresse au lecteur. Dieu y explique que la vie tout entière a été une longue expérience. L'expérience consistait en ceci : introduire dans un univers entièrement soumis au déterminisme un seul être doté du libre arbitre afin d'observer quel usage il en fait au sein d'une réalité où toute chose vivante a été, est et sera toujours une machine programmée. Tout le monde dans toute l'histoire a toujours été un robot, le père et la mère de l'unique individu doté de libre arbitre ainsi que tous les gens qu'il connaît sont des robots et, au fait, Sammy Davis Jr également. L'individu au libre arbitre, explique Dieu, c'est vous, le lecteur de cette histoire, et pour être franc, l'expérience ne s'est pas très bien déroulée, c'est pourquoi Dieu voudrait vous présenter ses excuses. Fin de l'histoire.

Il convient d'ajouter une précision supplémentaire. Dans les nombreux livres de Kurt Vonnegut où apparaît Kilgore Trout celui-ci est systématiquement décrit par tout le monde comme le plus mauvais écrivain du monde dont tous les livres sont des échecs magistraux et qui est totalement ignoré et même méprisé. Nous sommes appelés à voir en lui en même temps un génie et un imbécile. Ce n'est pas par hasard. Son créateur, Kurt Vonnegut était à la fois le plus intellectuel des joyeux fantaisistes et le plus joyeusement fantastique des intellectuels. Il avait horreur des gens qui prennent les choses trop au sérieux et était dans le même temps obsédé par l'étude des questions les plus sérieuses (comme le libre arbitre) et les plus funestes (comme le bombardement de Dresde). C'est le paradoxe dont découle la noirceur de son ironie. Quelqu'un qui joue si souvent et de tant de façons différentes avec l'idée du libre arbitre, quelqu'un qui se préoccupe si sincèrement des morts ne peut être qualifié de fataliste, de quiétiste ou de résigné. Ses livres se préoccupent de liberté et pleurent les morts de la première à la dernière page.

À peu près à la même époque où je découvrais *Abattoir 5* et *Catch 22*, j'ai lu un autre roman qui aborde le même sujet. Il s'agit de *Guerre et Paix*, plus long que le livre de Heller et celui de Vonnegut réunis et pas drôle du tout. Lors de cette première lecture du chef-d'œuvre de Tolstoï par mon jeune moi de vingt-cinq ans je pensai, la paix aimée, la guerre haïe. J'étais passionné par les aventures de Natacha Rostov, du prince André, de Pierre Bézoukhov et trouvais les descriptions des combats extrêmement longues, particulièrement celle de la bataille de Borodino, plutôt ennuyeuses pour être franc. Quand j'ai relu *Guerre et Paix*, peut-être trente ans plus tard, j'ai découvert que j'avais à présent une impression exactement opposée. Les descriptions d'hommes au combat n'avaient jamais été surpassées et la grandeur du roman se trouvait dans ces descriptions, non dans les histoires quelque peu conventionnelles des principaux personnages. La guerre aimée, la paix haïe.

En relisant *Abattoir 5*, j'ai également découvert que j'avais changé d'avis sur le texte. Le jeune homme que j'étais était très attiré par le fantastique et la science-fiction et recherchait des magazines portant des noms bizarres comme *Galaxy*, *Astounding* et *Amazing* et il s'intéressait à l'œuvre de ces géants qui mélangeaient plusieurs genres comme Kurt Vonnegut, Ray Bradbury, Isaac Asimov, Ursula K. Le Guin et Arthur C. Clarke, aussi bien que par Mary Shelley et Virginia Woolf dont *Frankenstein* et *Orlando* sont des membres honoraires du canon, mais aussi par les maîtres de la science-fiction pure et dure, James Blish, Frederik Pohl et C. M. Kornbluth, Clifford D. Simak, Katherine MacLean, Zenna Henderson et L. Sprague de Camp. Ce jeune homme réagissait plus fortement aux éléments de science-fiction contenus dans le livre. Le relire m'a permis de découvrir la beauté pleine d'humanité des parties qui ne relèvent pas de la science-fiction et qui constituent la part la plus importante du livre.

La vérité c'est qu'*Abattoir 5* est un grand roman réaliste. Sa première phrase est : "C'est une histoire vraie, plus ou moins." Dans ce premier chapitre qui ne relève pas de la fiction, Vonnegut nous raconte combien le livre a été difficile à écrire, à quel point il avait du mal à parler de la guerre. Il nous explique que ses personnages étaient des personnes réelles mais dont il avait changé les noms. "J'ai réellement connu un gars qu'on a fusillé à Dresde pour avoir pris une théière qui ne lui appartenait pas." Et plus tard lorsque ses personnages, ceux dont il a changé les noms, arrivent au *Schlachtof-Fünf*, à l'Abattoir 5 dont il n'a pas modifié le nom, il nous rappelle qu'il est parmi eux et qu'il partage leurs souffrances jusqu'au bout.

> Billy a fouillé l'intérieur [des latrines] du regard. C'était de là que s'échappaient les gémissements… Un Américain, non lui Billy, gueulait qu'il avait tout expulsé sauf sa cervelle. Un moment plus tard il se reprit : "C'est parti, c'est parti." C'était sa cervelle.
>
> C'était moi. Le fils de ma mère. L'auteur de ce livre.

À un certain moment, Vonnegut cite la conversation qu'il eut avec un réalisateur, Harrison Starr, qui devait connaître une modeste heure de gloire en tant que producteur du film d'Antonioni sur les hippies américains, *Zabriskie Point*, qui fut un échec commercial retentissant.

> [Harrison Starr] a haussé les sourcils et m'a demandé :
>
> "C'est un ouvrage pacifiste ?
>
> — Oui, ai-je affirmé. J'en ai l'impression.
>
> — Vous savez quel conseil je donne à ceux qui ont l'intention d'écrire contre la guerre ?
>
> — Non. Que préconise Harrison Starr ?
>
> — Je demande : Pourquoi ne vous lancez-vous pas plutôt dans l'anti-glacier ?"
>
> Ce qu'il voulait dire, bien entendu, c'était qu'il y aurait toujours des guerres, qu'elles étaient aussi commodes à arrêter que les glaciers. Je partage cet avis.

C'est là le thème du roman de Vonnegut, le caractère inévitable de la violence humaine, et l'effet qu'elle provoque sur les êtres humains pas particulièrement violents qui se retrouvent piégés par elle. Il sait que la plupart des êtres humains ne sont pas particulièrement violents. Ou pas plus violents que les enfants. Donnez une mitraillette à un enfant et il est possible qu'il s'en serve. Ce qui ne veut pas dire que les enfants sont particulièrement violents.

La Seconde Guerre mondiale, comme nous le rappelle Vonnegut, était une croisade d'enfants. Billy Pilgrim est un adulte à qui Vonnegut accorde l'innocence de l'enfance. Il n'est pas particulièrement violent. Il ne commet rien d'épouvantable pendant la guerre, ni avant ni après, ni dans la vie qu'il mène sur la planète Tralfamadore. Il a l'air dérangé et la plupart du temps il passe pour un cinglé ou un quasi-simplet. Mais il a un trait caractéristique qu'il partage avec bien des personnages de Vonnegut, et ce tout au long de sa carrière, et c'est cette caractéristique qui fait qu'on s'attache à lui et que de ce fait on éprouve toute l'horreur qu'il ressent.

Billy Pilgrim est aimable.

S'il ne l'était pas, le livre serait insupportable. Une des grandes questions qui se pose à tous les écrivains qui sont amenés à parler d'atrocités est : Est-il possible de le faire ? Existe-t-il des choses si fortes, si épouvantables qu'elles échappent au pouvoir de description de la littérature ? Tous les écrivains qui ont relevé le défi d'écrire sur la Seconde Guerre mondiale, et aussi sur la guerre du Viêtnam, ont dû réfléchir à ce problème. Ils ont tous décidé qu'il leur fallait, pour ainsi dire, choisir un certain angle pour parler des atrocités et ne pas les affronter de face parce que ce serait insupportable.

Günter Grass dans *Le Tambour* se sert du surréalisme comme angle d'attaque. Son personnage, Oskar Matzerath, qui a cessé de grandir parce qu'il n'est pas capable de faire face à la réalité adulte de son époque, est une sorte d'être fabuleux qui permet à son auteur d'aborder l'horreur. Et le petit Oskar avec son tambour faisant résonner les roulements de l'histoire est, comme Billy Pilgrim, qui a été décollé du temps, aimable. Il est aussi, comme la première phrase du *Tambour* nous l'apprend, pensionnaire d'un asile psychiatrique. Venant de camps opposés, allemand et américain, ces deux hommes-enfants dérangés nous offrent les plus beaux portraits du grand dérangement de notre époque. Kurt Vonnegut, comme Grass, combine le surréalisme qui est devenu la réalité de l'époque de ses personnages avec une tendresse distante, presque stupéfaite qui fait que le lecteur éprouve de l'affection pour eux même s'il les voit avancer dans la vie en titubant maladroitement.

Il est peut-être impossible d'arrêter les guerres tout comme il est impossible d'arrêter les glaciers mais cela vaut encore la peine de trouver la forme et le langage qui nous rappelle ce qu'elles sont. Cela vaut la peine de les appeler par leur nom. C'est cela le réalisme.

Abattoir 5 est aussi un roman empreint de suffisamment d'humanité pour laisser, à la fin de l'horreur qui en est le sujet, la possibilité d'un espoir. Son passage final décrit la fin de la guerre et la libération des prisonniers au nombre desquels figurent Billy Pilgrim et Vonnegut lui-même. "Et quelque part, c'était le printemps", écrit Vonnegut, et à la toute fin du livre les oiseaux se remettent une fois de plus à chanter. Cette gaieté envers et contre tout est la note caractéristique de Vonnegut, C'est peut-être, comme je l'ai suggéré, une gaieté sous laquelle se cache beaucoup de douleur. Mais c'est tout de même de la gaieté. La prose de Vonnegut, même quand elle évoque l'horreur, siffle un air joyeux.

Plus de cinquante ans après sa première parution, soixante-quatorze ans après que Kurt Vonnegut s'était retrouvé enfermé dans l'Abattoir 5 pendant le bombardement de Dresde, qu'est-ce que nous apprend ce grand roman ?

Il ne nous dit pas comment arrêter les guerres.

Il nous dit que les guerres c'est l'enfer, mais ça nous le savions déjà.

Il nous dit que la plupart des êtres humains ne sont pas si mauvais, excepté ceux qui le sont, et c'est là une information précieuse. Il nous dit que la nature humaine est la seule grande constante de la vie sur terre et il nous montre de façon magnifique et sincère la nature humaine, ni sous son meilleur jour ni sous le pire, mais telle qu'elle est généralement, la plupart du temps, même en des temps terribles.

Il ne nous dit pas comment gagner la planète Tralfamadore mais nous explique comment communiquer avec ses habitants. La seule chose que nous ayons à faire c'est d'édifier quelque chose de grand comme les pyramides ou la Grande Muraille de Chine. Peut-être que le mur qu'un individu dont je ne dirai pas le nom envisage de construire entre les États-Unis et le Mexique sera lu sur Tralfamadore comme un message urgent. Celui qui veut construire ce mur ne connaîtra pas la signification du message. Il n'est qu'un pion, manipulé par un pouvoir plus grand que le sien pour qu'il envoie un message en cas d'extrême urgence.

J'espère que ce message est : "À l'aide."

LES ROMANS DE SAMUEL BECKETT

À mes yeux Samuel Beckett a toujours été un romancier avant d'être un dramaturge mais je veux bien admettre que mon opinion est peut-être tout simplement la conséquence de ma propre chronologie beckettienne. J'ai lu les romans de Beckett avant d'avoir vu une seule de ses pièces, aussi lorsque j'ai rencontré les vagabonds existentialistes de *Godot*, Didi et Gogo, je les ai vus à travers le prisme, si je puis dire, de leurs comparses en prose, et j'ai immédiatement deviné que le Godot qu'ils attendaient c'était la mort, puisque la mort est le grand épouvantail auquel sont confrontés bien des personnages des romans. Avec les derniers tressaillements de la vie, ses derniers rictus et ses rots et ses conversations désespérées entre crucifiés tenant lieu d'intrigues.

Quand j'étais étudiant à l'université, fureter dans les librairies était pour moi le boire et le manger. Je n'ai jamais étudié la littérature anglaise, mais aimant les livres, je plongeais dans les bibliothèques et les librairies comme un affamé, avalant tout ce qui me tombait sous la main. Je me lançais parfois dans de longues crises de lectures ciblées au cours desquelles j'expérimentais la manière dont la littérature peut affecter le jugement à une époque où bon nombre de mes contemporains fourrageaient dans les serrures de la perception à l'aide de clefs moins verbales. Pendant un certain temps j'ai dévoré la science-fiction et un beau jour, comme si quelqu'un avait débranché une prise, elle a cessé de m'intéresser et j'ai arrêté. Puis m'est venue une addiction pour la littérature américaine (pas seulement pour les canoniques Huck Finn et autres baleines blanches mais aussi pour les créations plus bizarres de Pynchon, John Gardner, John Hawkes). Puis est arrivé Borges dont les *Fictions* ont provoqué un changement important dans mon esprit et m'ont donné l'envie de lire tout ce qui avait été publié dans l'austère collection de poche de l'éditeur John Calder. Sous la coupe des choix éditoriaux de ce mandarin de Calder, j'ai découvert *Jalousie* d'Alain Robbe-Grillet puis bien d'autres représentants du nouveau roman et c'est ainsi qu'un jour d'été, je suis tombé, comme de juste, par le biais de la France, sur Beckett. J'ai d'abord pris un exemplaire de *Molloy* et ensuite les deux autres volumes de la trilogie, *Malone meurt* et *L'Innommable* chez Bowes & Bowes, une librairie de Cambridge à l'extrémité nord de King's Parade, mon repaire favori pour feuilleter des livres et au nom de laquelle il manquait simplement deux *r* (qu'avec une joyeuse générosité orthographique, je lui ajoutais mentalement) pour devenir Browse & Browse[1].

Nous étions en 1966, je n'avais pas encore tout à fait dix-neuf ans et à l'époque la mort et moi n'étions que de vagues connaissances. C'est-à-dire que j'avais déjà eu l'occasion de voir la mort de loin mais nous n'avions pas été présentés en bonne et due forme. Il y avait eu un jour à Cathedral School à Bombay vers 1958 où toutes les portes et les fenêtres des classes qui donnaient sur la cour avaient été fermées et verrouillées pour que nous ne puissions pas voir le véhicule qui arrivait par le portail de derrière pour emporter le cadavre d'un garçon de mon âge qui s'appelait Jimmy King. Il y avait eu un jour au King's College à Cambridge où la nouvelle s'était rapidement répandue d'une mort par overdose, la mort provoquée par un mauvais trip d'acide d'un de mes camarades de première année mais je ne vis rien moi-même de ce décès. Dans ma vie familiale également, la mort restait une abstraction. Mes grands-parents maternels étaient toujours vivants. Le père de mon père était mort avant ma naissance et pour moi il n'était rien qu'une photographie. La mère de mon père, gravement malade, vint passer quelque temps à la maison quand je devais avoir trois ans et elle supporta que je joue au docteur, avec un stéthoscope en jouet et tout ce qu'il faut, se levant de son lit de douleur pour boitiller péniblement à travers sa chambre couverte de rideaux, en avant en arrière selon mes injonctions totalement

1. *To browse* : fureter, feuilleter des livres dans une librairie.

déplacées, mais ensuite elle nous quitta et rentra chez elle dans Old Delhi, et quand elle mourut peu de temps après ce fut un événement invisible et éloigné qu'un enfant pouvait parfaitement apprendre à tenir à distance, ce n'était pas plus grave que lorsqu'elle nous disait au revoir à la gare centrale de Bombay et qu'elle s'en allait le soir dans les panaches de fumée du train postal.

La mort, comme on pourrait dire, n'était pour moi à l'époque qu'un simple mot. Je n'avais pas encore procédé à la toilette mortuaire du cadavre lourd et trapu de mon père ni fait mes adieux au cadavre à la bouche ouverte de la première femme que j'ai aimée, ni pleuré des larmes de rage lorsqu'on m'a refusé, en raison des circonstances, le droit de me tenir devant la tombe de ma mère. Par conséquent, je me sentais toujours immortel et les immortels se comportent différemment quand il s'agit de la mort puisqu'ils se savent immunisés contre cette étrange affliction incurable. Ainsi, lorsque, jeune homme, j'ai découvert ces textes qui parlent avec une telle intensité de la question de notre fin à tous, ce que Henry James a appelé la chose distinguée mais qui, chez Beckett, est toujours sordidement banale, une histoire sombre et lamentable faite de flatulences, d'impuissance et d'humiliation, j'ai toujours considéré ces livres, avec leur façon de lancer de longs blocs de prose indifférenciée au visage de la mort, comme essentiellement fabuleux, des histoires fantastiques racontées par la voix d'antiques fantômes. Je les ai lus en somme comme des comédies et c'est vrai, ce sont des comédies mais pas de la sorte que j'imaginais alors. Elles sont plus sombres et, en effet héroïques, car toute cette comédie se moque des héros, sème la pagaille dans leurs affaires, et leur envoie des tartes à la crème au visage, pourtant dans la comédie de ces personnages brisés, maladroits, persiste un vieux parfum d'héroïsme. De cela, quand j'avais encore le jugement peu formé, je ne m'en suis aperçu qu'à moitié quand je n'ai pas complètement échoué à le comprendre. Pourtant, en ne réagissant pas par la tristesse à une œuvre qui s'en revêt comme d'une chemise favorite jamais lavée, j'avais tout de même à moitié raison, au bout du compte.

Relire ces livres revient à devoir répondre rapidement à l'avance à la question de la difficulté, car il n'y a pas moyen de l'éviter, il s'agit de livres difficiles. Une migraine après leur lecture ne serait pas, ou pas dans tous les cas, une réaction inappropriée. Mais il faudrait ajouter en toute honnêteté qu'il y a des migraines qui valent la peine, des migraines qu'on oublie en échange de ce qu'on a acquis de précieux et la migraine beckettienne est un martèlement qui relève de ce genre d'échange.

Par exemple, extrait de *L'Innommable* : "Ils sont peut-être là-dedans, quelque part, dans ce qu'ils viennent de dire, les mots qu'il fallait dire, ils ne sont pas forcément nombreux. Ils disent ils, en parlant d'eux, c'est pour que je croie que c'est moi qui parle. Ou je dis ils, en parlant de je ne sais qui, c'est pour que je croie que ce n'est pas moi qui parle. Ou plutôt c'est le silence[1]", et ainsi de suite, vous voyez ce que je veux dire, le martèlement commence mais aussi la conscience de la beauté, d'une chose dite, exprimée avec difficulté parce que ce n'est pas une chose facile à dire et le fait de dire une chose difficile n'est pas sans importance, nous sommes trop amoureux, plus qu'à moitié amoureux, dans ces temps de confort, de la facilité.

Ce sont des livres dans lesquels le discours direct se voit privé des marques de séparation que sont les guillemets, dans lesquels les paragraphes semblent un luxe que l'auteur ne peut pas se permettre, dans lesquels une phrase peut faire trois pages de long ou même davantage, de sorte que lorsque des phrases plus courtes révèlent que l'auteur est capable de faire preuve de concision, le lecteur ressent ou pourrait bien ressentir une certaine irritation ou alors il soupire : pourquoi ne fait-il pas cela plus souvent, s'écrie-t-il, pourquoi l'auteur nous tourmente-t-il à ce point, pourquoi ces interminables tunnels de mots, labyrinthiques et obscurs dans lesquels il nous entraîne ? Et pourtant, pourtant. La beauté est au bout du tunnel. Je ne peux pas continuer, s'écrie le lecteur. Je vais continuer.

La réponse à la question de la difficulté est : laissez-vous aller. Abandonnez-vous au texte et il va s'ouvrir comme une fleur miteuse mais rare. Cessez de vous interroger sur ce qui est absent et vous allez commencer à découvrir ce qui est présent. "C'est dans la tranquillité de la décomposition que je me rappelle cette longue émotion confuse que fut ma vie, écrit Molloy, et que je la

1. Samuel Beckett, *L'Innommable*, coll. "Double", © Les Éditions de Minuit, 1953/2004, p. 137.

juge, comme il est dit que Dieu nous jugera et avec autant d'impertinence[1]." Un écrivain, Samuel Beckett pas Molloy, ou Beckett en tant que Molloy, ou Beckett atteignant à travers Molloy quelque chose qui n'est ni Beckett ni Molloy, atteint l'impossible, à savoir écrire sur la mort, sur la fin des fins, le point final qui met un terme au futur aussi bien qu'à tous les autres temps, l'imparfait, le subjonctif présent, l'indicatif présent, le plus-que-parfait, et cela en se servant de l'outil non de la prophétie mais de la mémoire. Se rappeler non seulement ce qui s'est produit, la longue émotion confuse, mais aussi ce qui ne s'est pas produit, la chose dont aucun être humain ne peut conserver le souvenir, puisque la chose en elle-même met un terme à la mémoire, c'est affirmer la primauté de la vie sur la mort, car la mémoire est cet outil grâce auquel les humains apprennent à se connaître et s'oublier, à se comprendre ou à se tromper sur leur compte, aussi quel meilleur outil que celui-là à lancer, comme une arme, contre la mort, tout en sachant qu'il ne convient pas, en sachant qu'elle est inexorable, en le sachant et en ne renonçant pas, ou pas encore, ou pas tout à fait, pas avant d'avoir encore prononcé quelques mots, pas avant que la mémoire ait parlé comme l'artiste, aussi bien Beckett que Nabokov, le recommande et l'exige.

C'est pourquoi il est possible d'affirmer, et je l'affirme ici, je mobilise tous mes pouvoirs d'assertion pour proclamer cette affirmation, que ces livres qui parlent ostensiblement de la mort sont en fait des livres sur la vie, la longue bataille de la vie contre son ombre, la vie saisie vers la fin du combat, avec son lot de cicatrices mais la vie tout de même, la vie dont on se souvient, putride, banale, mais qui compte plus que tout. La vie comme paradoxe, où chaque jugement est contredit par le suivant, la vie comme contradiction, la vie s'effaçant elle-même. Molloy, Malone et l'Innommable font face à la mort. Mais ce sont des êtres vivants. "Il importe seulement de faire attention aux sursauts[2]", se dit Malone en se mettant lui-même en garde. Mais même lorsque le danger de ces sursauts s'accroît, il trouve qu'il a encore des histoires

1. Samuel Beckett, *Molloy*, coll. "Double", © Les Éditions de Minuit, 1951/1982, p. 33.
2. Samuel Beckett, *Malone meurt*, © Les Éditions de Minuit, 1951, p. 1.

à raconter : “Une sur un homme, une autre sur une femme, une troisième sur une chose quelconque et une enfin sur un animal[1]”, conscient qu’ils font tous partie de sa propre histoire. “Quel ennui, s’écrie-t-il. […] Je me demande si ce n’est pas encore de moi qu’il s’agit[2]”, et c’est ce qu’il fait bien sûr et c’est une bonne chose, quand il se sert de la demi-histoire de Saposcat métamorphosé en Macmann, et ses autres demi-histoires afin de creuser le dernier fossé de sa vie jusqu’à ce qu’il ne puisse plus creuser, jusqu’aux “glouglous de vidange[3]” que nous entendrons tous à la fin comme le sait la mémoire. La mort dépouille la vie, la réduisant à son essence avant d’emporter celle-ci, ces livres imitent la mort et arrachent tout ce qui n’est pas essentiel. Les mots sont essentiels, par conséquent quelques mots demeurent et on ne peut entièrement se passer des histoires, elles sont commencées, modifiées, abandonnées mais on ne peut jamais complètement s’en débarrasser, parce que dans les histoires se trouve la vie, tant qu’elle s’y trouve jusqu’à l’éviction finale. Donc : certains mots, certains fragments d’histoires qui gardent, en dépit de leur détachement apparent, une capacité inattendue à charmer, non seulement à passer le temps mais à l’éclairer, et au-delà des mots et des histoires il y a des objets, des béquilles par exemple ou des bicyclettes et au-delà des objets il y a d’autres personnes, un fils, une femme lubrique, un homme qui en poursuit un autre sans parvenir à le trouver mais au lieu de cela se perdant lui-même, un homme, il faut préciser, qui a un parapluie. “J’ai perdu mon bâton, dit Malone. Voilà le fait saillant de cette journée[4].” En ce temps-là, les beaux jours de Beckett, respirer est un événement exceptionnel, penser aussi et au dernier moment ou quand on s’en approche, il y a le moi qui cesse d’imaginer, le sans nom, l’innommé, l’innommable moi. “Ces Murphy, Molloy et autres Malone je n’en suis pas dupe, est-il dit. Ils m’ont fait perdre mon temps, rater ma peine, en me permettant de parler d’eux, quand il fallait parler seulement de moi, afin de pouvoir me taire[5]”, dit-il,

1. *Ibid.*, p. 2-3.
2. *Ibid.*, p. 10.
3. *Ibid.*, p. 105.
4. *Ibid.*, p. 72.
5. Samuel Beckett, *L’Innommable, op. cit.*, p. 27.

ce moi qui est l'auteur et aussi le non-auteur, qui est Beckett et l'Innommable ou Beckett en tant qu'Innommable, ou Beckett passant par l'Innommable pour atteindre quelque chose qui se trouve au-delà, quelque chose qui n'est ni Beckett ni l'Innommable. "Il n'y a plus que moi ici, est-il dit. [...] Moi, dont je ne sais rien[1]."

Et c'est cela, finalement, le grand sujet de ce grand écrivain, le moi dont il ne sait rien, le moi qui se trouve sous le chapeau de Malone ou le pardessus de Molloy ou le costume de Murphy, même s'il lui est arrivé de les user tous les trois, le moi qui se fiche des restaurants et des tavernes même s'il a fréquenté ce genre d'endroits à une certaine époque. "C'est peut-être ça que je suis, la chose qui divise le monde en deux, d'une part le dehors, de l'autre le dedans, ça peut être mince comme une lame, je ne suis ni d'un côté ni de l'autre, je suis au milieu, je suis la cloison[2]."

C'est la chose qui parle. Un homme qui parle magnifiquement l'anglais, décide de s'exprimer en français, qu'il parle avec beaucoup de difficulté, de sorte qu'il est obligé de choisir ses mots avec grand soin, forcé de renoncer à l'aisance et de trouver les mots difficiles qui lui viennent avec difficulté et après les avoir trouvés il remet le tout en anglais, un nouvel anglais qui contient toutes les difficultés du français, un nouvel anglais doté du pouvoir de changer l'anglais à jamais. Voilà Samuel Beckett. Voilà son grand œuvre. Il est la chose qui parle.

Laissez-vous aller.

1. *Ibid.*, p. 28-29.
2. *Ibid.*, p. 158.

CERVANTÈS ET SHAKESPEARE

En 2015, on m'a demandé d'écrire une préface à un recueil de nouvelles, *Lunatics, Lovers and Poets*, dans lequel six écrivains anglophones avaient écrit des textes inspirés de Cervantès et six écrivains hispanophones des textes inspirés de Shakespeare pour célébrer l'anniversaire des deux géants. Ceci est ma préface. Je voudrais ajouter une remarque personnelle. Ma relecture de *Don Quichotte* dans la remarquable traduction d'Edith Grossman – tellement plus brillante que l'ancienne version de J. M. Cohen dans laquelle j'avais découvert le livre dans les années 1970 – devint le point de départ, la source d'inspiration de mon roman à venir *Quichotte*.

Au moment où nous célébrons le quatre centième anniversaire de la mort de William Shakespeare et de Miguel de Cervantes Saavedra, il est bon de remarquer que, contrairement à une idée reçue selon laquelle les deux géants sont morts le même jour, le 13 avril 1616, il ne s'agissait pas en réalité de la même date. En 1616, l'Espagne avait opté pour le calendrier grégorien alors que l'Angleterre se référait toujours au calendrier julien qui avait onze jours de retard. (L'Angleterre a conservé l'ancien calendrier julien jusqu'en 1752 et lorsqu'elle a finalement changé de système, il y a eu des émeutes et, dit-on, des foules dans la rue qui criaient "Rendez-nous nos onze jours !") La coïncidence des dates et la différence des calendriers auraient, on s'en doute, ravi les sensibilités érudites et joyeuses des deux pères de la littérature moderne.

Nous ignorons s'ils avaient connaissance l'un de l'autre mais nous savons de façon certaine que *Don Quichotte* a été traduit en anglais du vivant de Shakespeare et nous savons aussi qu'il existe une pièce perdue, attribuée en partie à Shakespeare, peut-être une œuvre écrite en collaboration avec John Fletcher, *Cardenio*, qui est aussi le nom d'un des personnages secondaires les plus importants de *Don Quichotte*. *Cardenio* raconte l'histoire de deux amants maudits, un thème qui aurait pu séduire l'auteur de *Beaucoup de bruit pour rien* et du *Songe d'une nuit d'été*. Il est donc possible que Shakespeare ait lu Cervantès et s'en soit inspiré. Cependant, rien ne permet de penser que Cervantès connaissait la poésie de Shakespeare ou ses pièces de théâtre. Et pourtant ils avaient beaucoup en commun, à commencer par le fait qu'on ignore tant de choses de l'un et de l'autre, parce que ce sont tous les deux des hommes du mystère, bien des années nous manquent dans l'histoire de leur vie, et à l'exception de *Cardenio*, de nombreux documents aussi sont perdus. Aucun des deux ne nous a laissé beaucoup d'éléments autobiographiques. Presque rien en matière de lettres, de journaux, de projets abandonnés, rien que les colossales œuvres complètes. "Le reste est silence."

Par conséquent les deux hommes ont été la proie d'esprits débiles qui contestent la paternité de leur œuvre.

Une recherche sommaire sur internet "révèle" par exemple que non seulement Francis Bacon est l'auteur des œuvres de Shakespeare mais qu'"il a également écrit *Don Quichotte*". Et Cervantès a dû faire face, de son vivant, à la mise en cause de la paternité de son livre lorsqu'un certain Alonso Fernández de Avellaneda, écrivant sous un pseudonyme et dont la véritable identité demeure incertaine, a publié une fausse suite de *Don Quichotte* et a poussé Cervantès à écrire le véritable Livre II dont les personnages ont connaissance de l'existence du plagiaire et le tiennent dans le plus grand mépris.

Il est pratiquement certain que Cervantès et Shakespeare ne se sont jamais rencontrés mais plus on observe attentivement les pages qu'ils nous ont laissées, plus on remarque de correspondances entre eux. La première idée qu'ils ont en commun, et à mes yeux, la plus précieuse, c'est la conviction qu'une œuvre littéraire ne doit pas être simplement comique, ou tragique, ou romantique, ou philosophico-historique : que, si elle est bien conçue, elle doit être plusieurs choses à la fois. Ce sont l'un et l'autre des auteurs protéens, adeptes des formes changeantes et ils en sont tous les deux parfaitement conscients, modernes en un sens que les maîtres modernes devraient reconnaître, l'un créant des pièces qui sont au plus haut point pénétrées de leur théâtralité, du fait qu'elles sont destinées à la scène, l'autre créant une fiction parfaitement consciente de sa nature fictive au point d'inventer un narrateur imaginaire – Cide Hamete Benengeli –, narrateur qui, c'est intéressant de le remarquer, a des ascendances arabes.

Et ils apprécient autant l'un que l'autre la vie des bas-fonds et en sont adeptes autant que des grandes idées et leurs bandes de voyous, de prostituées, de coupeurs de bourses et d'ivrognes se sentiraient à l'aise dans les mêmes tavernes. Cette truculence est ce qui révèle chez eux le côté réaliste dans la grande tradition, même s'ils se font passer pour des auteurs de récits fantaisistes et, nous qui venons après eux, nous pouvons retenir de l'un comme de l'autre que la magie ne sert à rien si elle n'est mise au service du réalisme – y a-t-il jamais eu un magicien plus réaliste que Prospero ? – et que le réalisme peut très bien s'accommoder d'une injection salutaire de fantaisie. En fin de compte, même s'ils se servent de figures issues des contes populaires, des mythes et de la fable, ils se refusent à moraliser et c'est surtout en cela qu'ils sont plus modernes que beaucoup de leurs successeurs. Ils ne nous disent pas ce que nous devons penser ou éprouver mais nous expliquent comment y parvenir.

Des deux, Cervantès était l'homme d'action, prenant part à des combats, gravement blessé, perdant l'usage de sa main gauche, emmené en captivité par les corsaires d'Alger pendant cinq ans jusqu'à ce que sa famille ait réuni l'argent de la rançon. Shakespeare ne vécut pas de tels drames dans son existence personnelle et pourtant, des deux, c'est lui qui semble avoir été le plus intéressé par la guerre et la vie militaire. *Othello*, *Macbeth*, *Lear* sont tous des histoires d'hommes en guerre (avec eux-mêmes, c'est vrai, mais aussi sur le champ de bataille). Cervantès s'est servi de ses expériences douloureuses, par exemple dans "l'histoire du captif" dans *Quichotte* et dans quelques pièces, mais la bataille dans laquelle se lance don Quichotte est, pour prendre un vocabulaire moderne, une quête absurde et existentielle plutôt que "réelle". Curieusement, le guerrier espagnol a écrit sur la futilité comique de se lancer dans la bataille et a créé la grande figure iconique du guerrier fou (on pense à *Catch 22* de Heller ou *Abattoir 5* de Vonnegut pour avoir plus récemment traité le même thème), alors que l'imagination du poète et dramaturge anglais (comme Tolstoï et Mailer) plonge tête la première dans la guerre.

Par leurs différences, ils incarnent des oppositions très contemporaines, comme par leurs ressemblances ils s'accordent sur bien des points qui restent d'une grande utilité pour leurs héritiers. Mais surtout, ils sont inépuisables et chaque fois qu'on les relit ils ont quelque chose de nouveau à nous apprendre.

GABO ET MOI

Lorsque j'ai publié mon premier roman, *Grimus*, aujourd'hui à juste titre oublié, un de mes amis m'a dit : "Tu as manifestement été très influencé par Gabriel García Márquez." Nous étions en 1975, j'avais vingt-sept ans et c'était la première fois que j'entendais prononcer ce nom. L'édition anglaise de *Cent ans de solitude*, dans la traduction de Gregory Rabassa, avait été publiée cinq ans auparavant, trois ans après l'édition originale en espagnol, mais elle n'avait pas croisé mon chemin. "Qui est Gabriel García Márquez ?" demandai-je à mon ami qui me regarda avec un mélange d'incrédulité, de pitié et de dédain. "Il est l'auteur d'un livre que tu vas aller acheter sur-le-champ, me dit-il. Aujourd'hui, cet après-midi, immédiatement." Il me donna le titre du livre et je répondis d'un air dubitatif : "Vraiment ? *Cent* ans ? De *solitude* ? C'est ça un bon livre ? – Ne fais pas l'imbécile, me dit mon ami, sauf qu'il employa un mot plus grossier. Dépêche-toi d'aller l'acheter."

Je ne sais pas très bien pourquoi je suivis docilement son conseil. Dans une librairie de Londres je trouvai une édition de poche dans la collection Modern Classics chez Penguin avec sa jaquette grise et en couverture un détail de la fresque de J. C. Orozco, *La Misère des paysans*. C'était déprimant. Non seulement j'allais devoir subir un siècle entier de solitude mais au cours de cet isolement interminable j'allais devoir écouter des histoires de paysans misérables. J'ouvris le livre sur place, dans la librairie, m'attendant à éprouver un ennui insupportable et pour la première fois je vis et j'eus l'impression d'entendre ces mots devenus mondialement célèbres :

> Bien des années plus tard, face au peloton d'exécution, le colonel Aureliano Buendía devait se rappeler ce lointain après-midi au cours duquel son père l'emmena faire connaissance avec la glace. Macondo était alors un village d'une vingtaine de maisons en glaise et en roseaux, construites au bord d'une rivière dont les eaux diaphanes roulaient sur un lit de pierres polies, blanches, énormes comme des œufs préhistoriques. Le monde était si récent que beaucoup de choses n'avaient pas encore de nom et pour les mentionner, il fallait les montrer du doigt[1].

J'ai noté la date à laquelle j'ai acheté le livre sur la première page, sous la biographie de l'auteur, et je sais ainsi, sans risque d'erreur, que cela s'est produit le 13 mars 1975, le mois où mon premier roman a été publié. Je possède toujours cet exemplaire, bien que j'en aie acheté beaucoup d'autres pour les garder ou pour les offrir parce que ce qui m'est arrivé ce jour-là est ce qui est arrivé à des millions de gens quand ils ont lu ces mots. Je suis tombé totalement amoureux et cet amour dure maintenant depuis plus de quarante ans sans jamais faiblir. Ces paysans étaient tout sauf misérables, et le titre sur la couverture, qui m'avait semblé à première vue si rébarbatif, semblait la promesse de longues délices, promesse que les pages suivantes allaient amplement tenir.

Je ne connaissais pratiquement rien de l'univers de la littérature latino-américaine ni de la réalité qui lui avait donné naissance. Au moment de cette première rencontre je ne m'en souciais guère. Je réagis avec la simple ouverture d'esprit, l'innocence heureuse du lecteur, transporté et illuminé par la beauté et le comique du texte :

> Les enfants devaient se rappeler toute leur vie avec quelle auguste solennité leur père prit place au haut bout de la table, tremblant de fièvre, ravagé par ses veilles prolongées et son imagination exacerbée, et leur révéla sa découverte :
>
> La Terre est ronde comme une orange.

1. Gabriel García Márquez, *Cent ans de solitude*, traduit de l'espagnol (Colombie) par Claude et Carmen Durand, © Éditions du Seuil, 1968 pour la traduction française.

> Úrsula perdit patience. “Si tu dois devenir fou deviens-le tout seul, mais n’essaie pas de mettre dans la tête des enfants tes idées de gitan !”

Ce moment de comédie préfigure ce qui allait devenir la marque de fabrique de ces romans qu’on a réunis sous le terme de réalisme magique et qui était déjà présent dans la célèbre première phrase à propos du miracle de la glace. À Macondo c’est le monde de la technologie et de la science qui paraît “merveilleux”, c’est-à-dire irréel, alors que les réalités du village faites de superstition et de foi semblent “naturelles” et donc vraies. Une machine à fabriquer la glace est magique. Les découvertes de la science sont des folies. Le savant gitan Melquiades, dont la langue maternelle, nous l’apprendrons presque à la toute fin du roman, est le sanskrit, révélation qui renferme peut-être l’hommage de l’auteur aux contes fantastiques de l’Orient, est reçu à Macondo comme une sorte de roi sorcier dépenaillé, capable de transcender la plupart des normes terrestres, y compris la mort. Et l’arrivée du premier train rend au moins une femme folle de terreur. “Il arrive, s’écrie-t-elle, un machin épouvantable, comme une cuisine traînant après elle un village entier.”

Et cette vision de la technologie comme essentiellement surréelle ne se limite pas au village. Dans *L’Automne du patriarche*, la puissance du savoir-faire américain entraîne littéralement la perte de la Caraïbe. Après que le patriarche avait vendu la Caraïbe aux Américains, les ingénieurs nautiques de l’ambassadeur américain “la transportèrent en nombreuses pièces détachées pour la réimplanter loin des ouragans dans les dunes rouge sang de l’Arizona, ils l’emportèrent avec tout ce qu’il y avait à l’intérieur, général, avec le reflet de nos villes, notre timide peuple noyé, nos dragons déments[1]”.

Par contraste, lorsque la pure et angélique Remedios la Belle parvient à la transcendance, de sorte qu’un jour alors que les femmes sont en train de plier des draps elle s’élève vers le ciel et poursuit probablement son chemin à travers les airs jusqu’au paradis,

1. Gabriel García Márquez, *L’Automne du patriarche*, traduit de l’espagnol (Colombie) par Claude Couffon, Le Livre de poche / Grasset, 1982.

personne à Macondo ne s'en émeut. Même Úrsula, la matriarche dont l'esprit pratique et le bon sens ancrent la dynastie des Buendía et le roman lui-même, même Úrsula accepte la nature miraculeuse de l'événement et donc Remedios s'est perdue, il n'y a pas à discuter, "dans les hautes sphères où les plus hauts oiseaux de la mémoire ne pourraient eux-mêmes la rejoindre". "Des étrangers", nous dit-on, mettent en doute l'histoire de la lévitation mais à Macondo, "la plupart des gens crurent au miracle et l'on alla jusqu'à allumer des cierges et faire des neuvaines".

Ce que nous avons ici est une chose extraordinaire, la création, par un renversement des attentes du monde moderne, d'un ton de voix que personne dans la longue histoire de la littérature n'a encore trouvé jusque-là. Il est évidemment redevable à bien des gens, aucun auteur n'est entièrement *sui generis*. Même Shakespeare a emprunté Lear et Macbeth aux *Chroniques de Holinshed* et qui sait ce qu'il devait au *Hamlet* perdu de Thomas Kyd, paru avant le sien ? Chez García Márquez, nous voyons donc des traces des grands écrivains dont il s'est inspiré, nous retrouvons le Yoknapatawpha de Faulkner quelque part aux alentours de Macondo, et le Comala de Juan Rulfo également dans le proche voisinage et la ville surplombée par le château de Kafka est là également ainsi que l'usage que faisait Kafka des métamorphoses qu'il avait lui-même emprunté aux *Métamorphoses* d'Ovide et à *L'Âne d'or* d'Apulée. Nous voyons des traces de *Brás Cubas* et de *Dom Casmurro* de Machado de Assis chez les nombreux José Arcadio et Aureliano (ou chez les Arcadio et Aureliano José) de la dynastie Buendía. L'"emplâtre anti-hypocondriaque[1]" pourrait facilement s'être transporté dans le cabinet de médecine d'Úrsula Iguarán, et l'astuce bien pratique qu'emploie Brás Cubas pour raconter son histoire du fond de sa tombe par un procédé trop complexe et trop ennuyeux pour être décrit pourrait bien avoir été apprise auprès de Melquiades. Ou l'inverse.

1. Allusion à l'invention de Brás Cubas dans les *Mémoires d'outre-tombe de Braz Cubas* de J. M. Machado de Assis, traduit du portugais (Brésil) par R. Chadebec de Lavalade, Émile-Paul frères, 1948 [repris depuis sous le titre *Mémoires posthumes de Brás Cubas* chez A. M. Métailié, 1989].

Entre parenthèses : la putain mélancolique au cœur d'or est un des personnages récurrents les plus aimés de la littérature latino-américaine. Si je puis me permettre de faire entendre une note discordante, je me rappelle qu'Angela Carter, une grande admiratrice de García Márquez, disait souvent, avec nostalgie mais aussi sévérité, qu'elle aurait aimé qu'au moins une des glorieuses prostituées de García Márquez ait un tempérament acariâtre et l'allure d'une chèvre qui louche.

Il est dans la nature de la critique littéraire de chercher à situer un grand écrivain dans le contexte de sa propre littérature, celui de l'époque dans laquelle il a vécu et travaillé, et dans le cas des plus grands, dans le contexte de la littérature mondiale, et dans un instant je me propose d'étudier le rapport entre le réalisme magique et d'autres littératures d'autres pays qui se sont elles aussi affranchies des frontières du naturalisme. Mais dire cela n'est pas sous-estimer la singularité de l'artiste. Et la singularité de García Márquez tient, je pense, dans le ton précis qu'il fait entendre, un ton situé quelque part entre douceur et amertume, entre douce acceptation de son sort et révolte contre lui ; "le courroux de son imagination" qui donne le ton à la musique de la solitude, celle des êtres humains enfermés, solitaires, dans un destin auquel ils ne peuvent échapper. La puissance de cette musique, avec son ton unique, s'est avérée très grande et durable, son influence a été envahissante. J'ai déjà cité, mais je vais le refaire ici, la blague que m'a racontée un jour Carlos Fuentes. "J'ai l'impression, me dit Fuentes, que les écrivains d'Amérique latine ne peuvent plus employer le mot « solitude » parce qu'ils ont peur que les lecteurs pensent que c'est une allusion à Gabo. Et je crains, ajouta-t-il malicieusement, que bientôt nous ne pourrons plus employer l'expression « cent ans » non plus."

Cela me rappelle une remarque qu'un autre lauréat du prix Nobel comme García Márquez, le grand écrivain allemand Heinrich Böll, fit un jour avec humour. Le mot latin *humor*, expliqua Böll, signifie "humidité", et il recommandait une manière d'écrire – une manière de *voir* – qui se serve de l'œil humain "qui normalement n'est ni tout à fait mouillé ni tout à fait sec, mais humide", c'est-à-dire, *plein d'humour*. Böll décrivait là la manière dont les écrivains allemands contemporains d'après-guerre et lui-même tentaient de reconstruire la littérature allemande sur les décombres laissés par le nazisme, mais "l'œil" dont il parle qui n'est ni sentimentalement larmoyant ni cyniquement sec, mais *humide* a aussi quelque chose en commun avec la manière de voir de García Márquez.

À l'époque déjà lointaine de ma première lecture de *Cent ans de solitude* j'ai réagi à son histoire comme à une pure histoire, à ses personnages comme à de simples personnages d'un livre. Mon intérêt pour le monde qui les avait fait naître ne vint que plus tard. Nous vivons une grande époque de la traduction littéraire, grâce à elle les littératures du monde parviennent à notre porte, parlant notre langue, nous donnant l'impression qu'elles nous appartiennent à nous aussi et pas seulement au sol qui les a vues grandir. Toute discussion sur l'impact global des livres de Gabriel García Márquez doit inclure un hommage à ses traducteurs.

Je me souviens d'avoir rencontré une fois, il y a bien longtemps, le traducteur Gregory Rabassa qui me confia qu'un jour García Márquez avait déclaré en public qu'il considérait la version anglaise de Rabassa comme supérieure à l'original espagnol. Ce n'est probablement pas le cas mais la générosité de la remarque toucha tellement le grand traducteur que celui-ci raconta l'histoire (pas pour la première fois probablement, ni pour la dernière) avec une immense fierté. C'est une grande traduction qui donne au lecteur l'impression d'une transparence parfaite. On a le sentiment en la lisant de ressentir pleinement la beauté de l'original. La version de Rabassa de *L'Automne du patriarche*, un texte dont l'immense complexité et les phrases alambiquées sont un défi encore plus grand que la limpidité et la franche comédie de *Cent ans*, est encore peut-être un exploit plus impressionnant.

Pour voir comment une traduction peut illuminer ou abîmer le texte original, il suffit de comparer les récentes retraductions des œuvres de Borges, en grande partie épouvantables, aux précédentes versions. Pour prendre un seul exemple, la célèbre nouvelle de Borges, *Funes el Memorioso*, se sert dans son titre d'un mot *("memorioso")* qui est une invention de l'auteur et qui est parfaitement rendu dans la version anglaise par "Funes the

Memorious". "*Memorious* [mémorieux]" étant un mot inventé qui saisit exactement la signification du terme original de Borges. Dans la nouvelle traduction le titre a été changé en "Funes ou la Mémoire" ce qui trahit terriblement le texte original. La retraduction du chef-d'œuvre de Günter Grass, *Le Tambour*, est faite elle aussi avec de gros sabots si on la compare à la merveilleuse première traduction de Ralph Manheim. J'espère que personne n'envisage de retraduire aucun livre de García Márquez. S'ils le font ils devront affronter une armée de lecteurs mécontents.

Il est tentant de voir, dans les mondes des littératures traduites, des mondes parallèles au nôtre, des royaumes magiques d'altérité offerts à nos vagabondages et je soupçonne que pour beaucoup de lecteurs de García Márquez qui ne sont pas latino-américains, ce "pays imaginaire merveilleux" peut faire partie de l'attrait initial. Ce qui m'est arrivé est un peu différent. Pour moi, cette première lecture de *Cent ans de solitude* m'a ouvert la porte de la littérature latino-américaine et m'a permis de m'y plonger grâce à un libraire et à un éditeur.

L'éditeur était Avon Books, qui dans les années 1970 publia une remarquable série des meilleurs livres d'Amérique latine : Mario Vargas Llosa, *La Maison verte* ; Julio Cortázar, *Rayuela (Marelle)* ; Jorge Amado, *Dona Flor et ses deux maris* ; Alejo Carpentier, *Le Siècle des Lumières* ; Manuel Puig, *La Trahison de Rita Hayworth*, et tant d'autres. La série n'était pas facile à trouver à Londres, mais il y avait une petite librairie indépendante dans le Nord de Londres, Compendium Books à Chalk Farm, pas très loin de Camden Lock, où l'on pouvait trouver toutes sortes de trucs mystiques, de la science-fiction et des textes occultistes, des livres qui vous enseignaient la numérologie ou exploraient la magie noire, des romans comme cette fantaisie paranoïaque *Illuminatus! Trilogy*, et des livres d'art sur le mysticisme de la spirale, mais elle était aussi spécialisée dans l'importation de certaines éditions intéressantes, parmi lesquelles figurait la liste complète des livres de chez Avon que je pouvais explorer. Après avoir dévoré ces livres, je commençai à comprendre que le terme "réalisme" dans réalisme magique tenait une place aussi importante que le terme "magique". Je compris que ces livres étaient ainsi parce que c'est ainsi qu'était le monde où vivaient leurs auteurs. Et je découvrais peu à peu combien j'avais de grandes affinités non seulement avec les livres mais avec les pays que je n'avais jamais visités et d'où ils étaient partis pour atterrir dans cette librairie excentrique, post-hippies, depuis longtemps disparue, près de Camden Lock.

Notre époque est celle des mondes alternatifs, inventés, la Terre du Milieu de Tolkien, le Hogwarts de Rowling, les univers dystopiques des Hunger Games, les lieux où rôdent vampires et zombies, tous ces lieux connaissent un grand succès. Pourtant, en dépit de la simple fiction fantaisiste, les microcosmes les plus réussis de fiction littéraire renferment plus de vérité que de fantaisie. Dans le Yoknapatawpha de William Faulkner, le Malgudi de R. K. Narayan et bien sûr dans le Macondo de Gabriel García Márquez, l'imagination sert à enrichir la réalité, et non pas à s'en évader, le merveilleux est profondément enraciné dans la réalité et, de ce fait, capable d'utiliser le surréel pour créer des métaphores et des images susceptibles d'apparaître plus réelles que la réalité, plus véridiques que la vérité.

C'est là l'ambiguïté de l'appellation "réalisme magique" : quand on l'entend ou quand on l'évoque, on n'entend ou on ne dit que la moitié de la formule – "magique" – sans se préoccuper de l'autre moitié – "réalisme". Mais si le réalisme magique était uniquement magique, cela n'aurait pas d'importance. Ce serait une simple fantaisie, d'utiliser ce procédé, parce que tout peut y arriver et rien n'a de conséquences. C'est parce que la magie dans le réalisme magique est profondément enracinée dans la réalité, parce qu'elle se développe à partir du réel et l'illumine de façon magnifique et inattendue qu'elle fonctionne.

Voyons cet extrait :

> Dès que José Arcadio eut refermé la porte de la chambre à coucher, un coup de pistolet retentit entre les murs de la maison. Un filet de sang passa sous la porte, traversa la salle commune, sortit dans la rue, prit le plus court chemin parmi les différents trottoirs, descendit des escaliers et remonta des parapets, longea la rue aux Turcs, prit un tournant à droite, puis un autre à gauche, tourna à angle droit devant la maison des Buendía, passa sous la porte close, traversa le salon en rasant les murs pour ne pas tacher les

> tapis… et déboucha dans la cuisine où Úrsula s'apprêtait à casser trois douzaines d'œufs pour le pain.
>
> "Ave Maria Très Pure !" s'écria Úrsula.

Dans ce fameux passage de *Cent ans de solitude*, il se produit quelque chose de radicalement fantastique. Le sang d'un mort se comporte comme s'il avait un but et acquiert une sorte de vie personnelle, il voyage avec méthode à travers les rues de Macondo jusqu'à se rendre aux pieds de la mère. Le comportement du sang est "impossible", pourtant le passage semble d'une grande vérité, le voyage du sang semble être le voyage de la nouvelle de la mort du fils depuis la pièce où il s'est suicidé jusqu'à la cuisine de sa mère et son arrivée aux pieds de la matriarche Úrsula Iguarán devient pure tragédie. Une mère apprend la mort de son fils, le sang de José Arcadio peut et doit rester vivant pour apporter à Úrsula la triste nouvelle. Le réel, par l'ajout de la magie, gagne en force dramatique et émotionnelle. Il devient plus réel et non pas moins.

"Le moins c'est le plus", nous dit-on. Mais parfois, dans ces livres, le plus c'est le plus. García Márquez aime beaucoup l'hyperbole comme on peut le voir dans le passage que je viens de citer. "Trois douzaines d'œufs pour faire du pain", cela fait beaucoup d'œufs. Le même genre d'inflation numérique se retrouve dans la fameuse description du colonel Aureliano Buendía : "Le colonel Aureliano Buendía fut à l'origine de trente-deux soulèvements armés. Et autant de fois vaincu. De dix-sept femmes différentes, il eut dix-sept enfants mâles qui furent exterminés l'un après l'autre dans la même nuit, alors que l'aîné n'avait pas trente-cinq ans. Il échappa à quatorze attentats, à soixante-trois embuscades et à un peloton d'exécution. Il survécut à une dose massive de strychnine, versée dans son café et qui eût pu tuer un cheval." Bien des personnages de romans se contenteraient d'un ou deux soulèvements, d'une famille moins nombreuse, d'un nombre d'épouses plus réduit, de moins de tentatives d'assassinat et d'une dose de poison plus modeste à avaler. Les personnages de García Márquez doivent se donner plus de mal, se battre plus souvent, se marier plus souvent, engendrer plus d'enfants, survivre à plus de tentatives d'assassinat, d'embuscades, de pelotons d'exécution, et boire plus de strychnine que les gens ordinaires. Ça doit être épuisant pour eux.

En lisant les livres de García Márquez et des autres auteurs que j'ai découverts chez Compendium Books, j'ai compris à quel point, à ma façon de réagir pratiquement à chaque page, je reconnaissais leurs univers du fait de ma propre expérience en Inde et au Pakistan. Les deux régions, l'Amérique latine et l'Asie du Sud, connaissaient et connaissent toujours un conflit entre la cité et le village et sont marquées par les mêmes gouffres profonds entre les riches et les pauvres, les puissants et les misérables, les grands et les petits. Les deux sont des endroits qui ont vécu une histoire coloniale très forte, des colonialismes différents avec des résultats semblables et dans les deux régions la religion joue un très grand rôle, Dieu y est bien vivant, et ses adeptes aussi malheureusement.

Je connaissais les colonels et les généraux de García Márquez ou du moins leurs équivalents indiens et pakistanais ; ses évêques étaient mes mollahs, ses rues marchandes, mes bazars. Son monde me semblait parfaitement semblable au mien, traduit en espagnol. Pas étonnant que j'en sois tombé amoureux non pour sa magie, encore que pour un écrivain nourri des fabuleux "contes fantastiques" de l'Orient cet aspect aussi soit séduisant, mais pour son réalisme. Bien avant que j'aie visité l'Amérique latine, ses écrivains m'ont fait sentir qu'elle me serait familière. Et lorsque, enfin, je me suis rendu au Nicaragua, au Mexique, en Colombie, en Argentine, au Chili, au Pérou et au Brésil, je me suis dit, Eh bien voyez-vous ça, ces endroits sont exactement aussi fous que l'ont dit leurs écrivains et ils sont fous de la même façon que les endroits que je connais. La même végétation tropicale, les mêmes panneaux d'affichage criards et les mêmes vitrines, la vie de la rue, la grande tradition des récits oraux, l'excès, les odeurs, la sensualité, la chaleur. Au volant d'une voiture dans les rues de Managua, le tout premier jour de mon arrivée dans la région, je me suis dit, je connais cet endroit. Et c'était en partie grâce à García Márquez et à ses collègues, et en partie parce que nos deux mondes étaient, sont, fondamentalement identiques.

García Márquez lui-même a toujours souligné le côté réaliste de son œuvre plutôt que le côté fabuleux. "Je n'ai rien inventé, a-t-il déclaré un jour à la BBC à propos de son style littéraire. Les gens font toujours l'éloge de mon imagination mais je pense que je suis terriblement réaliste. Tout ce que j'ai inventé existait déjà dans la réalité."

L'écrivain Daniel Alarcón raconta un jour cette anecdote à la BBC. "Il y a quelques années lorsque j'étais à Carthagène, je me trouvais dans un taxi et le chauffeur me lança : « Voici la maison de Gabo » avant d'ajouter : « Ici dans la Caraïbe, nous avons tous de grandes histoires. Gabo n'est qu'un bon dactylo. »"

Nous ne vivons pas une époque magique. Le monde est sombre et la littérature y répond par des dystopies. Beaucoup des fictions nouvelles parmi les plus appréciées se distinguent par leur noirceur. Il y a, semble-t-il, peu de joie à attendre. En littérature comme en tout, il y a des modes, et la tendance actuelle privilégie une forme d'écriture qui est presque l'antithèse de celle de García Márquez. Le terme à la mode pour désigner cette nouvelle forme d'écriture est l'"autofiction", une littérature qui évite tout ce qui relève de l'invention, qui ne fait confiance qu'à la veine profondément autobiographique, à la personnalité mise à nu.

La non-fiction se vend mieux que la fiction en librairie et donc la fiction elle-même devient de moins en moins fictionnelle. Il semble que pour beaucoup de lecteurs on ne peut faire confiance à l'imagination et ils se tournent donc vers les livres de la romancière belge Amélie Nothomb, vers la romancière italienne qui écrit sous le pseudonyme d'Elena Ferrante ou le Norvégien Karl Ove Knausgaard, le second auteur à avoir intitulé un de ses livres *Min Kamp*[1], autrement dit *Mein Kampf*.

Mon propos n'est en aucune façon de critiquer ces écrivains, j'apprécie leur talent et ils ont réussi à capter l'attention de nombreux lecteurs dans bien des pays. Et à bien des égards c'est une excellente chose de ne plus être à la mode. Cela met l'œuvre à l'abri des feux de l'attention mondiale et lui permet simplement d'exister, prête à accueillir les lecteurs qui voudront bien

1. *Min Kamp*, cycle de six romans autobiographiques dont le premier tome, traduit en français par *La Mort d'un père* (Gallimard, 2015) a connu un très grand succès.

s'y intéresser en attendant que la grande roue tourne, comme elle doit le faire, comme elle le fait toujours.

Il est évident qu'en Amérique latine et au-delà, la grande époque du réalisme magique est terminée et que les nouveaux auteurs font tout pour s'en détourner. L'écrivain le plus apprécié de la génération qui a suivi García Márquez, feu Roberto Bolano, a notoirement déclaré que le réalisme magique "pue" et a tourné en dérision la célébrité de García Márquez, disant de lui que c'était "un homme extrêmement content d'avoir fréquenté tant de chefs d'État et d'archevêques". C'était là un coup de colère puéril mais il montre que pour beaucoup d'écrivains latino-américains la présence de cet immense colosse parmi eux était devenue plutôt pénible. Avec la mort de García Márquez, le fardeau a disparu et il devient possible d'apprécier son travail non pas comme le phénomène qu'il a été mais simplement comme une œuvre littéraire.

Il convient de dire clairement que, si les modes littéraires vont et viennent – et l'"autofiction" avec son rejet de la fiction pourrait bien n'être qu'une tendance éphémère –, ce qui a été désigné en Amérique latine sous le terme de réalisme magique n'est pas une mode passagère. C'est une manifestation récente d'une tradition que l'on retrouve dans toutes les langues, à toutes les époques et qui est au moins aussi importante que la tradition réaliste. L'insecte géant de Kafka dans *La Métamorphose*, les démons de Boulgakov semant la pagaille dans le Moscou du *Maître et Marguerite* et Charles Dickens aussi naviguent aux côtés de García Márquez. Le ministère des Circonlocutions dans *La Maison d'Âpre-Vent* – un service gouvernemental dont le seul but est de ne rien faire – et le procès sans fin de "Jarndyce contre Jarndyce", dans le même roman, sont des images que n'importe quel adepte du réalisme magique digne de ce nom aurait été fier d'avoir inventées. Lors de mes premières lectures de García Márquez, le nom qui m'est le plus souvent venu à l'esprit était celui de Luis Buñuel, un surréaliste dont les chefs-d'œuvre comme *L'Ange exterminateur* se rapprochent le plus du ton unique de García Márquez. Ce dernier savait très bien qu'il appartenait à une famille littéraire très vaste. Le romancier américain William Kennedy, auteur de *L'Herbe de fer*, le cite en disant : "Au Mexique, le surréalisme coule à flots dans les rues.” Ou encore : “La réalité de l’Amérique latine est totalement rabelaisienne.”

La dynastie Buendía et le patriarche, et l’innocente Eréndira, et le triste colonel à qui personne n’écrit appartiennent à cette tradition, qui comprend beaucoup d’œuvres parmi les plus durables jamais écrites, y compris désormais celle de Gabriel García Márquez, qui durera toujours tandis que les modes vont et viennent.

Je ne l’ai jamais rencontré, à mon grand regret, mais nous avons eu une longue conversation. J’étais à Mexico chez un ami et Carlos Fuentes est venu dîner. Je lui ai dit que j’avais été déçu d’apprendre que García Márquez n’était pas en ville, qu’il était allé à Cuba rendre visite à son ami Fidel. Fuentes me dit quelque chose du genre, “C’est ridicule que vous ne vous soyez jamais rencontrés tous les deux” et peu après quitta la pièce pour quelques minutes, puis il revint et me demanda de le suivre dans une autre pièce où il me tendit un téléphone. “Il y a là quelqu’un à qui tu dois parler”, me dit-il et il me laissa seul avec la voix de Gabo dans l’oreille.

Au début, la conversation fut laborieuse. Il affirmait ne pas parler anglais, pourtant il apparut rapidement qu’il le maîtrisait plutôt bien mais préférait ne pas le parler. Mon espagnol est très rudimentaire. Je ne le parle pas du tout mais le comprends un peu. Et nous avions tous les deux quelques notions de français. Nous nous mîmes donc à parler en trois langues et les choses s’améliorèrent. En fait, dans le souvenir que je garde de cette conversation, il n’y a pas de problème de langues. Dans mon souvenir, nous échangeons simplement tous les deux et nous nous comprenons parfaitement. Ce fut une très longue conversation. Nous abordâmes de nombreux sujets. Je me rappelle lui avoir dit que j’avais lu quelque chose à propos des histoires de sa grand-mère et de l’aide importante qu’elles lui avaient apportée pour parvenir à formuler les siennes, et je lui parlai des histoires de famille que me racontait ma mère et de leur importance dans mon écriture. Il a parlé avec générosité de mon travail. Nous avons évoqué les différences entre nous, la différence entre Macondo et Bombay, le village et la ville. Je lui dis que j’avais écrit sur *Chronique d’une mort annoncée* et aussi sur son livre de reportage, *Clandestin au Chili*, dans lequel il raconte l’histoire du réalisateur Miguel Littín tournant en secret son film sous le nez, le très dangereux nez, du tyran Pinochet, et je remarquai qu'il manifestait plus d'enthousiasme devant l'intérêt que je portais à son travail de journaliste qu'à mes critiques de ses romans. Journaliste un jour, journaliste toujours. Il s'intéressait à mon incursion dans le domaine du reportage, mon petit livre sur le Nicaragua pendant la guerre des Contras. Je lui racontai l'histoire d'un dîner chez Daniel Ortega où presque tous les chefs sandinistes étaient présents et au cours duquel je n'avais pas voulu me servir d'un magnétophone sachant que cela modifierait les conversations autour de la table. Au lieu de quoi, prétextant un dérangement gastrique, je me retirais toutes les dix ou quinze minutes aux toilettes où je gribouillais furieusement le carnet que j'avais dans la poche retranscrivant les dialogues et autres observations. Il trouva l'anecdote amusante et me dit : “Tu vois, tu es un journaliste toi aussi.”

Bien des années plus tard, lorsque je devins président du PEN America, je tentai plusieurs fois de le faire inviter à New York et chaque fois il répondit poliment et déclina. Ce fut une perte pour New York, et pour moi.

Je n'ai jamais non plus rencontré Borges mais quand j'avais une vingtaine d'années j'ai assisté à une de ses conférences à Londres et beaucoup plus tard, à Buenos Aires, et grâce à la gentillesse de sa veuve, Maria Kodama, j'ai découvert sa bibliothèque, ce qui est presque aussi bien. Et même si je n'ai jamais rencontré García Márquez, j'ai le souvenir de notre conversation et j'ai, nous avons tous, ses livres, et ils sont plus que suffisants.

L'arrivée de ses archives au Ransom Center à Austin au Texas, est peut-être comparable à l'acquisition imaginaire de la Caraïbe par les Américains, qui, dans *L'Automne du patriarche*, se trouve transportée en Arizona. À présent l'océan de ses écrits a été transplanté lui aussi, non en Arizona mais au Texas. Il y a là une ironie qu'il aurait sans doute appréciée. C'est là qu'il est maintenant. On l'y a emporté sous forme de documents numérotés. Mais il est aussi partout. Il est toujours en Colombie, toujours au Mexique.

Partout.

HAROLD PINTER
(1930-2008)

En 1993, à l'Almeida Theatre de Londres, David Leveaux dirigea une reprise de la pièce d'Harold Pinter *No Man's Land* avec Paul Eddington, connu comme le ministre "Jim Hacker" dans la série télévisée *Yes Minister* et Harold lui-même reprenant les principaux rôles joués par John Gielgud et Ralph Richardson lors de la création de la pièce en 1975. Leveaux me raconta un jour que pendant les répétitions Paul Eddington exprima son incompréhension et demanda à Harold de l'aider à comprendre un moment particulier de la pièce, que désirait le personnage à cet instant ? Que devait-il en faire, qu'essayait-il d'atteindre ? Harold prit le texte des mains de Paul Eddington, y jeta un rapide coup d'œil et le lui rendit en disant : "Les intentions de l'auteur ne sont pas claires dans ce passage." Quelque temps plus tard, je demandai à Harold s'il avait vraiment fait cela. "Oui, répondit-il. Oui, en effet, je dois l'avoir fait." Mais pourquoi ? demandai-je. N'aurait-il pas été plus facile de répondre tout simplement à la question de Paul Eddington ? "J'ai écrit cette pièce il y a vingt-cinq (juron effacé) années, dit Harold. Comment pourrais-je savoir (juron effacé) ?"

L'anecdote montre l'intransigeance légendaire de Pinter mais aussi qu'il n'aimait pas qu'on lui demande d'expliquer son travail. Pour lui, la force d'une œuvre d'art tient dans sa résistance à l'idée de "signification" ou du moins à une signification réduite à la simple explication verbale permettant de dire de quoi "parle" une scène, une pièce, un poème ou un roman. (À une autre occasion, quand on lui demanda de quoi parlait *L'Anniversaire*, il répondit, selon la légende : "C'est l'histoire d'un homme assis dans une pièce et deux autres hommes arrivent.") Mais cela montre aussi son honnêteté – s'il avait oublié un passage écrit plusieurs dizaines d'années auparavant, il n'allait pas en inventer une explication fallacieuse. Harold Pinter était constamment honnête en tant qu'artiste et en tant qu'homme.

(Harold a toujours placé le concret et le tangible au-dessus de l'abstrait et du théorique. Peu après notre première rencontre, il m'a interrogé sur mon écriture. Il se montra généreux mais parla tout de même de "manque de forme". J'avais une très grande admiration pour lui à cette époque mais je parvins tout de même à marmonner quelques mots pour ma défense, expliquant que, sous la surface, il y avait ce que je pourrais appeler "une structure profonde". Harold afficha son célèbre et terrifiant sourire étincelant et répéta : "Une structure profonde. Voyons, qu'est-ce que cela pourrait bien être ?" Je me sentis pris de panique et bredouillai un charabia autour de mon intérêt pour l'idée du leitmotiv wagnérien, dans le sens où l'usage répété d'une même image dans des contextes différents, un crachoir d'argent, la forme d'une main au doigt pointé, le tic-tac d'une pendule, pouvait provoquer une accumulation intéressante de sens. Mais mes arguments se tarirent rapidement. Je m'entendais parler comme un théoricien, pas comme un romancier. J'ai retenu la leçon du sourire redoutable d'Harold et, par la suite, je n'ai plus jamais recouru à ce genre de jargon critique.)

Comme chacun d'entre nous, il aimait qu'on apprécie son travail. De temps à autre il faxait à ses amis ses nouveaux poèmes et nous savions qu'il nous fallait répondre sacrément vite si nous ne voulions pas affronter le redoutable Courroux de Pinter. Un jour, il nous envoya un poème sur un célèbre joueur de cricket anglais, Len Hutton. Voici le poème. Dans sa totalité.

J'ai vu Len Hutton débutant
Il y a longtemps,
Il y a longtemps.

Si l'on en croit un ragot particulièrement savoureux, son ami proche, le dramaturge Simon Gray, tarda à répondre et Harold finit par l'appeler.

“Simon, tu ne m’as pas encore dit ce que tu pensais de mon nouveau poème.

— Désolé, Harold, répondit Gray. Je n’ai pas encore eu le temps de le lire jusqu’au bout.”

Harold s’en amusa beaucoup, ce qui évita à Simon la redoutable colère de Pinter. Ce courroux menait souvent au phénomène de “pintérisation” lorsqu’un ami infortuné ou un ennemi se faisait flageller par la terrible langue de Pinter. Je suis heureux de dire que je n’ai jamais été pintérisé. Cela a failli m’arriver la fois où Harold a mis en scène *Oleanna*, la pièce de David Mamet au Royal Court Theatre de Londres, en 1964, la même année où il jouait dans la reprise de *No Man’s Land* au théâtre Almeida. Après la représentation, je ne fis pas un éloge suffisamment appuyé de son travail, au lieu de cela je me lançai dans une conversation sur tout autre chose avec sa femme Antonia Fraser. Du coin de l’œil, je vis Harold sur le point de se décomposer, et, redoutant une catastrophe nucléaire absolue, je m’empressai de me tourner vers lui.

“Ai-je oublié de te dire que ta mise en scène d’*Oleanna* était une putain de merveille ?

— Oui, répondit-il. Oui, en effet tu as oublié de me le dire.

— Harold, ta mise en scène d’*Oleanna* était une putain de merveille.

— Bien, c’est déjà mieux comme ça”, répondit-il en arborant son sourire de tueur.

Il y avait chez Harold Pinter une grande colère, il considérait cela comme un défaut et s’en excusait souvent. Je ne pense pas que ce fût un défaut mais plutôt la source de son art. Et aussi de sa passion pour la politique. C’était, si l’on peut dire, une colère publique née de la fureur que lui inspirait tout ce qu’il y a de faux, de cynique, d’amoral, de corrompu, de brutal, de laid, dans les affaires humaines mais au-dessous il y avait une colère existentielle, une rage contre la prison qu’est la vie humaine, contre les pièges dans lesquels nous nous enfermons nous-mêmes et dont nous ne parvenons jamais à nous extirper. La violence qui bouillonne sous la surface de toutes ses pièces et la précision presque sauvage de la surface du texte est ce qui donne à l’œuvre de Pinter sa qualité essentielle mais aussi la noirceur magnifique de sa veine comique. La menace du sourire d'Harold, le sourire le plus dangereux de la littérature, apparaît dans chacune des phrases qu'il a écrites, dans chaque scène à laquelle il a donné vie.

Quand j'ai fait la connaissance d'Harold Pinter au début des années 1980, son travail venait tout juste de commencer à s'orienter vers l'expression politique directe. Je n'étais pas sûr que ce fût une bonne chose. Je gardais un tel souvenir d'Harold jouant le rôle de Goldberg en 1968 dans la version de la télévision britannique de *L'Anniversaire*, j'avais une telle admiration pour la puissance elliptique de cette pièce et, aussi, en fait, de *No Man's Land* (j'avais eu la chance de voir la mise en scène originale avec Gielgud-Richardson) que je m'inquiétais à l'idée que l'engagement politique direct soit un chemin trop explicite pour le sombre génie de Pinter. D'autres partageaient mes craintes et les "pièces politiques" – *Un pour la route*, *Langue de la montagne* et *Une soirée entre amis* – furent accueillies au début avec une certaine perplexité. Le temps a montré que ces trois courtes pièces étaient des chefs-d'œuvre et donc, comme d'habitude, Harold avait vu juste avant tout le monde.

Dans les années 1980, Harold se lança de toutes ses forces dans l'engagement politique. En 1985, lors d'un voyage organisé par le PEN International, Arthur Miller et lui, lors d'une réception à l'ambassade américaine à Ankara, protestèrent contre les tortures infligées aux écrivains turcs emprisonnés ; on les pria de quitter les lieux. Après coup, Harold parla de son expulsion de l'ambassade américaine en compagnie d'Arthur Miller comme "d'un des moments dont il était le plus fier dans sa vie". Il s'engagea pour la cause nicaraguayenne pendant la guerre des Contras, et plus tard dans la cause kurde, et se montra de plus en plus critique à l'égard de la politique étrangère américaine, particulièrement pendant les années du mandat de George Bush. Il profita de son discours de réception du prix Nobel pour évoquer avec une égale éloquence les deux aspects de son travail, l'art et la politique, et vers la fin de sa vie les deux étaient devenus inséparables. La conférence était intitulée "Art, vérité et politique" et dans ce titre nous voyons le pont qui relie l'artiste et le militant. Ce pont était l'horreur du mensonge et sa ferme volonté de révéler et d'exprimer autant qu'il le pouvait ce qu'il considérait comme la vérité.

En dehors de son œuvre théâtrale, Harold Pinter ne pouvait s'empêcher d'expliquer ses intentions. Ainsi commence sa conférence lors de la remise du prix Nobel :

> En 1958 j'ai écrit la chose suivante : "Il n'y a pas de distinctions tranchées entre ce qui est réel et ce qui est irréel, entre ce qui est vrai et ce qui est faux. Une chose n'est pas nécessairement vraie ou fausse ; elle peut être à la fois vraie et fausse." Je crois que ces affirmations ont toujours un sens et s'appliquent toujours à l'exploration de la réalité à travers l'art. Donc, en tant qu'auteur, j'y souscris encore, mais en tant que citoyen, je ne peux pas. En tant que citoyen, je dois demander : Qu'est-ce qui est vrai ? Qu'est-ce qui est faux ?

En raison de la conduite qu'il estimait devoir adopter en tant que citoyen, Pinter est devenu un adversaire déclaré et passionné du sectarisme, des préjugés, de la censure et des abus de pouvoir commis par les puissants. Dans *Langue de la montagne* et *Une soirée entre amis*, il est parvenu à donner à ses arguments une forme dramatique adéquate. Et ceux parmi nous qui ont eu la chance de le connaître savent bien que, au cours des années 1980, 1990, le fait de simplement mentionner les mots "Amérique latine" provoquait une harangue pintérienne. Il y eut par conséquent des périodes où nous évitions de prononcer ces mots, tout comme le terme "États-Unis".

Mais c'est toujours le langage que Pinter examinait le plus attentivement. Dans une intervention mémorable, il a parlé de diagnostiquer "une maladie au cœur même du langage qui transforme celui-ci en une mascarade permanente, un tissu de mensonges. Les mutilations et les dégradations cyniques et impitoyables infligées aux êtres humains, à la fois à leur esprit et à leur corps… ces actes sont justifiés par des manœuvres rhétoriques, une terminologie stérile et des concepts de pouvoir puants. Comment allons-nous observer le langage que nous employons ? Je me le demande. En sommes-nous seulement capables ?… Est-ce que la réalité demeure essentiellement hors du langage, séparée, inflexible, étrangère, impossible à décrire ? Est-il donc impossible de parvenir à une correspondance exacte et vitale entre ce qui est et la perception que nous en avons ? Ou alors sommes-nous obligés d'utiliser le langage dans le simple but d'obscurcir et de déformer la réalité, de déformer ce qui est, de déformer ce qui arrive, parce que nous en avons peur ? Je pense que c'est notre façon d'utiliser le langage qui fait que nous nous sommes enfermés nous-mêmes dans ce terrible piège où des mots comme liberté, démocratie, valeurs chrétiennes sont encore employés pour justifier des politiques et des actes honteux et barbares[1]".

Harold Pinter était mon ami et un allié loyal et précieux. Le 6 février 1990, un peu moins d'un an après la fatwa de Khomeiny contre *Les Versets sataniques*, on m'a demandé de donner la conférence annuelle Herbert Read à l'institut des Arts contemporains de Londres. Mais à mon immense déception, la police britannique refusa de garantir la sécurité de l'événement et je ne pus donc y aller. J'appelai Harold pour lui demander s'il voulait bien lire la conférence à ma place et il accepta immédiatement, sans un instant d'hésitation à un moment où beaucoup d'autres se seraient trouvé des rendez-vous impératifs qui les retenaient ailleurs. Pour cet acte de principe et de courage, pour tant et tant d'autres actes publics, et pour le cadeau en privé de cette amitié qu'il m'accordait à moi et à ma famille et, surtout, pour son génie, je le remercie et j'aime tous ceux qui l'aiment, il me manque tous les jours.

Je voudrais ajouter quelques mots repris du discours que j'ai prononcé lorsque j'ai reçu le prix PEN/Pinter en octobre 2014.

Ce qui explique en partie ma réticence devant les excès de l'explication de texte est ce qui s'est produit après la parution des *Versets sataniques* à l'automne 1988. À l'époque, les adversaires du livre ont entrepris, avec un remarquable succès, de prescrire à leurs partisans une certaine lecture du livre, et pour bien des gens, jusqu'à aujourd'hui, cette prescription est toujours valable, et leur explique exactement pourquoi le livre, pour ainsi dire, est malade. Au début, j'espérais que la nature manifestement biaisée et déformée de ces interprétations allait devenir d'elle-même

1. The Nobel Foundation, 2005, discours de réception traduit par Séverine Magois.

évidente et que le livre serait son meilleur avocat. J'espérais aussi que mon propre parcours, tout ce que j'ai écrit, le travail que j'ai accompli, la personne que j'ai été seraient ma meilleure défense contre la diabolisation de ma personne et de mes motivations qui était en train de se mettre en place. Mais c'étaient là des pensées qui dataient d'une autre époque, lorsque nous n'étions pas encore trop effrayés par la religion en général et par une en particulier, une religion définie comme la capacité pour ses adeptes de commettre des violences sur terre au nom de leur mystérieux dieu céleste.

À cette époque, ce qui aurait dû aller de soi avait commencé à passer pour de la complaisance et les pseudo-explications étriquées fournies par la religion, formulées dans le nouveau, ou en fait très ancien, vocabulaire du blasphème et de l'offense, décidaient de plus en plus du programme. Je me suis longtemps senti obligé de combattre la création d'une fausse version des *Versets sataniques*, en proposant ma propre explication contradictoire. J'ai détesté devoir le faire et j'ai souvent eu l'impression qu'en proposant la défense presque ligne à ligne qui me paraissait nécessaire, je nuisais à la lecture personnelle et ouverte de mon roman, qui est ce que, comme tout écrivain, j'avais espéré.

Et j'étais obligé de me poser une question difficile. Si je pensais, comme c'était le cas, que le lecteur participait à la création du livre, et que toutes ces versions du livre, le livre dans l'esprit de chacun de ses lecteurs, étaient valables, que c'étaient en fait des versions dont j'avais espéré la création, alors les versions qui irritaient les gens n'étaient-elles pas aussi authentiques que celles qui naissaient dans l'esprit de lecteurs plus favorables au livre ? Est-ce que ma propre conception de la nature de l'expérience littéraire ne discréditait pas ma propre défense de mon livre ? La seule réponse que j'ai trouvée, c'est qu'il convient de faire la distinction entre le jugement et la réaction. Les gens ont le droit de juger un livre aussi favorablement ou aussi durement qu'ils le veulent mais quand ils réagissent par la violence ou la menace de violences, on change de sujet et la question devient : comment peut-on faire face à de telles menaces ? Depuis lors, nous ne cessons tous de nous battre sur bien des fronts pour apporter une réponse à cette question.

La diatribe d'Harold dans son discours de réception du prix Nobel était dirigée à la base contre la distorsion du langage par les puissances séculières et en particulier par le superpouvoir le plus important du monde, mais tout ce dont il parle est également valable pour la laideur qui se prépare dans le monde entier au nom de telle ou telle religion. Il est bon de dire qu'il n'y a pas qu'une seule religion qui mérite d'être passée au crible. Les extrémistes chrétiens aux États-Unis s'attaquent aux libertés des femmes et aux droits des homosexuels en des termes qu'ils prétendent tenir de Dieu. En Inde, aujourd'hui, les extrémistes hindous prennent pour cible la libre expression, et essayent de réécrire l'histoire, au sens propre, allant jusqu'à proposer la modification des manuels scolaires pour servir leur dogmatisme safran étriqué. Mais le poids écrasant du problème actuel se trouve dans le monde de l'islam et il s'enracine en grande partie dans le langage idéologique sanglant et guerrier, au sein de cette religion, du mouvement salafiste globalement soutenu par l'Arabie saoudite.

Voici ce qu'Ed Husain, un Britannique partisan d'un islam moderne et pluriel, écrit dans le *New York Times* :

> Soyons clairs : al-Qaida, l'État islamique en Irak et en Syrie, Boko Haram, al-Shabab et autres sont tous des groupes violents de salafistes sunnites. Depuis cinq décennies, l'Arabie saoudite est le sponsor officiel du salafisme sunnite à travers le monde. La plupart des musulmans sunnites dans le monde entier, environ 90 % des musulmans, ne sont pas salafistes. Le salafisme est vu comme trop rigide, prenant les choses trop au pied de la lettre, trop éloigné du courant principal de l'islam… Les partisans du salafisme et autres fondamentalistes représentent 3 % du monde musulman.

À ces 3 % de sunnites on peut peut-être ajouter un pourcentage supplémentaire de chiites sponsorisés par la révolution iranienne dont l'idéologue Ali Shariati, adaptant le langage marxiste, qualifiait la révolution de Khomeiny de "révolte contre l'histoire". En ce sens les extrémistes chiites et sunnites sont les mêmes. C'est la modernité en soi qui est l'ennemie, la modernité avec son langage de liberté pour les femmes aussi bien que pour les hommes, avec sa préférence pour les gouvernements légitimes plutôt que les tyrannies, et avec son fort penchant vers la laïcité au détriment de la religion. C'est cela, ce langage du monde moderne qui est devenu la cible de ce langage déformé et médiéval du fanatisme, soutenu par un armement moderne.

Ce langage se fait entendre de plus en plus dans les mosquées et sur les réseaux sociaux et pour certains jeunes gens son attrait est si fort qu'il persuade des centaines, peut-être des milliers de musulmans britanniques de rejoindre les barbares de Daech adeptes de la décapitation. (Les musulmans britanniques qui rejoignent les jihadistes sont bien plus nombreux que ceux qui s'enrôlent dans l'armée britannique, ce qui est préoccupant.) Sur les sites de certains de ces réseaux sociaux circule en ce moment un sondage d'opinion d'Arabie saoudite qui montre que 92 % des personnes interrogées estiment que Daech "respecte les valeurs de l'islam et de la loi islamique". Si c'est exact, ce genre d'information montre que les 3 % d'Ed Husain semblent un peu trop optimistes.

Même si on écarte ce sondage comme peu fiable, il est difficile de ne pas conclure qu'une rhétorique religieuse chargée de haine, qui se déverse de la bouche d'impitoyables fanatiques à l'oreille de jeunes hommes en colère, est devenue la nouvelle arme la plus dangereuse dans le monde d'aujourd'hui.

Un mot que je déteste – islamophobie – a été inventé pour discréditer ceux qui dénoncent ces excès, en les traitant de sectaires. Mais d'abord si je n'approuve pas vos idées, il me semble acceptable que je puisse le dire tout comme il est acceptable pour vous de dire que vous n'aimez pas les miennes. Des idées ne peuvent être inattaquables simplement parce qu'elles prétendent avoir je ne sais quel dieu imaginaire de leur côté. Ensuite il est important de se rappeler que la plupart de ceux qui souffrent sous le joug du nouveau fanatisme islamique sont d'autres musulmans. Les talibans ont opprimé le peuple d'Afghanistan et sont sur le point de revenir et de recommencer[1] ; les ayatollahs continuent d'opprimer le peuple iranien ; les gens qui sont morts au cours de la guerre en Irak étaient presque tous des musulmans, tués par d'autres musulmans au nom de leur propre religion redéfinie en termes sectaires pour permettre leur meurtre. Il est juste

1. Les talibans sont effectivement revenus au pouvoir en Afghanistan en 2021.

d'éprouver une véritable phobie sur de tels sujets. Comme plusieurs commentateurs l'ont dit, ce ne sont pas seulement des êtres humains que l'on tue en Irak, c'est toute une culture. Éprouver de l'aversion envers une telle force ce n'est pas faire preuve de sectarisme. C'est la seule réponse possible à l'horreur des événements.

Comme Harold Pinter, je préfère grandement le langage de l'artiste fait d'ambiguïté et de faux-fuyants, qui permet plusieurs lectures de l'œuvre. Mais d'autre part, suivant en cela l'exemple d'Harold, je ne peux pas, en tant que citoyen, éviter de parler de l'horreur de ce monde en ce nouvel âge de chaos religieux et de ce langage qui l'encourage et le justifie, de sorte que de jeunes hommes, y compris des jeunes Britanniques, sont amenés à commettre des actes d'une bestialité extrême tout en étant persuadés de mener une guerre juste.

L'action du PEN dans cette sombre période n'a jamais été plus importante. Les journalistes du monde entier n'ont jamais été plus en danger. Dans les conflits en Irak et en Syrie ils sont considérés comme des cibles légitimes. La décapitation de James Foley par un jihadiste britannique nous a tous choqués, mais M. Foley n'était pas la première victime de cette guerre. Selon l'Association des journalistes syriens, plus de cent cinquante journalistes ont été tués en Syrie pendant la guerre civile et le Comité de protection des journalistes dit que plus de cent quatre-vingt-dix autres sont morts en Irak depuis 1992. Dans la Russie de Poutine, le décompte des journalistes assassinés a aussi passé la barre des trois chiffres. Partout de l'Érythrée à la Chine, écrivains et journalistes sont détenus sans procès, ils disparaissent et sont parfois assassinés.

Moi-même, lorsque j'en ai eu besoin, j'ai bénéficié d'un fort soutien de la part du PEN en Grande-Bretagne, aux États-Unis et ailleurs et j'en suis extrêmement reconnaissant. Harold Pinter en personne a conduit une délégation à Downing Street pour demander que je bénéficie d'une protection. C'est Harold et Antonia qui m'ont permis d'utiliser leur appartement afin de voir mon jeune fils. C'est Harold qui s'est adressé de ma part à Václav Havel pour obtenir son soutien. Et quand le gouvernement britannique refusait de me rencontrer ou d'avoir le moindre contact avec moi dans les mois qui ont suivi la fatwa, c'est Harold qui a appelé William Waldegrave, alors jeune ministre des Affaires étrangères, pour demander avec insistance, et avec succès, qu'on s'adresse à moi. Aucun écrivain dans la tourmente ne pourrait rêver meilleur allié.

Je me suis efforcé depuis lors de suivre l'exemple d'Harold et de faire tout ce que je peux pour aider le PEN à aider les autres. C'est une tâche importante et le PEN a prouvé sans cesse son efficacité dans ce domaine. Pour preuve, le PEN / Barbara Goldsmith (aujourd'hui le PEN/Barbey) Freedom to Write Award, un prix décerné tous les ans depuis 1987 par le PEN American Center pour attirer l'attention sur certains écrivains en difficulté. Quatre des écrivains récompensés ont été libérés quand ils ont reçu ce prix. Sur les trente-huit qui étaient emprisonnés quand ils ont été distingués par ce prix, pas moins de trente-cinq ont depuis été libérés. C'est un bilan dont on peut être fiers. Nous poursuivrons cette tâche qui consiste à défendre le monde de l'écrit et ceux qui prennent tous les risques pour dire la vérité.

Je suis très honoré de recevoir une récompense qui porte le nom d'Harold Pinter, un grand écrivain, un grand citoyen et un grand ami quand on est dans l'adversité.

PRÉFACE AUX ENTRETIENS DE LA *PARIS REVIEW*, VOL. IV

J'ai demandé un jour à une joaillière qui fabriquait des bijoux d'or fin pourquoi elle travaillait sur un matériau aussi coûteux, et elle m'a répondu que la particularité de l'or est qu'il est très malléable. On peut tout faire avec l'or, le tordre, l'entortiller et il prend toutes les formes qu'on veut lui donner. J'ai alors pensé, et je le pense toujours, que l'anglais était l'or des langues, que contrairement à d'autres langues que je pourrais nommer il dispose d'une liberté syntaxique et d'une élasticité qui permettent d'en faire ce qu'on veut, c'est pourquoi, en se répandant à travers le monde, il a réussi à se métamorphoser en tant de variantes locales, l'anglais d'Irlande, l'anglais des Caraïbes, l'anglais d'Australie, l'anglais indien et les nombreuses variantes d'anglais américain. J'étais heureux de voir que dans son entretien à la *Paris Review*, réédité dans ce volume, Maya Angelou pensait la même chose quand elle disait "Comme la langue est belle et malléable. Comme elle se laisse travailler. Si vous la maniez elle répond, d'accord".

Sottement peut-être, j'ai longtemps pensé que l'anglais possède cette qualité à un plus haut degré que n'importe quelle autre langue et il est donc salutaire que David Grossman m'ait rappelé que d'autres écrivains dans d'autres langues ont exactement le même sentiment. "L'hébreu, dit Grossman, est une langue flexible et il se prête avec enthousiasme à toutes sortes de jeux. Vous pouvez employer l'argot pour parler de la Bible et vous pouvez parler bibliquement de la vie de tous les jours. Vous pouvez inventer des mots que les gens n'ont aucun mal à comprendre parce que presque tous les mots ont une racine et que les gens voient d'où ils sont dérivés et peuvent généralement en saisir le sens. C'est une langue très sexy. Il est géant, héroïque et glorieux mais il comporte aussi de vastes espaces vides qui ne demandent qu'à être comblés par les écrivains." Bon d'accord, suis-je obligé d'admettre avec une certaine mauvaise grâce, d'accord, disons donc que, parmi les langues, il y a peut-être plusieurs variétés d'or.

C'est une des raisons pour lesquelles les entretiens de la *Paris Review* sont si passionnants. Ils ne sont pas seulement divertissants, ils vous font réfléchir et même reconsidérer des idées que vous pensiez acquises. Comme beaucoup d'écrivains (et d'apprentis écrivains et aussi de lecteurs), je suis un fan de la série "L'Art de la fiction" d'aussi loin que je me souvienne. J'ai ressorti de leurs étagères mes vieux exemplaires du magazine et je les ai sous la main alors que j'écris ces lignes.

À l'été 1981, tandis que j'écrivais le premier jet de *La Honte*, j'ai été fortement inspiré par l'entretien de Donald Barthelme dans la *Paris Review*, en particulier par ses commentaires sur l'emploi des effets fantastiques. Donner à une femme des fesses en or dans une histoire c'est "vous permettre de voir des fesses". Et : "Si je n'avais pas des cafards gros comme des planches à repasser dans l'histoire, je n'aurais pas pu montrer Cortés et Montezuma se tenant par la main, cela aurait été simplement sentimental. On cherche des éléments pour contrebalancer, des choses qui disent au lecteur que si un événement x se produit, il doit être regardé à la lumière de y." Comme cela m'a été extrêmement *utile* à l'époque et comme cela continue à l'être !

Les entretiens de "L'Art de la fiction" satisfont notre curiosité profonde et insatiable pour la vie des auteurs. Comme la plupart des écrivains, je m'intéresse aux autres écrivains, à la fois en tant que lecteur et fouineur. Je veux connaître leur œuvre mais je veux aussi savoir d'où elle vient, et comment. Je ne vois qu'un seul écrivain à ma connaissance qui affirme ne pas éprouver ce sentiment, c'est V. S. Naipaul. J'ai assisté un jour, au festival littéraire de Hay-on-Wye, à un entretien public de Naipaul qui était interrogé par l'écrivain et éditeur Bill Buford. Il a répondu à une question que lui posait Bill Buford sur les auteurs qu'il lisait par une majestueuse fin de non-recevoir. "Je ne suis pas un lecteur, je suis un écrivain." Et pourtant il est là, dans ces pages, proposant un des nombreux récits publiés de ses propres débuts littéraires, et aussi de sa façon d'écrire, probablement parce qu'il tient à accréditer l'idée que si lui-même ne veut pas lire les autres écrivains ni rien apprendre d'eux, ces mêmes écrivains, les lecteurs aussi, pourraient bien avoir envie d'apprendre certaines choses de *lui*. Ceci étant, il y a beaucoup d'excellentes raisons pour que nous ayons envie d'en apprendre sur lui. "Il est d'une extrême difficulté d'être le premier à écrire sur quelque sujet que ce soit. Il est toujours plus facile, après coup, de copier", dit-il à propos de *Miguel Street* ; et à propos de *Dis-moi qui tuer*, il est heureux de nous dire que "c'est vraiment très bien fait".

C'est à de tels moments que les entretiens de "L'Art de la fiction" sont les plus révélateurs, nous en apprenant plus sur l'auteur que lui-même ne le pense. La gaieté légendaire du grand P. G. Wodehouse atteint une qualité d'innocence presque choquante quand il évoque les émissions radiophoniques qu'il donnait pendant la guerre dans le Paris occupé par les nazis ; émissions qui ont conduit pas mal de monde à le dénoncer comme traître et qui, de son propre aveu, "ont totalement bouleversé sa vie", l'amenant à passer le restant de ses jours aux États-Unis sans plus jamais rentrer chez lui. Il m'a toujours été pénible de savoir que le plus anglais des écrivains anglais, le créateur de l'Angleterre fantaisiste de Jeeves, Bertie Wooster, du Drones Club, du château de Blandings et de son immortelle truie, l'Impératrice de Blandings, avait dû subir un si long exil. Mais Wodehouse semblait avoir vécu toute cette affaire avec sérénité. Éprouvait-il du ressentiment pour la façon dont il avait été traité par les Anglais ? "Oh, non, non, non… Pas du tout. Toute cette affaire semble avoir disparu à présent." Et comment avait-il vécu son exil américain ? "J'aime beaucoup mieux vivre ici qu'en Angleterre, je pense. Je ne peux imaginer aucun endroit en Angleterre que je pourrais préférer à celui-ci. J'aimais Londres mais je ne crois pas que je l'aime encore… J'ai plutôt de la chance, d'une certaine façon. Je ne me soucie plus de grand-chose. Je m'adapte plutôt bien aux circonstances." Ah bon, eh bien donc tout va bien.

Dans ces pages, Jack Kerouac se montre exactement comme on pouvait s'y attendre, à la fois vif et confus, plein de kérouacité. Il explique l'origine de son nom : "D'abord *kairn*, K(OU C)AIRN.

Qu'est-ce que c'est qu'un cairn ? C'est un tas de pierres. Ensuite *Cornouailles*, cairnwall. Bon, maintenant il y a aussi *kern*, ou KERN, signifie la même chose que *cairn*. Kern. Cairn. *Ouac* veut dire la langue de. Donc Kerouac signifie la langue de Cornouailles. *Kerr* comme dans Deborah Kerr. *Ouack* veut dire le langage de l'eau. Parce que *Kerr*, *Carr*, etc. veut dire l'eau. Et *cairn* veut dire un tas de pierres. Il n'y a pas de langage dans un tas de pierres. Kerouac, *Ker* (eau), *ouac* (langage de). C'est en lien avec un vieux nom irlandais, Kerwick, qui en est une déformation. Et c'est un nom cornique qui d'ailleurs signifie cornique. Et selon Sherlock Holmes, tout cela vient de Perse." C'est la preuve de l'habileté avec laquelle ces entretiens sont menés et ensuite édités, processus auquel les personnes interrogées sont étroitement associées, de voir que les auteurs y apparaissent honnêtement et (en grande partie) de façon vulnérable, tels qu'en eux-mêmes.

Et il y a aussi parfois des désaccords. William Styron reconnaît l'influence de Faulkner, entre autres, et en fait l'éloge, mais avec quelques réserves. "J'admire la complexité de Faulkner mais pas sa confusion... Pour ce qui est du *Bruit et la Fureur*, je pense que le livre fonctionne malgré lui. Faulkner abuse de l'intensité pendant trop longtemps." Maya Angelou, pour sa part, affirme poliment mais fermement qu'elle n'est impressionnée ni par Faulkner ni par Styron. Quand on lui demande : "Que pensez-vous des écrivains blancs qui ont écrit sur la vie des Noirs, *Le Bruit et la Fureur* de Faulkner ou *Les Confessions de Nat Turner* de William Styron ?" Elle répond : "Eh bien, je suis parfois déçue, enfin la plupart du temps." Cela nous rappelle que la littérature est un territoire de controverses. De nos jours, avec l'arrivée d'une jeune et brillante génération d'écrivains afro-américains, auteurs de fictions, de Mémoires, de poésie – Jesmyn Ward, Colson Whitehead, Mitchell S. Jackson, Safiya Sinclair, Natasha Trethewey, Tracy K. Smith, pour n'en citer que quelques-uns –, il est toujours possible et même légitime d'affirmer que tout le monde peut écrire sur n'importe quel sujet, aucun thème n'est la propriété exclusive de qui que ce soit mais devant tant de talent, il paraîtrait redondant de le faire. Ces auteurs ont revendiqué leur sujet avec une telle puissance que ce serait faire preuve d'inconscience que de s'aventurer sur leur territoire.

Deux des auteurs qui figurent dans ce volume font partie de mes amis : Auster et Grossman. Mais les écrivains entre eux parlent peut-être moins qu'ils ne le devraient de leur travail, de sorte que même dans ces deux cas les entretiens m'apportent des révélations. Auster parle de "lire avec les doigts", du fait de retaper le livre entier à la machine une fois qu'il est achevé et explique à quel point l'opération lui semble utile. "C'est étonnant, s'émerveille-t-il, de voir le nombre d'erreurs que vos doigts vont découvrir alors que vos yeux ne les ont pas remarquées." Et puis il y a l'éloge que Grossman fait de l'hébreu, que j'ai déjà cité.

Et puis voici John Ashbery se montrant à la fois vague et incisif ("J'ai une impression très imprécise du genre de personne que je suis", se lamente-t-il mais il dit également, avec une certaine âpreté, qu'il s'efforce "d'éviter le cliché bien connu selon lequel on s'instruit auprès de ses étudiants") ; et Philip Roth se suffisant à lui-même ("Je n'interroge pas les autres écrivains sur leurs habitudes de travail. Cela ne m'intéresse pas. Joyce Carol Oates a écrit quelque part que lorsque des écrivains se demandent entre eux à quelle heure ils se mettent au travail, à quelle heure ils terminent, combien de temps ils prennent pour déjeuner, ils cherchent en réalité à savoir une seule chose : « Est-il aussi fou que moi ? » Je n'ai pas besoin de réponse à cette question"), et Stephen Sondheim admettant qu'il se sert du dictionnaire de rimes Clement Wood et du *Thesaurus* de Roget ; E. B. White à propos de *La Toile de Charlotte* ("Quiconque écrit *plus bas* pour les enfants perd tout simplement son temps. Il faut écrire plus haut, pas plus bas") ; Ezra Pound parlant du "film d'écureuil" de Disney, *Les Aventures de Perri*, et louant le "côté confucéen de Disney", un "génie absolu" ; et Marilynne Robinson expliquant que *La Maison de Noé* est né d'un "tas de métaphores" ; Marianne Moore, interrogée la veille de l'élection du président Kennedy mais appartenant complètement à une autre époque, et Haruki Murakami, écrivain aussi contemporain qu'il est possible de l'être, reconnaissant que Toni Morrison et Joyce Carol Oates lui font peur.

Si vous n'êtes pas écrivain, pas de problème. Ce livre ne vous apprendra pas comment en devenir un. Si vous êtes écrivain j'imagine qu'il va beaucoup vous apprendre. Dans les deux cas c'est un coffre au trésor et un délice.

AUTOBIOGRAPHIE ET ROMAN

(I)

Jetons un coup d'œil à la page de titre de trois des plus grands romans du XVIIIe siècle, que beaucoup d'entre nous considèrent comme l'âge d'or du roman anglais.

Voici ce qu'on peut lire sur la page de titre de *Robinson Crusoé*. "La VIE et les ÉTRANGES ET SURPRENANTES AVENTURES de *ROBINSON CRUSOÉ* de *YORK*, MARIN, qui vécut vingt-huit ans, seul sur une île déserte sur la côte de l'AMÉRIQUE, près de l'embouchure du grand fleuve ORÉNOQUE. Ayant été jeté au rivage à la suite d'un naufrage où tous périrent excepté lui. Et comment il fut délivré d'une manière tout aussi étrange par des PIRATES. *Écrites par lui-même*. LONDRES. Imprimé pour W. Taylor au Ship, *Pater-Noster-Row*. MDCCXIX [1719]."

Et voici le texte complet sur la page de titre des *Voyages de Gulliver* : "Voyages dans plusieurs NATIONS LOINTAINES du MONDE. En quatre PARTIES. Par *LEMUEL GULLIVER*. D'abord CHIRURGIEN puis CAPITAINE de plusieurs NAVIRES. Vol I. *LONDRES*. Imprimé pour BENJ. MOTTE, *at the Middle* Temple Gate, Fleet-Street. MDCCXXVI [1726]."

Et voici, troisièmement, ce qu'on peut lire sur la page de titre du premier volume de *Tristram Shandy* : "La VIE et les OPINIONS de TRISTRAM SHANDY, GENTILHOMME." Puis une citation d'Épictète en grec. *"Tarassei tous Anthropous ou ta Pragmata, alla ta peri ton Pragmaton, Dogmata"*, c'est-à-dire : "Ce qui bouleverse les gens ce ne sont pas les choses mais l'idée qu'ils s'en font." Après quoi on indique simplement "VOL. I", le numéro de l'édition, et les détails concernant l'impression, "LONDRES : imprimé pour J. DODSLEY, *à Pall Mall*" et la date (1759 pour la première édition des deux premiers volumes).

Ce qui frappe dans ces trois pages de titre c'est l'absence du véritable nom des auteurs. *Robinson Crusoé* prétend avoir été écrit par Robinson Crusoé. *Gulliver* par Gulliver et *Tristram Shandy* par le pauvre Tristram lui-même. Le malheureux narrateur qui met si longtemps à nous raconter son histoire et se lance si facilement et si souvent dans des digressions que le récit de sa vie progresse plus lentement que sa vie elle-même, si bien que plus il écrit, plus il lui en reste long à raconter. Les noms de Daniel Defoe, Jonathan Swift et Laurence Sterne ne figurent pas sur leurs livres. Il y a seulement deux cent cinquante ans, des livres pouvaient devenir célèbres et être encensés, ce qui fut le cas de ces trois livres, alors que leur auteur restait dans l'ombre. On ne pensait pas que la personnalité de l'auteur ou sa biographie pouvaient avoir le moindre intérêt par rapport à son œuvre. On ne voyait pas l'origine de *Robinson Crusoé* dans le sentiment qu'avait pu éprouver Defoe dans son enfance d'avoir été abandonné dans un monde hostile (sauf les vendredis). On n'a jamais demandé au doyen Swift s'il lui était jamais arrivé de fréquenter de près des hommes tout petits, des hommes très grands ou des chevaux doués de la parole. Et les parents de Laurence Sterne n'ont jamais été assaillis chez eux par des journalistes curieux de connaître leurs habitudes sexuelles et de savoir si M. Sterne Senior avait bel et bien oublié de remonter cette horloge. La fiction, c'était la fiction ; la vie, c'était la vie ; il y a deux cent cinquante ans, tout le monde savait qu'il s'agissait de deux choses différentes.

Ce n'est plus le cas. Et s'il y a un écrivain à blâmer pour ce changement, c'est probablement Charles Dickens. Si Dickens n'a pas entièrement inventé le culte de l'auteur transformé en personnage public, il a certainement beaucoup fait pour le populariser. Lors de sa première tournée de conférences en Amérique en 1842 – il aimait parler en Amérique parce qu'il y était mieux payé –, il s'est servi de sa notoriété pour se faire l'avocat éminent et passionné du combat contre l'esclavage et aussi pour prendre avec véhémence fait et cause pour l'instauration de droits internationaux en matière de propriété littéraire. Mais surtout, il est devenu l'interprète légendaire de nombreuses scènes tirées de ses propres livres, jouant tous les rôles, même les rôles de femmes – son interprétation de la mort de la petite Nell dans *Le Magasin d'antiquités* eut un succès remarquable, sans que sa barbe clairsemée ait apparemment rendu moins convaincante sa reconstitution de l'agonie de Nell. Son talent d'acteur a grandement accru sa gloire mais il est probable qu'il a aussi été la cause de sa mort soudaine, en 1870, après être rentré souffrant de sa seconde tournée américaine. (Une des leçons que l'on peut tirer de cette histoire c'est que si certains écrivains sont très doués pour s'exprimer en public… cela les tue.)

Avec la publication de *David Copperfield*, le sommet de ses quinze romans ou, pour donner son titre en totalité *L'histoire, les aventures, l'expérience personnelle et les observations de David Copperfield le jeune de Blunderstone Rookery (qu'il n'avait jamais eu à aucun prix l'intention de voir publiées)*, Dickens utilise comme base de sa fiction sa vie, sa propre expérience d'enfant condamné à travailler, son premier amour et sa carrière juridique avortée. À l'époque, en 1850, le nom de l'auteur est inscrit bien en vue sur la page de titre. Dickens ne cherchait pas à cacher qu'il était l'auteur du livre pas plus qu'il n'a fait la moindre tentative pour en dissimuler le caractère autobiographique et, un an avant sa mort, il l'appelait "son fils préféré". Après Dickens, les auteurs ne sont peut-être pas plus enclins à transformer leur propre vie en fictions mais les lecteurs se sont mis à penser qu'ils le font. De nos jours, la supposition qui prévaut c'est que tout roman est en fait une autobiographie déguisée.

Tous les écrivains contemporains vous le diront, la question qu'on leur pose le plus souvent, aux hommes comme aux femmes, est celle de l'autobiographie. "Dans quelle mesure le livre est-il autobiographique ?" Peu importe que le roman parle d'un homme qui est attiré par une gamine trop jeune, d'un homme qui s'éveille un beau jour métamorphosé en bousier géant, d'un homme qui est devenu, selon ses propres termes, "handicapé temporel" et rebondit sans pouvoir s'en empêcher d'un âge à l'autre, ou d'un homme qui essaie de quitter l'armée en affirmant qu'il est fou et s'entend répondre qu'il y a une embrouille, à savoir qu'un homme qui veut échapper à l'armée ne peut pas être fou, la question est toujours la même et les suppositions sous-jacentes aussi. Si Nabokov a écrit *Lolita*, c'est qu'il devait, pour le moins, explorer ses propres désirs pédophiles refoulés. Si Kafka a écrit *La Métamorphose*, c'est qu'il devait se sentir rejeté comme un insecte dégoûtant. Et Billy Pilgrim, le héros d'*Abattoir 5*, devait être le déguisement de Kurt Vonnegut, et le Yossarian de *Catch 22*, devait être Joseph Heller, et ainsi de suite. L'imagination, à notre époque dépourvue d'imagination, n'est qu'un simple costume que les faits endossent. Si vous écrivez sur un tueur en série, comme Hannibal Lecter, alors monsieur Harris, c'est que vous devez avoir en secret des fantasmes de meurtre. Si votre héros est un nain, comme Oskar Matzerath dans *Le Tambour*, c'est que Günter Grass doit se prendre pour un nain. Et si vous écrivez souvent sur les ours, comme le faisait John Irving au début de sa carrière, alors il doit y avoir un ours, c'est évident, qui a joué un rôle important dans votre vie.

"Dans quelle mesure le livre est-il autobiographique ?" Il se trouve qu'il y a une bonne et une mauvaise réponse à la question. Commençons par la mauvaise. "Ce n'est pas vraiment autobiographique, je suppose qu'il contient quelques éléments qui viennent de moi, des fragments d'événements qui se sont réellement produits, mais ils ont été complètement transformés et mêlés à d'autres éléments que j'ai totalement inventés, et il y a des traits qui proviennent de gens que je connais mais je les ai mélangés à d'autres traits que j'ai inventés. Vous savez, il s'agit d'une fiction." Cette réponse a généralement le mérite d'être vraie, et pourtant c'est la mauvaise réponse. La bonne est la suivante : "C'est entièrement autobiographique. Oui. Tout ce qui est raconté dans ce roman m'est arrivé soit à moi soit à des amis proches ou à des membres de ma famille !" C'est la seule réponse capable de satisfaire et même d'impressionner la personne qui pose la question. La seule réponse qui vous permettra de dépasser la question de l'autobiographie pour aborder des questions probablement plus intéressantes sur l'œuvre elle-même.

Cela m'a paru évident lorsque j'ai publié mon roman *Furie*, dont le personnage principal a été violé quand il était enfant, qui se retrouve de temps en temps en proie à des accès de rage inexpliqués dont il ne comprend pas la cause ; qui, sous l'emprise d'une de ces crises de fureur à Londres, manque d'assassiner sa femme endormie et son jeune enfant à l'aide d'un couteau de cuisine ; et qui, plus tard à New York, éprouve des pertes de mémoire nocturnes qui coïncident bizarrement avec des meurtres perpétrés par un tueur en série… Tous les journalistes qui m'interrogeaient me disaient : "Donc, n'est-ce pas, il s'agit de votre roman le plus autobiographique ?" Pendant longtemps j'ai persisté à donner la mauvaise réponse : "Non, pas vraiment" jusqu'à ce que je comprenne que si je répondais "Mais bien sûr" nous pouvions, le journaliste et moi, pousser un soupir de soulagement et entamer une conversation digne de ce nom.

Cette obsession de l'autobiographie n'est pas l'apanage des journalistes, les lecteurs aussi la partagent et quiconque écrit un roman, même s'il n'obtient qu'un succès modéré, connaîtra ce phénomène de voir des gens vouloir devenir des personnages de ses livres ou des gens prétendre qu'ils en sont effectivement les personnages même si on ne les a jamais rencontrés. Après une conférence que j'avais donnée à Bombay au début des années 1980, une femme, le genre grande dame embijoutée tenant un éventail, vint me voir, referma son éventail et m'en donna un coup sur le bras : Pan ! "Méchant garçon, dit-elle. Cela ne fait rien. Je vous pardonne." Je pensai, madame, qui diable pouvez-vous bien être ? Elle se présenta elle-même comme le modèle "évident" d'un certain personnage de mon livre. "Madame, protestai-je, vous devez bien reconnaître que c'est la première fois que nous nous rencontrons." Elle fit claquer sa langue, d'un air impatient : "Je ne comprends pas pourquoi vous vous obstinez, dit-elle. Je vous ai déjà pardonné."

Tous les lecteurs ne pardonnent pas si facilement. Après la publication de *La Terre sous ses pieds*, une starlette indienne oubliée, chanteuse de jazz d'une autre époque, une certaine Asha Puthli, donna une série d'interviews dans les journaux m'accusant de l'avoir suivie pour utiliser sa vie comme base de mon personnage de Vina Apsara. Voici un extrait du *Times of India* de juillet 2002 :

"Il existe cinquante similitudes entre Vina Apsara et moi, dit-elle. Mais il ne voudra jamais l'admettre. J'aurais pu le poursuivre en justice mais je ne l'ai pas fait." (Ceci après que j'avais expliqué aux journaux qu'elle ne m'était jamais venue à l'esprit lorsque j'écrivais mon livre.) "Vous savez, les gens disent cela uniquement pour éviter des ennuis judiciaires", fulminait-elle. En même temps elle affirme que si le livre doit un jour être porté à l'écran, elle devra taper du poing sur la table. "Son style relève du réalisme magique et c'est une façon de déformer les faits. Si je veux quelque chose basé sur ma vie, je ferais mieux de le faire moi-même." Donc si quelqu'un veut adapter mon livre au cinéma, il a intérêt à se méfier. Asha Puthli et ses cinquante similitudes l'attendent au tournant.

Le problème de ce genre de bêtises c'est qu'il vient obscurcir les différentes manières dont la vie d'un écrivain nourrit son travail. Il est vrai que de nombreux personnages de fiction ont des modèles dans la vie réelle. Mais si une personne réelle, y compris celle de l'auteur, est un point de départ pour l'écriture et que le personnage fictif en est le résultat, le voyage de l'un à l'autre est, pourrait-on dire, l'acte d'imagination. C'est dans la transformation opérée par ce voyage que réside l'art. C'est particulièrement vrai dans les exemples où l'auteur décide de placer au cœur de son livre un personnage qui parle à la première personne. Il est clair que Stephen Dedalus est proche de James Joyce et que Marcel dans *À la recherche du temps perdu* a beaucoup en commun avec son créateur Marcel Proust. Et pourtant Stephen et Marcel ne sont pas des créatures de chair et de sang. Ils sont faits de mots et une vie vécue dans le langage est tout à fait différente d'une vie vécue à pleins poumons. Stephen n'est pas Joyce bien qu'il ait fréquenté la même école et partage avec l'auteur le modeste désir de "façonner dans la forge de [s]on âme la conscience incréée de [s]a race[1]" ; et Marcel n'est pas Proust d'abord parce qu'il est hétérosexuel, ensuite parce qu'il semble beaucoup moins effrayé par le monde et qu'il bourlingue beaucoup plus que son auteur dans sa fameuse chambre tapissée de liège. Toute version littéraire de la réalité – un lieu réel, une famille réelle, un homme ou une femme réels – n'est que cela, une version, et il est dangereux de vouloir l'assimiler à cette idée, la plus fuyante qui soit : la "vérité".

1. *Dedalus*, traduit par Ludmila Savitzky en 1943, repris dans James Joyce, *Portrait de l'artiste en jeune homme*, traduit de l'anglais par Jacques Aubert, © Éditions Gallimard, 1992.

Dans sa récente biographie de Saul Bellow, James Atlas nous présente les sources factuelles de *Herzog*. Nous y apprenons que la femme de Bellow l'a quitté pour un de ses amis comme le fait Madeleine Herzog. La vraie vie et la fiction se correspondent de manière remarquable. Cependant une question demeure : *Et alors ?* Il est incontestablement intéressant de connaître de tels faits, c'est une forme de bavardage supérieur, et le bavardage a aussi sans doute sa place. Mais quand on vous a expliqué que Madeleine Herzog est inspirée de Sondra Bellow, et que son amant unijambiste, Valentin Gersbach, prend sa source chez Jack Ludwig, l'ami de Bellow et même quand vous avez deviné que ce pauvre Herzog, l'épistolier fou, doit être une image de l'auteur, en fait, qu'avez-vous appris ? La réponse est : rien qui puisse enrichir ou éclairer votre lecture du roman. Madeleine, Valentin et Moses n'habitent pas le même espace-temps que nous. Ils vivent dans un univers de mots et les critiques qui ont vu dans Gersbach un écho du personnage du Dr Tamkin dans *Au jour le jour* sont mieux avisés que le biographe qui suppose que l'art émerge de la vie d'une façon, comment dirais-je, prosaïque et littérale. Bellow était fasciné par ceux qu'il appelait "les guides de réalité", les gourous à la Deepak Chopra ou ceux qu'Alfred Kazin définit comme "la véritable personnification du savant universel urbain et moderne, ce charlatan de l'analyse, ce faux guide à l'usage de tous ceux qui sont affligés par leur terrible indécision". La volonté de Bellow en tant qu'artiste de décrire et de discréditer ces songecreux explique la force avec laquelle il a caractérisé Valentin Gersbach. Le simple fait d'être cocu est une motivation bien moins forte.

Oui le bavardage supérieur nous environne de tous côtés. Pour comprendre *Ne tirez pas sur l'oiseau moqueur*, il faut d'abord savoir que Harper Lee a basé son livre sur l'observation de gens qu'elle connaissait, à commencer par sa famille, qu'Atticus Finch est une version de son propre père, Amasa Coleman Lee, que le personnage de Dill est inspiré de Truman Capote et que l'histoire de Boo Radley vient d'une maison dans sa rue qui était toujours barricadée. Pour comprendre *Le Bruit et la Fureur* il faut d'abord qu'on nous ait montré, on me l'a montrée, la palissade à Oxford, Mississippi, près de laquelle avait l'habitude de se tenir le garçon à l'esprit dérangé qui est supposé avoir servi de modèle à Faulkner pour le personnage de Benny. Pour apprécier pleinement la terrible nouvelle de Flannery O'Connor, "Braves gens de la campagne", nous devons voir, et je l'ai vue l'an dernier, la grange de Milledgeville qui est un des hauts lieux de l'histoire. Et ainsi de suite. La vie est la clef de l'œuvre.

Je le redis encore une fois. Je trouve moi aussi cela très intéressant. Et je pense également que l'expérience qu'a vécue Kurt Vonnegut à Dresde a profondément affecté sa vision des choses dans tous les domaines, à propos de la guerre, de l'absurdité, de l'irrationnel, de la technologie, de la mort, de la nature humaine. Mais bien des gens ont vécu le bombardement de Dresde tout comme bien des gens ont vécu à Oxford, Mississippi, en même temps que Faulkner. Pourtant seul Vonnegut a écrit *Abattoir 5* et seul Faulkner était Faulkner. La question que je me pose est la suivante : pourquoi eux et pas les autres hommes qui étaient à leurs côtés ? Pourquoi Flannery O'Connor ou Harper Lee et pas les femmes qui vivaient la porte d'à côté, qui avaient sous les yeux les mêmes rues et voyaient vivre le même monde ? Pourquoi Roth et aucun autre habitant de Weequahic High, New Jersey ? Pourquoi Joyce et aucun des autres gamins qui endurèrent l'éducation des jésuites de Clongowes Wood ? Une vie peut offrir le matériau brut d'une œuvre, elle n'offre pas l'étincelle, ce qui provoque le bond créatif, le voyage dans les mots véritables.

Voici un échantillon de ce que j'entends par les mots véritables. Parlons de Joyce, parlons plus précisément du "majestueux et dodu Buck Mulligan" qui présente non seulement le premier personnage d'*Ulysse* par ordre d'apparition mais qui constitue les cinq premiers mots du livre. Richard Ellmann, le biographe de Joyce, nous apprend que Buck Mulligan, le copain de Stephen et l'auteur de "La Ballade de Jésus le Jobard" et autres blasphèmes du même genre, est inspiré d'un ami de Joyce, Oliver St John Gogarty, étudiant en médecine, nageur, poète et homme d'esprit qui vécut avec Joyce dans la fameuse tour Martello (que j'ai également visitée, et lorsque je me suis retrouvé à son sommet, j'ai succombé, comme nous le faisons tous en cette époque obsédée par la biographie, à la puissante illusion sentimentale du bavardage supérieur, l'impression d'avoir mis mes pas dans les pages d'un grand livre). C'est selon. Mais mon propos est le suivant. S'il n'était pas le "majestueux et dodu Buck Mulligan", mais s'il était, par exemple, "le Buck Mulligan en surcharge pondérale et se déplaçant avec lenteur", il n'existerait pas comme il le fait. La magie du personnage ne réside pas dans son point d'origine mais dans le langage précis dans lequel il est saisi. "M. Leopold Bloom se régalait des entrailles des animaux et des volatiles." Cette phrase est le sésame qui donne vie à Bloom dans les pages de ce Dublin de Joyce, fait de mots, sa nouvelle "Bloomusalem". On aurait pu le décrire d'emblée comme un représentant de commerce, un Juif, le mari d'une femme infidèle et cela n'aurait pas fait l'affaire. C'est son empressement à se situer à l'extérieur de ces entrailles qui le fait exister à nos yeux. Rien dans la biographie de Joyce ne nous y prépare ni n'enrichit notre compréhension de ces mots magiques.

Les écrivains ont de bonnes raisons de choisir si souvent des personnages qui sont des avatars, des incarnations d'eux-mêmes. Cela aide à penser, parler et agir à travers une ombre, un "moi" alternatif, à suivre une route que l'on n'a pas empruntée, à imaginer une variation sur le thème de soi. Je l'ai fait deux fois. Saleem Sinai dans *Les Enfants de minuit* et Malik Solanka dans *Furie* ont beaucoup de points communs avec leur auteur. Saleem/Salman, ce n'est pas si éloigné. De plus Saleem habite ma maison (même si j'en ai changé le nom), traîne dans mon quartier, fréquente mon école et ses copains d'enfance sont inspirés de petits morceaux des miens. (Encore un hasard de l'autobiographie, à Bombay une fois de plus, un homme de mon âge est venu me voir et m'a dit : "Hello, Salman, je suis Hairoil." Dans *Les Enfants de minuit*, Saleem a un ami surnommé Hairoil, un garçon propre et bien mis qui a toujours les cheveux bien huilés et une raie parfaite. Maintenant il se trouve que j'ai emprunté ces cheveux à un ami d'enfance, même si la vie du garçon fictif sous la chevelure est bien différente de celle du garçon réel. Et voici que se tenait devant moi ce vieil ami qui curieusement se présentait non pas sous son vrai nom, ni par le surnom dont nous avions l'habitude, mais par un surnom que j'avais inventé pour le livre. Comme c'est étonnant, me dis-je, qu'il trouve plus simple de se présenter comme un personnage de fiction plutôt que sous sa véritable identité. Et comme c'est triste, de plus, qu'il ait perdu tous ses cheveux.)

Il est vrai également que la famille de Saleem a la même structure que ma famille paternelle. Moi aussi, j'avais un grand-père médecin, une tante qui avait épousé un général pakistanais, un oncle qui travaillait dans l'industrie cinématographique de Bombay, et une *ayah* ou une nurse de Goa. Je m'étais dit que si je donnais au roman un squelette que je connaissais très bien, il me serait facile d'en contrôler les proportions et la longueur énormes. Mais au cours de l'écriture du roman je fis une découverte intéressante. Quand j'essayais simplement de faire un portrait fidèle de ces gens, c'est-à-dire quand je laissais trop le champ libre à mon autobiographie, ils refusaient obstinément de prendre vie et demeuraient figés dans une réalité inerte. C'est seulement quand je les éloignais de leurs modèles, lorsque les grands-parents de Saleem faisaient connaissance à travers un trou percé dans un drap (ce n'est pas de cette façon que mes grands-parents se sont rencontrés), lorsque l'oncle de Saleem inventait, pour déjouer la censure, cette technique novatrice connue sous le nom de Baiser Indirect (mon oncle n'avait pas autant d'imagination), lorsque l'oncle de Saleem qui est général prit part à un coup d'État (il se peut que mon oncle en ait rêvé mais il ne l'a probablement jamais fait), et surtout lorsque Mary, l'*ayah* de Saleem originaire de Goa, échangea deux nourrissons dans une maternité en guise de geste politique (non, je n'ai jamais été échangé dans mon berceau à la naissance) et plus tard fit carrière pour devenir directrice d'une usine de condiments, que j'eus un roman à écrire. C'était le saut imaginatif, et non les éléments matériels de la vraie vie, qui comptait : pour reprendre la fameuse distinction de Lévi-Strauss, non le cru mais le cuit. Et c'est finalement ce que je défends, la cuisine. La joie de cuisiner.

À propos de cuisine, encore un mot sur Saleem Sinai qui, comme sa vieille *ayah* Mary, se retrouva dans une usine de condiments. Il est vrai que la petite enfance de Saleem ressemble à la mienne. Mais, quand il grandit, le cours de nos vies diverge fortement, nos personnalités aussi. Saleem devient de plus en plus passif en grandissant, il devient de plus en plus une personne *à qui on fait des choses*, plutôt qu'un homme qui prend en mains le contrôle de son destin. Pour être franc, il est arrivé que cela m'irrite et j'ai plus d'une fois essayé d'écrire des scènes où il se montrait moins passif. Ces scènes n'étaient pas bonnes et j'ai appris une autre grande leçon de la fiction. L'auteur crée le personnage, mais dès que celui-ci est créé, l'auteur perd sa liberté. Il doit travailler dans les limites de l'être humain qu'il a inventé. En bref, il fallait que je laisse Saleem être Saleem et que je cesse d'essayer d'en faire quelqu'un d'autre, moi par exemple.

Quand je publiai *Furie* et que les gens remarquèrent que le personnage principal avait à peu près mon âge, qu'il était comme moi d'origine indienne, et que, comme moi, il s'était récemment installé à New York, le bavardage supérieur engloutit tout le reste et le soupçon d'autobiographie se fit envahissant. Non seulement une jeune Serbe totalement imaginaire fut supposée être une femme avec qui j'avais une liaison – ce à quoi je répondais "Si seulement !" – mais les opinions du Pr Solanka furent prises pour les miennes. En fait j'avais concentré dans le caractère grognon du Pr Solanka toutes les réactions grincheuses que j'avais rassemblées sur la vie, sur l'Amérique et sur tout le reste, puis j'avais tenté de l'entourer d'un carnaval new-yorkais qui devait, selon moi, contrebalancer, contredire, contextualiser, son monologue interne désenchanté. J'avais oublié la première règle à propos des rapports de l'autobiographie et de la fiction, celle que je vous ai déjà apprise. "C'est de la fiction", mauvaise réponse. "C'est entièrement autobiographique", bonne réponse. L'accueil réservé à *Furie* me choqua et me fit comprendre que j'allais devoir éviter dorénavant dans mes livres les personnages qui parlent à la première personne. Pour parler franc, j'ai un certain problème à cet égard. Une part trop importante de ma vie est déjà devenue de notoriété publique, il y a déjà eu, si l'on peut dire, trop de "bavardage de bas étage" et pour une certaine catégorie de lecteurs il est impossible de ne pas tenter de "décoder" mes fictions à partir de ce qu'ils savent ou croient savoir, de mon caractère et de ma vie privée. Tout cela, je dois dire, est plutôt terrifiant et je tâche de m'en éloigner. Dans les deux romans qui ont suivi *Furie* – *Shalimar le clown* et *L'Enchanteresse de Florence* –, il n'y a aucune trace d'un personnage autobiographique. Ces ombres ne sont pas les miennes. Et aucune image de l'auteur ne sera détectable dans aucune fiction que je pourrai écrire à l'avenir. J'ai retenu la leçon.

(II)

Je voudrais évoquer brièvement les différentes manières selon lesquelles la vie d'un auteur a *bien* une influence indirecte sur son œuvre, en façonnant sa sensibilité, en l'amenant à se tourner dans une direction ou dans une autre, et je suppose que je vais continuer à prendre pour exemple l'auteur dont la vie m'est la plus familière. Je suis né et j'ai grandi dans une grande ville et j'ai passé la plus grande partie de ma vie dans des grandes villes et il n'est donc pas surprenant que je me considère comme un écrivain essentiellement urbain. Et aussi, en premier lieu, un écrivain postcolonial. Un empire ne disparaît pas le jour où les impérialistes s'en vont et dans mon enfance les Britanniques continuaient à exercer une forte influence "à retardement". Dans bien des domaines, la loi, l'organisation scolaire, les chemins de fer, l'administration, la mise en valeur des terres, les Britanniques étaient toujours parmi nous ; d'un autre côté nous étions élevés dans la fierté de la nouvelle Inde indépendante dont nous étions les enfants. Mes parents disaient en manière de plaisanterie que j'étais né et que huit semaines plus tard les Britanniques étaient partis – et alors vous trouvez ça drôle ? –, mais j'ai grandi dans une ville bâtie par les Britanniques sur le sol indien qui est elle-même un mélange d'Orient et d'Occident, et ce brassage a façonné pour toujours ma vision du monde.

J'étais aussi le produit d'une division, la partition du sous-continent indien et deux nouveaux États, l'Inde et le Pakistan, et j'ai grandi dans la période qui a suivi les massacres qu'elle a provoqués, incapable d'oublier l'histoire des trains chargés de cadavres d'hommes, de femmes et d'enfants arrivant dans les gares d'Amritsar et de Lahore. La Partition a coupé ma famille en deux : mes deux tantes étaient l'une et l'autre du côté pakistanais de la frontière tandis que nous, plus Indiens que musulmans, nous préférâmes rester du côté indien. J'y ai ainsi gagné, accidentellement, un privilège en tant qu'écrivain : je pouvais voir la Partition, les massacres et l'histoire du sous-continent des deux côtés à la fois. J'étais fier du fait que les lecteurs pakistanais lisaient *Les Enfants de minuit* pour "entrer" en Inde et les lecteurs indiens lisaient *La Honte* pour "entrer" au Pakistan, et j'ai toujours éprouvé une grande affinité avec des écrivains comme le grand auteur de nouvelles ourdou, S. H. Manto, qui avait un pied à Karachi et l'autre à Bombay.

Le premier grand écrivain que j'ai connu, et qui devint pour moi le modèle de ce qu'un écrivain devrait être, était le poète ourdou pakistanais Faiz Ahmed Faiz. Faiz fut communiste toute sa vie, lauréat du prix Lénine et grand buveur de whisky, et sur ces deux terrains je ne le suis pas. Mais il était pour moi comme un oncle supplémentaire, un ami proche de la famille, peut-être le meilleur ami de la sœur aînée de ma mère, et j'ai littéralement sauté sur ses genoux. En grandissant j'ai été frappé par sa détermination à être, comme Pablo Neruda, à la fois un personnage privé et public, auteur de magnifiques poèmes d'amour désenchantés et quelque peu cyniques dans le genre du *ghazal*, dont beaucoup mis en musique lui ont valu une immense popularité, mais aussi d'un ensemble de poèmes politiques, engagés, cyniques et désenchantés eux aussi, et ce double projet, public et privé, était tout simplement, à mon avis, ce que le métier exigeait. Je pensais alors, et je continue à le penser, que cette double approche devait caractériser le métier d'écrivain.

Après la naissance du Pakistan dans un bain de sang, Faiz écrivit son fameux poème "Subh-e-Azadi" ("Matin de liberté"). "Cette lumière tremblante / cette aube mordue par la nuit. Ce n'était pas l'aube que nous attendions", un poème dont le réalisme lucide contraste violemment avec la vision plus rose de l'Inde dans le discours encore plus célèbre de Nehru, "La liberté à minuit". Cette lucidité implacable a fait de lui une cible pour les partisans d'un patriotisme aveugle, et à une occasion qui pourrait vous rappeler une scène des *Enfants de minuit*, une de mes tantes dut le cacher dans la cave, placer le tapis du salon par-dessus la trappe, glisser un canapé sur le tapis et sa corpulente personne sur le canapé avant d'affronter la foule venue le chercher et la disperser par ses huées.

Faiz n'était pas porté sur la religion, c'est peu de le dire. Mon père non plus. Moi non plus. Mais en Inde et au Pakistan, à peu près tout le reste de la population l'est et si vous voulez créer sur le papier un monde crédible, vous devez toujours tenir compte de la religion, parce que vos personnages seront croyants même si vous ne l'êtes pas. Et si vous écrivez un livre sur l'Inde, vous devez tenir compte d'une énorme quantité de dieux. Des spécialistes en Inde ont tenté de dresser la liste de tous les dieux indiens, non seulement les divinités célèbres, les grandes vedettes, celles qui font les gros titres mais tous les petits dieux locaux, dieux du foyer et du voisinage, des bosquets et des ruisseaux de montagne. Ces spécialistes sont parvenus au chiffre étonnant, réaliste magique, de trois cents millions. Trois cents millions de dieux. La population des États-Unis sous une forme surnaturelle. La population de l'Inde est de plus d'un milliard trente-cinq millions d'habitants, ce qui fait, très approximativement, un dieu pour quatre êtres humains et demi.

Mais la situation est encore plus étrange parce que, si la population divine est raisonnablement jugée stable, on suppose que le contrôle des naissances fonctionne mieux chez les dieux que chez la variété humaine, la population a augmenté extrêmement vite, en fait elle a plus que doublé depuis l'époque où j'étais à l'école à Bombay dans les années 1950. Donc si nous projetons cette courbe dans le passé, nous constatons que ce n'est vraisemblablement qu'autour des années 1930 que la population humaine de l'Inde a dépassé, pour la première fois, la population divine. Quelle conséquence pour la sensibilité d'un écrivain et son imagination artistique de grandir dans un monde où le surnaturel et le quotidien se frottent l'un contre l'autre en quantités à peu près égales ? En quoi cela peut-il modifier sa façon de comprendre le mot "réalisme" ? Dans mon cas la réponse est que cela m'a libéré, et m'a fait comprendre très tôt que le naturalisme de cuisine n'est qu'une façon, et peut-être des plus limitées, de décrire le monde.

D'avoir compris cela faisait partie de ce que j'appelle "l'inné". Tous les écrivains débutent avec un certain "inné", une pépite d'or grande ou petite faite d'un sentiment de bien-être ou de malaise, d'histoires comiques ou d'une drôlerie étrange, une petite déviance morale ou sexuelle, un angle inattendu d'attaque du langage, une démangeaison impossible à gratter, qui les poussent en premier lieu à écrire. Certains écrivains sont capables d'exploiter le même filon pendant toute une vie. D'autres, les plus nombreux d'entre nous je pense, finissent par s'apercevoir qu'ils ont épuisé ce qui a constitué leur point de départ et doivent trouver un deuxième acte.

J'ai eu une chance peu ordinaire en tant qu'écrivain : la vie m'a offert plus d'une pépite d'or. D'abord j'ai eu l'Inde, cette inépuisable corne d'abondance, cette source à laquelle on peut s'abreuver sans cesse. Ensuite j'ai connu l'immigration parce que le voyage que j'ai fait pour aller d'Orient en Occident a été effectué par des millions de gens. L'immigration est un thème ancien en Amérique mais elle a pris aujourd'hui une dimension mondiale. À l'époque, la partition entre l'Inde et le Pakistan a provoqué la plus grande émigration de masse de l'histoire de l'humanité mais depuis il y en a eu d'autres qui rivalisent avec elle. Que ce soit un bien ou un mal, nous vivons l'âge des migrations, l'époque où plus de gens que jamais se sont retrouvés dans des lieux d'où ils ne sont pas originaires, poussés par des nécessités économiques, des troubles politiques, ou simplement l'attrait des vives lumières de la grande ville. C'est aussi devenu un de mes sujets, grâce aux accidents de ma vie. Et puis il y a un troisième thème, celui qui me préoccupe de plus en plus, le désir de montrer comment, dans le monde, tout est lié, comment *ici* est relié à *là*, comment les petites boîtes dans lesquelles nous vivons s'ouvrent désormais sur d'autres petites boîtes, souvent très éloignées, et comment, si l'on veut expliquer notre vie, nous avons souvent besoin de comprendre des événements qui se produisent à l'autre bout du monde. J'ai écrit un jour que les Britanniques n'ont jamais parfaitement compris leur propre histoire parce qu'elle s'est, en grande partie, produite au-delà des mers. C'est devenu vrai de chacun d'entre nous et j'ai de plus en plus envie, personnellement, de réduire cette incompréhension en trouvant les histoires qui relient les divers points.

En voici un exemple. En mai 1662, l'infante Catarina du Portugal – que l'histoire a plutôt retenue sous le nom de Catherine de Bragance – épousa le roi Charles II d'Angleterre, le monarque de la Restauration bien connu pour son goût de la fête et des intrigues amoureuses. C'est triste à dire mais Catherine n'était pas belle, et pour la rendre plus séduisante aux yeux du roi Charles, un roi sensible à la beauté d'un visage, il fallut prévoir une dot particulièrement importante, et les Britanniques parvinrent à persuader les Portugais de céder leurs anciennes possessions coloniales, à savoir les îles et le port de Bombay. En tout cas, les Britanniques firent immédiatement construire un fort sur l'île de Bombay et mirent en œuvre un vaste projet de réclamations de terres qui leur permettrait de relier les Sept Îles et de les rattacher au littoral, et de là naquit une ville qui allait devenir le port le plus important et le centre du pouvoir économique de l'Inde britannique. Pendant ce temps, en Amérique, deux nouveaux districts appelés à se développer furent délimités au bord du fleuve qui entourait l'île de Manhattan. On les baptisa à l'origine le quartier du Roi en hommage à Charles II et le quartier de la Reine en hommage à Catherine de Bragance. Aujourd'hui ils s'appellent Brooklyn et Queens.

L'histoire a un triste épilogue. En 1988 il fut envisagé d'ériger une statue de Catherine de Bragance de plus de dix mètres de haut sur un piédestal de quatre mètres et demi, à Hunters Point dans le Queens. Elle aurait été la deuxième plus grande statue de New York, dépassée seulement par la statue de la Liberté elle-même. L'artiste Audrey Flack remporta la compétition et fut choisie pour construire la statue. Elle décida, peut-être après avoir regardé des portraits de Catherine, de ne pas chercher une véritable ressemblance mais de créer plutôt une "image multiculturelle" avec des lèvres épaisses, un nez large et des cheveux bouclés qu'on aurait facilement pu prendre pour des dreadlocks. Puis les véritables ennuis commencèrent. Les historiens locaux protestèrent. Les Irlandais protestèrent. Les militants anti-esclavage qualifièrent Catherine d'esclavagiste même si rien ne prouve qu'elle ait jamais possédé d'esclaves ou ait été impliquée dans le commerce d'êtres humains alors que certains présidents américains qui possédaient bien des esclaves ont, eux, leur statue. Finalement, on refusa à Catherine le droit de se dresser dans toute sa gloire, regardant au loin la statue de la Liberté. Aujourd'hui elle se languit dans les limbes réservés aux œuvres d'art refusées et aux princesses oubliées. (En réalité elle se trouve dans une fonderie de Beacon dans le Nord de l'État de New York où elle n'a pas encore été coulée en bronze et où elle attend et attend toujours.)

(III)

Toute cette discussion sur le voyage au-delà de la source matérielle, sur cette manie inexplicable d'écrire qui semble venue de nulle part, sur la formation complexe de la sensibilité de l'artiste et l'influence indirecte qu'exercent sur les créateurs de fiction les gens, les lieux, les histoires et les foules, ne risque pas d'impressionner ceux qui sont fermement convaincus que les romans ne sont que des autobiographies à peine déguisées. Et de là à penser que les autobiographies à visage découvert sont de toute façon préférables, il n'y a qu'un pas. Il vaut peut-être mieux se détourner de la fiction pour se tourner vers l'authenticité et l'autorité apparemment plus grandes de vies racontées de manière factuelle. En ces temps de non-fiction, la prolifération des Mémoires et des autobiographies témoigne de l'opinion de plus en plus répandue selon laquelle la fiction n'est, disons, *pas vraie*, et donc d'une certaine façon sans intérêt. Et il commence à sembler possible que le vieil adage selon lequel chacun porte un livre en lui soit sur le point de se vérifier, au sens littéral parce que aujourd'hui n'importe qui peut avoir son nom sur la couverture d'un livre, même s'il ne l'a pas écrit lui-même, même si, comme cela semble plausible dans certains cas, il ne l'a pas *lu*. Regardez les vitrines des librairies. Il y a les récits de femmes qui se sont trouvées grâce à une opération chirurgicale visant à diminuer le volume de leurs seins, des gens qui ont trouvé le bonheur grâce à une cure d'amaigrissement radicale, des récits de triomphes sportifs, de triomphes dans des émissions de téléréalité, des récits de gens qui ont surmonté de terribles handicaps grâce à la beauté physique ou à la beauté de l'âme ou à l'inaltérable pureté de l'ambition aveugle de l'auteur. Et puis il y a les éternelles histoires de chute et de rédemption, celle de la personne anéantie par le crime, la drogue ou l'action de scélérats et qui remonte vers la lumière grâce à de bons amis, à la famille, à Jésus ou à des centres de désintoxication.

Se regarder soi-même n'a jamais été aussi bien vu. Se donner en spectacle n'a jamais été aussi populaire et, plus on en montre, mieux c'est. Dans une telle avalanche de révélations intimes, comment l'art pourrait-il rivaliser ? Comment la vérité ne semblerait-elle pas plus étrange que la fiction ?

Mais il n'est nullement certain que ce qu'on nous propose dans ces tristes volumes soit la vérité, comme nous le révèle le cas horrible, mais aussi ridicule, de M. James Frey. Vous vous souvenez de James Frey, l'auteur de *Mille morceaux*, un titre prophétique qui révèle, comme il se doit, l'état actuel de sa réputation, James Frey qui commença par être le chéri d'Oprah avant de devenir son souffre-douleur, deux situations enviables et excitantes. En fait de vérité, ce que vous avez dans ces millions de petits volumes, c'est ce que Stephen Colbert a qualifié du terme inoubliable de "véritude". Si la vraie vie n'est pas assez sexy, la solution – une solution très romanesque, il faut le dire – consiste à la rendre plus sexy. Ou pour le dire d'une autre façon, à mentir.

J'ai connu un jour un écrivain adepte de la "véritude", un menteur consommé, un menteur vraiment brillant au point d'en être majestueux. Qui, lorsqu'on le confrontait à la fausseté évidente de ses déclarations, répondait d'un air impassible : "C'était une métaphore pour montrer combien j'étais malheureux." Ne pas faire la différence entre une métaphore et un mensonge est une des définitions de la folie. C'est aussi peut-être une ignorance nécessaire quand on décide d'écrire des livres de "véritude" plutôt que des livres véridiques.

Si l'on est d'humeur à envisager la mort du roman, on pourrait arriver à la conclusion que cette époque de confessions knausgaardériennes, ce déferlement de souvenirs et cet empressement apparent des lecteurs à se tourner avec plaisir vers de tels livres, n'est pas simplement une mode passagère mais pourrait en fait complètement supplanter les subtilités de la fiction. Quelles solutions reste-t-il au romancier ? Je suppose qu'il peut *(a)* persévérer sans s'en préoccuper, *(b)* se pendre, *(c)* admettre de mauvaise grâce que certains de ces nouveaux livres de Mémoires sont superbes, au moins aussi bons, si ce n'est meilleurs que la plupart des romans, *(d)* écrire ses Mémoires. Dans le cas d'Elias Canetti, lauréat du prix Nobel en 1981, il faut bien admettre que son autobiographie en trois volumes, *La Langue sauvée*, *Le Flambeau dans l'oreille* et *Jeux de regard*, est un chef-d'œuvre. En Amérique, des écrivains afro-américains revendiquent les Mémoires comme une forme qui leur appartient. *Negroland* de Margo Jefferson, *The Yellow House* de Sarah M. Broom, *Ordinary Light* de Tracy K. Smith,

Balèze de Kiese Laymon et *Hunger* de Roxane Gay sont quelques exemples de plus de cette nouvelle *richesse*.

Ces Mémoires, à l'autre extrémité du spectre, font ce que le nouveau journalisme de George Plimpton et Tom Wolfe a fait dans les années 1960 et 1970. Ils empruntent aux romanciers leurs techniques afin de créer une nouvelle sorte de non-fiction. Il ne s'agit pas de la "véritude" de ceux qui font leur propre apologie mais d'une tentative, à force de travail, pour transmettre une plus grande part de vérité.

Si je dois faire des aveux complets : j'ai moi-même rejoint les rangs des mémorialistes mais je continue à trouver plus satisfaisant d'imaginer ce que Platon appelait de façon désobligeante "la chose qui n'est pas" plutôt que de raconter simplement comment j'étais. J'envie de plus en plus la liberté qu'avaient ces maîtres du XVIIIe siècle de laisser leurs livres être couverts d'éloges tandis qu'eux-mêmes se cantonnaient dans leur sphère privée. J'admire de plus la force de ces écrivains qui détruisent leurs papiers personnels et je dis *cela* en tant qu'écrivain qui vient de déposer ses manuscrits, journaux et vagues griffonnages entre les mains et aux bons soins de braves gens à la MARBL, la Manuscripts, Archives and Rare Books Library de l'université Emory d'Atlanta. Je pense à Philip Larkin qui avait demandé à son amante Monica Jones, de veiller à la destruction de plus de trente volumes de ses journaux intimes. Curieusement, elle ne le fit pas elle-même mais en confia le soin à une autre des amantes du poète, son ancienne secrétaire Betty Mackereth, de déchirer l'une après l'autre toutes les pages de ces livres au cours d'un long après-midi de décembre 1985.

Les pièces de Shakespeare ne nous apprennent pas grand-chose sur sa vie. Anne Hathaway a-t-elle servi de modèle à Lady Macbeth ou à l'une des joyeuses commères de Windsor ? On ne peut pas le dire. Le fils unique de Shakespeare, Hamnet, est mort, peut-être de la peste, en 1596, à l'âge de onze ans. Dans *Hamlet*, écrit trois ou quatre ans après, Shakespeare a-t-il transposé son chagrin et sa colère devant la mort d'un fils pour en faire le chagrin et la colère d'un fils devant la mort de son père ? Nous l'ignorons. Nous pouvons imaginer certains traits du caractère de Shakespeare d'après ces quelques détails de sa vie qui nous sont parvenus. Dans un ouvrage excentrique et probablement peu fiable intitulé *How Shakespeare Spent the Day*, écrit en 1963, l'universitaire britannique Ivor Brown souligne que même après être devenu le dramaturge le plus célèbre et le mieux payé de la période élisabéthaine Shakespeare continua à vivre à Southwark ou à proximité jusqu'au jour de sa retraite, ce Southwark paillard avec ses bordels, ses maisons de jeux, ses fosses aux ours, ses combats de coqs, ses tavernes et ses théâtres, montrant par là qu'il était un gars de la ville, plus heureux quand il était plongé dans la brutalité sauvage de la vie. Le problème avec Shakespeare c'est qu'on peut ainsi spéculer sans fin sur sa vie mais qu'on ne peut jamais l'épingler. Et l'attention se détourne donc (comme elle doit le faire, comme elle devrait le faire) de sa vie pour se focaliser sur son œuvre.

Mais je fais partie de ceux qui n'ont pas réussi à suivre son glorieux exemple et la Manuscripts, Archives and Rare Books Library de l'université Emory possède tous mes papiers. J'ai pu me faire une petite idée de la diligence et des soins avec lesquels ils ont été catalogués et je sais qu'ils ne pourraient pas être entre de meilleures mains, des mains plus sérieuses, plus attentives. Le jour est à présent venu où ces papiers sont accessibles à la recherche universitaire et tout ce que je peux dire c'est merci à toute l'équipe de la MARBL, merci Emory, et que Dieu me garde.

ADAPTATION

L'adaptation, le processus par lequel une chose se change en une autre, par lequel une structure ou une forme prend une forme différente, est, naturellement, une activité artistique banale. Des livres sont tout le temps transformés en pièces de théâtre et en films, des pièces sont transformées en films et même parfois en comédies musicales, des films sont transformés en spectacles de Broadway et même en livres, par l'horrible procédé connu sous le nom de "novélisation". Nous vivons dans le monde de ces transformations et de ces métamorphoses. De bons films, *Lolita*, *La Panthère rose*, sont tournés une deuxième fois et deviennent de mauvais films, de nouvelles versions de ces mauvais films deviennent des films encore plus mauvais. Le *Hulk* d'Ang Lee (2003) revient cinq ans plus tard sous les traits de *L'Incroyable Hulk* ; les comédies télévisées britanniques deviennent des comédies télévisées américaines ainsi *The Office* devient un autre *The Office* et Ricky Gervais se transforme en Steve Carell, tout comme, il y a bien longtemps Alf Garnett, le travailleur britannique raciste de *Till Death Us Do Part* était devenu Archie Bunker, l'employé américain borné dans *All in the Family*. Les programmes britanniques de téléréalité sont adaptés pour plaire également au public américain : *Pop Idol* devient *American Idol* en traversant l'Atlantique ; *Strictly Come Dancing* devient *Dancing with the Stars*, une émission à laquelle, peut-être serez-vous intéressé de l'apprendre, j'ai été un jour invité, invitation que j'ai déclinée, croyant, à tort ou à raison, que me montrer sur ce plateau mettrait un terme à ma carrière.

Des chansons de grands artistes sont reprises par d'autres moins grands ; lors de la cérémonie d'investiture d'Obama en janvier 2009, Beyoncé a donné sa propre interprétation du standard d'Etta James "At Last" au grand dam d'Etta James. (Mais il faut dire que Mme James semblait encore plus agacée par l'élection de Barack Obama, elle était peut-être donc simplement de mauvaise humeur.) Ce sont là quelques exemples des myriades de variantes de l'adaptation, un processus insatiable qui peut parfois sembler vorace, comme si nous vivions aujourd'hui dans une culture qui ne cesse de se cannibaliser, de sorte qu'en fin de compte, elle se sera entièrement dévorée elle-même. Chacun de nous peut établir la liste des nombreuses adaptations catastrophiques qu'il a vues, mes préférées étant le film ridicule de David Lean, *La Route des Inde*s où un Alec Guinness grimé en sage hindou basané commet un blasphème en laissant pendre son pied dans un réservoir d'eau sacrée et l'émasculation par Merchant-Ivory du roman de Kazuo Ishiguro, *Les Vestiges du jour*, dans laquelle l'aristocrate britannique nazi coupable jusqu'au trognon est présenté sous les traits d'un aimable vieil imbécile frustré qui s'est fourvoyé, qui mérite plus notre sympathie que notre mépris.

Mais l'adaptation peut être une force créatrice autant que destructrice. Rod Stewart chantant "Downtown Train" est l'égal de Tom Waits, et Joe Cocker chantant "With a Little Help from My Friends" accomplit le rare exploit de chanter une chanson des Beatles mieux que les Beatles eux-mêmes, mais l'exploit devient moins impressionnant quand on se rappelle qu'à l'origine le chanteur était Ringo Starr. Après qu'Aretha Franklin a chanté "Respect", c'est devenu sa chanson même si c'est Otis Redding qui en était l'auteur et le premier interprète. J'ai donné un cours qui mettait en évidence quelques exemples de bons livres qui, portés à l'écran, devenaient d'aussi bons films. *L'Âge de l'innocence* d'Edith Wharton s'est transformé avec succès en *L'Âge de l'innocence* de Martin Scorsese ; le tableau de la Sicile en 1960 que dépeint Giuseppe di Lampedusa dans *Le Guépard* est devenu le plus grand film de Luchino Visconti, *Le Guépard* ; *La Sagesse dans le sang* de Flannery O'Connor a été très bien porté à l'écran par John Huston ; et, dans son film tiré des *Grandes Espérances*, David Lean a réalisé un classique du cinéma qui peut soutenir la comparaison avec le roman de Dickens sans aucun complexe d'infériorité, un film qui permet au moins au cinéphile que je suis de lui pardonner l'ancienne boulette de *La Route des Indes*.

Il existe de nombreux exemples d'adaptations réussies. Peu de lecteurs anglophones connaîtront aujourd'hui *Le Manuscrit trouvé à Saragosse* du Franco-Polonais du XIXe siècle, Jan Potocki, mais je vous engage à le découvrir pour son entrain et sa bizarrerie, son monde surréaliste, gothique, surréel et picaresque de gitans, de voleurs, d'hallucinations, d'inquisitions et peuplé de deux sœurs d'une incroyable beauté qui, malheureusement pour les hommes qu'elles séduisent, ne sont que des fantômes. Toutes ces qualités sont parfaitement rendues par le réalisateur polonais Wojciech Has dans son film de 1965, *Le Manuscrit trouvé à Saragosse*. À l'autre bout du monde, en Inde, au Bengale, *Pather Panchali, La Complainte du sentier*, tourné en 1955 par Satyajit Ray, non seulement se hausse au niveau du classique bengali de Bibhutibhushan Bandopadhyay dont il est tiré mais l'améliore. John Huston semble avoir été particulièrement doué dans l'adaptation de bons livres et le film qu'il a tiré de la nouvelle de Joyce "Les Morts" – peut-être la meilleure nouvelle de langue anglaise – lui donne vie avec vivacité et passion, même si à la fin, lorsque la caméra se tourne vers une fenêtre pour regarder la neige qui tombe, les célèbres mots de Joyce l'emportent sur les images de Huston, quand il parle de la neige qui "tombait sur toute l'Irlande", cette neige "qui tombait insensiblement à travers et insensiblement tombait comme la descente de leur fin dernière, sur tous les vivants et les morts[1]". Nous sommes confrontés à la différence entre l'excellence et le génie. *Les Morts* est un film excellent mais les dernières lignes de la nouvelle de Joyce le surpassent sans effort.

Le film qui aborde de la manière la plus radicale la question de l'adaptation est probablement *Adaptation* de Spike Jonze et Charlie Kaufman en 2002, qui prend des libertés considérables avec sa source, le récit véridique de Susan Orlean, *Le Voleur d'orchidées*, à l'origine destiné au magazine *The New Yorker*, et qui raconte l'histoire de l'enquête menée par Orlean sur l'arrestation

1. "Les Morts", *in* James Joyce, *Gens de Dublin*, traduit de l'anglais par Benoît Tadié, Flammarion, 1994.

d'un homme nommé John Laroche qui se fit prendre à voler des orchidées rares en Floride dans la réserve d'État de Fakahatchee Strand. Le film s'éloigne considérablement de la vérité, obligeant le personnage de "Susan Orlean" à avoir une liaison avec celui de Laroche, présentés l'un et l'autre comme des inventions de l'alter ego fictif du scénariste, qui est appelé Charles et qui a la chance, ou la malchance, d'avoir un frère jumeau nommé Donald. Le film est un labyrinthe de miroirs et de faux-semblants et de dispositifs de métafiction autoréférentielle et s'achève dans l'univers d'un thriller fou, rempli de drogues, de sexe et de fusillades ; quant à John Laroche, celui du film, il finit par être dévoré vivant par un alligator comme le capitaine Crochet. Je dois dire que la personne que j'admire le plus dans toute cette affaire, c'est Susan Orlean, pas le personnage interprété par Meryl Streep mais la vraie Susan Orlean, qui a laissé son œuvre et plus courageusement encore sa propre personne être traitées d'une manière presque effroyablement cavalière par cette créativité sauvage.

Elle devient, pour ainsi dire, la sœur de John Malkovitch qui s'était laissé impitoyablement malkovitcher de façon comique dans un précédent film de Jonze et Kaufman, *Dans la peau de John Malkovitch*.

La question que soulèvent les excès d'adaptation d'*Adaptation*, le film, est au cœur du sujet même de l'adaptation comme activité ; c'est-à-dire, la question de l'essence. "La poésie c'est ce qui se perd à la traduction", dit Robert Frost, à quoi Joseph Brodsky rétorque : "La poésie c'est ce que l'on gagne à la traduction." La ligne de bataille ne saurait être plus clairement tracée. Mon opinion personnelle, depuis toujours, est la suivante : que l'on parle d'un poème qui franchit la frontière de la langue pour devenir un autre poème dans une autre langue, ou d'un livre qui passe du monde de l'imprimerie à celui de la pellicule, ou d'un être humain qui émigre d'un monde à un autre, Frost et Brodsky ont tous les deux raison. On perd toujours quelque chose dans ce transfert et cependant on peut aussi éventuellement gagner quelque chose. Comme vous voyez, je définis l'adaptation au sens très large en y incluant la traduction, la migration et la métamorphose, tous les moyens grâce auxquels une chose en devient une autre. Dans mon roman *Les Enfants de minuit*, le narrateur Saleem évoque la préparation des pickles comme une sorte de processus d'adaptation. "Je rattrape, dit-il, les inévitables distorsions dues à la conservation. Conserver, après tout, c'est donner l'immortalité ; poisson, légumes, fruits, sont embaumés dans le vinaigre et les épices ; une certaine altération, une légère intensification du goût ne sont sans doute pas bien graves. L'art consiste à changer la saveur en degré et non en nature et, par-dessus tout (dans mes trente et un bocaux), lui donner forme – c'est-à-dire sens[1]."

La question de l'essence demeure au cœur de l'acte d'adapter ; comment fabriquer une deuxième version d'une première chose, qu'il s'agisse d'un livre ou d'un film, d'un poème ou d'un légume, ou de vous-même, qui réussisse à exister en tant que chose nouvelle tout en conservant l'essence, l'esprit, l'âme de la chose première, cette chose que vous-même, votre livre, votre poème, votre film, votre mangue ou votre citron vert, étiez à l'origine ?

Est-ce impossible ? Ce qu'il y a d'intangible dans votre œuvre d'art, dans votre nature, dans l'espace entre nos mots, les choses que l'on aperçoit derrière celles que l'on montre, tout cela est-il perdu dans le processus de refabrication et, si c'est le cas, le vide peut-il être rempli par d'autres espaces, d'autres visions qui nous satisfont ou même nous enrichissent à tel point que nous ne regrettons plus ce que nous avons perdu ? Envisager l'adaptation dans une perspective aussi large, ne pas la cantonner au royaume de l'art mais l'appliquer au reste de la vie, permet de voir que toutes les significations de ce mot ont à voir avec la question de ce qui est essentiel, dans une œuvre adaptée sous une autre forme, dans un individu s'adaptant à un nouveau milieu, dans une société s'adaptant à une nouvelle époque. Qu'est-ce que l'on préserve ? Qu'est-ce que l'on jette par-dessus bord ? Qu'est-ce qui peut se transformer et où passe la ligne de partage ? Les questions sont toujours les mêmes et notre façon d'y répondre détermine la qualité de l'adaptation du livre, du poème ou de notre propre vie.

J'écris ceci le soir de la cérémonie des Oscars en 2009. Jetons donc un coup d'œil à quelques films adaptés de livres, qui ont

1. Salman Rushdie, *Les Enfants de minuit*, traduit de l'anglais par Jean Guiloineau, © Plon, 1997.

été encensés et qui sont en compétition pour plusieurs Academy Awards.

Pour commencer il y a l'étrange histoire de F. Scott Fitzgerald et de Brad Pitt. En 1921, F. Scott Fitzgerald écrivit une petite nouvelle étrange intitulée *L'Étrange Histoire de Benjamin Button* qui raconte la naissance chez "un jeune couple, M. et Mme Roger Button" d'un bébé de sexe masculin qui est venu au monde sous la forme d'un homme de soixante-dix ans et qui, depuis, vit à reculons, ne cessant de rajeunir jusqu'à ce qu'à la fin de sa vie, mesurant la taille d'un bébé et rétrécissant doucement dans son berceau blanc, il soit absorbé par le néant. En 2008 cette petite histoire de rien du tout fut transformée par Brad Pitt et le réalisateur David Fincher en un film à deux cents millions de dollars qui, au moment où j'écris, est nommé à pas moins de treize Academy Awards. (Petite note venue du futur : il a fini par n'en gagner que trois, pour la meilleure direction d'acteurs, le meilleur maquillage et les meilleurs effets spéciaux.)

Mais l'écart entre la nouvelle et le film est anormalement important. Dans l'histoire de Fitzgerald, Benjamin à sa naissance a vraiment la taille d'un homme de soixante-dix ans. On ne nous explique pas comment Mme Button a réussi à donner naissance à un si grand bébé sans être déchirée en deux. En fait Mme Button n'apparaît jamais et ce n'est qu'au bout de plusieurs pages qu'on fait, en passant, allusion à elle, ce qui permet d'apprendre que d'une manière ou d'une autre elle a survécu à sa formidable parturition. Comment ? On ne nous le dit pas. Dans le film, en revanche, Benjamin est né âgé mais de la taille d'un bébé ; c'est une sorte de bébé robot de soixante-dix ans qui ressemble vaguement à Brad Pitt. Et Mme Button, hélas, ne survit pas, même si son bébé a été utilement miniaturisé. Dans la nouvelle, M. Button s'applique à élever et éduquer son fils ; dans le film, M. Button, horrifié par le monstre emmailloté qu'il a contribué à faire venir au monde, l'abandonne sur le pas d'une porte pour qu'il soit élevé par Taraji P. Henson. Dans l'histoire, la vie de Benjamin se déroule en grande partie dans la sphère privée à l'exception d'une sortie pour prendre part à la guerre hispano-américaine. Tandis qu'au cinéma il se trouve mêlé à tant d'événements publics de son époque que le film aurait presque pu s'intituler *Zelig à l'envers* ou peut-être *Forrest Gump à reculons.* (Le scénariste de *Forrest Gump*, Eric Roth, qui a adapté le roman de Winston Groom, est aussi responsable du scénario de *Benjamin Button*.)

La plus grande différence entre les deux œuvres est peut-être, à part le fait de partager l'idée d'un homme qui vit le temps à reculons, que les deux histoires sont totalement différentes ; le film n'est pas vraiment une adaptation du livre mais presque entièrement l'œuvre d'Eric Roth. Si le film de Roth et Fincher est essentiellement un étalage de superbes effets spéciaux, servi par la performance de deux bons acteurs, Brad Pitt et Cate Blanchett, il n'a en fin de compte rien de particulier à dire, alors que la nouvelle de Fitzgerald est, pour le moins, une comédie sur le snobisme et la honte qui, tout en gardant un ton délibérément léger et frivole, fait une plaisante satire des comportements sociaux à Baltimore fin XIXe-début XXe.

Qualifier le film *Button* d'adaptation de l'histoire de "Button" c'est étirer jusqu'à sa limite le sens du mot "adaptation", si élastique soit-il. *Adapter*, c'est, juste pour en rappeler la définition la plus courante, rendre une chose propre à un nouvel usage ou à un but en la modifiant, comme lorsqu'un vieil hôpital est adapté à la médecine moderne. Plus spécifiquement, dans les cas qui nous occupent, une adaptation "transforme un texte pour qu'il puisse être filmé, diffusé à la radio ou mis en scène". Chacun admet que romans et films sont des choses différentes et que la source matérielle doit parfois être modifiée, parfois même radicalement, pour être efficace dans le nouveau médium. La seule question intéressante est "comment ?" et "jusqu'où ?". Mais quand l'originel est virtuellement abandonné, il est difficile de savoir si le résultat peut encore s'appeler une adaptation.

Il existait après tout d'autres histoires célèbres de voyage à rebours dans le temps avant le film de Fincher et Roth. Dans le roman de Martin Amis, *La Flèche du temps*, en 1991, l'histoire de l'Holocauste est racontée à l'envers, si bien que, dans une scène extraordinaire, on voit de gentils médecins nazis dans un camp de concentration apporter de l'or de leur réserve personnelle pour poser des plombages sur les dents de leurs patients juifs. Mais dans *La Flèche du temps*, ce n'est pas simplement une vie individuelle mais tout qui marche à reculons. L'exemple peut-être le plus connu de narration inversée à la façon de Button est le personnage de l'enchanteur Merlin dans le classique de T. H. White, datant de 1938, *L'Épée dans la pierre*, ayant lui-même fait l'objet d'une adaptation chez Disney sur laquelle il vaudrait mieux jeter un voile. Merlin, précepteur du garçon connu comme La Verrue, le futur roi Arthur, vit le temps à l'envers, ce qui lui donne le grand avantage de connaître l'avenir alors qu'il ne sait rien du passé. Benjamin Button, lui, n'a pas cette chance. Il est âgé et bâti comme un robot mais aussi ignorant qu'un nouveau-né. D'un autre côté, en grandissant il se transforme en Brad Pitt, donc tout ne va pas si mal.

Que peut-on dire de *Slumdog Millionaire* de Danny Boyle, le film qui a remporté tant d'Oscars ? Huit Oscars ! Pour citer Wallace Shawn dans *Princess Bride* : "Inconcevable !" Le film est adapté par Simon Beaufoy du roman du diplomate indien Vikas Swarup, *Les Fabuleuses Aventures d'un Indien malchanceux qui devint milliardaire* et dirigé par Danny Boyle et Loveleen Tandan. Beaucoup d'entre vous peut-être l'ont vu et bien aimé parce qu'un film qui "fait du bien" sur les épouvantables bidonvilles de Bombay, un film à la photographie opulente sur l'extrême pauvreté, un regard romantique et bollywoodien sur la terrible face cachée de l'Inde, si peu romantique, bon, ça fait du bien, d'accord ? Et juste pour conclure, il y a une chouette scène de danse bollywoodienne à la fin. (En réalité une séquence de danse vraiment de seconde zone même au regard des critères de Bollywood, mais peu importe.) Il est difficile et probablement inutile de dire du mal d'un film si populaire mais je vais essayer quand même.

Le problème commence par l'œuvre à la base de l'adaptation. Le roman de Vikas Swarup est un travail alimentaire à l'eau de rose, doté d'une intrigue absolument pas crédible. Un gamin des bidonvilles parvient curieusement (de quelle manière ?) à participer à l'émission *Kaun Banega Crorepati*, la version indienne à succès de *Qui veut gagner des millions*, et répond correctement à toutes les questions parce que les accidents de la vie lui ont fourni, par une série de coïncidences invraisemblables, les informations dont il a besoin et que les questions sont posées fort à propos de façon à lui permettre de revivre ses flash-backs par ordre chronologique. C'est une idée manifestement ridicule, le genre de fantaisie qui déshonore la littérature fantastique. Cette intrigue est scrupuleusement respectée par les réalisateurs et se retrouve au cœur de l'intrigue du film, curieusement rebaptisé *Slumdog Millionaire*. Le résultat c'est que le film à son tour a du mal à paraître crédible.

Il accumule les invraisemblances, dépassant même le livre en matière de stupidité. Deux gamins des bidonvilles de Bombay, qui ont dans leur enfance parlé hindi et marathi, fuient un incendie, et se mettent tout à coup à maîtriser parfaitement l'anglais, suffisamment pour s'adresser aux touristes occidentaux (et pour les harponner). Il faut ajouter que lorsqu'ils fuient l'incendie du bidonville, ils font preuve d'une agilité extraordinaire parce que la première chose qu'on apprend à leur sujet c'est qu'ils se retrouvent au Taj Mahal qui est situé à Agra à des centaines de kilomètres de là. L'instant d'après ils sont de retour à Bombay et le plus âgé des deux garçons s'est miraculeusement procuré un pistolet et des balles mais aussi l'habileté et le courage de s'en servir. Comment s'est-il procuré une arme ? On ne nous le dit jamais. L'Inde n'est pas les États-Unis et il n'est donc pas facile de se procurer une arme, à moins de faire partie d'une des mafias criminelles, ce qui, dans l'histoire, n'est pas encore le cas. Voir l'histoire de sa ville natale racontée de cette façon aussi clinquante et absurde finit par engendrer l'ennui. Le sentimentalisme de *Slumdog Millionaire*, s'il était transposé dans un cadre plus familier aux lecteurs occidentaux, serait immédiatement pris pour l'histoire banale qu'il est en réalité. Peut-on sérieusement croire que la poule d'un parrain de la mafia pourrait lui échapper et vivre heureuse comme dans un conte de fées avec son amour de jeunesse ? Est-ce que don Corleone laisserait passer cela ? Non ? Eh bien pas davantage le parrain de D Company ou d'une autre bande criminelle de Bombay. Et si je n'ignore pas le potentiel de brutalité qui se cache dans les forces de police indiennes, l'idée qu'un candidat d'un jeu télévisé se retrouve pendu la tête en bas et torturé pour avoir donné trop de bonnes réponses… disons que cela met la crédulité à rude épreuve. Les policiers indiens ne s'intéressent pas assez aux jeux télévisés pour agir ainsi. Il y a bien d'autres gens qu'ils préfèrent torturer.

Autrefois les films occidentaux consacrés à l'Inde mettaient en scène des femmes blanches et blondes qui arrivaient là et trouvaient presque immédiatement un maharadjah dont elles tombaient amoureuses, la provision de maharadjahs semblait inépuisable, spécialement mise à la disposition des blondes anglaises ou américaines, ou alors c'étaient des Européennes qui accusaient des Indiens qui n'étaient pas des maharadjahs de les avoir violées, peut-être parce qu'elles étaient tellement indignées d'avoir été approchées par un homme qui n'était pas maharadjah, ou bien de fringants cavaliers blancs galopant à travers les colonies ou dégainant des sabres pour varier les effets. Ce genre d'exotisme aujourd'hui n'intéresse plus personne, le public demande à la place assez de poussière et de violence pour se persuader que ce qu'il voit est authentique, mais c'est toujours du tourisme. Si les films anciens relevaient du tourisme de l'Empire, du tourisme de maharadjahs, nous avons aujourd'hui le tourisme de bidonvilles. Lors d'une interview réalisée au festival de cinéma de Telluride en 2008, Danny Boyle, quand on lui demanda pourquoi il avait choisi un projet si différent de ses thèmes habituels, répondit qu'il n'avait jamais été en Inde et qu'il ne savait rien de ce pays, il avait donc estimé que ce projet lui fournissait une occasion rêvée. En l'écoutant j'imaginais un réalisateur indien tournant un film sur les bas-fonds de New York et déclarant qu'il l'avait fait parce qu'il ne connaissait rien de New York et n'y avait jamais mis les pieds. Il aurait été mis en pièces par la critique. Mais pour un réalisateur du premier monde, parler ainsi du tiers-monde semble digne de louanges, la preuve de son audace artistique. Le système de deux poids, deux mesures caractéristique des attitudes postcoloniales n'a manifestement pas complètement disparu.

Je veux examiner un moment le procès que l'on fait à l'adaptation cinématographique en général car il existe un large consensus parmi les cinéphiles pour dire que les films basés sur un scénario original doivent être considérés comme meilleurs que ceux adaptés de pièces ou de livres. Beaucoup de livres qui ont obtenu du succès ces temps derniers ont subi cette transmutation cinématographique et parmi eux, pour n'en citer qu'une liste très incomplète, *Le Tambour* de Günter Grass, *L'Amour au temps du choléra*, *L'Incroyable et Triste Histoire de la candide Erendira et de sa grand-mère diabolique*, et *Chronique d'une mort annoncée*, de Gabriel García Márquez, *La Tache* de Philip Roth, *Short Cuts* tiré de plusieurs nouvelles de Raymond Carver, *Le Chardonneret* de Dona Tartt, *Le Club de la chance* d'Amy Tan, et la série des *Harry Potter* de J. K. Rowling. (*Independence Day*, le film, n'était pas l'adaptation du roman très primé de Richard Ford qui, par un hasard malheureux, sortit en même temps que le film, ce qui fait que, d'après la légende, lorsque des clients venaient chercher le roman en librairie, les libraires devaient demander : "Avec ou sans extraterrestres ?")

Dans cette liste, il n'y a peut-être que le film de Volker Schlöndorff tiré du *Tambour* qui mérite qu'on en parle et ce déséquilibre entre les bonnes adaptations et les mauvaises renforce la position de ceux qui militent contre les adaptations. Les films sur *Harry Potter*, qui affichent une fidélité totale aux romans, pâtissent sur le plan cinématographique de cette loyauté, exception faite peut-être de *Harry Potter et le prisonnier d'Azkaban* d'Alfonso Cuarón. *Short Cuts* trahit la vision de Raymond Carver en plaçant la plupart des personnages plus haut sur l'échelle sociale où leur désespoir à peine masqué passe pour de la complaisance. Le film tiré du *Chardonneret* fut, pour le dire poliment, un échec colossal. Et tout au bas de l'échelle, *La Tache* où le rôle d'un Afro-Américain à la peau claire qui parvient à se faire passer pour un Blanc pendant la majeure partie de sa vie est confié à l'acteur Anthony Hopkins, un Gallois au teint clair. Je suppose qu'on attendait seulement de lui en tant que grand acteur qu'il joue le rôle du Noir. La position des partisans du scénario original, des adversaires de l'adaptation m'a été un jour exposée avec énormément de véhémence par un producteur britannique passablement éméché qui avait probablement vu trop d'adaptations dans le genre de *La Tache*. Il déclara crûment avec force coups de poing sur la table des hôtes qui nous recevaient à dîner que "tous les films tirés d'un livre sont de la merde". On peut certainement trouver de solides arguments en faveur de cette Théorie Merdique. *La Tache* n'est pas le seul film dans ce cas. Les films tirés de tous les livres que je viens d'énumérer ne sont que des canards boiteux alors que les œuvres originales sont passionnantes, pleines d'énergie et de tension. Les films tirés des chefs-d'œuvre de García Márquez en particulier ne sont que des pastiches qui remplacent la précision de l'imagination de l'auteur par un exotisme facile qui trahit profondément l'original sans même s'en apercevoir.

Pourtant *Le Tambour* de Schlöndorff se dresse comme une exception au Principe Merdique, avec, au cœur du film, l'interprétation électrique de David Bennent dans le rôle d'Oskar Matzerath, ce Peter Pan au milieu de millions d'enfants perdus et des pirates meurtriers de l'Allemagne nazie, ce petit Oskar rachitique, l'autre enfant de la littérature classique qui n'a jamais grandi. Il y a d'autres films qui contredisent l'affirmation du producteur britannique, par exemple *No Country for Old Men* des frères Coen, un film qui, contrairement au cycle *Harry Potter*, doit sa réussite à sa fidélité absolue, scène par scène, ligne de dialogue par ligne de dialogue, au roman de Cormac McCarthy et *There Will Be Blood* de Paul Thomas Anderson qui parvient par la méthode inverse à une adaptation très libre, détachée et très largement réussie du roman d'Upton Sinclair, *Pétrole*. Mais la mauvaise odeur persiste parce que les échecs sont bien plus nombreux que les réussites.

La théorie de l'*auteur** dans le domaine du cinéma fut exposée pour la première fois par François Truffaut dans *Les Cahiers du cinéma* à la fin des années 1950 et développée d'abord comme théorie du cinéma puis par la réalisation de vrais films par un groupe de critiques qui allaient devenir parmi les plus importants réalisateurs au monde : François Truffaut lui-même, Jean-Luc Godard, Claude Chabrol, Eric Rohmer et Jacques Rivette. Pourtant, si l'idée de la supériorité du script (rédigé sous la forme d'un scénario original) sur l'adaptation est plus ou moins au cœur de la Nouvelle Vague française, beaucoup des plus grands films du cinéma français et même mondial des années 1950 et 1960 étaient en fait des adaptations réussies. Godard, partisan absolu du scénario original, a connu son plus grand succès commercial avec *Le Mépris*, tiré d'un roman d'Alberto Moravia. Chabrol a tiré un film formidable – *Que la bête meure* – du roman policier écrit sous pseudonyme par l'éminent poète britannique (et père de Daniel) Cecil Day-Lewis. Eric Rohmer a brillamment porté à l'écran un court roman de Heinrich von Kleist, le classique *La Marquise d'O*. Truffaut lui-même a alterné les scénarios originaux comme *Les Quatre Cents Coups* (dont le titre a été littéralement traduit en anglais de façon erronée par *The 400 blows* alors que le français idiomatique aurait été mieux rendu par “La Vie rebelle”) ou *La Nuit américaine (Day for Night)* et les adaptations comme *Fahrenheit 451*, tiré du célèbre roman de Bradbury ou *Jules et Jim*, du roman d’Henri-Pierre Roché, qui, soit dit en passant, était probablement inspiré lui-même du triangle amoureux que formaient dans la vie Roché, Marcel Duchamp et l’artiste et céramiste américaine Beatrice Wood, connue sous le nom de “Mama of Dada” à cause de sa place quasi centrale dans l’univers dadaïste.

L’immense richesse du cinéma de cette époque faillit bien faire exploser ou du moins diluer ce principe selon lequel “toutes les adaptations sont de la merde”. Les premiers films de samouraïs de Kurosawa, ces chefs-d’œuvre que sont *Yojimbo* et *Sanjuro* avaient des sources littéraires même si *Les Sept Samouraïs* était basé sur un scénario original et *Rashomon* provenait de la combinaison de deux nouvelles de Ryunosuke Akutagawa. Satyajit Ray a fait beaucoup d’emprunts à la littérature classique bengalie, et certains de ses plus grands films, comme *Charulata* et *La Maison et le Monde*, sont adaptés plus ou moins fidèlement de textes originaux de Rabindranath Tagore. Ingmar Bergman et Federico Fellini ont invariablement filmé leurs propres scénarios originaux mais Luis Buñuel fut moins dogmatique et réalisa certains de ses films les plus réussis en alliant ses propres tendances anarchistes et surréalistes à la littérature classique européenne, adaptant *Belle de jour* de Joseph Kessel, *Tristana* et *Nazarin*, deux romans de Benito Pérez Gáldos ; et *Le Journal d’une femme de chambre* d’Octave Mirbeau.

Le procès contre les adaptations cinématographiques n’est donc pas tranché mais si on descend d’un cran et que l’on quitte le domaine de la grande littérature on peut peut-être défendre l’idée que bien des adaptations au cinéma sont meilleures que les œuvres en prose qui leur ont servi de source. Au risque d’offenser l’immense armée des admirateurs de Tolkien, je me permettrai de suggérer que les films de Peter Jackson sont meilleurs que les livres de Tolkien parce que, pour le dire sans ambages, Jackson filme mieux que Tolkien n’écrit ; le langage cinématographique de Jackson, radical, lyrique, tour à tour intimiste et épique vaut beaucoup mieux que la prose de Tolkien qui balance entre le bavardage, l'espièglerie, l'emphase et un insupportable classicisme factice fait d'archaïsmes et ne parvient à une certaine humanité et à un anglais normal que dans les passages où il évoque les Hobbits, ce petit peuple qui nous représente dans la saga bien mieux que ses grands hommes pompeusement héroïques (ou ses escrocs pleurnichards).

Ma première expérience personnelle de l'adaptation fut la version théâtrale des *Enfants de minuit*, dirigée par Tim Supple, que la Royal Shakespeare Company joua en Angleterre et aux États-Unis. Le théâtre est une autre affaire que le cinéma, tout y est si *présent*, la pièce jouée juste devant vous devient une forme déclamatoire (sauf entre les mains de Beckett ou de Pinter qui mettent toutes les règles sens dessus dessous). Et ce qui est vrai du théâtre en général l'est encore plus du théâtre épique. Par conséquent, la version scénique des *Enfants de minuit* présentait deux différences frappantes avec le livre. D'abord elle était beaucoup plus politique, d'une manière évidente et retentissante, plaçant les questions publiques au centre et les abordant de front au lieu d'en faire un usage plus suggestif, en arrière-plan, comme le fait souvent le roman. Ensuite il y avait beaucoup plus de sexe. Je veux dire : *beaucoup* plus. Dans le roman la plupart des scènes de fornication se passent pudiquement en coulisses, mais au théâtre on avait parfois l'impression que les acteurs ne cessaient de se jeter l'un sur l'autre et d'y aller de bon cœur.

En tant que coauteur de l'adaptation aussi bien qu'auteur du roman, j'ai aimé ces différences. Je considérais la pièce comme une sorte de cousin du livre, ou peut-être son enfant illégitime, son parent, pas son reflet. J'ai trouvé que son style plus effronté, cette façon plus agressive de se jeter à la face du public était efficace et proprement théâtrale, tout en restant fidèle à l'esprit du livre. Il est intéressant de noter que les réactions des divers publics furent très différentes. Il est rapidement apparu, à l'évidence, que ceux qui ont le mieux aimé la pièce étaient ceux qui n'avaient pas lu le roman. Si les gens venaient voir le spectacle, simplement comme des amateurs de théâtre, sans apporter, si l'on peut dire, un bagage littéraire, mais comme des gens curieux de voir une pièce nouvelle, ils en sortaient satisfaits et même enthousiastes. Les admirateurs du livre eurent des réactions plus compliquées, presque tous trouvant quelque chose à redire soit sur le style soit sur la question de ce qui avait été abandonné dans l'adaptation. Certains apprécièrent la pièce, d'autres la détestèrent mais peu d'entre eux s'en trouvèrent satisfaits.

L'essence d'une œuvre à adapter peut se trouver n'importe où : dans le récit lui-même qui nous raconte comment Superman est devenu super, pourquoi Batman a une chauve-souris au plafond, ou pourquoi le Joker fait le bouffon. Elle peut se trouver dans l'atmosphère singulière de l'histoire, le climat d'intolérance à l'époque de la Dépression dans une petite ville de l'Alabama à travers le regard d'une jeune fille, ou elle peut se trouver dans l'intériorité d'un personnage, la vie intérieure de Holden Caulfield ou de Marcel, le narrateur de Proust. Que ces essences puissent être comprises et rendues par le cinéma, on en a la démonstration par exemple dans le grand film de Raul Ruiz sur *Le Temps retrouvé* de Proust, ou dans *Du silence et des ombres* de Robert Mulligan, ou encore dans l'extraordinaire interprétation du Joker par Heath Ledger dans *Le Chevalier noir*.

La plus grande difficulté pour l'adaptateur ce sont ces textes dont l'essence réside dans la langue et ceci explique peut-être pourquoi tous les films tirés de García Márquez sont si mauvais, pourquoi il n'y a jamais eu de bons films tirés de l'œuvre d'Italo Calvino ou d'Evelyn Waugh (même s'il existe plusieurs versions étouffantes de snobisme de *Retour à Brideshead*), pourquoi les films tirés d'Hemingway tombent à plat (je pense au *Vieil Homme et la Mer* et à Spencer Tracy entraîné dans une horrible dérive avec un poisson mort), et pourquoi un essai vraiment bon comme la tentative de Joseph Strick en 1967 de faire un film tiré de l'*Ulysse* de Joyce ne parvient pas totalement à la hauteur de l'original malgré sa distribution parfaite : Milo O'Shea incarnant Leopold Bloom avec une efficacité troublante, et Maurice Roëves jouant un Stephen Dedalus plus que satisfaisant. Dans la scène finale de l'*Ulysse* de Strick, il faut tout de même le dire, lorsque Barbara Jefford dans le rôle de Molly Bloom se prélasse et s'agite impudiquement dans son lit conjugal et débite en voix off le plus long soliloque de l'histoire du roman, et comme oui dit-elle oui dit-elle oui, l'univers de la langue de Joyce finit par vraiment prendre vie.

Qu'est-ce qui est essentiel ? C'est une des grandes questions de la vie et comme je l'ai suggéré, c'est une question qui se pose dans d'autres adaptations qui ne relèvent pas du domaine de l'art. Avant de terminer, je voudrais revenir sur ces autres adaptations, celle de la vie réelle, dans lesquelles l'œuvre à adapter n'est autre que nous-mêmes.

Le texte c'est la société des hommes et la personne humaine, seule ou en groupe, l'essence à préserver c'est l'essence humaine et le résultat c'est le monde mêlé, hybride, pluraliste dans lequel nous vivons aujourd'hui. L'adaptation comme métaphore, comme le fait de *transporter de l'autre côté*, qui est le sens littéral provenant du grec du terme "métaphore" et d'un terme qui lui est relié, "traduction", une autre façon de *transporter de l'autre côté* et qui, lui, vient du latin.

Qu'est-ce qui est essentiel ? Sur une petite échelle nous répondons tous chaque jour à cette question. La réponse peut être : nos enfants, une promenade quotidienne au parc, une bonne boisson forte, la lecture d'un livre, un métier, des vacances, une équipe de baseball, une cigarette ou bien l'amour. Mais la vie a les moyens de nous forcer à reconsidérer nos positions. Nos enfants quittent la maison, nous déménageons loin de notre parc favori, le médecin nous interdit l'alcool et le tabac, nous perdons la vue, nous sommes licenciés, nous n'avons ni le temps ni les moyens de prendre des vacances, notre équipe de baseball est nulle, nous avons le cœur brisé. À chacune de ces occasions l'image que nous nous faisons du monde se retrouve accrochée de travers au mur.

Alors, si nous y parvenons, nous nous adaptons, nous commençons à apprécier l'idée de ne plus avoir à exercer chaque jour les responsabilités de parents, nous nous habituons à une nouvelle promenade quotidienne, nous n'éprouvons plus le besoin de boire ou de fumer, nous apprenons le braille, nous trouvons un nouveau travail, nous décidons que nous n'avons pas besoin de vacances, nous apprenons à nous passer d'amour et puis, peut-être, nous découvrons qu'il est possible de tomber de nouveau amoureux. Notre équipe de baseball est toujours aussi nulle, mais c'est la vie, on s'y adapte, on survit et ce que cela nous montre c'est que l'essence est quelque chose de plus profond que tout cela, c'est la chose qui nous permet de nous en sortir. Les douze variétés différentes de pinsons que Charles Darwin a découvertes sur les îles Galápagos avaient toutes subi des adaptations locales, mais lorsque l'ornithologue John Gould examina en 1817 les spécimens de Darwin, il découvrit qu'il ne s'agissait pas d'oiseaux différents mais de douze espèces différentes du même oiseau. En dépit de mutations dues au hasard et de la sélection naturelle, leur "fringillidité", leur essence, était intacte.

En tant qu'individus, communautés, nations, nous sommes en permanence les adaptateurs de nous-mêmes et nous devons constamment nous poser la question : en quoi consiste notre "fringillidité", si on peut dire. En quoi consiste notre essence, quelles sont les choses auxquelles nous ne pouvons pas renoncer à moins de ne plus vouloir être nous-mêmes ? Nous nous installons dans une nouvelle ville, un nouveau pays, nous nous retrouvons entourés de gens qui ne nous connaissent pas et que nous ne connaissons pas. Peut-être ne maîtrisons-nous pas parfaitement leur langue, ni eux la nôtre. Peut-être leurs coutumes, leurs systèmes de croyance sont-ils différents des nôtres. Nos enfants vont grandir dans ces rues nouvelles, parmi ces gens nouveaux, ils vont parler cette nouvelle langue. Devons-nous nous adapter nous aussi à ces modes de vie nouveaux afin que nos enfants ne nous trouvent pas étranges ? Ou devons-nous nous raccrocher aux anciennes coutumes de façon à pouvoir les transmettre aux générations suivantes ? Si nous sommes pratiquants au milieu de gens qui ne le sont pas, devons-nous accorder nos croyances aux leurs pour pouvoir vivre sans problème parmi eux ou bien durcir nos positions même si cela signifie que nous serons toujours considérés comme des étrangers ? Si vous êtes révolutionnaire parmi des conservateurs, devez-vous adoucir vos idées ? On voit que la question de l'adaptation est à la base de la plus ancienne des questions : Qui sommes-nous, et comment vivre ? La question des essences est aussi, en fin de compte, une question éthique, elle soulève inévitablement le vieux débat entre bonne et mauvaise action.

Nous pouvons apprendre cela particulièrement auprès des poètes qui traduisent d'autres poètes, auprès des scénaristes et des réalisateurs qui transforment les mots de la page en images à l'écran, auprès de tous ceux qui *transportent* une chose *de l'autre côté* pour lui conférer un nouvel état. Une adaptation fonctionne mieux quand il s'agit d'une véritable transaction entre l'ancien et le nouveau, effectuée par des personnes qui comprennent l'un et l'autre et en prennent soin, qui sont capables d'aider l'objet adapté à franchir le gouffre et à briller de nouveau sous une lumière différente. En d'autres termes le processus de l'adaptation sociale, culturelle et individuelle, exactement au même titre que l'adaptation dans le domaine de l'art, doit être libre, souple si on veut qu'il réussisse. Ceux qui s'accrochent trop farouchement au texte ancien, à l'objet qui doit être adapté, les vieilles coutumes, le passé, sont condamnés à produire quelque chose qui ne fonctionne pas, un malheur, une aliénation, une dispute, un échec, une perte. Mais ceux qui ne savent pas qui ils sont sont également voués à l'échec : les individus qui se sacrifient dans le but de plaire aux autres, les comédiens qui renoncent à dire des blagues parce qu'ils se retrouvent dans un monde sans humour, les gens sérieux qui se mettent à raconter des blagues parce qu'ils ont peur d'être pris pour des gens dépourvus d'humour ; tous ceux qui se retrouvent dans une situation nouvelle, une relation nouvelle, un pays nouveau et qui agissent contre leur nature parce qu'ils pensent ainsi se faciliter les choses. Des sociétés entières peuvent se fourvoyer à cause d'un processus d'adaptation mal conduit. En luttant pour se sauver, elles peuvent oppresser les autres. En espérant se défendre, elles peuvent mettre à mal ces mêmes libertés qu'elles croient attaquées. En prétendant défendre la liberté, elles peuvent restreindre leurs propres libertés et celles des autres. Ou en cherchant à calmer les têtes brûlées qu'elles ont en leur sein, les sociétés peuvent vouloir les apaiser et donner ainsi à ces violentes têtes brûlées l'idée que leur violence et leur extrémisme sont efficaces. En espérant établir une meilleure compréhension entre les peuples, elles peuvent s'efforcer d'empêcher l'expression d'opinions dérangeantes pour certains de leurs membres et ainsi accroître la colère de ceux qui l'éprouvaient déjà.

Les sociétés en mouvement, à une époque de changement rapide comme la nôtre, ne peuvent réussir, comme toute bonne adaptation, qu'en ayant conscience de ce qui est essentiel, de ce qui ne peut pas faire l'objet de compromission, de ce que tous les citoyens doivent accepter pour prix de leur appartenance. Aujourd'hui, depuis de nombreuses années, nous vivons, je suis désolé de le dire, une époque d'adaptations sociales ratées, de volonté d'apaisement et de capitulation d'un côté, d'excès arrogants et de chantage de l'autre. Par conséquent, en période de crise politique, écologique ou sanitaire, nous pourrions nous retrouver en mauvaise posture pour les affronter. Pour tenter de conclure sur une note optimiste : l'espèce humaine s'est prouvé à elle-même qu'elle était capable d'adaptations rapides quand elle est gravement menacée. Nous avons besoin plus que jamais de cette ingéniosité humaine pour réaliser notre rêve de connaître à l'avenir des temps meilleurs, et de meilleurs films !

NOTES SUR LA PARESSE : DE SALIGIA À OBLOMOV

Saligia

“Saligia”, ce sont les sept péchés capitaux réunis en un seul. Je la vois comme un personnage grotesque de Fellini, opulente et bien en chair, prise de tressautements quand elle rit. La caméra se tourne vers elle et elle met en avant ses seins énormes. Elle a de mauvaises dents, les cheveux noirs et gras coiffés en arrière en chignon. Si elle était une statue, il faudrait qu’elle soit l’œuvre de Fernando Botero, le sculpteur colombien aux personnages (et aux animaux) démesurés. Elle terrifie les adolescents, peut-être dans la ville natale de Federico Fellini, Rimini, ou une autre ville du même genre, mais ces mêmes adolescents sont inexorablement attirés par elle, par le parfum de son opulente poitrine. Elle les initie aux mystères de la chair et elle a pour sœurs Cabiria, Volpina et les autres. Elle tend les bras dans notre direction et nous sommes perdus.

Elle est probablement née au XIIIe siècle. En 1271, son nom apparaît dans un livre, la *Summa hostiensis*, œuvre d’un certain Henricus de Bartholomaeis, un homme originaire de la ville portuaire d’Ostie, là où, des siècles plus tard, la putain Cabiria va exercer son métier la nuit dans le film de Fellini. Bartholomaeis a donné le jour à Saligia en modifiant l’ordre traditionnel des sept péchés capitaux, cet ordre établi au VIe siècle après J.-C. par Grégoire le Grand dans sa *Magna Moralia* : *superbia*, *invidia*, *ira*, *avaritia*, *accidia*, *gula*, *luxuria*. L’orgueil, l’envie, la colère, l’avarice, la paresse, la gourmandise et la luxure. Les sept composants sont bien là mais dans l’ordre de Grégoire, SIIAAGL, on ne peut pas encore la discerner. C’est Bartholomaeis qui lui donne vie en réorganisant son ADN. Il est son Crick et Watson, son Pygmalion. Orgueil, avarice, luxure, envie, gourmandise, colère et paresse, voilà, comme l'a compris l'homme d'Ostie, l'ordre qui déchiffre son code génétique. *Superbia, avaritia, luxuria, invidia, gula, ira, accidia* : l'acronyme fait apparaître Saligia, vivante et bien en chair.

Des sept péchés, le plus grand et le plus grave, celui qui a le droit de clôturer le spectacle, qui est situé à la dernière place, la place du pire déshonneur, est la paresse. *Accidia*, autrement dit, *acedia* ou *pigritia*, et ses faces cachées, *tristitia*, la tristesse et *anomie*, l'épuisement de l'âme. Fellini est l'artiste suprême de la paresse énervée. Son protagoniste est presque toujours une sorte de *vitellone*, un cossard, parfois pauvre, parfois aisé mais toujours un bon à rien dont l'incarnation suprême est le Mastroianni de *La Dolce Vita* et de *8 1/2*, en décalage, mélancolique, à la dérive, blasé, perdu. Il s'en va, Marcello au regard las, beau et faible, une cigarette à la main et une femme à ses côtés, une femme qu'il est sur le point de perdre. Il erre via Veneto et dans de sordides ruelles puis de nouveau dans le monde de la belle vie, dans la demeure des riches. Il déambule dans des soirées lentes et décadentes, engoncé dans l'inaction, dans l'incapacité de faire des choix et de faire avancer sa vie, dans une paralysie de l'esprit. Une vedette de cinéma éméchée, aux formes désirables, caracole sous ses yeux dans la fontaine de Trévi et il s'efforce de s'arracher aux profondeurs de son apathie pour la séduire mais il n'y arrive pas et tout ce qu'il récolte pour prix de ses efforts c'est un coup de poing dans la figure expédié par le petit ami de la star et il l'a mérité. Autour de lui dans les salons, les restaurants et dans la ville nocturne de ce paparazzo prédateur, errent les habitants de ce monde indifférent, des beautés lasses à l'expression glacée et coiffées à la perfection. Ces incarnations de la paresse ne sont pas seulement damnées. Elles dansent déjà en enfer avec Saligia au milieu des flammes.

La paresse est-elle un péché ?

Un gamin est envoyé en pensionnat dans un pays étranger, loin de chez lui. Il lui manque le tempérament robuste et extraverti qui prévaut sous ces climats rigoureux ; il est timide, intelligent, petit, pas du tout sportif, délicat, calme. Il comprend rapidement que ces caractéristiques, si on y ajoute le fait qu'il est étranger, constituent les sept péchés capitaux de la vie dans un pensionnat. Et comme il s'est rendu coupable des sept à la fois, il se trouve rejeté dans les ténèbres extérieures, c'est-à-dire que, sans avoir dit un mot ou fait quoi que ce soit, il devient impopulaire.

Au bout de quelques jours il se met à éprouver un malaise, un malaise d'un genre nouveau. Chaque matin quand il s'éveille dans le dortoir de son pensionnat, ses bras et ses jambes lui semblent plus lourds qu'ils ne devraient. Il a vraiment du mal à se lever et à s'habiller mais une fois qu'il a réussi, péniblement, à se mettre debout, ce lourd fardeau le quitte lentement et il parvient à agir normalement. Pourtant chaque jour, la pesanteur matinale est pire que la veille et il a de plus en plus de mal à la surmonter.

Arrive le jour où il ne peut plus se lever. Les autres garçons du dortoir, y compris le garçon plus âgé qui joue le rôle de préfet, ne comprennent pas ce qu'il veut dire quand il se plaint de la lourdeur et, n'étant que des gamins, se mettent à le houspiller et à se moquer de lui. "O ze… no ze… ça alors !" ils poussent des cris dans une affreuse parodie de son accent étranger et de sa méconnaissance supposée de l'idiome local, "O, O ! Le lourdeur de les membres !"

Tandis que ses camarades gambadent et sautillent en se moquant de sa paresse, un sentiment nouveau s'empare du garçon, et à sa grande surprise, ce sentiment a un effet bénéfique sur le poids écrasant qui l'a cloué au lit. Ce sentiment nouveau lui a donné des forces et il se débarrasse de la pesanteur et de la léthargie, comme le héros d'un conte antique rejetterait le rocher sous lequel ses ennemis l'ont coincé. Il se lève de son lit, l'âme en feu.

Ce sentiment nouveau c'est la colère. Les autres garçons voient le courroux flamber dans son regard, les quolibets meurent sur leurs lèvres. Ils s'écartent de lui, prudemment. À partir de ce moment, il a compris comment vivre dans ce monde nouveau. La colère le soutient et il a d'excellents résultats scolaires, du moins dans la salle de classe, et elle contribue aussi à le défendre. Il est toujours impopulaire mais on le ménage désormais comme s'il était une bombe susceptible d'exploser au moindre choc.

Un chrétien dirait que le malheureux garçon s'est servi d'un péché capital pour en surmonter un autre. Il est donc toujours en état de péché. Et ce péché l'empêche d'être capable de charité, ce qui le tient éloigné de Dieu. Une autre sorte de croyant (bouddhiste ou jaïniste) lui conseillerait de rechercher l'illumination qui place le monde dans son juste équilibre apportant ainsi la paix intérieure. D'autres religions auraient sans doute d'autres panacées divines à proposer. Mais pour un esprit laïque, gouverné par la raison, formé par la psychanalyse, il semble erroné de présenter comme un péché ce qui est manifestement un désordre psychologique. La paresse n'est pas l'œuvre du diable. Ce n'est pas une métaphore, c'est une maladie. *Le démon se charge d'occuper les mains oisives*. Ah bon ? mais il occupe aussi les mains qui travaillent. Ou il le ferait s'il existait. Ce qui n'est pas le cas.

Tyrone Slothrop

Les deux grandes idées qui s'opposent dans les livres du romancier américain qui vit en reclus, Thomas Pynchon, sont la paranoïa et l'entropie. Ses nombreux personnages paranoïaques, comme Herbert Stencil dans *V.* et presque tout le monde dans *Vente à la criée du lot 49*, sont persuadés que la forme véritable du monde et sa signification leur sont cachées et que des forces immenses, des gouvernements, des sociétés, des extraterrestres, s'emploient à la fois à gouverner le monde et à cacher leur existence derrière des écrans impénétrables. Ces personnages se présentent comme un contrepoint à une autre catégorie de types, tels le marin Benny Profane et ses amis du "Tiercé des paumés" dans *V.*, pour qui la vie ressemble à une beuverie à la bière, apathique et presque catatonique, qui ne cesse de ralentir sans jamais parvenir à prendre fin.

La deuxième loi de la thermodynamique nous apprend que la chaleur s'écoule toujours de l'objet le plus chaud vers le plus froid, de sorte que, progressivement, l'objet le plus chaud perd de sa chaleur tandis que le plus froid se réchauffe. Quand on applique ce principe à l'échelle de l'univers, il laisse penser que la chaleur énergétique de tous les objets chauds, à savoir les étoiles, va se dissiper lentement, en se communiquant à des objets moins chauds jusqu'à ce qu'en fin de compte toute la matière de l'univers soit à la même température et qu'il ne reste plus aucune énergie utilisable. Le cosmos tout entier sera alors victime d'une énervation terminale. C'est ce que William Thomson, le premier baron Kelvin (une personne véritable, pas une invention de Pynchon), a décrit en 1851 comme "la mort thermique de l'univers". L'épuisement universel de l'énergie provoquerait la venue d'une ère où tout mouvement cesserait. La beuverie de Benny Profane pourrait finalement s'arrêter.

La paranoïa chez Pynchon est présentée comme une forme supérieure de la santé mentale, non pas une illusion mais un moyen de perception. Ses paranoïaques sont des gens qui s'efforcent de voir au travers de ce que l'hindouisme appelle *maya*, le voile de l'illusion qui empêche les êtres humains de percevoir la réalité telle qu'elle est vraiment. Nous voyons donc que la paranoïa chez Pynchon représente une sorte de vision du monde d'un optimisme sombre, suggérant que la vie humaine a bien un sens, le problème étant que ce sens nous est caché et que nous ne le connaissons pas.

La métaphore de l'entropie est l'envers du pessimisme sombre de la paranoïa. Les thèmes de l'entropie chez Pynchon nous disent que le monde n'a pas de sens, que toutes nos actions s'affaiblissent, que l'énergie s'échappe de nous et que nous sommes condamnés à ralentir jusqu'à l'Absurdité Ultime.

Le personnage chez lequel ces deux thèmes se trouvent réunis est celui de Tyrone Slothrop, le héros du roman le plus complexe et le plus ambitieux de Pynchon, *L'Arc-en-ciel de la gravité*. L'histoire de Slothrop contient de nombreux éléments de paranoïa, par exemple son mystérieux conditionnement "en dessous de zéro" par un certain Laszlo Jamf, alors qu'il n'est encore qu'un nourrisson. Mais il y a surtout l'étrange histoire de la loi de Poisson.

La loi de Poisson est une mesure statistique qui permet de déterminer la probabilité d'un nombre d'événements se produisant dans une période donnée de temps, à condition que ces événements se produisent à un rythme moyen connu et indépendamment du temps écoulé depuis l'événement précédent. Dans *L'Arc-en-ciel de la gravité*, la loi de Poisson localise les lieux où Tyrone Slothrop rencontre des femmes dans différents quartiers de Londres. Pour des raisons incalculablement profondes et donc inconnues, ce graphique prédit les endroits qui seront frappés quelques jours plus tard par des V2 allemands.

Mais dans la mesure où Tyrone Slothrop a un caractère, il relève plus de la galerie de portraits des entropiques de Pynchon que de celle des paranoïaques, même s'il possède un peu des deux tendances. C'est un vagabond sur le déclin, accablé de paresse, plus agi qu'agissant, et à la fin son esprit se désintègre en, au moins, quatre personnes différentes et il disparaît du livre. C'est sa mort thermique personnelle.

À quoi peut bien ressembler Slothrop ? Je l'imagine grand, mince, vêtu d'une chemise de bûcheron à carreaux rouges et blancs et d'un jean serré, avec une sorte de halo de cheveux à la Einstein et les dents de devant ressemblant à celles de Bugs Bunny.

J'ai rencontré un jour Thomas Pynchon, mais en raison des accords passés lors de cette rencontre, je ne suis pas en mesure de dire si la description ci-dessus ressemble à celle de l'auteur.

Ce que je peux dire en revanche c'est que l'auteur n'a pas encore sombré dans la torpeur entropique et qu'il continue à produire des œuvres emplies d'une énergie immense sur la perte de l'énergie. Je peux aussi ajouter que le nom "Tyrone Slothrop" est une anagramme dont les lettres disposées dans un ordre différent donnent *"sloth or entropy"* : paresse ou entropie.

L'hésitation d'Elseneur

Dans chacune de ses grandes tragédies, Shakespeare nous demande, dès le tout début de la pièce, de répondre à une question insoluble. Par exemple : pourquoi Othello fait-il confiance à Iago et se retourne-t-il contre sa bien-aimée Desdémone ? On ne lui a même pas montré le mouchoir, preuve supposée de la trahison, et cependant il assassine sa femme simplement parce que Iago lui a dit qu'il existait une preuve.

Il existe différentes réponses à ces questions. Peut-être la colère *(ira)* d'Othello est-elle trop facile à provoquer, ou peut-être n'est-il pas vraiment amoureux de Desdémone qu'il considère plutôt comme un trophée, un élément de son honneur (*superbia*, au sens d'*amour-propre*) et quand la fidélité de sa femme est mise en cause, c'est donc lui qui est humilié et qui doit laver le déshonneur de cette accusation. Aucune de ces analyses n'est complètement vraie ni totalement fausse, mais si on ne met pas au clair une explication, il devient impossible de jouer la pièce.

Il y a quelques années, j'ai initié Christopher Hitchens à un jeu littéraire stupide qui consiste à changer le titre des pièces de Shakespeare en s'inspirant des romans de Robert Ludlum. (*L'Échange Rhinemann*, *Le Week-End Osterman*, *Le Pacte Holcroft*, ou en général *Le quelque chose de quelqu'un ou de quelque part*.) Cela nous donne, par exemple, *La Sanction du Rialto (Le Marchand de Venise)*, *L'Affaire du mouchoir (Othello)* et *Le Reboisement de Dunsinane (Macbeth)*. Et *Hamlet* deviendrait *L'Hésitation d'Elseneur*.

Dans *Hamlet*, la question est celle des interminables atermoiements du prince du Danemark qui durent suffisamment pour faire de cette pièce la plus longue de Shakespeare. Pourquoi, donc, après que le spectre de son père lui a clairement expliqué les circonstances de sa mort, Hamlet retarde-t-il si longtemps sa vengeance ? Pourquoi tant d'incertitudes et de divagations ? Dans ce cas, l'auteur lui-même fournit la réponse. Hamlet est accablé de tristesse.

> J'ai depuis peu, je ne sais pas pourquoi, perdu toute ma gaieté, renoncé à tous mes exercices accoutumés ; et, vraiment, tout pèse si lourdement à mon humeur, que la terre, cette belle création, me semble un promontoire stérile. Le ciel, ce dais splendide, regardez ! Ce magnifique plafond, ce toit majestueux constellé de flammes d'or, eh bien ! Il ne m'apparaît plus que comme un noir amas de vapeurs pestilentielles. Quel chef-d'œuvre que l'homme ! Qu'il est noble dans sa raison ! Qu'il est infini dans ses facultés ! Dans sa force et dans ses mouvements, comme il est expressif et admirable ! Par l'action, semblable à un ange ! Par la pensée, semblable à un dieu ! C'est la merveille du monde ! L'animal idéal ! Et pourtant qu'est à mes yeux cette quintessence de poussière ? L'homme n'a pas de charme pour moi… ni la femme non plus[1]…

C'est *accidia* ou *acedia* qui paralyse Hamlet, la léthargie désespérante, la dépression clinique qui annihile la volonté et peut être

1. Traduction de François-Victor Hugo.

provoquée par un choc existentiel. Comme d'avoir découvert que votre oncle a tué votre père puis que votre mère l'a épousé.

Et s'il fallait voir là un péché, alors peut-être Hamlet, le pécheur, mérite-t-il la mort. Mais ce n'est pas le sentiment que nous donne Shakespeare. En écrivain pas très porté sur le divin il rejette les condamnations religieuses de ses personnages et nous donne à la place une tragédie résolument terrestre.

Pour et contre la paresse

La littérature dans son ensemble ne s'est pas montrée très charitable envers la paresse.

Dans *La Divine Comédie*, Dante estime que ceux qui n'ont rien accompli dans la vie ne sont même pas dignes d'être admis en enfer.

Le poète romain de l'amour, Caius Valerius Catullus, s'adresse à lui-même en ces termes :

Otium, Catulle, tibi molestum est :
Otio exsultas nimiumque gestis.
Otium et reges prius et beatas
Perdidit urbes.

("Tu n'as rien à faire, Catulle, c'est ton problème. Tu te complais trop joyeusement dans l'oisiveté. L'oisiveté a détruit des rois par le passé et aussi leurs riches cités.")

Michel de Montaigne loue l'empereur Vespasien pour avoir continué à gouverner son empire même depuis son lit de mort. "Il faut, disait-il, qu'un empereur meure debout… Nul pilote n'exerce son office de pied ferme."

Dans *Le Nègre du "Narcisse"* de Conrad, le personnage qui donne son titre au roman, un marin noir des Antilles, qui est atteint d'une tuberculose mortelle tandis que son navire fait route de Bombay vers Londres, s'entend demander pourquoi il s'est embarqué dans un tel voyage, sachant, sans nul doute, qu'il était malade, et fait la fameuse réponse : "Il me faut bien vivre jusqu'à ce que je meure, n'est-ce pas[1] ?"

Je dois vivre jusqu'à ce que je meure. Nul pilote n'exerce son office de pied ferme. Chez Montaigne comme chez Conrad, chez Dante comme chez Catulle, la paresse est toujours répréhensible. L'action est un bien, l'inaction est un mal, c'est tout.

Je suis reconnaissant à l'écrivain Nassim Nicholas Taleb de m'avoir fait entendre un avis opposé. "George Spencer Brown, écrit-il, a eu cette phrase fameuse à propos de sir Isaac Newton : « Pour parvenir à la plus simple des vérités comme Newton le savait et l'appliquait, il faut des années de contemplation. Pas d'activité, pas de raisonnement, pas de calculs, il ne faut faire de zèle dans aucun domaine. Ne pas lire, ne pas parler. Ne pas faire d'efforts. Ne pas réfléchir. Simplement garder à l'esprit ce que l'on a besoin de savoir. »" Et Taleb poursuit la défense de cette activité mentale qu'il appelle *"glandouiller"* ou glander.

"Être oisif mais ne pas être dans un état d'oisiveté… Glander c'est ce que font les enfants qui n'ont pas leur mère sur le dos quand ils rentrent de l'école." Et encore une affirmation : "Je glande chaque fois que je m'ennuie et il me vient des idées géniales, certaines sont même des idées pratiques efficaces grâce auxquelles on pourrait gagner beaucoup d'argent."

Prends ça, Montaigne.

(Mais notons tout de même que Montaigne, auteur de "Contre la fainéantise", avait l'habitude de se reprocher d'être lui-même paresseux, disant que c'était la raison pour laquelle il n'écrivait que de courts essais au lieu de bons gros livres.)

Et nous en arrivons donc à Thomas de Quincey. Ah, l'Anglais mangeur d'opium qui n'éprouve aucune honte de sa paresse, qui fait le récit de sa consommation d'opium et des hallucinations qu'elle induit comme "utiles et instructives". Il se qualifie, en toute modestie, de "philosophe" et de "créature intellectuelle" et n'admet

1. Joseph Conrad, *Le Nègre du "Narcisse"*, traduit par Robert d'Humières et révisé par Maurice-Paul Gautier, coll. "L'Imaginaire" (n° 109), © Éditions Gallimard, 1924.

aucune culpabilité. Il nous fait le récit de ses rêves opiacés et ils sont assez beaux et contiennent assez de fantasmagories pour satisfaire les palais les plus gothiques. Mais il dit ensuite, de l'Asie du Sud, le lieu d'où je suis originaire, qu'elle est "cruelle", que sa culture le fait "frissonner" et que "l'homme n'est qu'une mauvaise herbe dans ces contrées".

C'est l'homme qui parle, pas la drogue. "Je suis épouvanté par sa manière de vivre, ses usages, par cette barrière de répulsion placée entre moi et elle, par des antipathies trop profondes pour que je puisse les analyser, je préférerais vivre avec des fous ou des animaux sauvages[1]." Voilà ce qu'il nous dit, ce qu'il *me* dit. Après cette confession, toutes ses histoires à propos de ses hallucinations me paraissent, curieusement, dépourvues d'intérêt, en dépit de tous les singes, les perroquets, les dieux qui y apparaissent, sans parler du fameux crocodile au regard féroce qui le hante en permanence, symbole de tout ce qu'il trouve si repoussant en Orient.

Le problème n'est pas dans l'opium mais dans le mangeur. Comme dit le vieux marin Singleton dans *Le Nègre du "Narcisse"* : "Les bateaux vont très bien. Le problème c'est les hommes qui y sont." Il y a pires péchés que les péchés capitaux. L'intolérance est bien placée dans la liste.

Oblomovchtchina

Le meilleur, le plus solide, le plus convaincant, le plus bel argument en faveur de la paresse, sans lequel aucune étude de cette question ne serait complète, peut se résumer en un seul mot : Oblomov.

Ilia Ilitch Oblomov, le plus paresseux de tous les indolents de la noblesse terrienne russe du XIXe siècle, et le héros – oui, le héros ! – du roman d'Ivan Aleksandrovitch Gontcharov qui porte son nom est l'opposé complet du Marcel insomniaque de Proust. Marcel, nous le savons, a longtemps eu l'habitude de se coucher de bonne heure et il lui a fallu un temps inconcevable, des douzaines et

1. Thomas de Quincey, *Confessions d'un mangeur d'opium*, traduction V. Descreux, Stock, Paris, 1903.

des douzaines de pages somnolentes emplies de longues phrases, pour s'endormir pour de bon. Oblomov, au contraire, passe ses journées au lit, parfois bien éveillé, parfois somnolent ; il lui faut cent cinquante pages non pour s'endormir mais au contraire pour se lever. Et quand il finit vraiment par sortir de son lit, il n'est pas drapé dans le rythme apaisant de la phrase proustienne ; il n'est pas contemplatif mais en colère. Et la raison de cette colère est toute simple. C'est la faute de Zakhar son valet de chambre et souffre-douleur qui a fini par perdre patience à l'égard de son maître horizontal, et la rage d'Oblomov contre ce garçon s'exprime en remarques brèves et cinglantes.

> — Levez-vous ! Levez-vous ! hurlait alors [Zakhar] à gorge déployée, et empoignant à deux mains Oblomov par le pan de sa robe de chambre.
>
> Oblomov alors se redressait et bondissait sur Zakhar :
>
> — Attends donc un peu, que je t'apprenne à déranger son maître quand il veut se reposer[1] !

Nous pouvons voir dans la colère d'Oblomov, son *oblomovchtchina*, son oblomovisme ou son oblomovité, le résultat de son enfance gâtée, déliquescente ou y voir une métaphore de la décadence et de la torpeur de la classe à laquelle il appartient, et tout cela est vrai, mais une exégèse aussi restreinte rate sa cible qui est que nous avons tous un petit Oblomov en chacun d'entre nous, qui aspire à ce qu'on le laisse tranquille pour le restant de ses jours, qui veut être libéré des responsabilités et des soucis pour faire de nous, oui, d'heureux parasites. Oblomov sait bien que ses propriétés lointaines sont en difficulté, qu'il faudrait s'occuper de leurs problèmes financiers et qu'il devrait, qu'il devrait absolument entreprendre un voyage d'un millier de verstes pour régler le problème. Mais non ! À l'instar de Bartleby, son descendant américain, il préfère ne pas. De plus, même s'il est amoureux et que la jeune Olga est délicieuse et qu'il a vraiment envie de l'épouser, il diffère sa décision jusqu'à ce qu'elle la prenne à

1. Ivan Gontcharov, *Oblomov*, traduction d'Arthur Adamov, coll. "Folio classique", © Éditions Gallimard, 2007.

sa place et rompe leur engagement. Il est Hamlet procrastinant et aussi Bartleby et il est chacun d'entre nous. Nous regardons l'état du monde et nous aimerions pouvoir nous cacher sous nos couvertures. Oblomov le fait pour nous. Nous regardons le sexe opposé et il nous bouleverse, Oblomov bat en retraite de notre part. Nous sommes conscients de nos problèmes et nous aimerions les voir partir à des milliers de kilomètres, Oblomov les y envoie et refuse de les regarder en face, comme nous ne pouvons pas le faire, comme nous aimerions pouvoir le faire. L'oblomovisme justifie et valide notre paresse.

Linda Evangelista

Linda est un super mannequin. Non, Linda est *le* super mannequin. Voici les renseignements importants la concernant.

Elle est connue dans la profession sous le surnom du Caméléon mais en réalité elle n'est pas un lézard.

On l'appelait autrefois la "fondatrice du syndicat des supermodèles", mais en réalité il n'existe aucun syndicat portant ce nom.

Elle a déclaré à un journaliste de *Vogue*, Jonathan Van Meter, en 1990 : "Nous, les top models, nous ne nous réveillons pas pour moins de dix mille dollars par jour." Ce qui est souvent cité de travers et restitué comme suit : "Je ne me lève pas pour moins de dix mille dollars par jour."

Dans cette phrase, sous ses deux versions, on retrouve trois des sept péchés capitaux, *superbia*, *avaricia* et *accidia*, l'orgueil, l'avarice et la paresse se combinent, mais une réaction normale à la déclaration de Mlle Evangelista et à sa personne pourrait comporter des éléments de *luxuria*, *invidia* et *ira*, c'est-à-dire de luxure, d'envie et de colère. Seule manque *gula*, la gourmandise. Pas mal !

Ilia Ilitch Oblomov et Linda Evangelista

Je les imagine dans des lits jumeaux, dans une chambre rococo baignée de lumière et de parfums de fleurs. Oblomov essaie désespérément de ne pas lire les messages faisant état de problèmes financiers urgents que lui apporte son valet de chambre. Linda feint de dormir en attendant le coup de téléphone à plus de dix mille dollars qui lui permettra de se lever.

Le téléphone sonne. L'offre s'adresse à Oblomov. Il recevra dix mille dollars s'il accepte de se lever. L'offre est largement suffisante pour lui permettre de régler toutes les dettes de ses domaines et de rester ensuite couché en paix, sans le moindre souci.

Il décline l'offre. "Je préfère ne pas", dit-il.

Ils restent couchés. Oblomov est content et somnole. Linda est malheureuse, tendue, elle a les yeux grands ouverts. Mais le caractère c'est le destin, comme l'a dit Héraclite, et ils sont tous les deux prisonniers de ce terrible destin qui les oblige à être eux-mêmes. Le jour passe. "Nous sommes couchés là", disent-ils en silence, parodiant presque Martin Luther à la Diète de Worms. "Nous ne pouvons rien faire d'autre." Ils ne bougent pas.

Zakhar, le valet de chambre, apporte à manger sur un plateau d'argent cabossé. Ils sont tous les deux en proie à l'*accidia*, le péché de paresse. Linda parce qu'elle n'a pas reçu de coup de téléphone, Oblomov en dépit de celui qu'il a reçu. Ils ne touchent pas à la nourriture.

HANS CHRISTIAN ANDERSEN

Selon le grand critique allemand Walter Benjamin, le conte et le roman n'ont pas la même origine. Le conte, suggère-t-il, est un acte collectif, une histoire racontée par de nombreuses bouches, écrite par de nombreuses mains, transmise de la main à la main, de la bouche à la bouche, à travers les générations. Ainsi défini, le conte est ce qu'il y a de plus proche de ce saint graal de la critique littéraire, le texte sans auteur. Il arrive parfois que lorsque les contes sont collectés et codifiés et que telle ou telle version en vient à être considérée comme canonique, nous leur attribuions des auteurs. À l'*Iliade* et à l'*Odyssée* nous donnons pour auteur le nom d'Homère. Au *Mahabharata* et au *Ramayana* nous associons le nom des bardes Vyasa et Valmiki. Mais ces écrivains peuvent avoir existé ou pas et, s'ils ont existé, ils racontaient des histoires dont l'origine précédait leur narration. Le conte est une histoire racontée par tous et qui n'appartient à personne.

À l'opposé, Walter Benjamin suggère : "Ce qui différencie le roman des autres formes de littérature en prose, le conte de fées, la légende, et même la nouvelle, c'est qu'il ne vient pas de la tradition orale et ne la rejoint pas. C'est ce qui le distingue en particulier du conte. Le conteur tire son récit de l'expérience, la sienne ou celle que d'autres lui ont racontée… Le romancier s'est isolé. Le lieu de naissance du roman est l'individu solitaire." À quoi on peut ajouter que le conte se développe à partir d'une appartenance à une communauté et d'une appartenance locale, et le roman à partir d'un sentiment de la nation. Les contes allemands comme ceux qu'ont collectés les frères Grimm viennent de la Forêt-Noire, la littérature allemande vient d'Allemagne.

En dépit de ces origines très différentes, un vif intérêt pour la narration s'est longtemps trouvé au centre, ou presque, de toutes les meilleures fictions. Il est impossible de lire l'œuvre de Dickens, d'Austen ou de Thackeray sans comprendre que, pour les romanciers des XVIIIe et XIXe siècles, l'histoire constituait le moteur du roman. Nombre de ces romans étaient extrêmement longs et avaient besoin d'une intrigue puissante pour les faire avancer. Pour ma part j'ai appris de ces auteurs à ne jamais oublier ce qu'une bonne histoire bien bâtie apporte à un livre. Si vous fabriquez une grosse voiture, ai-je toujours pensé, vous devez l'équiper d'un moteur puissant.

Pour envisager la question de manière très générale : disons qu'au XXe siècle vers la période du haut modernisme, le roman a divergé de la tradition narrative. J'admire plus que tout *Ulysse* et *À la recherche du temps perdu* mais on ne peut pas dire honnêtement que ces œuvres reposent sur une intrigue. Le récit passe au second plan, chez Joyce comme chez Proust, au profit de la forme, du personnage, de la langue, de la psychologie et du tableau de la société.

La séparation entre ce qu'il est convenu d'appeler la littérature de fiction et la tradition narrative a toujours semblé à la fois inutile et dommageable. La fiction populaire, la littérature de gare, n'oublie jamais de raconter une histoire. Ces livres dépendent de manière cruciale d'un récit captivant, empli d'accroches, de mystères et d'action. Il m'a toujours semblé que la littérature sérieuse n'avait aucune raison de se débarrasser de ces éléments. Et j'ai été curieux de constater, ces cinquante dernières années environ, un regain d'intérêt de plus en plus important pour l'art ancien, même sous ses formes les plus antiques du mythe, de la légende, de la fable et du conte de fées.

Pour ce genre de littérature contemporaine, l'œuvre de Hans Christian Andersen représente un jalon important. Le conte populaire, le conte de fées ou la fable, dans leur version originale européenne, sont souvent orientés vers une morale. "Ne soyez pas cupide", telle était la morale du conte de Grimm qui raconte l'histoire du pêcheur, de sa femme et du flétan parlant. En Inde, curieusement, beaucoup de contes anciens semblent moins attachés à une intention moralisatrice. Dans les grands récits du *Ramayana* et du *Mahabharata*, certains héros ont beaucoup de défauts et leurs ennemis ne sont pas forcément infâmes mais peuvent très bien avoir des vertus héroïques. Homère aussi le savait. Hector, le Troyen qui périt dans un combat singulier contre le Grec Achille, n'est pas le meilleur guerrier mais il est, à bien des égards, le meilleur des deux hommes.

Les auteurs modernes qui ont puisé leur inspiration dans la fable et le conte populaire ont, en général, rejeté la simple moralité de quelqu'un, par exemple, comme Ésope. Italo Calvino est un fabuliste et un collecteur de contes populaires mais pas un moraliste. Séparez la fable de sa morale et vous obtenez ce qui s'est fait connaître, de façon un peu agaçante, sous le nom de réalisme magique, une tendance dont je me suis moi-même rendu coupable.

Ce qui m'intéresse dans les contes de Hans Christian Andersen et dans la position qu'ils occupent dans le voyage littéraire qui va du passé au présent, c'est qu'ils regardent dans les deux directions à la fois, en arrière vers la moralité du passé, religieuse, stricte, basée sur l'opposition du bien et du mal, la sagesse collective de la tribu et en avant vers la sensibilité moderne individualiste faillible et ambiguë, ce que Benjamin appelle la sensibilité du romancier. Certains contes sont ouvertement, de manière conservatrice pourrait-on dire, empreints de religion, mettant en opposition les vertus divines et les diableries, comme "Les Souliers rouges". Dans "La Petite Sirène", l'amour romantique de l'héroïne pour le prince ne triomphe pas. Mais l'esprit de sacrifice de la sirène, le fait qu'elle se soucie plus des autres que d'elle-même, attire sur elle la bénédiction divine et lui ouvre la porte de l'immortalité.

Pourtant, dans d'autres contes, la morale d'Andersen devient étrange. La princesse de "La Princesse au petit pois" capable de ressentir la présence d'un simple petit pois à travers une grande quantité de matelas et d'en éprouver de la gêne est louée pour sa "sensibilité" qui est bien la preuve qu'elle est une véritable princesse. Quand on lit ce conte aujourd'hui, on pourrait en déduire de manière moins charitable que cette princesse est une enfant gâtée et probablement une enquiquineuse.

Dans "Les Habits neufs de l'empereur", le conte s'intéresse davantage à donner à l'empereur et à ses courtisans le châtiment qu'ils méritent plutôt qu'à punir les escrocs qui ont "fabriqué" l'habit inexistant et en ont tiré une somme d'argent substantielle. Sont-ils véritablement punis pour leur crime ? L'histoire ne le dit pas.

Encore plus sombre, et en ce sens plus moderne, est l'univers moral du "Briquet". Vers le début de l'histoire, le protagoniste tue la sorcière et n'a pas l'air de s'en émouvoir. À la fin, la princesse épouse le héros même si les molosses libérés par le briquet viennent de tuer ses parents. C'est décidément étrange et de ce fait très intéressant pour notre sensibilité contemporaine désenchantée. L'amoralité du conte le rend plus attrayant à nos yeux que ne l'aurait fait une morale explicite.

Deux des plus fameux contes d'Andersen permettent d'illustrer ses deux approches opposées. "La Reine des neiges", une histoire vraiment effrayante, offre au lecteur le soulagement d'une fin heureuse. L'amour de Gerda fait fondre le cœur gelé de Kay et l'écharde de glace qui s'y était logée, et les larmes qu'elle libère en lui font disparaître l'autre écharde qu'il avait dans les yeux. Malgré son aspect terrifiant, cette histoire appartient à la tradition populaire du conte de fées.

Mais dans ce que je considère comme le plus grand conte d'Andersen, "L'Ombre", la conclusion ressemble plus à du Kafka qu'à la formule "ils vécurent heureux et eurent beaucoup d'enfants". Non seulement l'ombre qui s'est séparée de son propriétaire supplante l'être humain dans le cœur de la princesse, mais l'ombre et la princesse s'arrangent pour que l'homme soit exécuté le jour de leurs noces. Aucune trace ici de l'image selon Benjamin du conteur traditionnel. On a plutôt affaire à la vision sombre, solitaire et individuelle de l'écrivain moderne.

Hans Christian Andersen se situe dans la tradition d'un imaginaire fabuleux qui va des contes les plus anciens jusqu'à Kafka. C'est ce qui en fait tout l'intérêt.

KING OF THE WORLD
DE DAVID REMNICK

Je n'ai jamais assisté à aucun de ses combats mais je l'ai vu deux fois. La première fois en 2000, presque vingt ans après qu'il avait perdu ce dernier match contre Trevor Berbick (qui ?), dix tristes rounds qui n'auraient jamais dû avoir lieu contre un adversaire qu'il avait déjà vaincu un jour, comme aurait pu dire le "Lion en manque de courage", les yeux fermés et une main attachée dans le dos. Mais cette époque de majesté léonine était révolue depuis longtemps et deux décennies après que Berbick (qui ?) avait mis fin à la carrière de boxeur d'Ali, j'étais allé rendre visite à un ami à Los Angeles. Nous nous sommes rendus dans un pressing de West Hollywood récupérer des vêtements et Ali s'y trouvait, accompagné seulement de quelques personnes, attendant comme tout le monde que ses costumes fassent leur apparition sur le rail motorisé.

Il n'était pas comme tout le monde, manifestement, et chacun, dans le pressing, avait les yeux remplis d'étoiles et la bouche cousue, moi le premier, mais mon ami eut l'audace de dire : Bonjour, comment allez-vous, et il afficha un sourire forcé et tendit une grosse main tremblante pour une poignée de main. Bien, je vais bien, dit-il, ce qui manifestement n'était pas vrai. Comment se fait-il, pensai-je, et beaucoup d'entre nous ont dû penser la même chose, que le meilleur, le plus rapide, le plus beau qu'il y ait jamais eu, ait pu être assez bête pour continuer à boxer trop longtemps, à poursuivre sa carrière jusqu'à ce que la catastrophe irréparable se produise. Mais ils le font tous. Même les meilleurs. "Vos mains ne peuvent toucher ce que vos yeux ne voient pas", chantait-il autrefois, mais même le plus léger des papillons, la plus piquante des abeilles, finit par perdre son élan et se fait écraser, durement, et la catastrophe irréparable est consommée.

"Que faites-vous à Los Angeles ?" lui demandai-je, même si j'avais déjà deviné la réponse. Le réalisateur Michael Mann tournait cette année-là en ville un film biographique, *Ali*, avec Will Smith dans le rôle-titre. Il devait y avoir un rapport. Le sourire d'Ali se fit malicieux : "Je vais lui apprendre à ce M. Will Smith comment exécuter le jeu de jambes d'Ali, dit-il. Je vais apprendre au gars à danser." Puis il récupéra ses costumes et s'en alla, et les étoiles s'éteignirent dans les yeux de tous et disparurent. Je ne l'ai plus jamais croisé.

Mais je l'ai tout de même revu une fois. J'étais au Yankee Stadium, un après-midi, il y a quelques années, assis à peu près à deux douzaines de rangées en arrière de la troisième base, attendant le début du match quand une rumeur sourde s'éleva à l'autre bout du terrain, et il était là, assis dans une voiturette de golf à laquelle on faisait parcourir tout le tour du stade, hochant la tête et adressant des saluts de la main, et on entendait son nom dans les haut-parleurs.

MOOOOHAMED ALIIIIIIII !!!!!!!!

"Faites du BRUIT !" nous demandait l'écran géant et c'est ce que nous fîmes mais, mêlés aux applaudissements, aux hourras et aux slogans qui scandaient "Ali ! Ali !", il y avait vraiment beaucoup de huées. Pas autant que de hourras mais tout de même beaucoup. Assez pour que cela soit choquant. Après tout ce temps, après que le héros était rentré d'exil pour reconquérir sa couronne, après "la baston dans la jungle et le thriller à Manille", après *"Ali, bomaye"* et "Je vais stupéfier tout le monde, *ya*, je vais battre Joe Frazier, *ya*" et même après les longues années de faiblesse dues à la maladie de Parkinson, il y avait encore des gens pour qui le refus de participer à la guerre du Viêtnam ("Je n'ai aucune raison de me battre contre ces Viêt-công"), les relations avec Elijah Muhammad et Malcolm X et tout le grand défi qu'Ali fit de sa vie entière, tous ces épisodes qui en faisaient un héros aux yeux de bien des Américains et de bien des gens au-delà de l'Amérique restaient toujours impardonnables pour ces spectateurs qui le huaient.

Jusqu'à l'apparition d'Ali, je ne m'étais jamais intéressé à la boxe. Je connaissais quelques noms – Louis Dempsey, Floyd Patterson, Ingemar Johansson –, mais je ne me souciais guère de ce sport de combat. À Bombay, on préférait regarder la lutte et Dara Singh, le catcheur, était plutôt mon genre de héros. Une seule fois, c'était à Bombay, à l'école, j'ai été contraint de monter sur un ring, absolument terrifié. J'ai chuchoté à mon adversaire : "Si tu y vas mollo, je n'essaierai pas de te frapper." Il accepta d'un signe de tête. Mais dans la première minute du combat, par pur accident, je lui donnai un petit coup dans le nez et il se rua sur moi animé d'instincts meurtriers. Je n'ai plus jamais commis l'erreur de remonter sur un ring.

Mais pour le jeune homme que j'étais à l'époque, ce jeune boxeur à l'aspect sympathique et à la grande gueule – La Langue de Louisville, Cass sans tact – était une source de joie et d'enchantement. J'avais seize ans lors de l'assassinat de JFK, seize ans toujours, lorsque, trois mois plus tard le jeune Cassius Clay, âgé de vingt-deux ans, battit à la surprise générale Sonny Liston et remporta le titre de champion du monde des poids lourds, et il ne se contenta pas de le battre, il l'humilia. Puis quand il prit position contre la conscription et refusa d'aller au 'nam, sacrifiant son titre, risquant la prison, mettant tout en jeu pour un principe, il devint, eh bien, impressionnant. À l'époque, le mot signifiait encore ce qu'il était censé signifier "inspirant une grande admiration, un émerveillement", et c'est ce qu'Ali suscitait. "Un, deux, trois, pourquoi on se bat ?" chantions-nous avec Country Joe and the Fish, et Ali, le combattant, assuma en refusant de se battre un héroïsme auquel il n'aurait jamais pu parvenir sur le ring, même s'il était, comme il se plaisait à le dire, le Plus Grand.

Les "années 1960" étaient pleines d'idioties. Les drogues étaient stupides, le charabia des Hare Krishna sur la sagesse de l'Orient était stupide mais le plus stupide de tout, c'était la guerre du Viêtnam. Mais au milieu de toute cette stupidité il y avait une forme de courage qui a changé le monde, le courage des féministes, le courage du mouvement des droits civiques et le courage de Mohamed Ali, et la leçon que nous avons retenue des années 1960, si on n'était pas trop abrutis pour l'entendre, c'est qu'il était possible par ses propres actes immédiats et individuels de plier l'univers à notre volonté et de refaire la société, de l'améliorer, de lui offrir une musique meilleure, des idéaux plus élevés et la liberté. Ali a joué un très grand rôle dans tout cela.

Comme l'explique David Remnick dans *King of the World [Roi du monde]*, Ali fut le premier champion poids lourd à se tenir à l'écart de l'emprise de la pègre, ce qui permit à d'autres de suivre son exemple et libéra la boxe de l'influence des gangsters. Cette révolution, à l'époque, passa largement inaperçue aux yeux du grand public mais son effronterie, son refus d'endosser le rôle du bon Noir (comme Floyd Patterson, du moins de l'avis d'Ali), et sa bouche hurlant des propos à moitié fous, tout cela nous l'entendions très bien et la force de ses poings venait encore le renforcer. Et puis le refus d'aller au Viêtnam, le combat qu'il mena jusqu'au bout, jusqu'à la Cour suprême et qu'il remporta, persuadant les juges de voter en sa faveur malgré les pressions considérables de la Maison Blanche pour qu'il en soit autrement : tout cela faisait de lui une figure importante de la contre-culture, même s'il n'aurait probablement pas approuvé, dans sa vie personnelle, la plupart des choses que la contre-culture mettait en avant. (Remnick montre bien les tendances puritaines d'Ali.)

Je me souviens d'avoir lu l'autobiographie d'Ali, *The Greatest: My Own Story*, à sa sortie. Ce n'est pas un bon livre, mal écrit par un tâcheron appointé et *King of the World*, parmi ses nombreux mérites, rend ce service de raconter la vie d'Ali mieux et plus fidèlement qu'il ne l'a fait lui-même.

Dans *The Greatest*, Ali raconte qu'on aurait refusé de le servir dans un restaurant de Louisville alors qu'il rentrait des Jeux olympiques, sa médaille d'or autour du cou, et qu'il aurait été tellement choqué par cette manifestation de racisme local qu'il aurait jeté sa médaille dans le fleuve. L'art de transformer sa vie en mythe faisait partie des spécialités d'Ali, et Remnick démontre clairement que l'histoire n'est pas vraie et que si elle figure dans le livre, en dépit de la présence de Toni Morrison dans l'équipe éditoriale de Random House, cela vient en grande partie de la volonté d'Elijah Muhammad et de la Nation de l'islam d'orienter le portrait d'Ali dans ce sens, d'en faire un militant noir opposé à la culture des Blancs. L'un des points forts de *King of the World*, c'est l'analyse de la relation d'Ali avec la Nation de l'islam, ce mélange d'islam et de vaisseaux spatiaux, ce ragoût proto-scientologiste, moitié comique troupier moitié sinistre, concocté par Elijah Muhammad qui séduisit Ali par sa clarté ségrégationniste (les Blancs sont mauvais, les Noirs sont bons) et qui amena Ali à garder ses distances avec le mouvement des droits civiques et ses dirigeants, parce qu'il voyait en eux des gens qui jouaient le jeu des Blancs. Il a aussi prôné une séparation des sexes que lui-même, et c'était peut-être inévitable, n'a pas appliquée. Remnick est particulièrement convaincant quand il parle du côté envahissant et étouffant des gens de la Nation et de l'état de dépendance où se trouvait Ali par rapport à eux. Sa rupture avec Malcolm X, lors de la brouille entre Malcolm et Elijah, est un moment clef de cette histoire. Remnick démontre aussi clairement que la conception qu'Ali se faisait de l'islam l'amena à se comporter avec les femmes de manière autoritaire et même pas très sympathique. Il ne s'agit pas à l'évidence d'une hagiographie et elle ne nous laisse rien ignorer des défauts d'Ali mais elle le rend humain, tout comme Sonny Liston, que ses nombreux défauts humanisent.

Dans ces pages, Liston prend vie comme un personnage complet, bien plus précisément que dans tout ce que j'ai pu lire par ailleurs. On garde de Liston le souvenir du terrifiant mastodonte, du tueur, du monstre muet qui aurait dû terroriser le jeune Clay, et qui, curieusement, n'y parvint pas. On se rappelle que les journalistes sportifs de l'époque étaient tous inquiets à l'idée que Clay puisse être grièvement blessé, peut-être même mortellement au cours du combat. Mais Liston, la personne humaine, était resté une énigme absolue jusqu'à ce jour. Dans les pages de Remnick, nous découvrons l'homme blessé, incapable de s'exprimer, peu éduqué, enfermé dans sa brutalité, manipulé par des gangsters, avec pour toute langue le langage de ses poings. Une des très grandes réussites de ce livre est de faire de Liston un personnage presque aussi sympathique que Clay : son silence tragique opposé à la volubilité héroïque d'Ali, son destin et sa descente vers la misère comme contrepoint au rendez-vous de Clay/Ali avec la gloire.

Chez le Cassius Clay que nous découvrons au début, il semble y avoir eu un soupçon de folie, quelque chose de réellement déséquilibré dans son habitude de hurler mais, là encore, David

Remnick nous emmène derrière la façade et nous montre qu'Ali se servait de ces vociférations pour doper sa volonté, pour bannir la peur et l'idée de la défaite, afin qu'il ne reste qu'une possibilité, la victoire, et il nous montre aussi à quel point c'était délibéré. Il savait qu'il était sous les feux de la rampe et que ses propos faisaient gagner des dollars. Mais loin des caméras, il était d'un professionnalisme rigoureux. Il travaillait et travaillait sans cesse. Cela aussi c'est un aspect d'Ali que nous n'avions pas perçu auparavant, l'entraînement incessant, l'investissement, le labeur acharné, le type qui atteint le sommet parce qu'il sait ce qu'il en coûte et qu'il consacre toutes les heures qu'il faut pour transformer le talent en gloire.

Ce fut une époque de grands journalistes sportifs et Remnick en mentionne plusieurs mais, grâce à ce livre, il prend place parmi eux, Plimpton, Talese, Mailer et les autres. Il prend plaisir à écrire sur l'écriture, montrant la part de l'écrivain dans la création du mythe de la boxe, les bons et les méchants, les ascensions et les chutes. Et dans le récit des deux combats entre Ali et Liston, sa prose devient grandiose. Il nous entraîne dans la chair des combats comme s'il était lui-même sur le ring, entendant tomber les coups, baigné de sueur et de sang, nous faisant vivre la scène de l'intérieur. C'est un des meilleurs écrits sur la boxe que j'aie jamais lus, il nous fait vivre instant par instant l'arrivée d'Ali au pinacle, la danse, les plongeons désespérés de Liston fonçant dans le vide, les coups d'Ali frappant dans le mille, le choc provoqué par Liston qui refuse de se lever de son tabouret (premier combat) ou de se relever du tapis (deuxième combat), la vérité sur le produit illégal dont Liston avait enduit ses gants et qui pénétra dans les yeux d'Ali et l'aveuglèrent à moitié (premier combat) et sur le "coup fantôme" qui mit fin une fois pour toutes au combat (deuxième combat). Et le jeune champion hurlant aux grands journalistes sportifs qui l'avaient donné perdant : "Ravalez vos mots ! Ravalez vos mots !" En clair, c'est un KO.

EH BIEN SOIT, JE ME CONTREDIS

Dans la pièce de Tom Stoppard, *Les Acrobates*, le personnage principal, George Moore, un philosophe, raconte ceci : “Rencontrant un jour un ami dans un couloir, Wittgenstein lui demanda : « Dites-moi, pourquoi les hommes ont-ils toujours trouvé naturel de croire que c'était le soleil qui tournait autour de la terre et non le contraire ? » L'autre lui répondit : « Tout simplement parce qu'on a l'impression que c'est le soleil qui tourne autour de la terre ! » Ce à quoi le philosophe rétorqua : « Ah oui ? Et, à votre avis, quelle impression aurions-nous si c'était le soleil qui tournait autour de la terre[1] ? »” C'est une magnifique blague à retardement et le rire naît lorsque le public comprend graduellement que les choses auraient eu exactement le même aspect puisque, après tout, c'était réellement le cas. C'est le rire du paradoxe et, sans lui, la littérature et la vie perdraient énormément ; des critiques ont même affirmé que le lien entre poésie et paradoxe était si fort que ce sont une seule et même chose.

Le paradoxe commence dans la Bible où le dogme de l'Immaculée Conception incarne la nature paradoxale de la foi et se perpétue jusqu'à aujourd'hui où la lecture la plus sommaire de la littérature de la pop culture permet de repérer des analyses comme “le paradoxe des Beatles” (c'étaient de jeunes rebelles qui sont rapidement devenus des figures de l'establishment, décorés du titre de membres de l'ordre de l'Empire britannique), “le

1. Tom Stoppard, *Parodies* suivi de *Les Acrobates*, traduit de l'anglais par Guy Dumur, Stephan Meldegg et Jean-François Prévand, coll. “Du monde entier”, © Éditions Gallimard, 1978.

paradoxe d'Oprah Winfrey" (alors qu'elle nous donne des conseils intimes sur notre façon de vivre, comme si elle était un membre très proche de la famille, elle se tient à l'écart, mystérieuse et inconnue) et "le paradoxe d'Eminem" (qui à la fois est et n'est pas le véritable Slim Shady).

Don Quichotte est un paradoxe à cheval sur une haridelle, le chevalier errant dont les errances démolissent l'idée même du chevalier errant, le fou de chevalerie dont la folie révèle la folie encore plus grande de l'idéal chevaleresque. Le détective de Borges, Erik Lönnrot, dans sa nouvelle "La Mort et la Boussole", résout l'énigme d'une mystérieuse série de crimes et arrive à déterminer le moment et le lieu du prochain meurtre, pour découvrir, trop tard pour se sauver, que c'est lui la prochaine victime et que les meurtres précédents n'ont été commis que pour l'attirer sur le lieu de sa mort. Oscar Wilde, qui s'affirmait capable de résister à tout sauf à la tentation, incarne le paradoxe de l'hédonisme. Et dans le roman de Joseph Heller, *Franc comme l'or*, le personnage de Ralph Newsome, l'aide du président, l'incarnation de la malhonnêteté en politique, ne s'exprime qu'en phrases en forme d'oxymores dont la fin contredit le début. "Le président vous soutiendra jusqu'au bout, jusqu'à ce qu'il doive le faire. Nous voulons nous occuper de cette affaire le plus rapidement possible, même s'il nous faut agir lentement. Le président ne veut pas de béni-oui-oui. Ce que nous voulons ce sont des hommes intègres et indépendants qui seront d'accord avec toutes les décisions que nous aurons prises[1]."

À mes yeux, le plus beau paradoxe est la célèbre formule qui se trouve vers la fin de la "Chanson de moi-même" de Whitman :

Comment cela ? Je me contredis ?
Eh bien soit, je me contredis !
(Je suis immense, j'ai contenance de foules en moi[2].)

1. Joseph Heller, *Franc comme l'or*, © Éditions Grasset & Fasquelle, 1981 (ici dans la traduction de Gérard Meudal, avec l'aimable autorisation des Éditions Grasset & Fasquelle).
2. Walt Whitman, *Feuilles d'herbe*, traduit de l'anglais par Jacques Darras, © Éditions Grasset & Fasquelle, 1989, 1994.

La nature humaine est contradictoire et la personnalité humaine est multiforme et a des capacités très étendues. Nous pouvons être, nous sommes, plusieurs à la fois. Nous pouvons être doux avec nos enfants et rudes avec nos employés, nous pouvons aimer Dieu et détester les hommes, nous pouvons nous soucier de l'environnement et laisser la lumière allumée quand nous quittons la maison, nous pouvons être des âmes pacifiques qui se retrouvent entraînées par notre passion pour une équipe de football jusqu'à l'agressivité, parfois même jusqu'aux comportements extrêmes des hooligans. Et quelle que soit la fermeté avec laquelle nous entendons défendre la souveraineté de l'individu – une idée issue de la Renaissance florentine et qui est peut-être le plus beau cadeau de l'Italie à la civilisation mondiale –, cette personnalité est en réalité *à la fois souveraine et envahie par d'autres personnalités*. Elle est en même temps autonome et ne l'est pas. Aucun d'entre nous ne vient au monde les mains vides. Nous transportons avec nous le bagage de notre héritage à la fois biologique et culturel, et cet héritage à la fois limite nos possibilités et les augmente, il handicape et libère en même temps. Nous pouvons nous estimer libres de nos choix dont nous sommes moralement responsables et il est juste de se voir ainsi mais le cadre que nous donnons à ces choix et les choix mêmes que nous estimons devoir faire, cela ce n'est pas nous seuls qui en décidons.

Nous sommes donc des êtres paradoxaux, tant sur le plan individuel que social, nous appartenons à notre époque et au flux de l'histoire. Nous sommes mortels mais nous avons en nous, comme la Cléopâtre de Shakespeare, des aspirations à l'immortalité, et la contradiction est notre élément vital. Il y a de grands avantages sur le plan social à définir le moi d'une manière aussi vaste, car plus nous trouvons de personnalités en nous-même, plus il nous est facile de nous trouver des points communs avec d'autres personnalités multiples et renfermant des multitudes. Nous pouvons être de religions différentes et être partisans de la même équipe sportive. Cependant nous vivons une époque où l'on nous somme de nous définir de plus en plus étroitement, de comprimer notre personnalité multidimensionnelle dans le corset d'une identité unique, qu'elle soit nationale, ethnique, tribale ou religieuse. J'en suis venu à me dire que c'était peut-être cela le mal dont découlent tous les maux de notre époque. Car lorsque nous succombons à ce rétrécissement, lorsque nous nous laissons simplifier pour devenir simplement des Serbes, des Croates, des musulmans, des hindous, alors il nous devient plus facile de voir en l'autre un ennemi, l'Autre de chacun de nous, et tous les points cardinaux entrent alors en conflit, l'Est et l'Ouest se heurtent, ainsi que le Nord et le Sud.

La littérature n'a jamais perdu de vue ce que notre monde querelleur essaie de nous forcer à oublier. La littérature se réjouit des contradictions et dans nos romans et nos poèmes nous chantons notre complexité humaine, notre capacité à être simultanément, à la fois *oui* et *non*, à la fois *ceci* et *cela*, sans en éprouver le moindre inconfort. L'équivalent arabe de la formule "il était une fois" est *kan ya ma kan*, que l'on peut traduire par "C'était ainsi, ce n'était pas ainsi". Ce grand paradoxe se trouve au cœur de toute fiction. La fiction est précisément ce lieu où les choses peuvent être à la fois ainsi et pas ainsi, où il existe des mots dans lesquels on peut croire profondément tout en sachant qu'ils n'existent pas, n'ont jamais existé et n'existeront jamais. À cette époque où l'on vise à tout simplifier, cette magnifique complexité n'a jamais été plus importante.

TROISIÈME PARTIE

VÉRITÉ

“Quoi, es-tu fou ? Es-tu fou ?” demande Falstaff au prince Hal dans le *Henry IV* de Shakespeare, première partie. “La vérité n'est-elle pas la vérité ?” Le comble, évidemment, c'est qu'il a menti effrontément et que le prince est en train de démontrer qu'il n'est qu'un menteur.

Par les temps qui courent, quand la réalité elle-même semble partout attaquée, la conception hypocrite de la vérité selon Falstaff semble être partagée par de nombreux dirigeants de premier plan. Dans les trois pays où j'ai vécu et qui me sont chers, l'Inde, le Royaume-Uni et les États-Unis, des mensonges intéressés sont régulièrement présentés comme des faits alors que des informations plus fiables sont accusées d'être des *“fake news”*. De toute façon, les partisans de la réalité qui essaient d'endiguer le torrent de désinformation qui se déverse sur nous tous commettent souvent l'erreur de regretter un âge d'or où la vérité était incontestée et universellement acceptée et d'affirmer que ce qu'il nous faut c'est retourner en ces temps de consensus béat.

La vérité c'est que la vérité a toujours été une idée controversée. Quand j'étudiais l'histoire à Cambridge, j'ai appris très tôt que certaines choses étaient des “faits de base”, c'est-à-dire des événements incontestables, que la bataille de Hastings a eu lieu en 1066, ou que les États-Unis ont proclamé leur indépendance le 4 juillet 1776, mais que la création d'un fait historique résulte de la signification particulière que l'on attribue à un événement. Quand Jules César franchit le Rubicon, c'est un fait historique. Mais bien des gens ont franchi ce cours d'eau et cela ne présente aucun intérêt historique. En ce sens, leur acte n'est pas un fait.

Le passage du temps modifie également la signification d'un fait. À l'époque de l'Empire britannique, la révolte militaire de 1857 était connue sous le nom de "Mutinerie indienne" et comme une mutinerie est une révolte contre les autorités légitimes, cette expression et donc la signification de ce fait plaçaient les Indiens mutinés du mauvais côté. Aujourd'hui les historiens indiens mentionnent cet épisode sous le nom de "Soulèvement indien", ce qui en fait un événement radicalement différent et dont le sens n'est pas le même.

L'histoire n'est pas gravée dans le marbre. Le passé est constamment revisité au gré de l'état d'esprit du présent.

Il y a cependant quelque chose de vrai dans l'idée qu'existait au XIXe siècle en Occident un consensus largement répandu sur la nature de la réalité. Les grands romanciers de l'époque, Flaubert, George Eliot, etc., pouvaient penser que, en gros, leurs lecteurs et eux partageaient la même conception de la nature de la réalité et le grand âge du roman réaliste était bâti sur ce socle. Mais le consensus reposait sur un certain nombre d'exclusions. On avait affaire essentiellement à des Blancs de classe moyenne. Les points de vue des peuples colonisés ou des minorités raciales, points de vue qui donnaient une vision du monde très différente de la réalité bourgeoise décrite dans, par exemple, *Middlemarch* ou *Madame Bovary*, étaient pratiquement absents du récit. L'importance des grandes questions publiques était souvent marginalisée. Dans toute l'œuvre de Jane Austen, les guerres napoléoniennes sont à peine mentionnées, dans l'œuvre immense de Charles Dickens, l'existence de l'Empire britannique est évoquée en passant.

Au XXe siècle, sous la pression d'énormes changements de société, le consensus du XIXe siècle s'avéra fragile, sa vision de la réalité se mit à paraître, disons, falsifiée. Quelques-uns des plus grands écrivains s'efforcèrent de rendre compte de la réalité changeante en recourant aux techniques du roman réaliste comme le fit Thomas Mann dans *Les Buddenbrook* ou Junichiro Tanizaki dans *Bruine de neige*, mais peu à peu le roman réaliste parut de plus en plus inadapté et des auteurs – de Franz Kafka à Ralph Ellison et Gabriel García Márquez, de la science-fiction d'Octavia Butler aux dystopies cauchemardesques de Margaret Atwood – imaginèrent des textes plus étranges, plus surréels, qui disent la vérité en recourant à des mensonges évidents, créant ainsi, comme par magie, une nouvelle sorte de réalité.

Durant l'essentiel de ma vie d'écrivain, j'ai toujours défendu l'idée que la disparition d'une même conception autrefois généralement admise de la réalité est devenue aujourd'hui la réalité la plus significative, et que pour expliquer le monde des récits contradictoires et souvent incompatibles sont peut-être ce qui convient le mieux. Au Cachemire, au Moyen-Orient et dans la bataille qui oppose l'Amérique au Trumpistan, on voit l'exemple de telles incompatibilités. J'ai aussi soutenu l'idée que les conséquences de cette nouvelle attitude de remise en question parfois violente du réel jouent un tel rôle pour la littérature que l'on ne peut pas ou que l'on ne devrait pas feindre de l'ignorer. J'estime que l'influence, dans le discours public, de voix de plus en plus variées a été une bonne chose, qu'elle a enrichi nos littératures et ouvert notre compréhension du monde à une plus grande complexité.

La littérature américaine, par exemple, contient à présent des voix venues du monde entier : Junot Díaz, Yiyun Li, Nam Le, Jhumpa Lahiri, Edwige Danticat pour n'en citer que quelques-uns. Et une génération nouvelle d'écrivains afro-américains pratiquant tous les genres : Tracy K. Smith, Ta-Nehisi Coates, Jeremy Ward, nous offre ses propres multitudes de réalités et leur confère une influence énorme.

Et pourtant il me faut à présent, comme tout le monde, affronter une véritable énigme. Comment peut-on affirmer d'un côté que la réalité moderne est devenue nécessairement multidimensionnelle, fracturée et fragmentée, et d'un autre côté qu'il existe une chose bien particulière, une série de vérités incontestables qui ont besoin d'être défendues contre, pour le dire franchement, des vérités qui n'existent pas mais ont été décrétées par, disons, le gouvernement Modi en Inde, les artisans du Brexit au Royaume-Uni et le quarante-cinquième président des États-Unis ? Comment combattre les pires aspects d'internet, cet univers parallèle où coexistent côte à côte les informations importantes et les inepties les plus idiotes, avec apparemment le même degré d'autorité, rendant plus difficile que jamais la tâche d'y faire le tri ? Comment résister à l'érosion dans l'opinion publique de la reconnaissance des faits les plus "basiques", les faits scientifiques, étayés par des preuves, à propos du coronavirus, du dérèglement climatique ou des vaccins pour les enfants ? Comment combattre la démagogie politique qui recherche tout ce que les partisans de l'autorité ont toujours désiré, à savoir saper la croyance du public dans les preuves et affirmer en effet à leurs électeurs : "Ne croyez en rien sauf en moi car je suis la vérité" ? Que peut-on faire contre cela ? Et quel devrait être le rôle spécifique de l'art, le rôle des écrivains et de la littérature en particulier ?

Je ne prétends pas détenir l'intégralité de la réponse. Je pense qu'il nous faut reconnaître que l'idée que toute société se fait de la vérité est le produit d'une lutte et nous avons intérêt à faire en sorte de la gagner. La démocratie n'a rien de policé. C'est souvent une violente querelle sur une place publique. Nous devons nous engager dans la bataille si nous voulons avoir la moindre chance d'en sortir gagnants. (Je ne peux pas oublier que près de la moitié de tous les électeurs inscrits sur les listes électorales américaines ne s'est pas rendue aux urnes en novembre 2016, et parmi eux de nombreux jeunes qui ont ensuite manifesté vigoureusement pour dénoncer le résultat.) Et dans la mesure où les écrivains sont concernés, nous devons restaurer la confiance de nos lecteurs dans l'autorité de la preuve et faire ce que la fiction a toujours très bien su faire, élaborer entre l'auteur et le lecteur un accord sur ce qu'est la réalité. Je ne parle pas de reconstruire le consensus étroit et exclusif du XIXe siècle. Je préfère cette vision plus ample, plus controversée de la société que l'on peut trouver dans la littérature moderne. Mais quand nous lisons un livre que nous aimons, ou que nous adorons, nous nous sentons en accord avec le portrait qu'il brosse de la vie. Oui, reconnaissons-nous, c'est bien ainsi que nous sommes, c'est ainsi que nous nous comportons les uns avec les autres, c'est la vérité. C'est peut-être à cela que la littérature peut le mieux servir. Nous pouvons amener les gens à s'accorder, en ces temps de désaccords radicaux, sur les vérités de la grande constante qui est la nature humaine. Commençons donc par là.

En Allemagne après la Seconde Guerre mondiale, les auteurs de ce qu'on a appelé *Trümmerliteratur*, "la littérature des ruines", ont éprouvé la nécessité de reconstruire leur langue, empoisonnée par le nazisme, aussi bien que leur pays réduit à l'état de ruines. Ils avaient compris que la réalité, la vérité avaient besoin d'être reconstruites de fond en comble, à l'aide d'une langue nouvelle tout comme les villes bombardées avaient besoin d'être rebâties. Je pense que nous pouvons nous inspirer de leur exemple. Nous nous retrouvons une fois de plus, même si ce n'est pas pour les mêmes raisons, au milieu du champ de ruines de la vérité. Et c'est à nous, écrivains, penseurs, journalistes, philosophes, d'entreprendre la tâche de reconstruire la croyance de nos lecteurs dans la réalité, leur foi dans la vérité. Au moyen d'une langue nouvelle, de fond en comble.

COURAGE

Il nous paraît plus facile, en ces périodes troublées, d'admirer la bravoure physique plutôt que le courage moral, le courage de la vie de l'esprit ou celui de personnalités publiques. Un pompier se précipite vers un bâtiment en flammes tandis que d'autres prennent la fuite. Nous saluons son courage comme nous le faisons aussi face à des soldats qui reviennent du front ou à des hommes et des femmes qui luttent contre des maladies invalidantes ou des blessures.

Il nous est plus difficile, ces temps-ci, de considérer les hommes politiques, à l'exception de Nelson Mandela, comme des gens courageux. Peut-être en avons-nous trop vu et sommes-nous devenus trop cyniques à propos des inévitables compromissions du pouvoir. Il n'y a plus de Gandhi ni de Lincoln. Le héros des uns (Hugo Chávez, Fidel Castro) est la bête noire des autres. Nous n'arrivons plus à nous mettre facilement d'accord sur ce que signifie être bon, avoir des principes, être brave. Lorsque des hommes politiques prennent des initiatives courageuses comme le fit le Français Nicolas Sarkozy lorsqu'il était président, en décidant d'intervenir militairement en Libye, pour soutenir la révolte contre Kadhafi, ils suscitent autant de doutes que d'approbations. Le courage politique, de nos jours, est presque toujours ambigu.

Ce qui est encore plus étrange c'est que nous sommes devenus méfiants à l'égard de ceux qui s'élèvent contre les abus de pouvoir ou les dogmes.

Il n'en a pas toujours été ainsi. Les écrivains et les intellectuels qui se sont opposés au communisme, Alexandre Soljenitsyne, Andreï Sakharov, Anna Akhmatova, Nadejda Mandelstam et les autres, jouissaient d'une très grande estime en raison de leurs prises de position. La littérature de samizdat, diffusée par de fragiles réseaux clandestins, était glorifiée comme la source de la vérité et la dénonciation des mensonges officiels de l'État soviétique. (Il est vrai que Soljenitsyne lors de son exil en Amérique s'est avéré un vieux grincheux mais cela n'enlève rien à notre admiration pour *L'Archipel du goulag*.) Le poète Ossip Mandelstam a été très admiré pour son "Épigramme sur Staline" de 1933 dans laquelle il décrit le redoutable dirigeant dans des termes intrépides : "Ses moustaches de cafard semblent rire" et il ajoute : "Toute mise à mort lui est une fête[1]." C'était un poème courageux qui valut à Mandelstam d'être arrêté pour finalement mourir dans un camp de travail soviétique.

Pas plus tard qu'en 1989, la photographie d'un homme portant deux sacs à provisions et défiant les chars de la place Tiananmen est devenue, presque instantanément, un symbole du courage dans le monde entier.

Ensuite il semble que les choses aient changé. "L'homme aux chars" a été très largement oublié en Chine tandis que les manifestants en faveur de la démocratie, y compris ceux qui sont morts au cours des massacres des 3 et 4 juin, les autorités chinoises ont réussi à les faire passer pour des contre-révolutionnaires. Cette bataille de réinterprétation est toujours à l'œuvre et elle obscurcit ou du moins rend confuse la compréhension que nous avons de la manière dont les gens "courageux" devraient être jugés. C'est ainsi que les autorités chinoises traitent les plus connus de leurs opposants, des gens comme Ai Weiwei et Liu Xiaobo.

L'usage d'accusations de "subversion" contre Liu Xiaobo et de supposées fraudes fiscales contre Ai Weiwei est une tentative délibérée d'effacer aux yeux du public leur comportement courageux pour les dépeindre, au contraire, comme des criminels.

Ce problème n'est absolument pas l'apanage des Chinois. L'influence de l'Église orthodoxe russe est telle que les femmes du groupe Pussy Riot, toutes incarcérées, sont généralement considérées, à l'intérieur de la Russie, comme des fautrices de troubles

1. Ossip Mandelstam, *Les Poèmes de Moscou*, traduit du russe par Henri Abril, Éditions Circé, 2001.

immorales parce qu'elles ont mis en scène leurs fameuses protestations dans des lieux appartenant à l'Église. Ce qu'elles dénonçaient – le fait que les dirigeants de l'Église orthodoxe russe sont dangereusement proches de Poutine – a été perdu de vue par leurs nombreux détracteurs et leurs actions ne sont pas perçues comme courageuses mais déplacées.

En 2006, l'écrivain italien Roberto Saviano a publié *Gomorra*, un exposé détaillé de l'action de la Camorra, la "Mafia" napolitaine. Il est depuis menacé de mort mais a poursuivi son travail en dépit des privations terribles et des risques qu'il affronte dans sa vie quotidienne. Son attitude lui a valu de nombreuses louanges mais, comme il le fait remarquer, certains éléments de la structure du pouvoir italien s'efforcent constamment de le discréditer. Silvio Berlusconi, du temps où il était encore Premier ministre, l'a dénoncé et de nombreux ministres et commentateurs divers l'ont accusé de manquer de patriotisme. Même Saviano n'est pas épargné par cette nouvelle attitude qui consiste à s'attaquer aux héros. Un homme politique de droite, ancien ministre de l'Intérieur, Matteo Salvini, s'en est pris à lui régulièrement.

En 2011 au Pakistan, l'ancien gouverneur du Pendjab, Salman Taseer, qui avait pris la défense d'une chrétienne, Asia Bibi, injustement condamnée à la peine capitale en vertu de la loi draconienne du pays sur le blasphème, a été assassiné par un de ses gardes du corps qui a fait feu sur lui à vingt-sept reprises. Après ce meurtre, le garde, Mumtaz Qadri, a été acclamé et recouvert de pétales de rose lorsqu'il est arrivé au tribunal. Le défunt M. Taseer a été quant à lui très critiqué et l'opinion publique s'est retournée contre lui. L'abjecte loi contre le blasphème a semblé plus importante à bien des Pakistanais qu'une position de principe en faveur de la justice. C'est le meurtrier qui a été traité en héros.

En février 2012, un journaliste et poète saoudien, Hamza Kashgari, a publié trois tweets sur le prophète Mahomet :

> Au jour de ton anniversaire, je dirai que j'ai aimé le rebelle en toi, que tu as toujours été pour moi une source d'inspiration et que je n'aime pas les halos de la divinité autour de toi. Je ne prierai pas pour toi.

> Au jour de ton anniversaire, je te trouve où que je me tourne. Je dirai que j'ai aimé certains aspects de toi, que j'en ai abhorré d'autres et que je n'ai pas compris grand-chose d'autre à ton sujet.
>
> Au jour de ton anniversaire, je ne m'inclinerai pas devant toi. Je ne te baiserai pas la main mais je la serrerai d'égal à égal et te sourirai comme tu me souris. Je te parlerai comme à un ami, pas plus.

Après coup il a affirmé qu'il "réclamait le droit" de penser et de s'exprimer librement. (Il a aussi critiqué la condition des femmes en Arabie saoudite et soutenu le Printemps arabe.) Il a reçu peu de soutien de la part de la population, a été condamné comme apostat et de nombreuses voix se sont élevées pour réclamer son exécution. Il a fini par être libéré le 29 octobre 2013.

Les écrivains et les intellectuels de l'époque des Lumières en France ont aussi défié l'orthodoxie religieuse de leur temps et ont ainsi créé le concept moderne de liberté de pensée. Nous considérons Voltaire, Diderot, Rousseau et les autres comme des héros de l'esprit. Malheureusement, peu de gens dans le monde musulman en diraient autant de Hamza Kashgari.

Cette idée nouvelle que les écrivains, les universitaires et les artistes qui luttent contre l'orthodoxie et le sectarisme sont à blâmer parce qu'ils troublent le peuple se répand à toute vitesse même dans des pays comme l'Inde qui pouvait s'enorgueillir autrefois de son sens des libertés. Au cours de ces dernières années, le vieux maître de la peinture indienne M. F. Husain a été contraint à l'exil et est mort à l'étranger pour avoir représenté nue la déesse hindoue Sarasvati (alors qu'un examen même superficiel des anciennes sculptures hindoues de Sarasvati montre que même si elle est souvent couverte de bijoux et de parures, elle est en même temps bien souvent dévêtue).

Le célèbre roman de Rohinton Mistry, *Un si long voyage*, a été retiré du programme de l'université de Bombay parce que des extrémistes locaux réprouvaient son contenu. Au festival de littérature de Jaipur, le professeur Ashis Nandy a été attaqué pour avoir exprimé des opinions peu orthodoxes sur la corruption des classes inférieures. Le film de Kamal Haasan, *Vishwaroopam*, a été censuré à la demande de musulmans. Et dans chacun de ces cas, l'opinion officielle, qui semblait recueillir l'assentiment de nombreux commentateurs et d'une part importante de l'opinion publique, était qu'au fond ces artistes et ces universitaires étaient responsables des ennuis qu'ils s'étaient attirés.

L'Amérique n'est pas épargnée par cette tendance. Les jeunes militants du mouvement Occupy ont été diabolisés (même si leur travail très efficace de soutien à la suite de l'ouragan Sandy a quelque peu fait taire ces critiques). Des intellectuels hors norme comme Noam Chomsky ou feu Edward Said ont souvent été mis à l'écart comme des extrémistes fous "antiaméricains" et même, dans le cas d'Edward Said, de manière absurde, comme des partisans du terrorisme palestinien. (On peut ne pas être d'accord avec les critiques que M. Chomsky adresse à l'Amérique mais il devrait tout de même être possible de reconnaître le courage qu'il faut pour se lever et les hurler à la face du pouvoir américain. On peut ne pas être pro-palestinien mais on devrait pouvoir constater que M. Said a critiqué Yasser Arafat avec autant d'éloquence qu'il en use pour critiquer les États-Unis.)

C'est une triste époque pour ceux d'entre nous qui croient au droit qu'ont les artistes, les intellectuels et les citoyens ordinaires et opprimés de repousser les frontières, de prendre des risques et ainsi, parfois, de changer la manière dont nous voyons le monde. Il n'y a rien d'autre à faire que de continuer à affirmer l'importance de cette forme de courage et de tenter de s'assurer que ceux qui sont poursuivis, Ai Weiwei, les Pussy Riot, Roberto Saviano, Hamza Kashgari et tant d'autres, sont considérés pour ce qu'ils sont : des hommes et des femmes qui combattent en première ligne sur le front de la liberté. Comment y parvenir ? Signez les pétitions qui dénoncent la manière dont on les traite, prenez part aux mouvements de protestation. Prenez la parole. Chaque initiative, si petite soit-elle, a son importance. Comme disait le vieux philosophe chinois, Lao-tseu : "Un voyage de mille lieues commence par un premier pas."

Post-scriptum. Depuis que ce texte a été écrit, Liu Xiaobo est mort d'un cancer du foie. Il avait été libéré pour raisons médicales en 2017, dix-sept jours seulement avant sa mort.

TEXTES POUR LE PEN CLUB

1. La plume et l'épée
Congrès international du PEN, 1986

En janvier 1986 je me suis rendu à New York à une réunion d'écrivains qui est devenue une légende littéraire. Le quarante-huitième congrès du PEN International, l'organisation mondlale d'écrivains dédiée à la diffusion du langage et à la défense de ceux qui le servent, fut un véritable spectacle. Norman Mailer était à l'époque le président de la section américaine du PEN et il avait déployé tous ses talents de persuasion et tout son charme pour lever des fonds qui permirent à plus de cinquante des plus grands écrivains du monde de venir à Manhattan débattre avec presque une centaine des meilleurs écrivains américains de ce thème imposant "L'imagination de l'écrivain et l'imagination de l'État" et d'être abreuvés et nourris à Gracie Mansion et au temple de Dendour du Metropolitan Museum.

Étant l'un des plus jeunes participants, j'étais saisi d'admiration, et pas qu'un peu. Brodsky, Grass, Oz, Soyinka, Vargas Llosa, Bellow, Carver, Doctorow, Morrison, Said, Ozick, Paley, Styron, Updike, Vonnegut et Mailer lui-même étaient quelques-uns des grands noms qui lisaient leurs œuvres et discutaient à l'Essex House et à l'hôtel St Moritz dans Central Park South. Un après-midi, le photographe Tom Victor me demanda de prendre place, pour une photo, dans une des calèches à cheval du parc, et quand j'y montai, je découvris qu'il y avait là Susan Sontag et Czeslaw Miłosz pour me tenir compagnie. D'habitude je n'ai pas ma langue dans ma poche mais je ne me rappelle pas avoir dit grand-chose pendant toute la promenade.

L'atmosphère fut électrique dès le début. Au grand déplaisir de beaucoup de membres du PEN, Mailer avait invité le secrétaire d'État George Shultz à prendre la parole lors de la cérémonie d'ouverture à la New York Public Library. Cela provoqua des huées de protestation de la part des écrivains sud-africains Nadine Gordimer, J. M. Coetzee et Sipho Sepamla qui accusaient Shultz de soutenir l'apartheid. D'autres auteurs, parmi lesquels E. L. Doctorow, Grace Paley, Elizabeth Hardwick, John Irving et beaucoup d'autres, désapprouvèrent également la présence de Shultz et protestèrent contre le fait que l'assemblée d'écrivains était présentée "comme un forum en faveur de l'administration Reagan" selon les termes de Doctorow.

Les jours suivants, les disputes furent toujours plus nombreuses. Cynthia Ozick fit circuler une pétition qui attaquait Bruno Kreisky, l'ex-chancelier juif d'Autriche, lui aussi membre du congrès, pour avoir rencontré Arafat et Kadhafi. Les défenseurs de Kreisky firent remarquer que pendant qu'il était chancelier, l'Autriche avait accueilli plus de réfugiés juifs russes que n'importe quel autre pays. Pourtant lors d'une table ronde, Ozick se leva pour dénoncer Kreisky qui géra la situation avec tant d'élégance que l'incident fut oublié.

De nombreuses participantes du congrès voulurent savoir, non sans raison, pourquoi il y avait si peu de femmes dans les tables rondes. Sontag et Gordimer, qui participaient toutes deux aux débats, ne se joignirent pas à la révolte. Ce fut Susan qui avança cet argument que "la littérature n'est pas un employeur qui offre les mêmes chances à tout le monde". Remarque qui n'améliora guère l'humeur des protestataires. Pas plus, je suppose, que ma propre intervention. Je fis remarquer qu'après tout s'il y avait plusieurs femmes dans les diverses tables rondes, j'étais l'unique représentant du sous-continent indien, c'est-à-dire d'un cinquième du genre humain. (En 1986, la population mondiale s'élevait environ à quatre milliards, et l'Inde à elle seule comptait huit cents millions d'habitants. Si on ajoutait le Pakistan et le Bangladesh, on obtenait un milliard représenté par ce seul écrivain.)

Exprime-toi, ma mémoire : Je me souviens de Updike, se livrant, devant un public absolument stupéfait d'écrivains du monde entier, à un éloge des petites boîtes aux lettres bleues d'Amérique, ces symboles quotidiens du libre-échange des idées. Je me souviens d'avoir fait la connaissance de Donald Barthelme, dont j'admire l'œuvre mais qui était tellement ivre que j'avais le sentiment de ne pas l'avoir réellement rencontré. (Quand j'ai raconté cette histoire à un écrivain américain de mes amis, il m'a répondu : "Détrompe-toi, tu l'as bien rencontré. Il est toujours comme ça.") Je me souviens de Rosario Murillo, la poétesse et *compañera* du président sandiniste du Nicaragua, Daniel Ortega, debout près du temple de Dendour, entourée d'une phalange de sandinistes, tous étonnamment beaux et l'air dangereux. Elle m'a invité à venir assister de mes propres yeux à la guerre des Contras, invitation que j'acceptai plus tard dans l'année, effectuant le voyage qui devait donner naissance à mon livre, *Le Sourire du jaguar*. J'ignorais, avant d'arriver à Managua, que Rosario Murillo, à l'époque comme maintenant, était probablement la femme la plus détestée au Nicaragua.

Et je me suis rappelé m'être trouvé entraîné dans un combat de poids lourds entre Saul Bellow et Günter Grass. Après que Bellow avait fait un discours contenant une envolée qui lui était coutumière sur la manière dont la réussite des Américains sur le plan matériel avait fait du tort à leur vie spirituelle ; Grass s'était levé pour faire remarquer que bien des gens passaient systématiquement entre les mailles du filet du rêve américain et proposait de montrer à Bellow quelques échantillons de la véritable misère en Amérique, par exemple dans le Sud du Bronx. Bellow, agacé qu'un écrivain allemand vienne lui parler de la pauvreté en Amérique, répondit assez sèchement et lorsque Grass revint s'asseoir – il se trouve qu'il occupait le fauteuil voisin –, il tremblait de colère.

"Dites quelque chose, ordonna-t-il.

— Qui, moi ?

— Oui, intervenez."

Je me levai donc pour prendre le micro et demandai à Bellow pourquoi, selon lui, tant d'écrivains américains avaient renoncé – je pense même, de manière plus provocatrice, avoir employé le terme "abdiqué" – à la tâche de traiter le thème de l'immense pouvoir de l'Amérique dans le monde. Bellow temporisa.

"Nous n'avons pas de tâches, répondit-il d'un ton majestueux. Nous avons des inspirations."

Si agréables que soient tous ces souvenirs, la véritable signification de ce congrès était plus profonde. En ces dernières années de guerre froide, il était important pour nous d'entendre les écrivains d'Europe de l'Est comme Danilo Kiš et Czeslaw Miłosz, György Konrád et Ryszard Kapuściński, opposant leurs visions à l'absence de vision du régime soviétique. Omar Cabezas, adjoint à l'époque du ministre de l'Intérieur du Nicaragua, qui venait de publier ses Mémoires de guérillero sandiniste et Mahmoud Darwich, le poète palestinien, firent entendre des voix qu'on n'entend pas souvent dans les tribunes américaines et des écrivains américains comme Robert Stone et Kurt Vonnegut firent part également de leur propre vision critique de l'Amérique, tandis que les Bellow et les Updike tournaient un regard introspectif vers l'âme américaine. Nadine Gordimer déclara que "L'État considère l'imagination comme quelque chose qui peut être mis à son service". Et Toni Morrison parla de la mise à l'écart opérée par l'État. "Si j'avais connu la vie que l'État avait prévue pour moi dès le début… J'aurais vécu et je serais morte dans la cuisine de quelqu'un d'autre, sur la terre de quelqu'un d'autre, et je n'aurais jamais écrit un seul mot. Voilà ce que l'État avait prévu pour moi en tant que Noire et en tant que femme." Finalement c'est donc la gravité de l'événement et non ses aspects plus légers qui gardent une place de choix dans mes souvenirs.

En 1986 il semblait encore naturel aux écrivains de prétendre qu'ils étaient, selon le mot de Shelley, "les législateurs méconnus du monde", de voir dans la littérature un véritable contrepoids du pouvoir, une noble force transculturelle et transnationale. Dans notre environnement culturel actuel, nivelé par le bas, homogénéisé, effrayé, sous la botte de dirigeants qui se croient les élus de Dieu et pensent détenir un pouvoir de droit divin, il est plus difficile d'afficher d'aussi hautes prétentions pour de simples écrivains. Plus difficile mais pas moins nécessaire.

Dans bien des régions du monde, en Chine, par exemple, en Iran et dans la plus grande partie de l'Afrique, l'imagination libre est toujours considérée comme un danger. Au cœur même de l'action du PEN il y a notre volonté de défendre les écrivains attaqués par des intérêts puissants qui les intimident ou les menacent. Ces voix, arabes, afghanes, latino-américaines ou russes ont besoin d'être amplifiées pour être entendues haut et clair comme l'étaient autrefois les dissidents soviétiques. Mais en Amérique, contrairement à ce qui se passe en Europe, on traduit des langues étrangères un pourcentage lamentablement limité de ce qu'on publie chaque année en matière de fiction et de poésie. Il n'a peut-être jamais été plus important pour les voix du monde entier qu'elles soient entendues en Amérique, jamais plus important que les idées et les rêves du monde y soient connus et fassent l'objet de réflexions et de discussions, jamais plus important qu'un dialogue global soit mis en place. Au lieu de cela on a l'impression que les choses se referment, que des barrières sont dressées, que ce dialogue est étouffé au moment précisément où nous devrions faire de notre mieux pour l'encourager. La guerre froide est terminée mais une guerre plus étrange a commencé. L'incompréhension entre les hommes n'a peut-être jamais été plus répandue, raison de plus pour se rassembler et pour essayer de voir quels ponts on peut construire.

En accueillant les délégués de 1986 à New York, Norman Mailer écrivait : "C'est une des grandes cités de notre civilisation, elle est, comme cette civilisation, menacée par au-dessus, par en dessous et sur les côtés." Ce mot de bienvenue, on aurait pu l'écrire hier. Contre les périls, les écrivains n'ont pas de vieilles défenses à proposer mais nous pouvons peut-être offrir à cette cité blessée et malmenée des pensées nouvelles, de nouveaux points de vue, des moments de meilleure compréhension. New York, la plus grande des cités du monde, le mérite bien.

2. La naissance du festival PEN Voix du monde

Le PEN américain m'a apporté un soutien inestimable quand j'en avais le plus besoin, après les attaques contre *Les Versets sataniques*, son auteur, ses éditeurs, ses traducteurs et les libraires. Au cours des deux dernières décennies, depuis que je me suis installé à New York, je me suis activement impliqué dans les actions du PEN et j'ai essayé de faire de mon mieux pour témoigner ma reconnaissance pour ce soutien en travaillant à défendre la liberté d'expression et les autres écrivains, comme j'ai moi-même été défendu il y a trente ans. Et quand j'ai été élu président du PEN américain en 2004, mon souvenir de la conférence de Mailer en 1986 a été une des sources d'inspiration qui nous ont amenés à fonder le festival de littérature internationale, PEN Voix du monde.

Après les attentats du 11 Septembre et pendant ce qui semblait la présidence conjointe de George W. Bush et de Dick Cheney, un fossé est apparu entre l'Amérique et le reste du monde, même entre l'Amérique et ses alliés naturels occidentaux. On aurait dit parfois que le monde n'était plus capable d'entendre le chant de l'Amérique et que l'Amérique était devenue sourde aux paroles et aux pensées du reste du monde. Nous pensions, au PEN, que c'était probablement mauvais pour le pays, mauvais aussi pour le reste du monde et nous décidâmes de faire ce que nous pouvions, du moins au niveau du discours littéraire et intellectuel, pour relancer ce dialogue interrompu.

Le résultat fut le festival PEN Voix du monde dont le but était simplement d'offrir aux plus grandes voix de la littérature mondiale la possibilité de passer chaque année quelques jours à New York à dialoguer et à débattre entre eux et aussi avec les plus grandes voix de l'Amérique.

Mike Robert, qui était alors le PDG du PEN américain, et moi-même, nous fîmes le tour de New York, plus ou moins casquette à la main, afin de lever des fonds car nous étions d'accord dès le départ sur le fait que le festival devait s'ajouter aux actions normales du PEN, qu'il ne devait pas provoquer de coupes budgétaires dans aucune de ses activités et qu'il fallait donc trouver des ressources supplémentaires. Il s'avéra que Mike et moi formions un tandem efficace. Je me chargeai du grand jeu avec chant et danse et grands mouvements de bras, et Mike s'occupa des détails pratiques. Cela semblait marcher plutôt bien. Et bien d'autres gens aidèrent à la création du festival, je pense en particulier à Diane von Fürstenberg qui fut une alliée précieuse, nous recommandant auprès des personnes susceptibles de faire des donations et organisant un grand événement pour nous mettre le pied à l'étrier. Les employés du PEN furent très généreux de leur temps libre. Et peu à peu la chimère devint réalité.

Nous apportâmes un changement radical par rapport à l'événement organisé par Mailer. Cette fois toutes les activités du festival seraient ouvertes au public et non plus, comme au temps de Mailer, réservées aux membres du PEN. Nous allions ouvrir les portes en grand et inviter tout le monde.

J'ai toujours pensé que nous étions en train de faire quelque chose à la Kevin Costner en créant les Voix du monde. C'était notre *Jusqu'au bout du rêve* à nous et nous avions pour devise : "Si vous le construisez, ils viendront." En réalité, nous n'étions absolument pas sûrs qu'il viendrait quelqu'un. Le calendrier culturel de New York était surchargé et il n'était pas facile de trouver de la place pour un nouvel événement. Pourtant nous l'avons construit et le public est venu, et il a continué de venir et nous devons le remercier, ce public, de son soutien, sans lequel notre travail n'aurait eu aucun sens.

Nous pouvons tous être fiers, nous qui avons été ou sommes membres du PEN américain, d'avoir créé une scène sur laquelle les valeurs fondamentales et l'action vitale du PEN ont pu toucher et inspirer une nouvelle génération de New-Yorkais.

Voyez cela comme le cadeau d'un New-Yorkais de fraîche date à sa nouvelle ville adoptive. New York aussi est un champ de rêves, puissent les rêves de la littérature y prospérer et le dialogue vital entre l'Amérique et le monde s'y poursuivre.

3. La conférence Arthur Miller
Festival PEN Voix du monde, 2012

Je suis ici, je pense, pour parler de la censure, mais aucun écrivain n'a jamais vraiment voulu parler de la censure. Les écrivains veulent parler de la création et la censure est l'anti-création, l'énergie négative, la dé-création, le fait de faire exister la non-existence ou pour reprendre les mots dont se sert Tom Stoppard pour décrire la mort : "l'absence de présence". La censure est ce qui vous empêche de faire ce que vous voulez et ce dont les écrivains veulent parler c'est de ce qu'ils font, pas de ce qui les empêche de le faire. Les écrivains ont envie de parler de ce qu'ils gagnent, de jaser sur les autres écrivains et de savoir ce qu'ils gagnent *eux* ; ils veulent se plaindre des critiques, des éditeurs et critiquer les hommes politiques, ils veulent parler de ce qu'ils aiment, les écrivains qu'ils préfèrent, les histoires et même les phrases qui ont compté pour eux et en fin de compte ils veulent parler de leurs propres idées, de leurs propres histoires, de leurs "choses". L'humoriste britannique Paul Jennings, dans son brillant essai sur le "résistentialisme", une parodie de l'existentialisme, suggère que le monde est divisé en deux catégories "le Tout" et "le Rien du Tout" et qu'entre les deux se mène une guerre incessante. Si l'écriture appartient au "Tout", la censure relève du "Rien du Tout" et comme le roi Lear le disait à Cordelia : "Rien ne sortira jamais de rien" ou comme M. Jennings aurait pu le dire en paraphrasant Shakespeare : "Du Rien du Tout ne sortira Rien du Tout, c'est tout."

Considérons, si vous le voulez bien, l'air. Il est là, tout autour de nous, en quantité, disponible gratuitement, et largement respirable. Oui je sais, il n'est pas parfaitement propre et pur, néanmoins il est là, en grande quantité, en quantité suffisante pour tous et bien davantage. Quand l'air respirable est aussi facilement disponible et en telle quantité, il paraît redondant de demander que de l'air respirable soit gratuitement fourni à tous, en quantité suffisante pour le besoin de tous. Ce dont on dispose peut aisément être considéré comme un acquis et ignoré. Nul besoin d'en faire toute une affaire. Vous respirez l'air fourni gratuitement, un air largement respirable, et vous poursuivez votre chemin. L'air n'est pas un sujet. Ce n'est pas un sujet de discussion.

Imaginez à présent que, là-haut, quelque part, il y ait des robinets géants et que l'air que nous respirons en sorte, l'air chaud, l'air froid, et l'air tiède issu de quelque mitigeur céleste. Et imaginez que, là-haut, une entité que nous ne connaissons pas, ou peut-être même que nous connaissons, décide, un beau jour, de fermer les robinets un par un, de sorte que nous commencions lentement à remarquer que l'air toujours respirable, toujours gratuit, se fait rare. Arrive le moment où nous avons des difficultés à respirer, peut-être même commençons-nous à suffoquer. D'ici là, beaucoup d'entre nous aurons commencé à protester, à condamner la réduction de la fourniture d'air, et à réclamer à grands cris le droit à un air gratuit, largement respirable. La rareté engendre la demande.

La liberté, c'est l'air que nous respirons, et nous vivons dans une région du monde où, même si l'approvisionnement n'est pas parfait, elle est disponible gratuitement pour chacun d'entre nous sauf pour les jeunes Noirs de Miami qui portent des sweats à capuche, et largement respirable sauf pour les femmes qui veulent disposer librement de leur corps dans des États républicains. Pas totalement gratuite, pas totalement respirable mais du moment qu'elle est respirable et gratuite, nous n'avons pas besoin d'en faire toute une histoire. Nous la tenons pour acquise et nous poursuivons notre chemin. Et la nuit, au moment de nous endormir, nous pensons que nous serons libres demain puisque nous l'étions aujourd'hui.

L'acte créateur exige non seulement la liberté mais aussi ce postulat de liberté. Si les artistes, les créateurs doivent s'inquiéter de ne pas être libres demain, alors ils ne le sont pas aujourd'hui. S'ils redoutent les conséquences du choix de leurs sujets ou de la façon dont ils les traitent, leurs choix ne seront plus déterminés par le talent mais par la peur. Si nous n'avons pas confiance dans notre liberté, nous ne sommes plus libres. Le robinet d'air est fermé et nous ne pouvons plus respirer.

Et pire encore, lorsque la censure s'attaque à l'art, elle en devient le sujet, l'art devient de "l'art censuré" et c'est ainsi que le monde le voit et le comprend. Le censeur qualifie l'œuvre d'immorale, de blasphématoire, de pornographique ou de discutable, et ces mots restent à jamais accrochés, comme ces albatros au cou des marins maudits, aux œuvres censurées. L'attaque contre une œuvre ne se contente pas de la définir, en un sens, aux yeux du grand public, elle devient l'œuvre elle-même. Pour un seul lecteur de *L'Amant de Lady Chatterley* ou de *Tropique du Capricorne*, pour un seul spectateur du *Dernier Tango à Paris* ou d'*Orange mécanique*, il y aura dix, cent, mille personnes qui "sauront bien" que ces œuvres sont obscènes ou excessivement violentes, ou les deux à la fois.

La présomption de culpabilité remplace la présomption d'innocence. Pourquoi cet artiste indien musulman avait-il besoin de représenter nue cette déesse hindoue ? N'aurait-il pas pu respecter sa pudeur ? Pourquoi cet écrivain russe rend-il son héros amoureux d'une nymphette ? N'aurait-il pas pu choisir un âge légal acceptable ? Pourquoi ce dramaturge britannique décrit-il un viol dans un temple sikh, un *gurdwara* ? Cette agression n'aurait-elle pas pu se passer loin d'un lieu sacré ? Pourquoi les artistes causent-ils autant de problèmes ? Ne peuvent-ils pas nous offrir de la beauté, des exemples moraux et une sacrée bonne histoire. Pourquoi pensent-ils, s'ils se conduisent de cette façon, que nous devrions être de leur côté ?

> La barque vacille ! cria le vieillard, et si vous vous agitez ainsi vous allez nous faire chavirer[1] !

Quand la censure est très efficace, le mensonge du censeur réussit vraiment à remplacer la vérité de l'artiste. Ce qui est censuré est supposé avoir mérité la censure. Le fait d'agiter la barque est largement désapprouvé. C'est là la victoire finale du censeur : quand les gens cessent d'être capables d'imaginer une société sans censure.

De grandes œuvres censurées ont parfois défié la description du censeur et se sont imposées au monde entier, *Ulysse*, *Lolita*, *Les Mille et Une Nuits*. Parfois de grands et courageux artistes ont défié les censeurs en créant une merveilleuse littérature clandestine, comme dans le cas de la littérature en samizdat de l'Union soviétique ou en tournant des films subtils qui esquivent le couperet de la censure comme c'est le cas pour une grande partie du cinéma iranien et de certains films chinois. Vous trouverez toujours des gens qui vous soutiendront que la censure est bénéfique aux artistes parce qu'elle lance un défi à leur imagination. C'est comme prétendre que si vous coupez le bras d'un homme vous pouvez le louer d'avoir appris à écrire à l'aide d'un stylo tenu entre ses dents. La censure n'est pas bonne pour l'art et est encore plus dommageable pour les artistes eux-mêmes. Le poète Ovide fut relégué sur les rivages de la mer Noire par un César Auguste mécontent et passa le reste de sa vie dans un trou perdu à Tomis, mais la poésie d'Ovide a survécu à l'Empire romain. Le poète Mandelstam est mort dans un des camps de travail de Staline mais la poésie de Mandelstam a survécu à l'Union soviétique. Le poète Lorca a été assassiné en Espagne par les sbires du *generalísimo* Franco mais la poésie de Lorca a survécu à la phalange

1. Johann Wolfgang von Goethe, *Le Serpent vert*, traduit de l'allemand par Oswald Wirth, coll. "L'Être et l'Esprit", Dervy, 1999.

fasciste. Peut-être pouvons-nous donc affirmer que l'art est plus fort que la censure, et peut-être est-ce souvent le cas.

Les artistes, en revanche, sont vulnérables.

Ici au PEN, nous avons pour tâche de défendre et d'essayer de protéger l'artiste aussi bien que l'art, l'écrivain en prison et ses paroles emprisonnées et interdites. Il y a de nombreux pays dans le monde où une assemblée comme les Voix du monde, où une centaine d'écrivains abordent toutes sortes de sujets de manières différentes, ne pourrait tout simplement pas se tenir. L'air est pollué, ici, mais il est respirable.

Ce n'est pas une raison pour s'en contenter. En Angleterre, il y a quelque temps, le PEN anglais a protesté contre le fait que la Foire du livre de Londres n'avait invité qu'une délégation d'écrivains chinois "officiels", approuvés par le gouvernement, alors que la voix d'au moins trente-cinq écrivains emprisonnés par le régime – dont Liu Xiaobo, lauréat du prix Nobel, et Zhu Yufu, membre du PEN – était réduite au silence et ignorée. Aux États-Unis, chaque année, des fanatiques religieux tentent de faire interdire des auteurs aussi disparates que Kurt Vonnegut et J. K. Rowling, qui est manifestement une avocate de la sorcellerie et de la magie noire, sans parler de ce pauvre Charles Darwin, ennemi de Dieu contre lequel les partisans du "dessein intelligent" continuent à manifester. J'ai écrit un jour, et je le pense toujours, que les attaques contre la théorie de l'évolution dans certaines régions des États-Unis viennent, d'une certaine façon, contredire la théorie de Darwin, en démontrant que la sélection naturelle ne s'opère pas toujours, du moins pas dans la région du Kansas, où les êtres humains sont également capables d'évoluer à rebours pour régresser vers le chaînon manquant.

Mais ce qu'il y a de plus préoccupant encore, c'est cette adhésion de plus en plus large à l'attitude du "ne faites pas tanguer la barque" opposée aux artistes qui justement la font bouger, le consensus de plus en plus répandu sur l'idée que la censure peut se justifier lorsque certains groupes d'intérêt, certains genres ou certaines religions se déclarent offensés par une œuvre d'art. Mais le grand art, ou plus modestement, disons l'art original, ne provient pas d'un juste milieu bien protégé : il émane toujours de la marge. L'originalité est dangereuse. Elle provoque, interroge, renverse des certitudes, bouleverse les codes moraux, manque de respect aux vaches sacrées et autres entités du même genre. Il peut être choquant, affreux ou pour employer ce terme fourre-tout qu'aime tellement la presse à sensation, controversé. Et si nous croyons à la liberté, si nous voulons que l'air que nous respirons reste abondant et respirable, c'est le droit à l'existence de cet art-là que nous devons non seulement défendre mais glorifier. L'art n'est pas un divertissement. Dans le meilleur sens du terme, c'est une révolution.

4. Le festival PEN Voix du monde Soirée d'ouverture, 2014

Une élection générale se déroule en ce moment en Inde. En raison de l'immensité du pays, il faut six semaines pour que tout le monde puisse voter. C'est globalement une élection libre, sans irrégularité, le vote se passe dans le calme, les incidents sont peu nombreux et le résultat sera le reflet fidèle de la volonté d'un nombre gigantesque d'électeurs. C'est sur ce processus électoral que s'appuie l'Inde pour revendiquer le titre de plus grande démocratie du monde, revendication glorieuse car il est plus difficile pour un pays pauvre d'être un pays libre, et les longues périodes d'instabilité civile et de fréquente privation de liberté que connaissent les citoyens de tous les pays voisins de l'Inde au nord, à l'est, à l'ouest et au sud, poussent les Indiens à s'enorgueillir d'autant plus. Cela, on peut tous en convenir, est très bien.

Mais une société démocratique n'est pas seulement une société dans laquelle de telles élections peuvent avoir lieu tous les cinq ans. La démocratie n'est pas seulement fondée sur l'existence d'un scrutin majoritaire. La démocratie c'est la liberté. Dans une société vraiment libre, tous les citoyens doivent *se sentir* libres, qu'ils se retrouvent du côté des gagnants ou des perdants d'une élection, libres de s'exprimer comme ils le souhaitent, de pratiquer une religion ou pas, libres de toute crainte et de tout danger. Si la liberté d'expression est attaquée, si la liberté religieuse est menacée, et si des fractions importantes de la société ont des raisons de craindre pour leur sécurité physique, alors une telle société ne peut pas être considérée comme une véritable démocratie. Dans l'Inde contemporaine, tous ces problèmes existent et ne font qu'empirer.

Les attaques contre la liberté littéraire, universitaire et artistique se sont exercées conjointement. L'essai classique de A. K. Ramanujan, *Les Trois Cents Ramayana*, le texte fondamental des études sur le *Ramayana* depuis des décennies à l'université de Delhi, a été attaqué par des extrémistes hindous et les autorités ont lâchement cédé et l'ont retiré du programme. L'étude de James Laine sur Shivaji, le roi guerrier du Maratha, une icône du parti Shiv Shena, a non seulement été attaquée et interdite mais la grande bibliothèque des textes anciens de Pune, où Laine avait effectué certaines de ses recherches, a été attaquée et de nombreux manuscrits anciens ont été détruits. Et plus récemment, ces mêmes fanatiques hindous qui avaient attaqué l'essai de Ramanujan ont intenté un procès à l'important travail universitaire de Wendy Doniger, *Les Hindous*, l'accusant de manière ridicule et peu grammaticale, d'être "une femme assoiffée de sexe". Et au lieu d'être rejetée par la cour dans un éclat de rire, cette accusation a réussi à effrayer la puissante maison Penguin Books et à la décider à retirer le livre de la circulation. Un artiste gay, Balbir Krishan, a d'abord été menacé avant d'être physiquement attaqué dans la capitale, New Delhi, accusé de "propager l'homosexualité".

De tels épisodes se multiplient tous les mois, toutes les semaines, tous les jours et les autorités manquent lamentablement à leur devoir de protéger le droit de s'exprimer librement. En réalité, les hommes politiques, aussi bien que les policiers, ont régulièrement blâmé les victimes leur reprochant d'être les fauteurs de troubles. Le climat de peur qui en a résulté est tel, comme le montrent certains des exemples que je viens de mentionner, que le travail des voyous et des censeurs est souvent assuré à leur place par la défaillance de ceux qui devraient défendre la liberté d'expression. Penguin Books dont la fusion avec Random House a créé la plus grande maison d'édition du monde et la plus puissante, et qui était prête à défendre mon travail en 1988, a cédé cette fois aux critiques contre Doniger sans même avoir essayé de lutter.

Cet état de choses déjà lamentable risque d'empirer considérablement si, comme cela paraît probable, les élections amènent au pouvoir le BJP nationaliste hindou et que le personnage extrêmement clivant de Narendra Modi, accusé d'être responsable[1] d'un pogrom contre les musulmans en 2002 dans l'État du Gujarat dont il est le Premier ministre, ce tenant de la ligne la plus dure, devient Premier ministre de l'Inde. (Des films évoquant ces attaques ont déjà été interdits au Gujarat dès 2002.)

Les menaces contre la liberté d'expression ont déjà commencé à se répandre au-delà des frontières du Gujarat. Siddharth Varadarajan, rédacteur en chef du remarquable quotidien anglophone, *The Hindu*, a été contraint de démissionner parce que le propriétaire du journal trouvait qu'il n'était pas assez favorable à Modi. Peu après, le gardien de son immeuble fut rossé dans une rue de Delhi par des voyous qui lui dirent : "Dis à ton patron de faire attention à ce qu'il dit à la télévision." Sagarika Ghose, une présentatrice vedette d'IBN, la filiale indienne de CNN, se vit ordonner par ses patrons de cesser de poster des tweets critiques à l'égard de M. Modi. En réaction, elle tweeta ce que beaucoup de journalistes pensent : "Il y a un esprit malfaisant à l'œuvre, un esprit qui opprime toute liberté de parole et réduit les journalistes indépendants au silence. Journalistes, unissons-nous !"

Les menaces ne se limitent pas à la liberté d'expression. Le chef de la campagne électorale de Modi, Amit Shah, a prononcé un discours au début du mois d'avril dans la ville du Nord Muzaffarnagar, théâtre de conflits sectaires l'an dernier. Il présente les élections comme l'occasion d'une revanche sur les minorités musulmanes. Giriraj Singh, un dirigeant du BJP parmi les plus anciens, et le plus vieux flagorneur de Modi, déclara lors d'une réunion électorale dans l'État du Nord du Bihar que ceux qui s'opposent à Modi ne devraient pas avoir leur place en Inde. "Ils ne devraient trouver de place qu'au Pakistan", hurla-t-il. Un autre extrémiste hindou, Praveen Togadia, demanda à ses partisans d'empêcher les musulmans d'acheter des biens immobiliers dans les zones à majorité hindoue du Gujarat. Tout cela n'est pas de bon augure.

1. Il fut plus tard lavé de cette accusation par une équipe spéciale d'investigation nommée par la Cour suprême indienne.

Il y a quelques semaines, le sculpteur Anish Kapoor et moi-même, en compagnie de plusieurs autres artistes, universitaires et intellectuels indiens avons signé une lettre ouverte pour manifester notre inquiétude devant l'éventuelle arrivée au pouvoir de M. Modi. Depuis, les attaques contre nous sur les réseaux sociaux sont devenues incessantes, ce qui paradoxalement a justifié nos craintes. Nous sommes inquiets de l'avènement d'un nouveau régime tyrannique et intolérant et voici déjà ses premiers éclaireurs qui arrivent, menaçants, méchants, vomissant leur bile, avides de vengeance et qui recourent aux attaques *ad hominem* en lieu et place d'un véritable débat.

Les partisans de M. Modi en reviennent à l'argument des urnes. Il va gagner, disent-ils, parce qu'il est populaire, et ils ont raison. Il y a un pourcentage inquiétant d'électeurs indiens qui veulent un homme fort à la tête du pays, et qui sont prêts à fermer les yeux sur ses méfaits passés même si on compte parmi eux un génocide, et qui pensent que les intellectuels devraient être remis à leur place, que les journalistes critiques devraient être muselés et que les artistes devraient faire preuve de plus de tenue. La volonté de tout miser sur le supposé génie économique de M. Modi, sur lequel bien des commentateurs émettent des doutes, et de risquer tout ce qu'il y a de beau dans une société libre, peut en fait provoquer la vague qui portera M. Modi à la victoire.

Il serait facile de dire que l'Inde aura alors le gouvernement qu'elle mérite. Mais tous ceux qui attachent de l'importance à ce qui est en train de se perdre, tous ceux qui souhaitent un pays libéré de la peur, une société ouverte, pas une société étouffée, tous ces Indiens se retrouveront dans une Inde qu'ils ne méritent pas. Ceux qui aiment l'Inde à laquelle aspirait Rabindranath Tagore dans son grand poème "Que mon pays s'éveille" auront une Inde qui aurait horrifié le poète.

Tagore écrivait :

Là où l'esprit est sans crainte et où la tête est haut portée ;
Là où la connaissance est libre ;
[…]

> *Là où l'esprit guidé par toi s'avance dans l'élargissement continu de la pensée et de l'action*
> *Dans ce paradis de liberté, mon Père, permets que ma patrie s'éveille*[1].

L'Inde court le danger de trahir l'héritage de ses pères fondateurs et de ses plus grands artistes comme Rabindranath Tagore.

Post-scriptum. Il s'est passé bien des choses en Inde depuis que cet article a été écrit, dont de nouvelles élections générales et une nouvelle victoire retentissante pour le Premier ministre Narendra Modi et son BJP. Comme l'écrivait Aatish Taseer dans *The Atlantic* en avril 2020 : "L'Inde n'est plus l'Inde." Les vieux idéaux laïques ont été démolis jour après jour. M. Modi et son acolyte Amit Shah, dopés par leur succès électoral, ont fait passer des lois – en particulier le CAA, ou *Citizenship Amendment Act* – qui servent leur programme de discrimination croissante à l'égard des non-hindous. Et l'État du Cachemire, dont les services internet ont été suspendus, dont les citoyens sont à la merci de forces de sécurité souvent brutales, souffre d'une administration autoritaire qui n'a certainement sa place dans aucune démocratie.

J'ai soutenu autrefois que le BJP avait inventé un "hindouisme" qui n'a rien d'hindou. "L'hindouisme" est un amalgame de systèmes de croyance. Il n'a pas un livre sacré unique, ni un dieu unique et n'exige aucun acte de culte collectif. À sa place, la nouvelle idéologie déclare que le *Ramayana* est le livre des livres, (pourquoi ? Les Veda sont aussi anciens et auraient pu tout aussi bien prétendre à ce titre), que Ram est le dieu le plus important et que le retour du "Ram Rajya", du royaume de Ram, est ce que l'on peut souhaiter de mieux (même s'il y a beaucoup de régions en Inde où Ram, une incarnation de Vishnu, n'a jamais joué historiquement un rôle majeur) ; et des cérémonies de masse, ressemblant à s'y méprendre aux grands rassemblements de Nuremberg, sont devenues des événements courants. Cette thèse a le mérite d'être vraie mais M. Modi et ses partisans ont créé à partir de ce nouvel hindouisme un mouvement qui rend caduques les vieilles

1. Rabindranath Tagore, *L'Offrande lyrique*, traduit par Hélène du Pasquier et André Gide, "Poésie", © Éditions Gallimard, 1963.

vérités. Le nouvel hindouisme est devenu l'hindouisme, à présent, et son intolérance est devenue celle de l'Inde.

S'il demeure quelque espoir, c'est dans la révolte contre les excès du gouvernement, en particulier contre le CAA, révolte menée par les femmes et les étudiants qui ont défié les menaces et la violence bien réelle. Le plus réconfortant c'est de voir et d'entendre les manifestants revenir au langage des luttes pour l'indépendance, au langage et à l'éthique de Nehru et de Gandhi et de l'esprit laïque indien, et d'opposer ce langage au discours grossier de ceux qui détiennent actuellement le pouvoir. Il y a une bataille en cours pour l'âme de l'Inde. Je ne sais pas qui va la gagner mais je sais dans quel camp je me range.

5. Le festival PEN Voix du monde
Soirée d'ouverture, 2017

Le festival PEN Voix du monde est né en 2005 en partie parce que nous trouvions absurde que la ville de New York, qui organise des festivals internationaux dans tous les domaines, n'ait pas un festival international de littérature. Cette première année, Voix du monde a réuni Chimamanda Ngozi Adichie du Nigeria, Paul Auster de Brooklyn, Breyten Breytenbach d'Afrique du Sud, Nuruddin Farah de Somalie, Ryszard Kapuściński de Pologne, Eli Shafak de Turquie, Hanan El-Cheikh du Liban, Wole Soyinka du Nigeria, Ngugi wa Thiong'o du Kenya et Chico Buarque du Brésil. Mais dès le tout début, l'événement a été un peu plus qu'un simple festival littéraire. Il a été et il est toujours un lieu où la mission du PEN est mise en avant et où les abus de pouvoir en Amérique comme à l'étranger sont dénoncés et combattus.

Au début de la treizième édition de Voix du monde, nous sommes confrontés à un nouveau défi, aussi grand, si ce n'est plus, que les défis de l'époque de George Bush en 2005. De la part des lieux de pouvoir les plus élevés et les plus puissants en Amérique, nous assistons à une attaque contre les arts, et au-delà des arts, contre le journalisme, et au-delà du journalisme, contre l'idée même de vérité : la vérité comme objectif, au-delà des opinions personnelles et des préjugés, la vérité dans le sens de la primauté des faits, de faits étayés par des preuves. Nous vivons une époque où les contre-vérités polluent quotidiennement nos vies et dans laquelle des gens sectaires qui en veulent aux médias, mais aussi aux immigrants, aux Mexicains, aux minorités, à la communauté LGBTQ, aux femmes et aux prétendues élites, semblent avoir été libérés par le résultat de l'élection présidentielle, et par conséquent nos prises de position officielles ont déjà été largement défigurées.

Entre parenthèses, puis-je m'élever contre le détournement de sens du mot "élites" ? Comment un gouvernement de milliardaires et de banquiers, qui détient une fortune plus considérable que n'importe quel autre gouvernement dans l'histoire de l'Amérique, peut-il se permettre de déconsidérer ses adversaires en les traitant d'élites, tout en prétendant parler au nom des masses ? Il y a très peu de romanciers ou de journalistes qui possèdent des jets privés, des clubs en Floride ou dans le New Jersey. Très peu de ces supposées élites hors de portée sont aussi radicalement coupées des gens ordinaires que ce cabinet de milliardaires. Et c'est *nous* qui sommes les élites ?

Commençons donc par revendiquer ce simple mot. Appelons les choses par leur véritable nom. Nous avons affaire au gouvernement le plus effrontément élitiste de l'histoire des États-Unis. Et quiconque ne s'en aperçoit pas, pour paraphraser une réflexion que Stephen King a faite l'autre jour, ne remarque vraiment rien.

Je m'inquiète pour l'avenir de ce festival si l'administration fait de l'entrée sur le territoire américain une expérience beaucoup plus difficile et désagréable. Les auteurs du monde entier accepteront-ils de braver la législation américaine sur l'immigration ? On entend déjà de nombreuses anecdotes qui évoquent des manœuvres d'intimidation aux points d'entrée, des gens qui se voient demander à la frontière par des officiers des services d'immigration ce qu'ils pensent du président comme si c'était là un critère qui pouvait décider de leur droit à pénétrer sur le territoire américain. On parle déjà d'une baisse probable du nombre de visiteurs en Amérique, de près de vingt pour cent ou plus cette année. Le fossé entre ce pays et le reste du monde, qui nous avait amenés à lancer les Voix du monde en 2005, est en train de se rouvrir. J'espère que les écrivains ne seront pas dissuadés de venir ici nous rejoindre et que nous pourrons faire tout notre possible pour faire circuler la parole par-delà ce gouffre.

Je pense que, en ce moment où l'idée d'une Amérique meilleure, diverse, ouverte, tolérante et civilisée, est attaquée de toutes parts, nous devons, chacun d'entre nous, écrivains, éditeurs, libraires, lecteurs, citoyens, être les gardiens de cette culture. Être dans nos paroles et nos actes l'incarnation et les protecteurs de cette Amérique meilleure. Parce que l'Amérique vaut mieux que le Trumpistan. L'Amérique vaut mieux que ces gens pour qui le deuxième amendement est sacré alors que le premier amendement ne l'est pas tellement. L'Amérique vaut mieux que la tyrannie, le sectarisme et la haine. Si cette sombre période a eu au moins un résultat positif c'est que tant d'Américains sont galvanisés sur le plan politique, comme peut-être jamais auparavant. Et il existe donc peut-être une armée du bien, une armée de la paix et de la justice, unie contre la haine, prête à se dresser contre les forces déchaînées contre elle. Je pense qu'elle existe et, pour reprendre une vieille formule, nous ne nous laisserons pas faire.

CHRISTOPHER HITCHENS
(1949-2011)

Écrit le 15 décembre 2011, le jour de la mort de Christopher

Le 8 juin 2010, j'étais "en conversation" avec Christopher Hitchens au 92 Street Y à New York devant son public habituel au grand complet à l'occasion du lancement de ses Mémoires *Hitch-22*. Christopher exécuta un véritable numéro de bravoure ce soir-là, jamais il ne se montra plus incisif, plus drôle et ce soir-là, au dîner donné en son honneur, il fut tout aussi brillant. Quelques jours plus tard il me confia que c'était le matin de l'événement au Y qu'on lui avait annoncé qu'il avait un cancer. Difficile de croire qu'il se soit montré aussi magnifique en public un jour aussi épouvantable pour lui en privé. Il avait montré plus que du stoïcisme. Il avait jeté le rire et l'intelligence à la face de la mort.

Hitch-22 était un titre né des jeux de mots idiots auxquels nous nous adonnions, l'un d'entre eux étant "Les titres qui ne collent pas tout à fait", parmi lesquels figuraient : *L'Adieu aux larmes*, *Pour qui sonne la cloche*, *Ne tirez pas sur le colibri*, *L'Attrape-fleur*, *M. Jivago* et *Moby-Bite*. Et parmi les versions pas tout à fait conformes du chef-d'œuvre comique de Joseph Heller, *Embrouille-22* ou *Hitch-22*, Christopher récupéra ce dernier titre dans le lot des rejetés de notre liste d'échecs et lui redonna ses lettres de noblesse en l'attribuant au texte qui est désormais le meilleur souvenir qui reste de lui.

Hitchens et le rire étaient des compagnons inséparables. Et la comédie était une des armes les plus puissantes de son arsenal. Quand nous nous retrouvâmes sur le plateau de l'émission *Real Time with Bill Maher*, en compagnie de Mos Def et que le rappeur se lança dans une série de critiques bancales d'Oussama Ben Laden et d'al-Qaida, Christopher adopta un ton d'une politesse presque féroce, s'adressant à Mos, tout en mettant ses idées en pièces, en employant ce surnom faussement respectueux "M. Définitif", un nom si comiquement insultant qu'il rendit encore plus risibles les idées ridicules que M. Def essayait de défendre.

Derrière le rire se cachait ce que son ami Ian McEwan appelait "son esprit Rolls-Royce", un organe à l'érudition improbable et à la perception souvent brillante mais parfois aussi faillible. L'esprit de Hitch était une machine racée et ronronnante, dotée d'équipements élégants mais il ne manquait pas de sensibilité. C'était un intellectuel qui avait les instincts d'un bagarreur de rues, jamais plus heureux que lorsqu'il était impliqué dans un combat moral ou politique. Lorsque je me retrouvai engagé dans une querelle publique avec John Le Carré, Hitchens se lança spontanément dans la mêlée et fit monter le niveau d'insulte de plusieurs crans, comparant la conduite du grand homme à "celle d'un homme qui vient de se soulager dans son chapeau et s'empresse de se visser sur la tête le chapeau bien rempli". La querelle, je suis navré de le dire, s'envenima après l'intervention de Hitchens.

La dispute avec Le Carré eut lieu pendant les longues années de dissensions et de dangers qui suivirent la parution de mon roman *Les Versets sataniques*, et l'attaque contre son auteur, ses éditeurs, ses traducteurs et les libraires de la part des sbires et des successeurs du tyran théocratique d'Iran, Ruhollah Khomeiny. C'est au cours de ces années que Christopher, qui était un ami mais pas intime depuis le milieu des années 1980, se rapprocha pour devenir l'allié le plus infatigable et le plus éloquent des défenseurs.

On m'a souvent demandé si Christopher avait pris ma défense parce qu'il était un ami proche. La vérité c'est qu'il est devenu un ami proche parce qu'il a voulu me défendre.

Le spectacle d'un despote religieux aux idées antiques prononçant une condamnation à mort contre un écrivain vivant dans un autre pays et envoyant des escadrons de tueurs pour exécuter la sentence changea quelque chose chez Christopher. Il lui fit comprendre qu'un danger nouveau avait été lâché sur terre, qu'une nouvelle idéologie totalitaire avait chaussé les souliers éculés du communisme soviétique. Et quand l'hostilité brutale des conservateurs britanniques et américains (John Podhoretz et Charles Krauthammer, Hugh Trevor-Roper et Paul Johnson) se joignit à la politique d'apaisement de certaines parties de la gauche occidentale et que les deux camps se mirent à proposer des analyses bienveillantes de l'attaque, son indignation s'emporta. Pour la droite j'étais un "traître" culturel, et – pour reprendre l'expression de Christopher – un "nègre arrogant", et pour la gauche, le Peuple ne pouvait jamais avoir tort et la cause du Peuple opprimé, catégorie dans laquelle les adversaires islamistes de mon roman (et du "pouvoir hégémonique des États-Unis") se retrouvaient, était doublement justifiée. Des voix aussi diverses que celle du pape, du cardinal de New York, du premier rabbin de Grande-Bretagne, de John Berger et de Germaine Greer, "reconnaissaient l'insulte" et ne parvenaient pas à s'indigner, alors Christopher partit en guerre.

Lui et moi nous retrouvâmes, sans s'être concertés, à décrire nos idées pratiquement dans les mêmes termes. Je commençai à comprendre que si je n'avais pas choisi la bataille, c'était du moins le juste combat parce qu'en l'occurrence tout ce que j'aimais et qui comptait pour moi (la littérature, la liberté, l'irrévérence, la liberté, l'athéisme, la liberté) était aligné contre tout ce que je détestais (le fanatisme, la violence, le sectarisme, le manque d'humour, l'ignorance et cette nouvelle culture de l'offense de notre époque). Et puis en lisant Christopher, j'ai vu qu'il utilisait exactement la même image de tout-ce-qu'il-aimait-contre-tout-ce-qu'il-détestait et je me suis senti… *compris*.

Il voyait lui aussi que l'attaque contre *Les Versets sataniques* n'était pas un événement isolé, que dans tout le monde musulman des écrivains, des journalistes et des artistes étaient accusés des mêmes crimes : blasphème, hérésie, apostasie et leurs associés contemporains, "l'insulte" et "l'offense". Et il devina que, au-delà de cette agression intellectuelle, il y avait la possibilité d'une attaque sur un front plus large. Il me cita Heine : "Quand on brûle des livres on en vient ensuite à brûler les gens." (Et il me rappela, avec son sens profond de l'ironie, que la fameuse tirade de Heine, tirée de sa pièce *Almansor*, faisait référence à la destruction par le feu du Coran.) Et le 11 septembre 2001, il comprit, comme chacun d'entre nous, que ce qui avait commencé par l'autodafé d'un livre à Bradford, Yorkshire, éclatait à la face du monde entier sous la forme de l'incendie tragique des tours.

Au cours de la campagne contre la fatwa, le gouvernement britannique et diverses associations de défense des droits de l'homme entreprirent de plaider en faveur d'une visite de ma part auprès de Clinton à la Maison Blanche afin de démontrer que le nouveau gouvernement soutenait fortement notre cause. Une visite fut proposée puis retardée, puis de nouveau programmée. Il était impossible de savoir jusqu'à la dernière minute si je rencontrerais le président Clinton en personne ou si la rencontre serait confiée au conseiller pour la sécurité nationale, Anthony Lake, et peut-être à Warren Christopher, le secrétaire d'État. Hitch s'employa infatigablement à insister auprès de l'entourage de Clinton sur l'importance que le président en personne me reçoive. Son amitié avec George Stephanopoulos fut peut-être le facteur décisif. Les arguments de Stephanopoulos l'emportèrent et je fus conduit en présence du président. Stephanopoulos appela immédiatement Christopher pour lui annoncer triomphalement : "L'Aigle s'est posé."

(Lors de cette visite à Washington, je séjournais dans l'appartement de Hitchens et il fut par la suite avisé par un espion du Département d'État que le fait de m'avoir hébergé pouvait l'avoir mis en danger et que ce serait peut-être une bonne idée de déménager. Conseil qu'il ignora avec dédain.)

Christopher en vint à penser que les gens qui comprenaient les dangers posés par l'islamisme radical étaient de droite, que ses anciens camarades de gauche s'arrangeaient entre eux pour éviter de voir ce qui lui semblait pourtant une évidence manifeste, et comme il n'était pas du genre à faire les choses à moitié, il effectua ce que bien des gens considérèrent comme un demi-tour sur l'autoroute politique pour se rallier aux partisans de la guerre du gouvernement de George W. Bush. Il s'éprit curieusement de Paul Wolfowitz. Un soir, il se trouve que j'étais chez lui à Washington lorsque Wolfowitz, qui venait de quitter le gouvernement, passa prendre un dernier verre et se lança dans une critique de la guerre en Irak (entièrement la faute de Rumsfeld, apparemment) qui me laissa, pour le moins, coi. La doctrine de Wolfowitz, disait Wolfowitz, avait été dès le début une doctrine anti-Wolfowitz. C'était un argument digne d'un personnage de *Catch 22*. Je me demandai combien de temps Christopher allait pouvoir supporter de tels compagnons.

Paradoxalement ce fut Dieu qui sauva Christopher de la droite américaine. Quelqu'un qui détestait Dieu de manière aussi viscérale, intelligente, originale, et comique que Hitchens ne pouvait rester bien longtemps dans la poche des conservateurs américains qui vivent dans la crainte de Dieu. Quand il sortit les crocs et bondit à la gorge de Dieu comme il l'avait déjà fait auparavant pour Henry Kissinger, mère Teresa et Bill Clinton, le livre qui en résulta, *Dieu n'est pas grand*, renvoya Hitch à son territoire naturel, de gauche et athée. Il devint, dans ses dernières années, une figure extraordinairement aimée, et ce fut cette guerre magnifique qu'il mena contre Dieu et ce combat non moins magnifique contre son dernier ennemi, la mort, qui le ramena enfin "chez lui", loin de cette calamiteuse guerre en Irak.

Dernières remarques.

Quand j'eus achevé le premier jet de mon essai autobiographique, *Joseph Anton*, j'en envoyai un exemplaire à Christopher qui, à l'époque, allait très mal. Je m'attendais de sa part, tout au plus, qu'il y jette un coup d'œil. Au lieu de cela je reçus un très long e-mail qui contenait une critique détaillée du texte et signalait des erreurs factuelles et des citations fautives de Rupert Brooke et P. G. Wodehouse.

Il y eut un dernier dîner à New York au cours duquel le poète James Fenton et moi-même, après nous être mis d'accord au préalable, nous employâmes à le faire rire le plus possible. Cela provoqua malheureusement, au moins une fois, une terrible quinte de toux. Mais il s'amusa beaucoup ce soir-là. C'était le seul cadeau que des amis pouvaient lui offrir vers la fin : une heure ou deux où il était lui-même, et comme il avait toujours voulu être, le Hitch puissant et rayonnant entouré de ceux qu'il aimait, et pas le Hitch affaibli qui voyait la vie chassée de son corps par le Destructeur des Jours.

Richard Dawkins écrivit à Christopher dix jours avant sa mort pour lui annoncer qu'on avait donné son nom à un astéroïde. Christopher en fut absolument ravi et parla à tous ses amis de l'astéroïde Hitchens. "Enfin, nous écrivit-il dans un e-mail. Brille, brille, petite chauve-souris !" Je lui répondis en paraphrasant le dernier vers du poème de Lewis Carroll : "Bravo ! Te voilà devenu un plateau à thé dans le ciel !" Ce fut notre dernier échange.

Le jour de son soixante-deuxième anniversaire, son dernier anniversaire, phrase qu'il m'est pénible d'écrire, je m'étais rendu avec lui, Carol et d'autres camarades chez son ami Michael Zilkha dans sa maison de Houston et on nous avait pris en photo debout de part et d'autre d'un buste de Voltaire. Cette photographie est devenue un de mes trésors les plus précieux, moi avec les deux Voltaire, l'un en pierre et l'autre encore bien vivant. Maintenant ils ont disparu tous les deux, et on peut seulement s'efforcer de croire à ce que le philosophe Pangloss affirmait à Candide dans le chef-d'œuvre de l'aîné des deux Voltaire : "Tout est pour le mieux dans le meilleur des mondes possibles."

Cela n'a pas l'air d'être vrai aujourd'hui.

L'INSTINCT DE LIBERTÉ

Lorsque Christopher Hitchens acheva son livre, *Dieu n'est pas grand*, il m'en fit parvenir un exemplaire pour que je le lise et je lui dis, ne plaisantant qu'à moitié, que le titre comportait un mot de trop, qu'il aurait pu utilement effacer "grand". Il ne tint pas compte de mon avis.

L'athéisme n'est pas très répandu en Amérique. En Angleterre et en Europe c'est un tel lieu commun d'annoncer qu'on ne croit pas en Dieu que les gens se grattent la tête et se demandent pourquoi vous vous comportez de manière aussi banale. Exprimer son athéisme revient à énoncer une évidence. C'est parler de sa foi qui paraît bizarre. (À moins que vous ne soyez musulman, les musulmans ont des problèmes avec l'athéisme.) En Angleterre, lorsque Tony Blair était Premier ministre, ses conseillers en communication ne ménagèrent pas leurs efforts pour dissimuler le fait qu'il était profondément croyant parce que si cela était venu à se savoir, ç'aurait été un handicap sur le plan électoral. Une dévotion publique et une profonde foi religieuse constituent la recette d'un échec en politique.

L'année dernière j'ai été invité en Australie à une conférence sur l'"athéisme mondial" à laquelle devaient participer de nombreux intervenants très connus : Richard Dawkins, Daniel Dennett, etc. J'ai appris plus tard qu'il avait fallu annuler la conférence faute d'avoir réussi à vendre les billets. Le plus impressionnant c'est que *pratiquement aucun billet* n'avait été vendu. Il semble que les Australiens n'avaient aucune envie de payer pour entendre quelques-uns d'entre nous parler de ce qu'ils tenaient pour acquis. Ils préféraient aller à la plage et, comme le juge Brett Kavanaugh, boire quelques bières et ne pas se sentir responsables de ce qui arrive ensuite. En Amérique, hélas, nous ne sommes pas aussi en avance que les Australiens sauf pour ce qui est de la bière et de ce qui arrive ensuite.

En Amérique, si vous rejetez la religion du haut d'un pupitre de conférence, vous entendez souvent des réactions choquées : des gens qui poussent des exclamations de surprise ou reprennent bruyamment leur souffle. En Amérique vous ne pouvez même pas être employé de la fourrière si vous n'êtes pas en mesure de prouver que vous allez tous les dimanches à la messe et que vous avez une relation étroite avec le prêtre du coin. (Non en fait, pas si étroite que cela. De toute façon, il préfère probablement des gens plus jeunes.)

Même Donald Trump a dû faire semblant d'être croyant, ce qui n'a pas dû être facile pour lui, parce que, comme l'a montré une séquence vidéo tournée dans la National Cathedral, apparemment il ne connaît même pas le *Notre Père*. (Entre parenthèses, savoir des choses n'est pas, dans l'ensemble, le point fort de Trump. Comme l'a fait remarquer un commentateur conservateur ce n'est pas que Trump ne sait pas des choses, c'est qu'il ne sait pas ce que "savoir des choses" veut dire.)

Il y a quelques années, avant la dernière guerre en Irak, je me suis retrouvé à Washington où je m'adressais à des groupes de sénateurs démocrates et républicains. Une des différences frappantes entre les deux groupes c'est que les démocrates s'exprimaient dans le langage laïque de la politique alors que les républicains faisaient constamment référence à des assemblées de prière et à la foi. Au cours du meeting des républicains, un sénateur du parti déclara, profondément indigné, qu'il avait vu une citation d'Oussama Ben Laden disant que l'Amérique était un pays sans Dieu. "Comment peut-il dire une chose pareille ? me demanda le sénateur, sincèrement offensé. Nous sommes incroyablement pieux." Je fus frappé par sa véhémence. Il avait le sentiment qu'une part essentielle de son identité était attaquée. Je me suis dit qu'Oussama Ben Laden avait probablement à l'esprit des cibles plus importantes que l'image que le sénateur se faisait de lui-même mais j'ai gardé ma réflexion pour moi.

Mais je suis ressorti de là en m'interrogeant sur la question de savoir pourquoi, sur la "terre de la liberté", les gens restaient partout emprisonnés dans cette idéologie antique nommée Dieu. En voici l'explication, la théorie à deux dollars à laquelle je suis parvenu. Cela a beaucoup à voir avec la conception que se font les gens de la liberté. En Europe, le combat pour la liberté de pensée et d'expression a été mené contre l'Église plus que contre l'État. L'Église, avec son dispositif répressif, l'excommunication, l'anathème, l'*Index expurgatorius*, la torture, les sorcières que l'on noyait, les opposants qu'on écartelait ou qu'on brûlait, se donnait pour tâche de placer des limites à ce que l'on pouvait penser et dire et si vous franchissiez ces limites vous pouviez comme Giordano Bruno, comme Savonarole, vous retrouver sur le bûcher ou du moins être contraint, comme Galilée, de rétracter ce que vous saviez être vrai. Ainsi dans la pensée européenne, "la liberté" était comprise comme le fait de se "libérer de la religion". Les écrivains et les philosophes des Lumières en France ont parfaitement compris cela et se sont appliqués à saper le pouvoir qu'avait l'Église d'imposer le silence, en se servant du blasphème comme d'une de leurs armes et c'est leur œuvre qui a fini par devenir la pierre angulaire de notre conception moderne de la liberté.

Mais les premiers colons qui sont arrivés d'Europe en Amérique fuyaient, dans bien des cas, les persécutions religieuses, et l'Amérique, leur terre nouvelle, était l'endroit où ils allaient être libres de pratiquer leur religion comme ils le souhaitaient, sans aucune crainte. Ainsi "la liberté" en Amérique, dès les premiers temps, a été vue non comme une façon de se libérer de la religion mais comme la liberté de la pratiquer. Religion et liberté n'étaient pas dans des camps opposés mais du même bord. Et lorsque le premier amendement fut formulé, ces deux éléments y étaient liés à jamais. "Le Congrès ne pourra faire aucune loi ayant pour objet l'établissement d'une religion ou interdisant son libre exercice ; de limiter la liberté de parole ou de presse, ou le droit des citoyens de s'assembler pacifiquement et d'adresser des pétitions au gouvernement pour qu'il mette fin aux abus." Vous pouvez voir que la liberté religieuse précède la liberté de parole. Elle est de première importance, et la liberté d'expression ne vient qu'en second lieu. Cela explique en partie pourquoi l'athéisme est si peu enraciné en Amérique. La religion et la liberté se sont mariées sur le continent nord-américain, le premier amendement a servi de certificat de mariage, et les États-Unis ont été le résultat.

L'exemple américain, où le désir de liberté religieuse a été étendu jusqu'à inclure la liberté de toute forme de pensée et d'expression, est, je pense, une exception à la règle. Le plus souvent, religion et liberté ont été en désaccord. Et même dans l'Amérique d'aujourd'hui, la ligne de fracture entre liberté et religion n'est pas difficile à voir. D'un côté le premier amendement ne parvient pas à protéger les juifs de Pittsburgh de la folie américaine des armes, sanctifiée par les interprétations actuelles du deuxième amendement. D'un autre côté certains croyants peuvent s'en prendre à la liberté de certaines personnes après avoir redéfini le mot "liberté" pour lui donner à peu près le sens de "sectarisme de droit divin". Refuser de servir des homosexuels ou de célébrer leurs mariages est un exemple de ce genre de liberté que l'on rencontre dans la Bible Belt. Nous vivons une époque violente où le sens des mots est partout déformé de façon malhonnête, où ces significations déformées peuvent engendrer la violence et c'est particulièrement vrai de ces deux expressions "la liberté individuelle" et "la liberté tout court". Je reviendrai sur ce point dans un moment. Mais je veux d'abord remonter aux origines à la fois de la religion et de l'idée de la liberté individuelle.

Les dieux sont nés du fait que les êtres humains ne comprenaient pas le monde. Qu'était le Soleil et pourquoi s'élevait-il dans le ciel ? Qu'étaient la Lune et les étoiles ? Vivions-nous sous un grand dôme percé de trous pour laisser passer cette mystérieuse lumière ? Qui faisait tomber la pluie et pourquoi vivions-nous et mourions-nous ? Comment étions-nous arrivés ici et comment *ici* était-il arrivé avant nous ? Depuis les temps les plus reculés nous avons souffert de l'illusion anthropomorphique, la croyance que les choses non humaines comme les plantes ou les océans étaient dotées de caractéristiques humaines, comme les émotions, que le ciel pouvait se mettre en colère et que la brise pouvait être douce, mais aussi, depuis les temps les plus reculés, nous sommes des animaux qui racontent des histoires. Nous nous racontons à nous-mêmes des histoires pour tenter d'expliquer ce que nous ne comprenons pas. Nous inventons des versions plus grandes et plus puissantes de nous-mêmes, cachées dans le ciel, nous lançant des éclairs depuis le sommet des montagnes, barattant la surface de la mer depuis un trône enfoui dans les profondeurs des eaux. Et nous faisons des dieux le centre de discussions sur l'amour et la peur. Tantôt les dieux nous aimaient, ils avaient leur peuple préféré et leurs cités préférées, mais lorsque les préférences des dieux entraient en conflit, lorsqu'un dieu aimait les Grecs et un autre préférait les Troyens, gare ! Parfois l'amour d'un dieu, quand il s'adressait à une femme, ressemblait beaucoup à une agression sexuelle. Et très souvent les dieux se contentaient de se montrer effrayants et vengeurs, en particulier à l'égard de ces humains audacieux qui rêvaient de les égaler, comme le fit Arachné, qui se pensait capable de tisser aussi bien qu'Athéna. Et qui fut pour cette raison transformée en araignée. Les dieux n'ont jamais apprécié que les humains défient leur pouvoir ou que l'un d'entre eux tente de leur voler leur pouvoir magique. Le châtiment du Titan Prométhée, coupable d'avoir volé le feu, devait nous servir d'exemple à tous.

"Restez à votre place" disait le message des dieux depuis le début. Sauf que la liberté c'est précisément l'idée que nous n'avons pas besoin de rester à notre place mais plutôt de nous en bâtir une qui nous convienne.

La peur, dans l'ensemble, l'emporte sur l'amour, dans les polythéismes primitifs. Il est vrai qu'existaient des divinités de l'amour, des dieux dont le rôle était de veiller sur la vie des amoureux et de recevoir en retour leur adoration, mais dans l'ensemble, nos ancêtres voyaient dans la divinité l'incarnation du pouvoir. C'était leur réponse à la grande question insoluble : Qui a créé toutes choses, y compris nous ? Et il n'existait rien d'aussi stupide que la liberté humaine. Nous étions les créatures des dieux, vouées à les adorer, humblement, sinon gare. Il est vrai que beaucoup des histoires inventées par nos ancêtres étaient très belles et très étranges : le dieu Indra barattant le lait originel de l'univers pour créer les galaxies, la tortue géante soutenant le monde (mais qu'est-ce qui soutenait la tortue géante ?), Ganesh à la tête d'éléphant, assis au pied de l'Homère indien, le sage Vyasa, et notant le *Mahabharata* que lui récite le poète ; le crépuscule des dieux. Mais les religions mortes dont nous trouvons les histoires si belles étaient autrefois des religions bien vivantes, dotées de tout l'appareil répressif dont disposent les religions vivantes, et on blasphémait alors à ses risques et périls. Ces religions ne sont devenues de "belles histoires" que lorsque les gens ont cessé de croire en elles comme en des vérités littérales. L'idée de la vérité littérale de tel ou tel texte sacré demeure une des notions les plus dangereuses.

Soyons clairs. Les dieux ne nous ont pas créés à leur image. C'est nous qui les avons créés à la nôtre. Et si la première raison de cet acte de création fut notre désir de trouver des explications à la création plus vaste que nous ne comprenions pas, notre désir, en l'absence de la science, de répondre à la première grande question, celle des origines, alors la seconde raison était de fournir un cadre éthique à nos vies, de répondre à la seconde grande question, celle de l'éthique : maintenant que nous sommes là, comment devons-nous vivre ? Qu'est-ce qu'une bonne action, qu'est-ce qu'une mauvaise action ? Qu'est-ce qui est mal, qu'est-ce qui est bien ? Il est intéressant de noter que les religions polythéistes – les panthéons égyptien, nordique, grec, romain, hindou – ne se sont pas beaucoup intéressées à la seconde question. Leurs dieux n'étaient pas des modèles de vertu et ne proposaient aucune théorie morale. Les dieux étaient comme nous, en plus grand. Ils ne se comportaient pas bien. Ils étaient cupides, c'étaient des prédateurs sexuels, ils étaient orgueilleux, mesquins, vindicatifs, déloyaux, lubriques. (Songez-y : les humains, même dans le brouillard des premiers temps, devaient former une bande bien meilleure que leurs divinités.) Mais ce qui importe c'est que les dieux ne disaient pas à leurs fidèles, faites comme nous. Ils ne disaient pas : nous vous montrons l'exemple à suivre. Ils disaient simplement : nous sommes les dieux, nous faisons ce que nous voulons, et votre rôle est de nous adorer, sinon gare.

Le fascisme est né sur le mont Asgard, le mont Kailash et le mont Olympe.

Ce sont les grands monothéismes qui se sont emparés de la question de la morale. Ce qui descendait de la montagne à présent, ce n'était plus un éclair mais un sermon. C'est alors qu'est apparue l'affaire de la carotte et du bâton, ce que l'on pourrait appeler la conception de la morale selon le père Noël. Gardez-vous de commettre des méchancetés et vous aurez des cadeaux au pied du sapin. Mais si vous n'êtes pas sur la bonne liste, le Jugement dernier risque d'être, disons, décevant. Soyez bons et l'Éden vous attend. Voici à quoi il ressemble : des nuages, des chemises de nuit, des ailes, le son de la harpe, la béatitude. Soyez méchants et voici à votre intention une vision de l'enfer. Et, à propos, voici aussi une liste de châtiments terrestres que vous allez devoir supporter en attendant. Ces visions de l'enfer et des châtiments terrestres que tous les monothéismes adorent sont ce que nous appellerions aujourd'hui des bandes-annonces. Et la question qu'elles posent est la suivante, à présent que vous avez vu les bandes-annonces du ciel et de l'enfer, quel film aimeriez-vous regarder ? Voici la carotte. Voici le bâton. À vous de choisir.

Cela ressemble à l'éducation parentale à l'ancienne. À la naissance, on ne comprend pas grand-chose et on est très dépendant. Avant de maîtriser le langage, on a besoin de soin et de protection. En grandissant, on se tourne vers ses protecteurs, si on a la chance d'en avoir, et on se réfère à eux pour déterminer notre façon de vivre. Tous les enfants cherchent à enfreindre les limites imposées par leurs parents mais tous les enfants ont aussi besoin de savoir où sont ces limites. Nous nous prélassons dans l'approbation de nos parents et nous redoutons leur réprobation. Ils sont des dieux pour nous. Jusqu'à ce qu'ils cessent de l'être.

Grandir est notre première expérience du phénomène de la liberté, et on pourrait aussi employer un autre terme "penser par soi-même". À un moment donné nous commençons tous à façonner notre propre vision du monde et si elle ne correspond pas à celle que nos parents ont fabriquée à notre intention, bien souvent nous rejetons la vision ancienne en faveur de la nouvelle, et si cela suscite des problèmes entre nos parents et nous, nous devons alors affronter ces problèmes (ou les fuir). Les dieux cessent d'être des dieux, et nous devenons des êtres autonomes.

Plusieurs mythes appartenant aux religions anciennes nous disent effectivement que le temps viendra où nous devrons apprendre à nous passer de leurs dieux. "Le crépuscule des dieux" est une expression qui découle, presque à coup sûr, d'une erreur de transcription. Dans "La Prophétie de la voyante", le poème de l'*Edda poétique* qui décrit ces événements, le terme qui sert à les désigner est toujours *Ragnaräk*, qui veut dire la chute ou la destruction des dieux. Le terme est écrit une seule fois sous la forme,

Ragnarök, ce qui en modifie le sens et signifie "crépuscule". Mais les dieux ne nous attendent pas dans quelque magnifique crépuscule. Odin tue et est tué par le loup de Fenrir ; Thor tue le serpent du monde qui jaillit des mers de la séparation mais il succombe à sa morsure empoisonnée, Freyr combat Surtr et il meurt par l'épée flamboyante du géant. À la fin, les ogres sont morts, mais les dieux aussi. Ce n'est pas un crépuscule. C'est un désastre. Et ensuite, nous sommes livrés à nous-mêmes.

Dans le bouddhisme, il n'y a pas de dieux au départ. Nous pouvons donc aller droit au but.

J'avoue que je trouve séduisant cet aspect des vieilles croyances : cette idée qu'en fin de compte, la religion intègre la notion de son autodestruction, comme une vieille machine à laver. Il arrive un moment où il faut s'en débarrasser.

Cela me semble infiniment préférable à "l'éternité" tant aimée des monothéismes, l'éternité de Dieu, et l'existence éternelle du système de récompenses-châtiments, qu'il prévoit à notre intention.

Se détacher des dieux, c'est la naissance de la liberté de l'individu et de la société.

Mais alors qu'allons-nous faire des deux grandes questions à présent ? Eh bien pour ce qui est de la première, la question des origines, ce que nous pouvons affirmer avec un très grand degré de certitude c'est que la réponse apportée par chacune des grandes religions du monde et par toutes les autres, plus petites et bancales, est fausse à cent pour cent. Non, le monde n'a pas été créé en six jours par une entité qui s'est reposée le septième jour. Non, il n'y a jamais eu personne du nom de Xenu, le tyran de la "Confédération galactique" qui aurait amené des milliards de gens sur terre il y a soixante-quinze millions d'années à bord d'un vaisseau spatial ressemblant à un Douglas DC-8, les aurait entassés autour de volcans dans lesquels il aurait fait exploser des bombes à hydrogène, créant ainsi des "thétans" qui s'accrochent au corps des vivants. Non il n'y a pas eu d'ancêtres géants australiens, des *Wandjina*, qui piétinaient la surface de la terre, créant ainsi les paysages en marchant. De telles histoires peuvent être séduisantes, à l'exception des idioties de la scientologie, mais elles ne sont pas vraies.

Nous ne sommes plus ignorants. Nous n'avons pas besoin de ces histoires. La science en a de meilleures et beaucoup d'entre elles sont vérifiables. Celles qui ne le sont pas sont tenues pour des hypothèses de travail. Comme il est préférable d'adhérer à un système de savoir qui reconnaît ses propres limites ! On ne sait pas tout sur tout. Mais admettre cela ne veut pas dire que l'on ne sait rien sur quoi que ce soit. Sur la question des origines de l'univers, nous avons déjà beaucoup appris. Pour ma part je choisis le Big Bang contre la Tortue du Monde, n'importe quand.

Quant à la seconde question, celle de la morale, j'ai décidé depuis longtemps que je n'avais nul besoin des conseils de prêtres catholiques ou de mollahs wahhabites sur ce point. Les agressions sexuelles sur des enfants au sein de l'Église catholique et les comportements tyranniques et même meurtriers des dirigeants les plus puissants de l'islam wahhabite, à savoir la famille royale d'Arabie saoudite, m'auraient convaincu que les idéologies auxquelles ils adhèrent ne sont pas la meilleure référence pour développer une vision éthique du monde. Même le bouddhisme pacifique, cette religion sans Dieu, a démontré lors des attaques de moines bouddhistes contre la population rohingya de Birmanie/Myanmar qu'il était, lui aussi, capable du pire. Mais la raison fondamentale pour laquelle je rejette les avis de la religion sur le plan moral est en rapport avec la question de la liberté.

L'éthique change à mesure que la société elle-même évolue, et la définition d'une société libre c'est une société où la morale évolue par des discussions, des débats et l'examen d'idées nouvelles. Une société peut accepter l'esclavage à un moment donné et le rejeter à un autre. Elle peut refuser aux femmes le droit de vote pour reconnaître plus tard que cette position était erronée. Elle peut user de discriminations contre les personnes LGBTQ à une certaine période et les supprimer à un autre moment. Malgré tous les défauts de ce système qu'on pourrait appeler "la démocratie" – le plus grave défaut que nous pouvons constater aujourd'hui, c'est que la discussion peut entraîner des mouvements rétrogrades et pas seulement progressistes –, je continue à penser qu'il s'agit de la meilleure méthode disponible pour créer une société morale. Comme le disait Winston Churchill, la démocratie est la pire forme de gouvernement, à l'exception de toutes les autres.

La liberté repose sur la remise en question constante des premiers principes de tout système moral. Quand on n'a pas le droit d'interroger les premiers principes d'un système dominant de pensée et qu'en le faisant on s'expose à des sanctions sévères, on se retrouve enfermé dans la tyrannie. Le problème ne concerne pas seulement les religions. Les sanctions encourues lorsqu'on remettait autrefois en cause le stalinisme et aujourd'hui le régime chinois étaient et sont toujours brutales et sévères. Mais la religion corse encore l'affaire en affirmant que l'autorité de telle ou telle source divine est inattaquable et en ajoutant que sans la présence de cet arbitre suprême pour distinguer le bien du mal, il est impossible de mener une vie morale. Autrement dit, que les athées sont par définition amoraux. Ce point de vue est très largement répandu dans le monde musulman aujourd'hui, et pas seulement, tant s'en faut, chez les fanatiques.

(Entre parenthèses, en 2006, au Royaume-Uni quand Tony Blair était Premier ministre, il essaya de promulguer une loi qui aurait rendu illégale toute critique de la religion. Je fus l'un des meneurs de la protestation contre ce projet qui fut finalement retoqué par la Chambre des communes à une voix près. Un autre des opposants était le comédien Rowan Atkinson. Je me rendis en sa compagnie à un rendez-vous avec des ministres et des fonctionnaires et à un moment donné Rowan déclara, de sa voix calme et digne, qu'il avait récemment réalisé un sketch pour une émission de télévision dans lequel il s'était servi d'images d'archives des prières du vendredi à Téhéran. “Et sur ces images, j'avais mis un commentaire en voix off, disant : « Et les recherches se poursuivent pour retrouver les lentilles de contact de l'ayatollah. » Une telle chose aurait-elle été possible sous la nouvelle loi, demanda-t-il avec douceur, ou aurait-elle été interdite ?” Les ministres et fonctionnaires s'empressèrent d'assurer M. Bean qu'ils adoraient l'humour et qu'il n'y aurait eu aucun problème. “Mais comment aurais-je pu le savoir ?” demanda-t-il. Ils n'avaient aucune réponse satisfaisante à cette question.)

J'ai été élevé à Bombay dans les années 1950 à une époque et à un endroit où la religion n'était pas prépondérante. Mes parents avaient déménagé de Delhi à Bombay avant l'indépendance et peu de temps avant ma naissance parce qu'ils craignaient que des conflits religieux n'éclatent à Delhi, ce qui fut le cas. Bombay avait la réputation d'être différente, et c'était aussi le cas. Il y eut très peu de problèmes cette année-là entre hindous et musulmans, alors que des centaines de milliers de gens mouraient un peu partout dans le sous-continent. Les habitants de Bombay en étaient fiers, fiers que dans notre ville les gens vivent côte à côte en bonne intelligence, chacun célébrant les fêtes religieuses des autres, la multitude se fondant en une seule entité et chacun, d'une certaine manière, s'effaçant mutuellement de sorte que la mentalité de la ville était fortement laïque. Ce n'est plus le cas. Que la montée du nationalisme hindou ait conduit à une très forte augmentation du sectarisme dans ce qui est aujourd'hui Mumbai est un motif de tristesse pour les gens de ma génération.

J'ai donc grandi dans une famille, dans une ville et à une époque où on s'estimait libres de discuter de tout, de tout remettre en question, jusqu'aux principes fondamentaux de la religion. Personne ne se serait senti "offensé". Personne n'aurait certainement imaginé d'interdire de tels discours. Et il est encore plus certain que personne n'aurait pensé à lancer des représailles contre la liberté de pensée. Voilà quelle fut la formation du jeune homme qui entreprit, au milieu des années 1980, d'écrire son quatrième roman, *Les Versets sataniques*.

Ce n'était même pas, en réalité, un livre sur la religion. Il parlait d'immigration, que je considère comme un des grands thèmes de notre époque, et un thème central dans mon œuvre. L'émigration depuis l'Asie du Sud vers la Grande-Bretagne, la situation des immigrés à Londres dans cette période que nous connaissons sous le nom de haut thatchérisme. L'émigration, me disais-je, provoque une remise en question radicale du moi et le roman lui-même doit donc incarner cet acte de remise en question. Et un des défis qu'il doit affronter, c'est la religion, l'hypothèse de la justesse de la religion de chacun.

C'est ici qu'intervient la remise en question des principes fondamentaux. Je me suis demandé : si je m'étais tenu sur la montagne aux côtés du Prophète quand il voyait l'ange Gabriel lui apporter la révélation, aurais-je vu l'ange moi aussi ? Gabriel est décrit comme un ange vraiment très grand. Il "se tient à l'horizon et emplit le ciel". Un très gros ange. Et pourtant je suis pratiquement certain que je ne l'aurais pas vu. Un croyant dirait peut-être que c'est parce que ma foi était faible, je dirais plutôt que c'est parce que la révélation est un événement intérieur, pas un événement extérieur. Et une fois que l'on a admis cela, on peut raconter l'histoire du prophète et de sa prophétie comme l'histoire d'un être humain, d'un *personnage*, qui donne forme à sa révélation à partir de ses expériences personnelles, en réaction aux circonstances du lieu et de l'époque particulière où il vit. Une personne et une idée qui sont contenues dans l'histoire, qui n'y sont pas extérieures. Ce qui fournit un argument contre le premier principe. Si la révélation n'est pas la parole accréditée de Dieu, elle peut aussi bien être le produit du caractère du Prophète et des circonstances et dire cela, c'est blasphémer. On peut protester et dire qu'il a fallu très longtemps pour établir la version officiellement reconnue du Coran. Que les versets coraniques du Dôme du Rocher à Jérusalem diffèrent sur certains points du texte canonique. Personne ne vous écoutera. Finalement le romancier dit, je dois procéder ainsi parce que c'est ainsi que je suis.

Ma remise en question de l'histoire des origines a causé des problèmes. Mais c'est un aspect essentiel d'une vision du monde humaniste et laïque, d'affirmer qu'aucun ensemble d'idées n'est intouchable et ne saurait être remis en question. J'étais convaincu que cela s'appliquait aux idées de l'islam. Je le suis toujours.

La doctrine religieuse dit : Soumets-toi. Accepte ce que disent les grands livres. Ils ont déjà toutes les réponses, étayées par l'autorité divine. Ta foi en ces réponses te libérera. Sans elle tu n'es pas libre. Tu es égaré.

Le penseur non croyant dit : Je ne me soumets pas. Je n'accepte pas. La question doit être posée. La remise en question est en elle-même la réponse. La possibilité de discussion, c'est la liberté. Renoncer à cette liberté revient à s'enchaîner soi-même.

Dans les deux cas, le but est un idéal de liberté.

Mais comme je l'ai dit au début, combien ce mot de "liberté" est trompeur et quelles étranges significations on peut lui donner. Dire que les *French fries* sont "les frites de la liberté" ne veut pas dire qu'elles contiennent une liberté quelconque. C'est une façon de dire qu'en ce moment on n'aime pas les Français. Appeler l'immeuble du nouveau World Trade Center "la tour de la Liberté" n'est pas tant un jugement philosophique qu'une sorte de slogan patriotique. "La terre de la liberté" elle-même comprend des populations pour qui la "liberté" est à la fois une chose conquise de haute lutte, sur l'esclavage, sur la pauvreté, et une chose constamment remise en cause, comme le montrent clairement les problèmes que rencontrent tous les jours les Afro-Américains et la triste histoire des Amérindiens, dont les anciennes libertés ont été si radicalement violées.

Et pourtant le mot garde toute sa force. Existe-t-il une sorte d'aspiration à la liberté dans notre constitution, un besoin d'être délivré des restrictions et des limitations ? Sommes-nous programmés pour y aspirer ? Steven Pinker dit que nous possédons un instinct de la langue qui nous permet de comprendre les sons que nous entendons quand nous venons au monde, de décoder et de maîtriser le langage sans l'aide d'une pierre de Rosette. Peut-on dire que nous possédons un instinct semblable pour la liberté et que c'est notre pente naturelle de le choisir ?

Il existe des anecdotes convaincantes en faveur de cette thèse.

Chaque fois que la liberté a été confisquée, les gens l'ont réclamée. Dans l'Afghanistan des talibans, dans l'Iran du chah comme dans celui des ayatollahs, dans l'Égypte du Printemps arabe, dans l'Union soviétique où le désir de liberté a fait tomber des murs, les gens, jeunes ou vieux, ont toujours désiré les mêmes choses, la liberté de dire ce qu'ils pensent, de tenir la main de ceux qu'ils aiment, de s'habiller comme ils le souhaitent et de s'octroyer à eux et à leur famille une vie plus libre. Leur exigence de liberté n'a pas toujours abouti. L'échec du Printemps arabe et de la Révolution verte en Iran, le retour de l'autoritarisme en Russie et dans la plus grande partie de l'ancienne Union soviétique en sont la preuve. Mais nous voyons partout une aspiration à la liberté. Comme chez cet homme qui se tient avec ses sacs à provisions face aux tanks chinois.

Pourtant il n'en reste pas moins vrai que nous tous, autant que nous sommes, exprimons un autre désir qui vient parfois contredire notre première aspiration. C'est le désir d'appartenir à une communauté, l'envie de convivialité, l'envie en tant qu'individus de faire partie d'un ensemble qui nous dépasse, que ce soit une race, une nation ou même une religion. C'est la lutte éternelle en chacun d'entre nous, entre la société et l'individu, entre la personnalité autonome définie par les philosophes humanistes de la Renaissance italienne et le moi considéré comme partie, et en définitive moins que cela, d'une sorte de groupe : le combat, pourrait-on dire, entre le singulier et le pluriel. Les idéologies révolutionnaires ont souvent laissé entendre que la révolution pouvait mener à l'émancipation d'une nation tout entière, ou du moins, à celle d'une classe sociale. Je suis né huit semaines avant que le mouvement pour l'indépendance de l'Inde soit parvenu à se débarrasser de l'Empire britannique et je comprends que de telles affirmations contiennent une part de vérité. Mais ce fut aussi, comme je l'ai déjà dit, l'époque des massacres liés à la Partition et je sais donc que, pour bien des gens, les promesses des révolutions peuvent être trompeuses.

John F. Kennedy et Nelson Mandela ont affirmé l'un et l'autre que la liberté était indivisible. "Lorsqu'un seul homme est réduit à l'esclavage, aucun homme n'est libre", a déclaré le président Kennedy et Mandela lui a fait écho : "Les chaînes imposées à n'importe quel homme de mon peuple étaient des chaînes imposées à tous ; les chaînes imposées à tout mon peuple étaient mes propres chaînes."

C'est mon avis et l'idée gravée dans le premier amendement. Mais nous vivons une époque de censure dans laquelle bien des gens, particulièrement des jeunes, en sont venus à estimer qu'il faut limiter la liberté d'expression. L'idée selon laquelle heurter les sentiments d'autrui, offenser leur sensibilité, c'est aller trop loin est aujourd'hui largement répandue, et lorsque j'entends de braves gens tenir de tels propos, je me dis que la vision religieuse du monde est en train de renaître dans le monde laïque, que le vieux dispositif religieux de blasphème, d'inquisition, d'anathémisation, et tout le reste, pourrait bien être en train de faire son retour.

Je peux affirmer, et je le fais volontiers, qu'une société ouverte doit autoriser l'expression d'opinions que certains de ses membres peuvent trouver désagréables, sinon, si nous acceptons de censurer les opinions qui dérangent, nous nous retrouvons confrontés à la question de savoir qui doit détenir le pouvoir de censure.

Quis custodiet ipsos custodes, comme on disait en latin. “Qui nous protégera de nos gardiens ?”

Nous vivons une époque où la vérité elle-même fait l'objet d'attaques sans précédent, dans laquelle des mensonges délibérés sont masqués par le fait qu'on accuse de mensonge ceux qui cherchent à les démasquer. Nous vivons une époque où tout est sens dessus dessous. Ce sont les aliénés qui dirigent l'hôpital psychiatrique. L'époque met à rude épreuve la notion de liberté d'expression pour laquelle je me bats. Mais en fin de compte je reste sur mes positions. Je n'ai que de l'admiration pour le zèle dont ont fait preuve les médias soumis à de rudes attaques en s'accrochant fermement à cette idée vitale : que la vérité est la vérité et que les mensonges sont des mensonges, et ont continué à faire leur travail. Si ce sont là les ennemis du peuple, je suis heureux d'en faire partie. Car la vérité c'est que la vérité et ceux qui la disent sont les meilleurs amis du peuple.

Si je m'étais tenu devant vous il y a dix ans, j'aurais peut-être soutenu que la plus grande menace contre la liberté à laquelle nous soyons confrontés est l'extrémisme religieux. Je n'avais pas prévu ce qui m'apparaît comme une version laïque de ce fanatisme. Le phénomène Trump possède toutes les caractéristiques d'un culte, dans lequel la vérité devient ce que dit le chef, et il n'y a que ce qu'il dit qui soit vrai, et dans lequel le mal est tout ce qui est extérieur au culte. Ce culte a ses serviteurs, sur Fox et sur Gab, chez Breitbar et dans le monde de Gingrich et ils disposent de très grands pouvoirs. Le culte profère des menaces et ces menaces ne sont pas sans conséquences comme nous commençons à le comprendre en ces temps d'horreur. Voilà la religion contre laquelle nous devons à présent nous battre, l'illusion que nous devons dissiper, le prophète que nous devons déboulonner. Comme les enfants à la fin du conte de Hans Christian Andersen, “Les Habits neufs de l'empereur”, nous devons trouver le moyen de dire : “Mais il n'a rien sur lui !” Ce sont les mots, rappelez-vous, qui brisent le charme et alors tout le monde s'écrie : “Mais il n'a rien sur lui !”

Voilà la magie que nous devons mettre en œuvre. La magie des langages de la vérité est la seule en laquelle je crois. Et je dois croire, nous le devons tous, qu'à la fin la vérité nous délivrera.

OUSSAMA BEN LADEN

Oussama Ben Laden est mort en 2011 juste après la *Walpurgisnacht*, la nuit des sabbats de sorciers et des feux de joie. Une date appropriée pour que le sorcier en chef tombe de son manche à balai et périsse dans un féroce échange de coups de feu. Un des commentaires les plus courants postés sur Facebook quand la nouvelle fut connue était : "Ding, dong, le sorcier est mort" et ce sentiment de réjouissance, inspiré du *Magicien d'Oz*, pouvait se lire sur tous les visages dans les foules qui criaient "USA !" devant la Maison Blanche, à Ground Zero et un peu partout.

Près de dix ans après l'horreur du 11 Septembre, la longue chasse à l'homme avait trouvé sa proie et les Américains se sentaient un peu moins désespérés en apprenant la nouvelle et heureux du message que cette mort envoyait. "Attaquez-nous et nous vous pourchasserons sans relâche et vous ne pourrez pas nous échapper." Mais il faut plus que la mort d'un seul homme pour faire son deuil.

Beaucoup d'entre nous n'ont jamais cru à l'image de Ben Laden en vieux vagabond des montagnes, se nourrissant de plantes et d'insectes dans une grotte inhospitalière, quelque part sur la frontière poreuse entre le Pakistan et l'Afghanistan. Un homme très grand, 1,93 mètre dans un pays où les hommes mesurent en moyenne 1,70 mètre, errant de-ci de-là pendant dix ans alors que la moitié des satellites autour de la Terre étaient à sa recherche ? Cela ne tient pas debout. Ben Laden est né plein aux as et est mort dans la maison d'un homme riche qu'il avait soigneusement fait construire avec tous les équipements nécessaires. Le gouvernement avoue avoir été "choqué" par le luxe de la forteresse.

Nous avons entendu, en tout cas moi, j'ai entendu plus d'un journaliste pakistanais affirmer que le mollah Omar avait été caché en lieu sûr dans une maison protégée par la puissante et redoutable agence des services secrets pakistanais, l'ISI. (La mort d'Omar fut finalement annoncée en 2015, même s'il est probablement mort deux ans plus tôt.) Il semblait vraisemblable que Ben Laden ait lui aussi acquis une maison, et c'est ce qu'il a fait.

À la suite du raid sur Abbottabad, toutes les grandes questions attendent une réponse de la part du Pakistan. Le vieux boniment ("Qui, nous ? Nous n'étions au courant de rien !") ne passera pas, ne devrait en aucun cas être accepté par des pays comme les États-Unis qui ont persisté à traiter le Pakistan comme un allié tout en ayant compris depuis longtemps que les Pakistanais jouaient double jeu, en soutenant, par exemple, le réseau Haqqani, responsable de la mort de plusieurs centaines d'Américains en Afghanistan.

Cette fois les faits parlent trop fort pour qu'on puisse les étouffer. Oussama Ben Laden, l'homme le plus recherché du monde, a été découvert, vivant au bout d'une route poussiéreuse à sept cents mètres de l'académie militaire d'Abbottabad, l'équivalent pakistanais de West Point ou de Sandhurst, dans un cantonnement militaire où il y a des soldats à chaque coin de rue, à moins de cent kilomètres de la capitale, Islamabad. La demeure extrêmement vaste, curieusement, n'était pas équipée d'une ligne téléphonique ni d'une connexion internet. Et en dépit de tout cela nous sommes censés croire que le Pakistan ignorait qu'il était là et que les services secrets pakistanais et les autorités civiles et/ou militaires n'ont rien fait pour faciliter sa présence à Abbottabad tandis qu'il dirigeait al-Qaida depuis son luxueux refuge, avec des messagers qui allaient et venaient, et cela pendant cinq ans ?

La voisine du Pakistan, l'Inde, grièvement blessée par les attentats terroristes du 26 novembre 2008 lancés depuis le Pakistan contre Mumbai, attend déjà des réponses. Dans la mesure où les groupes jihadistes anti-indiens sont impliqués, Lashkar-e-Toiba, Jaish-e-Mohammed, le soutien que le Pakistan apporte à ces groupes, son empressement à leur fournir des refuges sûrs, à les encourager afin d'entretenir une guerre par procuration dans le Cachemire et à Mumbai sont prouvés sans discussion possible.

Ces dernières années ces groupes ont tendu la main aux soi-disant talibans pakistanais afin de constituer de nouveaux réseaux de violence, et il est intéressant de remarquer que les premières menaces de représailles après la mort de Ben Laden ont été proférées par les talibans pakistanais et non par un quelconque porte-parole d'al-Qaida.

L'Inde, comme toujours l'obsession maladive du Pakistan, est la raison de ce double jeu. Le Pakistan s'inquiète de l'influence croissante de l'Inde en Afghanistan et craint que l'Afghanistan, débarrassé de la présence des talibans, ne devienne un État client de l'Inde, prenant ainsi le Pakistan en sandwich entre deux pays hostiles. On ne devrait jamais sous-estimer la paranoïa du Pakistan qui imagine de sombres machinations de la part de l'Inde.

Depuis longtemps, l'Amérique a toléré le double jeu du Pakistan parce qu'elle sait qu'elle a besoin du soutien pakistanais dans son entreprise en Afghanistan et dans l'espoir que les dirigeants pakistanais finiront par comprendre qu'ils font un très mauvais calcul. Le Pakistan, avec son armement nucléaire, est un enjeu autrement plus important que le pauvre Afghanistan, et les généraux pakistanais et les chefs des services secrets qui jouent aujourd'hui le jeu d'al-Qaida pourraient bien, si le pire devait se produire, devenir demain les premières victimes des extrémistes.

Rien ne semble prouver que l'élite du pouvoir pakistanais soit disposée à retrouver prochainement ses esprits. La forteresse d'Oussama Ben Laden apporte une preuve supplémentaire de la dangereuse folie du Pakistan. Tandis que le monde se tient prêt à affronter la réponse des terroristes à la mort de leur chef, il faudrait aussi demander au Pakistan de fournir des réponses satisfaisantes aux questions très graves qu'il faut maintenant poser. S'il ne fournit pas ces réponses, le temps est peut-être venu de le mettre sur la liste des États terroristes et de l'exclure de l'assemblée des nations.

Post-scriptum. Depuis qu'il a été élu président, Donald Trump a tenu des propos très durs sur le Pakistan. En août 2017 il a proclamé : "Nous avons versé au Pakistan des milliards et des milliards de dollars et dans le même temps ils abritent ces mêmes terroristes que nous combattons. Mais il va falloir que ça change et ça va changer immédiatement. Aucun partenariat ne peut plus être envisagé avec un pays qui donne asile à des militants et des terroristes qui prennent pour cibles des militaires et des fonctionnaires américains." Et en janvier 2018, il a déclaré dans un tweet : "Ils ne nous ont donné que des mensonges et de la duplicité, prenant nos dirigeants pour des idiots… C'est fini !" Pourtant, dans la pratique, la politique américaine à l'égard du Pakistan n'a pas changé et pour la raison que nous avons déjà évoquée : l'Afghanistan. Washington considère Islamabad comme un partenaire crucial dans toute paix en Afghanistan et dans tout processus de réconciliation à cause de l'influence du Pakistan sur les talibans – après tout, il leur a donné refuge pendant la guerre. *Plus ça change**…

AI WEIWEI ET QUELQUES AUTRES
LA RÉPRESSION EN CHINE EN 2011

La grande salle des turbines à la Tate Modern Gallery de Londres, une ancienne centrale électrique, est un espace qu'il est notoirement difficile pour un artiste d'occuper de manière convaincante. Son immensité peut réduire à néant l'imagination des artistes à l'exception d'une poignée particulière d'entre eux qui maîtrisent les mystères du travail à grande échelle et sont capables d'exprimer un message intéressant tout en respectant des proportions gigantesques. L'araignée géante de Louise Bourgeois, *Maman*, a dominé cette salle lors de sa première ouverture en 2000. *Marsyas* d'Anish Kapoor, une énorme forme vide ressemblant à une trompette faite d'une matière étirée qui fait penser à de la peau écorchée, y a triomphalement imposé sa présence majestueuse en 2002, tout comme l'a fait en 2019 Kara Walker avec sa fontaine gigantesque, la *Fons Americanus*.

En 2010, un artiste chinois de premier plan, Ai Weiwei, a recouvert le sol de ses *Graines de tournesol*, une installation composée de cent millions de minuscules objets de porcelaine, tous fabriqués à la main par un maître artisan, tous différents les uns des autres. *Les Graines de tournesol* sont un tapis de vie, innombrable, inexplicable, et, au meilleur sens surréaliste du terme, *étrange*. Les graines étaient prévues pour qu'on puisse les piétiner, mais une nouvelle bizarrerie est apparue. Il s'est avéré que lorsqu'on marchait sur ces graines, elles dégageaient une fine poussière qui pouvait attaquer les poumons. Ces représentations symboliques de la vie pouvaient donc, semblait-il, être toxiques pour les vivants. L'exposition a été cloisonnée et les visiteurs ont dû se déplacer prudemment le long d'un itinéraire balisé.

L'art peut être dangereux. Très souvent la gloire des artistes s'est avérée dangereuse pour les artistes eux-mêmes. Le travail d'Ai Weiwei n'est pas polémique – comme *Les Graines de tournesol*, il tend plutôt au mystérieux – mais son immense popularité en tant qu'artiste (il a collaboré au dessin du Nid d'Oiseau, le stade des Jeux olympiques de Pékin, et a été récemment classé au treizième rang des cent personnalités artistiques les plus importantes par le magazine *Art Review*) lui a permis de prendre position sur des questions de droits de l'homme et d'attirer l'attention sur la réaction inadaptée de la Chine à certaines catastrophes. (La situation désespérée des enfants victimes du tremblement de terre du Sichuan, ou les victimes du gigantesque incendie de Jiaozhou Road à Shanghai.) Il a embarrassé le gouvernement, qui lui a déjà causé bien des tracas, mais qui à présent a repris l'offensive contre lui.

Le 4 avril 2011, Ai Weiwei a été arrêté par les autorités chinoises alors qu'il tentait de prendre un vol pour Hong Kong. Il a disparu de la circulation. Son atelier a été perquisitionné, des ordinateurs et divers objets ont été emportés. Le régime a laissé filtrer dans la presse quelques allusions à ses "crimes", évasion fiscale, pornographie. Ces accusations ne sont pas crédibles pour tous ceux qui le connaissent. Le régime chinois, irrité par la franchise de son artiste le plus célèbre à l'étranger, et que sa renommée avait longtemps protégé, a décidé de le réduire au silence de la façon la plus brutale.

Le même jour, Wen Tao, un journaliste indépendant et un des partenaires d'Ai, a été enlevé par plusieurs personnes non identifiées dans une rue de Pékin mais la police a refusé de dire qui était responsable de cette disparition.

La disparition d'Ai Weiwei a été aggravée par les bruits qui ont circulé disant qu'il avait entrepris de "se confesser". Sa libération est devenue une affaire extrêmement urgente. Weiwei n'était pas le seul artiste chinois en situation désespérée cette année-là. L'écrivain Liao Yiwu s'est vu refuser l'autorisation de se rendre aux États-Unis pour assister au festival PEN Voix du monde à New York et nous craignons qu'il ne devienne la prochaine cible du régime. On a exigé de lui qu'il signe un document où il s'engage à ne plus publier ses œuvres illégales hors de Chine. (Toutes ses œuvres, y compris le grand livre que nous connaissons sous le titre *L'Empire des bas-fonds*, ont été interdites en Chine pendant des années.) La publication d'un nouveau recueil, *Dieu est rouge*, était alors imminente aux États-Unis et en Europe et on pouvait vraiment craindre qu'il ne disparaisse à son tour. Mais il a réussi à quitter la Chine par voie terrestre en franchissant la frontière avec le Viêtnam en 2011 et il vit à présent en Allemagne.

L'écrivain Ye Du fut enlevé en février 2011 et, comme Weiwei, disparut. Aucune charge ne fut retenue contre lui. Il ne fut pas autorisé à contacter sa famille ni ses avocats.

Teng Biao, écrivain, fut l'un des défenseurs des droits de l'homme très en vue à avoir disparu depuis février 2011.

Lu Xianbin a été condamné à dix ans de prison pour incitation à la subversion, la même condamnation dont avait écopé Liu Xiaobo, lauréat du prix Nobel de la paix qui est resté emprisonné pratiquement jusqu'à sa mort. Parmi les autres écrivains, artistes ou militants qui ont été arrêtés ou ont disparu lors de la terrible répression, on compte Zhu Yufu, incarcéré depuis le 5 mars et formellement arrêté le 10 avril ; Liu Zhengqing, illégalement mis au secret dans un lieu inconnu depuis le 23 mars (sa femme fut elle aussi privée de tout contact) ; Yang Tongyan (condamné à douze ans de prison) et Shi Tao (à dix ans).

Tous les écrivains ne cherchent pas à jouer un rôle public, ou n'en sont pas capables. Harold Pinter, Susan Sontag, Günter Grass, Gabriel García Márquez encourent l'opprobre ou les moqueries, même dans les sociétés libres. Sontag, qui a commenté très librement le conflit bosniaque, a provoqué des ricanements parce que parfois elle donnait l'impression d'être "propriétaire" de la question de Sarajevo. Le côté "gauche caviar" de Pinter a largement été tourné en dérision. La grande notoriété de Grass en tant qu'intellectuel engagé et pourfendeur des gouvernants allemands a provoqué une certaine réaction de *Shadenfreude* quand il a été révélé qu'il avait caché son bref passage dans la Waffen SS, en tant que conscrit tout à la fin de la Seconde Guerre mondiale. L'amitié de García Márquez avec Fidel Castro et l'ancienne camaraderie de Greene avec le dirigeant autoritaire du Panamá, Omar Torrijos, les ont transformés en cibles politiques. Le farouche combat d'Amos Oz en faveur de la création de deux États dans le conflit israélo-palestinien fait de lui une figure détestée de la droite israélienne.

Quand les artistes s'aventurent en politique, ils s'exposent toujours à des risques en termes de réputation et d'intégrité. Mais en dehors du monde libre, la critique est dans le meilleur des cas difficile, et dans le pire totalement impossible. Il n'existe pas de Friedman, de Dowd ou de Krauthammer chinois. Des créateurs comme Ai Weiwei et ses collègues sont souvent les seuls à avoir le courage de dire la vérité face aux mensonges des tyrans. Nous avons eu besoin du parler vrai des samizdats pour révéler la laideur de l'Union soviétique. Aujourd'hui, le gouvernement chinois se classe parmi les plus grandes menaces au monde contre la liberté d'expression et nous avons donc besoin d'Ai Weiwei, Liao Yiwu, et Liu Xiaobo.

LE DIEU À MOITIÉ FEMME

Selon la mythologie grecque, Hermaphrodite, fils d'Hermès et d'Aphrodite, tomba si passionnément amoureux de la nymphe Salmacis qu'ils supplièrent Zeus de les unir pour toujours et furent confondus dans un seul corps qui conservait bien visibles les particularités des deux sexes. La tradition hindoue comprend en fait une version plus puissante de cette histoire, élevée jusqu'au plus haut sommet du panthéon hindou et qui ne glorifie pas seulement la beauté de l'union physique des sexes, mais l'union des principes mâle et femelle dans l'univers, métaphore qui va bien au-delà de la biologie. Dans une grotte de l'île d'Elephanta, dans le port de Bombay, on peut voir une statue de la divinité nommée Ardhanari, ou Ardhanarishvara, un nom formé de trois éléments, *ardha*, moitié, *nari*, femme, *ishvara*, dieu, Ce qui donne Ardhanarishvara, le dieu à moitié femme. Un côté de la sculpture d'Elephanta est masculin, l'autre, féminin, et elle représente la rencontre de Shiva et de Shakti, les forces de l'être et de l'action, le feu et la chaleur, dans le corps d'une troisième divinité possédant les deux genres à la fois. Une histoire culturelle qui accorde tant d'importance aux vastes possibilités du mélange sexuel devrait logiquement n'avoir aucun mal à comprendre et à accepter non seulement les hermaphrodites biologiques mais aussi les transgenres contemporains comme la communauté des *hijras*. Et pourtant les *hijras* ont toujours été et sont encore traités avec un mélange de fascination, de répulsion et de peur.

Je me souviens d'avoir éprouvé un mélange de fascination et de peur, alors que j'étais gamin à Bombay il y a bien longtemps, en regardant la grande silhouette criarde d'un mendiant *hijra*, habillé en reine des mers, muni d'un long trident argenté et qui déambulait fièrement au milieu de la circulation sur Marine Drive. Et comme tout le monde, je voyais les *hijras* accomplir leurs rites de bénédiction lors des mariages, à demi tolérés seulement par la famille et les invités. Ils avaient l'air de visiteurs venus d'un monde plus bruyant, plus dur, plus brillant, plus dangereux. Ils avaient l'air… d'extraterrestres.

Le problème bien sûr vient en grande partie de l'Opération, dont la réalité, avec le couteau recourbé et les longues suites douloureuses, est difficile à digérer. En 1994, dans son roman *Un enfant de la balle*, John Irving donne une description explicite de son déroulement. "L'« opération » d'un *hijra*, on utilise le mot occidental, est exécuté par ses pairs. Le patient fixe un portrait de Bahuchara, la déesse-mère, et on lui conseille de se mordre les cheveux parce qu'il n'y a pas d'anesthésiant, sinon une dose d'alcool ou d'opium pour le neutraliser un peu. Le « chirurgien », qui, bien sûr, n'en est pas un, attache un lien autour du pénis et des testicules, pour avoir une coupure bien nette, car c'est d'un seul coup qu'il sectionne le tout. On laisse ensuite le patient saigner tout son saoul, parce que l'on croit que la virilité est une sorte de poison qui s'écoule avec le flux. On ne fait pas de points de suture. La zone à vif, assez grande, se cautérise à l'huile bouillante. Lorsque la plaie commence à cicatriser, on maintient l'urètre ouvert par des sondages répétés. La cicatrice froncée qui en résultera ressemble à un vagin[1]." *Aïe.*

Irving ajoute, "Quoi qu'on en pense et quoi qu'on en dise, ils constituaient bien un troisième genre, un troisième sexe, tout simplement (ou moins simplement, d'ailleurs). Ce qui était tout aussi vrai, c'était qu'à Bombay, ils étaient de moins en moins à pouvoir vivre des bénédictions ou de la mendicité ; si bien qu'ils se prostituaient de plus en plus souvent". Ces mots sont toujours valables aujourd'hui et par conséquent le monde des *hijras* déjà en butte à la plus grande méfiance du monde, à l'antipathie et au dégoût, est en plus à présent menacé par le danger croissant des infections par le VIH et donc du sida.

1. John Irving, *Un enfant de la balle*, traduit de l'anglais (États-Unis) par Josée Kamoun, © Éditions du Seuil, 1995 pour la traduction française.

Il existe trois types traditionnels d'activité pour le *hijra* : *manti* (ou *basti*), c'est-à-dire la mendicité ; *badai*, les célébrations de mariage ; et *pun*, la prostitution. Dans la Bombay d'aujourd'hui, avec ses tours élevées, ses gardes aux entrées, son manque d'intérêt pour l'activité *badai* des *hijras*, ses forces de police toujours prêtes à arrêter les mendiants et à appliquer la législation contre la mendicité en leur infligeant une amende de 1 200 roupies (15 dollars) pour le délit, il ne leur reste que la prostitution pour espérer gagner de quoi survivre. Il existe des lois contre la mendicité et aussi contre la prostitution mais celles-ci sont moins sévères. Il y a d'autres risques en revanche, plus graves, les risques d'infection et de mort.

Le monde des *hijras* est remarquablement structuré et hiérarchisé. Il existe en Inde sept *gharanas hijras* (littéralement des "familles") comme les "familles" que nous connaissons grâce aux films sur la mafia, mais bien moins puissantes, moins impitoyables, et bien plus vulnérables. À la tête de chaque *gharana* se trouve un *naik*, ou gourou en chef, et ils sont répartis à travers toute l'Inde ; il y a un seul *naik* à Bombay. Dans chaque *gharana*, à partir du gourou en chef, il y a toute une pyramide de gourous moins importants et de *chelas* (disciples), enfermés dans un système de relations de protection et d'exploitation. Si un disciple est arrêté, le gourou paie sa caution, s'il éclate une querelle entre les *hijras*, et cela arrive très souvent, le gourou va les arbitrer et les résoudre. Il n'est pas facile de changer de gourou. Il n'est pas facile de modifier la hiérarchie de quelque façon que ce soit. Pour faire partie de la communauté des *hijras*, il faut y être introduit par d'autres *hijras* et obtenir la bénédiction des *naiks* et des gourous secondaires. Une fois entré dans la communauté, il n'y a en réalité aucun moyen d'en sortir. La *gharana hijra* est comme une famille ; et on ne peut pas démissionner de sa famille.

La structure familiale est ce qui donne son sens à la vie du *hijra* et en constitue le principal attrait. C'est, disent-ils, plus que le fait de changer de genre, ce qui les incite à l'adopter. Soixante pour cent seulement des *hijras* de Bombay ont effectivement subi l'Opération, même si, disent-ils : "Au Gujarat elle est vivement recommandée." (Et, à propos, *n'en déplaise* à John Irving, on ne la désigne pas toujours par le mot anglais "Opération". Le nom le plus répandu est “Nirvana”.) Ce qui est encore plus surprenant c’est qu’il existe des femmes *hijras*, des femmes qui sont nées femmes et qui sont attirées dans la *gharana* par l’intérêt et la sécurité apparente du semblant de vie de famille qu’offre la structure hiérarchique. C’est cela, m’ont-ils répété sans cesse, être un *hijra*, faire partie de votre *gharana* et servir votre gourou. L’histoire du genre est secondaire. C’est la famille qui décide.

Et il arrive que ce soit la famille qui pose problème. Au bas de la pyramide de la *gharana*, un gourou de rang inférieur va imposer à ses disciples la tâche de rapporter chaque jour une certaine somme d’argent, et ce gourou doit payer son propre gourou et ainsi de suite jusqu’au sommet de la pyramide. La pression exercée pour les obliger à gagner la somme exigée quotidiennement contraint les *hijras* à accepter cinq ou six passes par jour, souvent dans la précipitation et sans précautions. Si le client ne veut pas utiliser de préservatif, il n’y a parfois pas le temps de discuter. Ce qui contribue à accroître leur vulnérabilité. Ceux qui sont là pour les protéger sont en partie responsables de leur exposition à une maladie mortelle. Telle est la vie de famille du *hijra*.

Les *hijras* exagèrent leur nombre, prétendant être cent mille rien qu’à Bombay. Le nombre véritable est probablement plus proche de cinq mille à Bombay, cent mille étant approximativement le nombre total de *hijras* dans l’Inde tout entière. Ils voyagent beaucoup, se rendant d’une fête à l’autre dans tout le pays, un *hijra* m’a confié qu’il était allé à Ghaziabad, au Haryana, au Népal, à Ajmer et au Gujarat au cours des deux derniers mois et, semble-t-il, peu de *hijras* s’établissent dans le lieu où ils sont nés. Un seul des *hijras* que j’ai rencontrés à Bombay était originaire de Bombay et cela n’a rien d’atypique. Le rejet de la famille et sa désapprobation expliquent probablement ce déracinement. S’étant recréés sous la forme d’êtres que leur famille rejette souvent, les *hijras* emmènent généralement cette nouvelle identité dans d’autres lieux où une nouvelle famille se forme autour d’eux et les accueille en son sein.

Malwani, à Malad, est un quartier difficile de la ville, une zone de relégation pour les condamnés depuis un siècle et demi, des bidonvilles dans lesquels vivent aujourd’hui de nombreux *hijras* de Bombay. Il est compliqué d’y trouver un logement décent.

“En Andhra Pradesh, le Premier ministre fournit des logements aux *hijras*, mais pas ici”, m’a confié un des *hijras* que j’ai rencontrés. Les cartes de rationnement sont un problème et quand on parvient à s’en procurer une c’est un trésor. Sans une carte de rationnement, une déclaration de revenus, une carte électorale ou un compte bancaire, vous n’existez pas et l’État peut vous ignorer. Pas étonnant, dès lors, que les *hijras* se sentent vulnérables et qu’ils redoutent non seulement la police mais aussi les hôpitaux. Les médecins souvent les rudoient et ne les aident guère, même si j’ai entendu dire qu’il y avait des signes d’amélioration, y compris au sein de la police. “À présent ils nous appellent madame et ne nous donnent pas que des *galis* (insultes).”

Un *gut* est un groupe d’entraide destiné à combattre les différents risques auxquels sont exposés les *hijras*, les risques sanitaires avant tout. Le *gut* Aastha à Malwani est l’un d’entre eux. “Il a obtenu beaucoup de réussites. Lorsque quinze personnes se sont rendues au commissariat de police parce qu’une personne avait été arrêtée, les policiers se sont mieux comportés.” Avec l’aide d’un *gut*, un groupe de *hijras* peut devenir “pairs éducateurs” et faire passer le message au sein de la communauté. Il doit y avoir aujourd’hui environ sept mille pairs éducateurs en Inde et chacun d’eux est chargé de “suivre” cinquante membres de la communauté et ainsi des *hijras* de plus en plus nombreux prennent conscience de la nécessité de pratiquer des examens sanguins et sont encouragés à se rendre régulièrement dans des établissements de soins.

Mais il reste beaucoup à faire. Les clients des *hijras* sont encore peu nombreux à utiliser le préservatif, peut-être cinquante pour cent d’entre eux. Et même si la baisse du nombre de gonorrhées et de chlamydias à moins de cinq pour cent montre que l’usage du préservatif améliore la situation, le risque demeure. Le *gut* Aastha fabrique et distribue des préservatifs aromatisés à la *paan* (noix de bétel) et entraîne les *hijras* (avec l’aide de jolis pénis en bois) à prendre dans la bouche le préservatif au goût si apprécié pour l’enfiler d’un geste preste sur le membre du client. (J’ai pu assister à quelques démonstrations rapides et habiles de cette technique, mais, je m’empresse de préciser, uniquement sur des membres en bois.)

Les *hijras* de Malwani se désolent de leur image négative. “La police a des préjugés contre nous.”

Ils sont particulièrement préoccupés par “ces gens qui la nuit s’habillent en hommes mais dans la journée portent des vêtements féminins, ils cambriolent et volent à la tire et nuisent à la réputation des *hijras*”. L’animosité contre les *naqlis*, les faux *hijras*, était largement répandue.

“Bien sûr nous savons tous repérer les *naqlis*. Ils s’enfuient quand ils nous voient.”

“Ils fument des *bidis* et boivent de l’alcool dans la rue.”

“Si on leur demande où est leur gourou, ils sont incapables de répondre.”

“Ils marchent comme des hommes.”

“Ils ne connaissent pas notre langage spécial.” (Les *hijras* ont un système codé de communication fait de mots et de signes dont ils se servent, par exemple, pour avertir d’un danger.)

“Nous ne sommes pas mauvais”, disent-ils. Même s’ils admettent qu’ils ne sont pas parfaits. “Même si certains *hijras* se conduisent mal, il ne faut pas généraliser.”

“Personne ne va voler des enfants dans les villages (pour les transformer en *hijras*). On le dit mais c’est faux.”

Les *hijras* que j’ai rencontrés ont pour la plupart “pris conscience” au moment de la puberté, certains ont découvert leur nature quelques années plus tard. Avec souvent pour conséquence le rejet et la peur.

“Quand j’étais gamin je me comportais comme une fille et on se moquait de moi, on me grondait à cause de mes manières efféminées.”

“Je me suis souvent dit qu’il fallait que je me comporte comme un garçon, je me suis donné du mal pour y arriver, mais en vain.”

“C’est dans les gènes.”

“Ma famille l’a toujours su mais ils ne veulent toujours pas l’admettre.”

“À cause de l’*izzat* (l’honneur) familial, ils m’ont jeté dehors.”

“Mon père me battait lorsque j’étais au collège. Je lui disais : frappe-moi, ça ne changera rien.”

“Je n’aurais pas survécu sans la communauté. À la maison je ne récoltais que des cris et des insultes, de tout.”

Il y a tout de même de rares exceptions. “Je ne vais voir ma famille que la nuit mais j’y vais.”

Et commence à apparaître une prise de conscience politique. “Il existe des défenseurs des droits des femmes, mais nous n’avons pas de défenseurs, même pas en tant que « femmes de seconde catégorie ».”

“Nous faisons, nous aussi, partie de la création.”

Thane, la cité des Lacs, est un endroit autrement plus séduisant que les taudis de Malwani ou que le quartier chaud de Kamathipura, où il y a une rue spéciale pour les *hijras*. (On raconte que les *hijras* possédaient autrefois la totalité du quartier chaud mais qu’ils avaient dû le vendre, une rue après l’autre, à mesure que les *gharanas* s’appauvrissaient.) Je suis allé à Thane voir une *hijra* exceptionnelle nommée Laxmi, douée d’une grande faconde et d’une force de caractère remarquable. Sur les rives du lac de Talao Pali, Laxmi, une sorte de célébrité locale, “faisait le trottoir” tous les soirs autrefois, à ses débuts. Laxmi est une rareté chez les *hijras* ; elle vit chez elle et, pour ne pas choquer ses parents, s’habille en homme quand elle est avec eux. Ils l’appellent par son prénom masculin Laxmikant ou par son surnom familial “Raju” et, vêtue en homme, elle travaille chez elle où elle donne des cours de danse *bharatnatyam*. Mais quand elle sort de chez elle, elle est Laxmi, et tout le monde à Thane la connaît.

C’est une personne voluptueuse aux lèvres pourpre très foncé, qui ne passe pas inaperçue. Ses débuts n’eurent rien d’original. “Neuf fois sur dix quand je disais que j’étais homosexuel, je me faisais insulter. « Gur » *Chéri*, « Meetha » *Mon chou*. Un jour dans les jardins de Maheshwari, j’ai rencontré Ashok. « Il y a quelque chose qui ne va pas chez moi. Que dois-je faire ? – C’est le monde qui est anormal, me répondit-il. *Toi*, tu es normal. »”

Quand elle fréquentait encore l’école, elle se rendait dans des bars homosexuels et commença à danser pour de l’argent. “Et puis il y a quinze ans je suis devenue la première drag-queen de Bombay.” Peu après elle rencontra une femme, Gloria, qui lui ouvrit la porte du monde des *hijras*. “Mon frère est comme toi”, lui dit Gloria. Laxmi rencontra le frère de Gloria, le *hijra* Shabina, près d'une cabine téléphonique de Victoria Terminus à Bombay (aujourd'hui rebaptisé Chhatrapati Shivaji Terminus, ou CST même si on continue à employer l'ancienne abréviation "VT"). "D'habitude elle portait un sari, mais ce jour-là, à VT, elle portait un jean." Laxmi emmena Shabina au café Montecarlo. Shabina ne voulait pas entrer : "Je lui ai pris la main « Tu es toi et tu dois en profiter », lui dis-je. Mais dans le café j'ai dit à Shabina qu'autrefois je détestais les *hijras*. « Pourquoi passez-vous votre temps à battre des mains et à mendier ? demandai-je. Vous pourriez faire un travail décent. » Alors Shabina m'a expliqué les structures, les *gharanas*. Cela m'a beaucoup plu. C'était bien plus qu'une conversation d'ordre sexuel."

Shabina la présenta à d'autres *hijras*, notamment à Manjula Amma, alias La Grosse Manjula, de la *gharana* Lashkar, que dirigeait Lata Naik. Laxmi entra dans la famille. "À Byculla j'ai fait mon entrée dans le monde des *hijras*. Lata Naik était présente. Je transpirais. Un vieil homme m'a indiqué le chemin. J'ai vu Lata Naik. Elle avait cinquante-cinq ans mais en paraissait quarante-cinq. Elle était entourée de six *hijras* effrayants. Ils me firent penser à Ravana." Ravana est le roi démon du *Ramayana*, qui enlève Sita, la femme de Rama, pour l'emmener dans son royaume de Lanka. "« J'aimerais entrer dans la famille, dis-je, combien faut-il payer ? Faut-il faire un don ? » Lata Naik se mit à rire. Elle m'accepta, sans demander d'argent, me donnant son accord verbal. À l'époque on n'écrivait rien. Lata Naik fut la première, plus tard, à entreprendre de tenir des livres. Elle avait une très belle écriture, comme j'ai pu le voir dans ses livres « hijrotiques », dont elle s'occupe à présent."

Avant Lata Naik, il y avait eu Chand Naik. Une autre *naik* voulait devenir la disciple de Chand mais se montra grossière envers elle et Chand la refusa. Il y eut donc une rupture entre leurs deux *gharanas* qui dura plusieurs années mais à la fin les deux familles se rassemblèrent. "Quand il se produit de telles disputes, ce sont toujours les Lashkar qui font office de médiateurs." Il y a treize ans, de nouvelles ruptures se produisirent. "Lorsque je suis devenue disciple, c'était précisément la veille de la rupture. Trois des *gharanas* étaient d'un côté, quatre de l'autre. Le conflit ne s'est terminé que très récemment. Aussi les gens sont-ils enthousiastes aujourd'hui. L'humeur n'est plus du tout la même. La guerre est finie. Il n'y a plus de compétition entre nous."

Le père de Laxmi est un "brahmane de l'Uttar Pradesh, du genre militariste". Il a eu beaucoup de mal à accepter sa transformation, d'autant plus que, dès le début, Laxmi a été une sorte de *hijra* très extraverti, donnant des interviews à Zee News et ainsi de suite. Après son interview à Zee TV, son père a voulu la marier de force. Elle s'est battue contre le mariage et son père a fini par céder et s'est mis à pleurer. "Mon père, le pilier de la maison. Il pleurait." L'amour de sa mère ne lui a jamais fait défaut. "Pour moi, le monde, c'était ma mère."

À présent ses parents l'ont acceptée, au point de se préoccuper de ses implants mammaires. Un jour, chez elle, elle était assise torse nu ayant oublié d'enfiler un tee-shirt. Son père la réprimanda. "Puisque tu l'as fait, dit-il, tu dois apprendre à le respecter." "Aujourd'hui, dit Laxmi, mon père est mon meilleur ami."

Laxmi est éloquente, confiante, sûre d'elle. Elle veut se faire entendre dans la campagne contre le sida et aider à sauver ce qu'elle appelle "le troisième genre en Inde". "Les *hijras* prennent de plus en plus volontiers la parole, dit-elle, mais le problème c'est que les militants essaient de nous enfermer dans la culture HSH [hommes ayant des relations sexuelles avec des hommes et ils peuvent être de trois sortes, *kothis*, les hommes actifs, *panthis*, passifs et à voile et à vapeur, ce qui se passe d'explication]. Le secteur HSH devient tellement puissant, dit Laxmi. Mais nous ne sommes pas de simples HSH. Nous ne sommes même pas de simples TG [personnes transgenres]. Nous sommes… des *hijras*. J'ai toute une culture en moi. C'est cet aspect collectif, la culture *hijra*, qui est important. Nous ne pouvons pas le sacrifier. Nous sommes différents."

Les *hijras* de Bombay et du reste de l'Inde sont considérés comme la communauté la plus exposée au risque d'infection par le VIH. Il y a eu des progrès dans l'organisation, les programmes d'accompagnement, l'éducation et l'entraide mais pour de nombreux *hijras*, la vie est toujours une suite de moqueries, d'humiliations, de stigmatisation, de peur et de dangers. Laxmi de Thane et les "pairs éducateurs" de Malwani peuvent être des exemples de réussite, des *hijras* qui ont pris en main leur destin et qui tentent d'aider leurs camarades mais de nombreux *hijras* sont embourbés dans la pauvreté et la maladie.

D'après les poètes saints du shivaïsme, Shiva est *Ammai Appar*, mère et père en même temps. On dit de Brahma qu'il a créé le genre humain en se transformant lui-même en deux personnes, le premier homme, Manu Svayambhuva, et la première femme, Satarupa. L'Inde a toujours compris l'androgynie, l'homme dans le corps de la femme, la femme dans celui de l'homme. Pourtant les Ardhanaris qui marchent parmi nous, le troisième genre de l'Inde, ont toujours besoin de notre compréhension et de notre aide.

NOVA SOUTHEASTERN UNIVERSITY, FLORIDE. DISCOURS PRONONCÉ LORS DE LA CÉRÉMONIE DE REMISE DES DIPLÔMES 2006

Le grand romancier français Gustave Flaubert, dans son dernier roman, *Bouvard et Pécuchet*, publié en 1881, nous met en garde contre les dangers d'un excès d'apprentissage livresque. Les héros, deux greffiers retraités un peu fous, essaient de régler leur conduite sur des informations glanées dans des manuels pratiques, ce qui a pour conséquences des catastrophes comiques. Ayant passé plusieurs années à vous instruire à l'aide de livres vous allez peut-être trouver déplacé que je vous recommande ce texte étranger séditieux qui contient une dénonciation aussi radicale de telles études. Et pourtant j'insiste pour vous le recommander ne serait-ce que pour l'appendice que Flaubert a ajouté au corps principal de son roman, le justement célèbre "Dictionnaire des idées reçues". Flaubert était fasciné par la stupidité générale de la plupart des êtres humains, par leur capacité à absorber et à répéter mécaniquement les clichés et autres fausses pépites d'or comme s'il s'agissait de la sagesse des dieux. Dans ce dictionnaire, il nous offre quelques beaux exemples de ce que Wyndham Lewis appelait l'enfer de la bêtise. En voici des extraits :

AMÉRIQUE : Bel exemple d'injustice : c'est Colomb qui la découvrit, et elle tire son nom d'Améric Vespuce. Sans la découverte de l'Amérique nous n'aurions pas la syphilis [...]. L'exalter quand même, surtout quand on n'y a pas été. [...]

ANGLAISES : S'étonner de ce qu'elles ont de jolis enfants.

ARTISTES : Tous farceurs. [...] Ce qu'ils font ne peut s'appeler travailler.

AUTEUR : On doit “connaître des auteurs”. Inutile de savoir leurs noms.
BASES (DE LA SOCIÉTÉ) : *Id est* la propriété, la famille, la religion, le respect des autorités. En parler avec colère si on les attaque.
BEETHOVEN : Ne prononcez pas Bitovan. […]
BRUNES : Plus chaudes que les blondes.
CÉLÉBRITÉ : Les célébrités : s’inquiéter du moindre détail de leur vie privée, afin de pouvoir les dénigrer.
CENSURE : Utile ! On a beau dire.
DÉVOUEMENT : Se plaindre de ce que les autres en manquent. […]
DOCTRINAIRES : Les mépriser. Pourquoi ? On n’en sait rien.
ÉTUDIANTS : […] n’étudient pas.
FRANÇAIS : Le premier peuple de l’univers. […]
GLOBE : Mot pudique pour désigner les seins d’une femme.
HOMÈRE : N’a jamais existé. […]
IMAGINATION : […] S’en défier. […]
IMBÉCILES : Ceux qui ne pensent pas comme vous.
ITALIE : […] Donne bien des déceptions. […]
JEUNESSE : Ah ! C’est beau la jeunesse. […]
JUSTICE : Ne jamais s’en inquiéter.
KORAN : Livre de Mahomet, où il n’est question que de femmes.
LIBERTÉ : Ô Liberté ! que de crimes on commet en ton nom ! Nous avons toutes celles qui sont nécessaires. La liberté n’est pas la licence (phrase de conservateur).

Cela suffit. La vie était très différente en 1881. Ou peut-être pas tellement.

Le monde véritable que vous allez regagner après ces années passées en Floride est empli de merveilles et de splendeurs, je suis heureux de vous le dire mais vous vous retrouverez également assaillis de toutes parts par la grisaille et la stupidité.

Vous allez peut-être croiser des esprits véritablement originaux comme ce prix Nobel indien, le Pr Amartya Sen, qui affirme que lorsque nous définissons notre identité de manière trop étroite en termes de race, de religion, de classe, de nation ou de tribu, nous nous “miniaturisons” et rendons plus probable l’apparition de la violence et de conflits. D’un autre côté vous allez peut-être rencontrer un professeur d’un avis opposé, le Pr Samuel P.

Huntington qui vous dira que nous sommes en face d'un "choc de civilisations" et vous incitera à vous miniaturiser exactement de la façon que vous déconseille le Pr Sen.

Comment savoir qui a raison et qui a tort ? Sommes-nous composés d'identités plurielles qui pourraient bien avoir beaucoup en commun avec ceux qu'on nous demande de considérer comme les autres ou sommes-nous des identités singulières fermées les unes aux autres, hostiles et jamais aussi agressives que lorsque nous avons le sentiment d'être transformés en victimes ? Qui devons-nous suivre, et, question encore plus difficile, comment pouvons-nous indiquer le chemin ?

Vous êtes, du moins selon le dictionnaire contemporain des idées reçues, "les leaders de demain". Si vous vous penchez sur la question du commandement, vous en apprendrez long de cet humoriste inconnu qui définit un meneur comme quelqu'un qui tourne le dos au peuple pour affirmer ensuite qu'il est tout entier derrière lui, ou encore de la cruauté du *Prince* de Machiavel qui vous apprendra que la peur est un outil de gouvernement plus efficace que l'amour, ou bien du président George W. Bush qui a eu ces mots mémorables : "Un leader est celui qui rassemble le peuple" et que dans la vie il faut choisir entre deux voies, on ne peut pas "monter sur ses grands chevaux et organiser des coups bas".

Comment faire la différence entre un conseil intelligent et des remarques stupides ? Si c'est là le genre de question que vous vous êtes déjà posé, je vous en félicite. Si cette piste de réflexion vous semble dénuée d'intérêt, alors faites la fête, les gars. Mais si en revanche vous vous situez quelque part entre ces deux pôles, ce qui suit pourrait vous être de quelque utilité.

Penser par vous-même, la bonne idée que je suis venu ici vous conseiller, n'est pas un "don". Vous allez vous retrouver poussés dans bien des directions, par l'encouragement ou l'intimidation à être un brave membre de divers groupes, votre famille, votre pays, votre profession, votre classe sociale, votre genre, vos amis supporters de baseball, votre religion. Il y a une idée dans l'air du temps qui accorde plus de valeur à la responsabilité collective qu'à la liberté individuelle.

On vous poussera donc à accepter et à appliquer les idées d'un ou de plusieurs groupes qui vous revendiqueront comme membre et qui vous demanderont tous de privilégier votre appartenance à tel groupe plutôt qu'à un autre, ainsi, si on vous offre une seule place pour assister aux World Series le jour de l'anniversaire de votre femme, de faire passer votre loyauté d'époux avant l'amour de votre équipe, ou l'inverse, ou bien dans un conflit entre votre religion et votre pays de répondre aux exigences de Dieu et de rejeter celles de l'État. Nous vivons une époque où s'affrontent les pensées de groupe et l'idée que nous nous faisons du bien et du mal, de ce qui est autorisé et de ce qui ne l'est pas, est façonnée par une telle pensée à un point si alarmant que cela pourrait bien ne plus être drôle du tout.

En 1938, E. M. Forster écrivit ceci dans *Ce que je crois* : "Si je devais choisir entre trahir mon pays et trahir mon ami, j'espère que j'aurais le cran de trahir mon pays." Ce qui veut dire que les "affinités électives", selon le terme de Goethe pour désigner les allégeances que nous choisissons plutôt que celles qui nous sont imposées, sont la base sur laquelle chacun de nous peut construire une personnalité libre, morale, valable, à condition de trouver en soi le courage d'agir de la sorte. Et qu'il pourrait bien être plus instructif d'examiner les idées et la conduite des hérétiques, des rebelles et des dissidents plutôt que d'admirer ceux qui ont emboîté le pas à la foule ou même en ont pris la tête. En 1633, Galilée a été contraint par l'Église catholique de rétracter sa théorie hérétique selon laquelle la Terre tournait autour du Soleil, idée que l'Église catholique a mis pas moins de 359 ans à accepter. (Le 31 octobre 1992, le pape Jean-Paul II a exprimé ses regrets pour la manière dont Galilée avait été traité.) Nelson Mandela a passé vingt-sept ans en prison pour s'être opposé à l'apartheid mais il en est sorti pour transformer son pays et le monde entier.

Si c'est la liberté individuelle qui vous importe, l'hétérodoxie – la capacité à rejeter les idées reçues et à se dresser contre l'orthodoxie de votre époque – pourrait vous aider à trouver votre voie.

Le pouvoir de l'orthodoxie n'a pas diminué. Certains gouvernements accusent régulièrement leurs opposants de manquer de patriotisme, des chefs religieux sont prompts à jeter l'anathème sur ceux qui les critiquent, les sociétés n'aiment pas les lanceurs d'alerte ni les frondeurs, la quantité d'idées accessibles grâce aux médias de masse ne cesse de diminuer. Cependant le vrai et le faux, le bien et le mal ne sont pas déterminés par le pouvoir ni par l'adhésion à tel ou tel groupe d'intérêts. La lutte pour savoir comment agir pour le mieux est une lutte sans fin.

Ne suivez pas les meneurs. Intéressez-vous plutôt aux excentriques qui persistent à marcher hors du rang. Merci de votre attention et bonne chance à vous tous.

UNIVERSITÉ D'EMORY. DISCOURS PRONONCÉ LORS DE LA CÉRÉMONIE DE REMISE DES DIPLÔMES 2015

Chère promotion de 2015, nous avons un point commun : je quitte moi aussi Emory aujourd'hui et si je puis me permettre, j'y suis resté un peu plus longtemps que n'importe lequel d'entre vous. Emory s'est montrée généreuse envers moi, et vous pensez, je l'espère, qu'elle l'a été aussi pour vous. J'y ai rencontré de bons amis et j'y ai beaucoup appris. J'ai fait la connaissance de Dooley, ce squelette bizarre, dès le jour de mon arrivée, et je regrette de ne pas le voir parmi nous. Peut-être qu'il passera une tête.

Je remercie surtout mes étudiants. Grâce à eux j'ai pu écouter de la musique chez Blind Willie et manger des tacos sur la Buford Highway, à Son's Place, où ils m'ont emmené me nourrir l'âme dès les premiers jours après mon arrivée, l'endroit a fermé depuis mais je suis sûr que vous avez découvert de nouvelles adresses.

Un jour comme aujourd'hui, il convient d'éprouver une certaine nostalgie, parce que les fins comme les commencements, si excitants soient-ils, comportent une dimension de perte, la perte du passé et il est juste de prendre un moment pour rendre au passé ce qui lui est dû.

… Bien, maintenant que c'est fait, j'espère que vous êtes affamés, parce que votre travail ici est terminé et il est temps de sortir et d'avaler le monde. C'est un sacré gros repas et vous allez avoir besoin d'un appétit solide.

Toni Morrison dit souvent ceci à ses étudiants : "Le monde est intéressant et plein de difficultés. Le bonheur ? Ne misez pas là-dessus." En fait je ne pense pas que Toni Morrison conseille à ses étudiants de ne pas être heureux parce que, après tout, le bonheur, ou du moins la poursuite du bonheur, est un droit constitutionnel en Amérique. Elle dit, je pense, que le bonheur ne suffit pas. Parce que là, dehors, à vous attendre, il y a la grande et effroyable réalité humaine, son euphorie et ses découragements, ses dangers et ses soins dentaires. Montrez-vous avides. Attrapez la réalité à pleines mains, fourrez-en dans vos poches, votre bouche et partout où vous aimez fourrer des choses. La meilleure réaction devant l'immensité de l'inconnu c'est de se montrer plus grand que la vie. Si la vie, comme le dit Toni Morrison, est pleine de difficultés et intéressante, soyez plus vastes qu'elle. Soyez plus difficiles et plus intéressants et tout ira bien.

Tâchez de ne pas être petits. Tâchez d'être plus grands que la vie.

Une des leçons que j'ai apprises dans mon travail d'écrivain c'est qu'il faut être vorace. L'art du romancier, un art vulgaire à bien des égards, concerne la vie telle qu'elle est réellement vécue, c'est le contraire de l'attitude de la tour d'ivoire. Le travail du romancier, du moins comme je l'envisage, est de plonger les mains aussi profondément que possible dans la matière de la vie, de s'y enfoncer jusqu'aux coudes, jusqu'aux aisselles et d'en ressortir avec cette matière, ce qui se passe véritablement dans la tête des gens, quelle musique on y trouve, quels films, quels rêves, quels Kardashian, et d'en faire le rapport.

Ce n'est pas un si mauvais plan de vie, après tout. (Sauf pour le côté Kardashian, que vous pouvez éviter si possible.)

Plongez. Descendez dans les profondeurs. Coulez ou bien nagez. Bon, de préférence, nagez. Mais si vous avez appris quelque chose à Emory, vous devez savoir comment vous maintenir à flot.

Le monde est empli de sirènes qui attirent sur les récifs les navigateurs imprudents, de promesses trompeuses, de faux dieux, de renards, de chats et de cochers qui attirent les jeunes gens vers les îles du Plaisir, lieux de la gourmandise et de tous les excès où, comme vous le savez, si vous avez vu le film *Pinocchio*, les enfants sont transformés en ânes.

Ne vous laissez pas transformer en ânes.

Laissez-moi vous indiquer l'outil dont vous aurez besoin pour éviter leur sort : le scepticisme. Vous devez posséder, perfectionner et affûter ce dont, selon Ernest Hemingway, tout écrivain a besoin, un bon détecteur de merde. (Une fois de plus, un bon conseil à l'usage des écrivains s'avère un bon conseil pour la vie.)

Le monde dans lequel vous avez grandi est exceptionnellement plein de conneries. À l'époque de l'information, la quantité de désinformation a augmenté de manière exponentielle. Si vous recherchez la vérité, méfiez-vous. Vous avez peut-être déjà entendu la fameuse phrase du président Abraham Lincoln. "Internet, a dit le président, est plein de fausses citations."

Écoutez la mise en garde de votre président. N'avalez pas n'importe quoi sans exercer votre esprit critique. C'est bon pour la digestion. Je me dis parfois que nous vivons une époque de grande crédulité. Les gens sont prêts à croire n'importe quoi. À croire en Dieu, bien sûr. Il est choquant de voir combien d'Américains sont prêts à gober cette vieille histoire. Peut-être serez-vous la première génération qui va dépasser ces vieilles absurdités. Imaginez que le paradis n'existe pas, comme le dit John Lennon. Essayez donc. Encore une vieille fausse vérité d'autrefois que vous pouvez peut-être en fin de compte remplacer par la vérité.

Mais il n'y a pas que Dieu. Il y a aussi le yoga, le véganisme, le politiquement correct, les soucoupes volantes, ceux qui nient que Barack Obama est né aux États-Unis, ceux qui affirment que les attentats du 11 Septembre n'ont pas eu lieu, les adeptes de la scientologie et, bon sang, Ayn Rand. Lorsque la Modern Library a demandé à ses lecteurs de voter pour les meilleurs romans de tous les temps, des livres d'Ayn Rand se sont retrouvés numéros 1, 2, 7 et 8 et des livres de L. Ron Hubbard – j'allais dire des fictions de L. Ron Hubbard plutôt que des essais religieux, mais après tout, quelle différence ? – se sont placés numéros 3, 9 et 10. Les seuls autres auteurs à figurer dans les dix premiers étaient Tolkien, Harper Lee et George Orwell. Et si cela n'est pas déjà assez effrayant, des sondages d'opinion montrent régulièrement que la chaîne d'informations qui inspire la plus grande confiance aux USA est Fox News. Le goût des Américains pour la mauvaise fiction, y compris la fiction exécrable, les armes de destruction massive en Irak par exemple, ou les mensonges d'Hillary Clinton dans l'affaire de l'attentat de Benghazi, semble inépuisable.

Peut-être serez-vous la première génération aux yeux perçants capable de voir à travers la désinformation, le baratin mal ficelé, les mensonges. Si vous y arrivez, si vous parvenez à arracher toutes les couches de charabia que l'on déverse quotidiennement sur les merveilles du monde, peut-être serez-vous la première génération à redécouvrir qu'il existe un monde magnifique et à vous débarrasser de ces charlatans en tous genres qui cherchent à nous vendre un monde conçu par eux pour leur seul profit.

J'espère que c'est le cas. Nous, ma génération, nous n'avons pas fait un si bon boulot pendant notre séjour sur terre, et il est juste, je pense, que je m'excuse auprès de vous de la pagaille que nous vous léguons, toute la pagaille sur le plan écologique, fanatique, oligarchique, où un pour cent du pays accumule toutes les richesses pendant que des enfants se font tuer tous les jours, coupables du crime d'être noirs, où des fanatiques religieux pensent que Dieu refuse qu'ils puissent vendre des gâteaux à des couples homosexuels, pendant que d'autres, ailleurs, estiment que leur dieu approuve que l'on décapite des innocents.

Nous nous croyions, ma génération, tolérants et progressistes, et nous vous laissons un monde intolérant et rétrograde. Mais le monde est un lieu plein de résilience et sa beauté est toujours époustouflante, son potentiel toujours étonnant ; quant à la pagaille que nous avons provoquée, vous pouvez y remédier et je pense que vous allez le faire. Je soupçonne que vous êtes meilleurs que nous, plus attentifs au sort de la planète, moins sectaires, plus tolérants, et vos idéaux pourraient bien résister mieux que les nôtres.

Ne vous y trompez pas. Vous pouvez changer les choses. Ne croyez pas ceux qui vous disent le contraire. Voici le moyen d'y arriver. Remettez tout en cause. Ne tenez rien pour acquis. Discutez toutes les idées reçues. Ne respectez pas ce qui ne mérite pas le respect. Donnez votre avis. Ne vous censurez pas. Servez-vous de votre imagination. Et proclamez ce qu'elle vous dit de proclamer.

Vous avez reçu ici tous les outils nécessaires grâce à votre éducation sur ce magnifique campus. Servez-vous-en. Ce sont les armes de l'esprit. Pensez par vous-mêmes et ne laissez pas votre esprit suivre des rails posés par quelqu'un d'autre. Nous sommes des animaux parlants. Nous sommes des animaux rêveurs. Rêvez, parlez, réinventez le monde.

> Quel chef-d'œuvre que l'homme ! Qu'il est noble dans sa raison ! Qu'il est infini dans ses facultés ! Dans sa force et dans ses

> mouvements, comme il est expressif et admirable ! Par l'action, semblable à un ange ! Par la pensée, semblable à un dieu ! C'est la merveille du monde ! L'animal idéal[1] !

Croyez-le ou pas : c'est vous. Bonne cérémonie des diplômes.

1. William Shakespeare, *Hamlet*, acte II, scène 2, traduction de François-Victor Hugo.

QUATRIÈME PARTIE

L'ARTISTE COMPOSITE : L'EMPEREUR AKBAR ET L'ÉLABORATION DU *HAMZANAMA*

L'Inde, au milieu du XVIe siècle. Trente et un ans précisément se sont écoulés depuis qu'un farouche seigneur de la guerre timuride, Zahiruddin Muhammad Babur de Ferghana, dans un pays que nous appellerions aujourd'hui l'Ouzbékistan – descendant de Gengis Khan et de Tamerlan et doté d'un don littéraire surprenant –, a été arraché à sa terre natale et chassé du Nord-Ouest pour établir, par la force des armes, un nouveau royaume à Delhi et rédiger une magnifique autobiographie, une des plus belles jamais écrites en Asie. Quatorze ans précisément se sont écoulés depuis qu'un seigneur de la guerre moins puissant, son fils Humâyun, a été renversé et contraint de fuir ignominieusement en exil en Perse, abandonnant *son* fils encore nourrisson aux soins d'un oncle afghan pour qu'il l'élève. Deux années précisément se sont écoulées depuis le retour victorieux du fugitif et le rétablissement de sa dynastie, et un an depuis que le monarque de retour a fait une chute mortelle dans un escalier – moment d'un ridicule pathétique –, laissant son fils âgé de treize ans, ce fils qui le connaissait à peine, accéder au trône fragile de son père. Ce qui fait suite à cette période de soulèvements quasi permanents, c'est, d'une manière presque impossible, une période de stabilité politique, de prospérité économique, de tolérance religieuse, le règne de la loi et une renaissance artistique : le règne long d'un demi-siècle d'un des gouvernants les plus remarquables que le monde ait jamais connu, Jalaluddin Mohammed, connu comme "Akbar", "Le Grand", appelé également *jahanpanah*, le protecteur du monde. Sur un portrait peint par un des maîtres persans de l'empereur Humâyun, Abdus-Samad, on voit le jeune Akbar se déplaçant plein d'assurance à bord d'un char à bœufs juste avant de devenir roi. Le gamin n'allait pas tarder à s'affirmer de manière remarquable.

La seconde moitié du XVIe siècle a été une de ces périodes exceptionnelles, pas très différente de la nôtre, où le monde entier semblait changer rapidement, un "tournant" dans l'histoire. Le XVIe siècle, peut-être à la différence du nôtre, fut aussi un moment crucial pour les arts. Le règne d'Akbar coïncide presque exactement avec celui de la reine Élisabeth Ire d'Angleterre ; il est monté sur le trône un peu plus d'un an avant elle et a vécu quelques années de plus qu'elle. En Italie, la Renaissance était à son apogée, c'était l'époque de Michel-Ange, de Titien et de la poésie de l'Arioste. En Espagne, c'était l'époque de Cervantès et des deux parties de *Don Quichotte*, et dans l'Angleterre élisabéthaine, c'était bien sûr l'époque de Shakespeare. Quoi d'autre en matière de changement ? Oui, aux alentours de 1560, le crayon noir fut inventé, destiné à l'origine au marquage des moutons britanniques.

(Le Nouveau Monde, désolé de le dire, est un peu à la traîne ; à l'époque, on n'y trouve guère de ce qu'on pourrait qualifier d'éclat. Francis Drake initie le commerce d'esclaves avec l'Amérique en 1562, la colonie de Roanoke est fondée en 1584 et disparaît en 1590. Il n'y a pas grand-chose d'autre à dire.)

L'Inde moghole est à la fois le territoire "factuel" de la cour d'Akbar et le lieu hautement fantasmé de l'imaginaire du XVIe siècle, empli de princes guerriers, de princesses travesties, de chevaliers courtois, d'espions rusés et de toutes sortes de sorcières, de démons et de diverses espèces de magie.

L'Occident à l'époque savait très peu de choses de l'Orient. Dans la poésie de la Renaissance, dans, par exemple, cette grande épopée narrative en vers, *Orlando furioso*, de Ludovico Ariosto et dans l'œuvre qui l'a précédée, *Orlando innamorato*, d'un compatriote de l'Arioste natif de Ferrare, Matteo Boiardo, l'imagination compense l'ignorance. L'Arioste peut présenter un prince comme "roi de l'Inde et de Cathay" et le poète suppose qu'une telle absurdité peut sembler assez logique au lecteur pour être plausible. La vraisemblance est superflue et n'est peut-être même pas envisagée, pas même par Shakespeare. Othello, qui est lui-même un Maure, dit avoir rencontré au cours de ses voyages non seulement "des cannibales qui s'entre-dévorent, des anthropophages mais aussi des hommes qui ont la tête au-dessous des épaules[1]". Dans toute l'Europe jusqu'au XVIIe siècle, la légende du prêtre Jean (un puissant roi chrétien dont le royaume perdu, qui abritait la fontaine de Jouvence, existait quelque part chez les musulmans et les païens d'Orient) était si largement accréditée qu'elle avait pratiquement cessé d'être une fiction, sauf qu'un tel roi n'a jamais existé.

L'imagination orientale, telle que son art la représente, appréciait autant que l'Occident ces représentations imaginaires. L'Europe du *Cinquecento* s'employait activement à rendre l'Orient plus exotique et plus "oriental" mais ce monde oriental prenait lui aussi plaisir à se dépeindre sous des couleurs fantastiques et exotiques. Il est intéressant de noter que ces deux univers fantastiques sont essentiellement les mêmes ou du moins se recoupent de façon frappante par leur façon de mettre l'un et l'autre l'accent sur la galanterie et l'errance (le héros doit toujours être un vagabond), leur fascination pour les mondes sournois de l'espionnage et de la sorcellerie et leur façon de représenter le mal par des images spectaculaires. On trouve des ogres et des géants derrière chaque rocher, des dragons s'abattent du ciel et des léviathans surgissent des profondeurs. Les arts occultes sont omniprésents, de même que les échos et les miroirs dans de nombreux contes occidentaux. Un djinn libéré d'une bouteille accorde des vœux à son sauveur, exactement comme le flétan magique de Grimm veut faire plaisir au pêcheur qui l'a relâché. Une formule magique ouvre une grotte au trésor où un méchant magicien veut emprisonner le jeune Aladin, tout comme le pouvoir du joueur de flûte de Hamelin ouvre le flanc rocheux d'une montagne pour que les enfants puissent y être enfermés.

La volonté de vaincre les monstres, l'aspiration à un idéal de noblesse, l'amour de la magie, le besoin d'une quête, le goût irrésistible pour la fiction : il se pourrait bien que ces choses soient celles que la race humaine partage le plus profondément, que dans notre vie imaginaire comme dans nos rêves éveillés nous soyons

1. William Shakespeare, *Othello ou le Maure de Venise*, traduit de l'anglais par François-Victor Hugo, BNF collection ebooks.

bien d'une seule sorte. C'est là le monde fabuleux de ce qui pourrait bien être le plus grand chef-d'œuvre artistique jamais créé en Inde, une des réussites marquantes du canon artistique tout entier, l'étonnante série des mille quatre cents images, dont il ne subsiste actuellement que deux cents, commandées par l'empereur Akbar peu après son accession au trône et réalisées entre 1557 et 1572 : les "Aventures de Hamza", le *Hamzanama*.

Sur l'ordre d'un monarque qui n'avait que quatorze ans quand il les a commandés et vingt-neuf quand ils furent achevés, et sous la supervision de deux grands maîtres de la peinture persane, plus d'une centaine d'artistes indiens ont travaillé à la réalisation de quatorze grands volumes de cent feuillets chacun, créant ainsi l'art particulier, la technique et l'esthétique de la peinture moghole indienne, et ce par une tentative extraordinaire d'art collectif.

Je le décris ainsi dans *Les Versets sataniques* :

> Les Moghols avaient fait venir des artistes de toute l'Inde pour travailler sur ces peintures ; l'identité individuelle était submergée afin de créer un surartiste aux têtes et aux pinceaux multiples qui *était*, littéralement, la peinture indienne. Une main dessinait les sols de mosaïque, une autre les personnages, une troisième peignait les cieux nuageux à la manière chinoise. Au dos des tissus il y avait les histoires qui accompagnaient les scènes. On montrait les peintures comme un film : tenues en l'air pendant que quelqu'un lisait l'histoire du héros. Dans le *Hamzanama* on pouvait voir la fusion des miniatures persanes avec le style du Kannada et du Kerala, on pouvait voir se former la synthèse caractéristique de la fin des Moghols, des philosophies hindoue et musulmane[1].

Le règne d'Akbar fut l'apogée de la période moghole. (Un autre empereur après lui, Aurangzeb, le sixième des six "Grands Moghols", Aurangzeb, l'iconoclaste et le destructeur de temples, fit beaucoup pour mettre à mal la culture de tolérance et d'œcuménisme qu'Akbar s'était efforcé de créer.) Il faut ajouter, en guise de note aux lignes précédentes, que si Akbar s'intéressait vraiment

1. *Les Versets sataniques*, Christian Bourgois, 1989. © Salman Rushdie, 1988 ; © Plon, 1999 pour la traduction française par A. Nasier.

à la philosophie hindoue comme à la philosophie musulmane et chrétienne (il invita des jésuites portugais de Goa à venir à sa cour pour que ses philosophes puissent débattre avec eux), je pense à présent qu'en tant que mécène il cherchait surtout à réunir toutes les *régions* de l'Inde plutôt que les religions. Dans son atelier et dans son scriptorium, nous voyons surtout se rassembler des styles, bien plus que des croyances.

Avant d'aller plus loin, nous devons en fait revenir plusieurs siècles en arrière pour poser la question : Qui était Amir ("lord") Hamza ? A-t-il vraiment existé ou bien était-il un héros imaginaire comme Sindbad ou le prêtre Jean ? La réponse c'est qu'il était un peu des deux. Le Hamza historique le plus célèbre était Hamza ibn Abdul Muttalib qui vécut en Arabie au VIIe siècle après Jésus-Christ et était l'oncle bien-aimé, "frère de lait", proche compagnon et conseiller du prophète Mahomet. Bien que Hamza fût l'oncle du Prophète, ils avaient pratiquement le même âge et avaient donc été élevés ensemble. Ce Hamza était aussi un guerrier très fameux, héros de la bataille de Badr en 624, il connut un an plus tard un sort horrible à la bataille d'Uhud (625). Il fut terrassé par un javelot lancé par un esclave éthiopien nommé Wahsi dont le neveu était mort à Badr. On raconte qu'ensuite, la redoutable Hind, épouse du chef de La Mecque, éventra le cadavre de Hamza, en retira le foie et le cœur et les mangea. Elle lui coupa aussi le nez, les oreilles et des membres et s'en fit un collier qu'elle porta comme un trophée lors de son retour triomphal à La Mecque. Ces détails sanglants ne sont pas sans intérêt. Dans les aventures du Hamza imaginaire, il y aura beaucoup d'affaires sanglantes de ce genre.

Après sa mort, Hamza entra au galop dans la légende et devint "Amir Hamza", le héros itinérant d'histoires fantastiques qui constituèrent la *Qissa*, ou histoire d'Amir Hamza, une saga picaresque qui n'a jamais pris de forme définitive et dont il existe différentes versions dans plusieurs langues et plusieurs pays. Il est même possible que certaines des histoires de Hamza soient antérieures au Hamza "historique" tandis que d'autres font référence à un Hamza complètement différent, celui qui à la fin du VIIIe siècle combattit le calife de Bagdad tout aussi légendaire,

Haroun al-Rachid, héros lui-même de nombreux contes des *Mille et Une Nuits*.

Même si le Hamza imaginaire est associé au Prophète, ses aventures sont presque entièrement profanes par nature et concernent plus la sorcellerie que la foi. Un des panneaux célèbres du *Hamzanama* (les images étaient peintes sur du coton et non sur du papier contrairement à l'habitude) montre l'horrible Zumurrud Shah en train de fuir le héros Hamza, il fend les airs à l'aide d'un moyen de transport inhabituel : une urne volante enchantée que lui ont fournie ses amis sorciers. Il est très rare que se produise un exploit remarquable lié à la piété. Un autre panneau montre l'allié d'Amir Hamza, le prince Said Farrukh-Nizhad, soulever à lui seul un éléphant, une prouesse qui impressionne tant deux de ses ennemis qu'ils se convertissent aussitôt à l'islam ; mais, comme vous le voyez, même dans cette histoire de foi qui confère une force surhumaine au croyant, le fabuleux l'emporte sur le spirituel. Dans l'ensemble, la dimension spirituelle est absente des aventures de Hamza, à la fois dans le récit et dans les peintures. Le sujet de la victoire de l'islam sur les zoroastriens adorateurs du Soleil et autres voyous est présent sous forme d'un thème sous-jacent, il n'apparaît jamais à la surface mais quand il le fait c'est d'une façon digne d'inspirer l'émerveillement, comme sur ce panneau où l'on voit la mer s'assécher libérant derrière elle toutes sortes de fabuleuses créatures marines tandis que des idoles païennes semblent se fracasser de leur propre gré comme pour célébrer la naissance du prophète Mahomet.

Sur beaucoup d'images qui ont survécu, les visages ont été effacés. Après le déclin des Moghols, les sept volumes du *Hamzanama* ont été disloqués et les mille quatre cents peintures ont entrepris des voyages aussi périlleux que ceux des héros et des méchants qu'elles dépeignaient. Plus de mille deux cents d'entre elles sur les mille quatre cents ont été perdues, probablement détruites. Parmi celles qui ont survécu, moins de deux cents, beaucoup ont été littéralement défigurées de la main des partisans d'une conception de l'islam plus stricte que celle d'Akbar, des hommes – car il s'agissait certainement d'hommes – opposés à l'idée même d'un art figuratif et déterminés à effacer cet objet de tous les scandales : la représentation du visage humain. Il se peut que personne n'ait officiellement donné l'ordre d'effacer ces visages ; certains des trésors du *Hamzanama* se sont retrouvés dans des lieux publics, des auberges bon marché, des cafés dispersés dans tout le monde musulman et n'importe quelle main agressive pouvait avoir gratté ces visages. Parmi les panneaux qui ont survécu, les mieux conservés sont ceux qui ont pendant longtemps trouvé un refuge sûr en Perse où, contrairement à tout le chahut actuel, on élevait peu d'objections contre l'art figuratif et où il arrivait souvent que même le Prophète fût un sujet pour les peintres.

Le "récit-cadre" de Hamza, tel qu'il se présente, commence par un roi de Mésopotamie, Anoushirvan de Ctésiphon, qui a une vision selon laquelle un enfant qui va bientôt naître en Arabie doit un jour le détrôner. Il confie à un lieutenant une terrible mission, tuer toutes les femmes enceintes d'Arabie. Hamza est un des heureux fœtus à échapper au massacre. Il grandit et devient un maître de l'art de la guerre, Anoushirvan entend alors parler de lui et l'attire par la ruse à sa cour, il va même jusqu'à lui offrir la main de sa fille. Mais l'amour de la princesse Mihr-Nagar et de Hamza ne sera pas consommé pendant près de vingt ans d'une part parce que Anourshivan l'expédie dans toute une série de missions dangereuses, d'autre part parce que, hum, le jeune homme séjourne dix-huit ans parmi les fées et, se comportant plus ou moins comme un mufle, a une fille avec une princesse des fées nommée Asma ou Asman Peri. Mais Hamza et Mihr-Nagar finissent par se retrouver.

Le reste de la saga est un torrent d'épisodes de bravoure dans un monde caractérisé par les fréquentes interventions de la magie mais aussi par l'importance des *ayyars*, les espions. Image après image dans le *Hamzanama*, des espions pénètrent dans des palais et décapitent les gardes, ou rapportent à leurs maîtres des informations capitales et en général complotent et clabaudent à l'arrière-plan. Dans une scène tragique, dont les visages ont été effacés, un *ayyar* qui a mal interprété les ordres du roi Anourshivan de Ctésiphon pénètre dans le pavillon où dort Qubad, le fils de Hamza, et lui tranche la gorge. Le nom de cet *ayyar*, tout à fait approprié, peut se traduire par "Tapis" ou bien "Qui a du coton dans les oreilles".

Sorcellerie et trahison sont les deux pôles de cet univers, la croyance et l'incroyance, le bien et le mal n'apparaissent qu'au second plan.

L'approche collectiviste de l'atelier de peinture de l'empereur et de son scriptorium pourrait à première vue paraître étrange à des étudiants habitués aux concepts et aux méthodes de l'art occidental. La philosophie de l'atelier d'art d'Akbar semble contraster très fortement avec la sensibilité humaniste et individualiste qui est devenue la philosophie dominante de la Renaissance. Dans l'Italie de la Renaissance, la puissance de la main de l'artiste en tant qu'individu était partout célébrée et admirée et le "génie" était une qualité hautement prisée par les mécènes. Pourtant les deux mondes se ressemblaient sur bien des points : à l'Est comme à l'Ouest l'artiste dépendait toujours de la protection des puissants, des gens de haute naissance, des princes et des papes. Et tous les artistes majeurs de la Renaissance disposaient dans leurs ateliers d'apprentis pour fabriquer leurs outils et préparer leurs couleurs, à base de tempera à l'œuf au début de la Renaissance puis de peinture à l'huile, ils étaient aussi autorisés à travailler sur des parties moins importantes des toiles du maître. Léonard de Vinci fut apprenti chez Verrocchio et Michel-Ange travailla sous la direction de Ghirlandaio. Et ce genre de production collective ne se limitait pas au domaine de la peinture. Le théâtre élisabéthain, lui aussi, comme nous le savons, reposait souvent sur un travail collectif ; même Shakespeare a travaillé en collaboration, très vraisemblablement, avec John Fletcher pour *Henry VIII* et *Les Deux Nobles Cousins*, et un certain George Wilkins est probablement l'auteur des actes I et II de *Périclès*.

Il reste cependant une différence essentielle. L'art européen du XVIe siècle avait déjà mis en place ce qu'on pourrait appeler un star-système. *Vie des artistes* de Giorgio Vasari aborde constamment le sujet de la gloire qui s'avère une préoccupation pas si moderne qu'on pourrait le croire. "La gloire de Michel-Ange, nous dit Vasari, était si grande qu'en 1503, alors qu'il avait vingt-neuf ans, [le pape] Jules II l'envoya chercher pour qu'il lui construise son tombeau." Ou encore, peu après que fut peinte la Mona Lisa, voici ce que dit Vasari de Léonard de Vinci : "Par l'excellence des travaux de cet artiste vraiment divin, sa gloire était devenue si grande que tous ceux qui appréciaient les arts, c'est-à-dire en fait la ville entière, désiraient posséder quelque œuvre de lui[1]." De fait, un des thèmes sous-jacents du livre de Vasari est que la réputation des artistes pouvait accroître la gloire de leurs nobles mécènes, des villes où ils vivaient et du pays tout entier.

Parmi la bonne centaine d'artistes qu'Akbar le Grand avait rassemblés pour travailler au *Hamzanama*, peu atteignirent un tel degré de célébrité personnelle ou quelque chose d'approchant. Les deux grands maîtres persans ramenés en Inde par le père d'Akbar, Humâyun, à son retour d'exil, et chargés par Akbar de diriger l'atelier étaient certainement considérés comme des personnalités éminentes dans cette cour d'Akbar composée de sommités philosophiques, musicales et politiques, mais aucun d'entre eux ne portait le titre de *Navratnas*, ou "Neuf Joyaux" de la cour parmi lesquels on trouvait le noble Birbal d'une sagesse légendaire ; le ministre des Finances d'Akbar, Raja Todar Mal ; son général Raja Man Singh ; l'historien Abul-Fazl ; le poète Faizi ; le musicien Mian Tansen ; le mollah Abul Hasan "Do Piaza" ("Deux Oignons"), prêtre gourmet et cuisinier, créateur du fameux plat l'agneau Do Piaza... Mais aucun peintre. Dans un portrait datant du début de sa carrière, probablement un autoportrait, le premier chef de l'atelier, Mir Sayyid Ali, montre comment la peinture moghole indienne allait développer ses propres caractères distinctifs en s'éloignant de l'art persan "plat", conventionnel et décoratif. Dans son œuvre, on voit les prémices d'une troisième dimension, de la profondeur spatiale et dans le traitement (indien, pas persan) du vêtement et de l'aspect physique des personnages, on perçoit aussi l'apparition du volume. C'est là un moment fondamental qui préfigure le style du *Hamzanama* et qui fait de Mir Sayyid Ali son premier créateur.

Son camarade persan, Abdus-Samad, était au départ son adjoint puis, dans les dernières années de ce long projet, il prit la direction de l'atelier lorsque Mir Sayyid demanda et obtint la permission d'effectuer le pèlerinage à La Mecque. Il fut parfaitement à

1. Giorgio Vasari, *Vie des artistes*, traduit de l'italien par Léopold Leclanché et Charles Weiss, © Grasset & Fasquelle, 2007.

la hauteur de la tâche comme le montre ce tableau de ses débuts où l'on voit le roi Akbar enfant assis dans un char à bœufs. Dans la façon de dessiner les animaux, précise mais en deux dimensions, dans le motif délicat des écrans de bois qui entourent le siège et dans le rendu des visages, on voit qu'à ce stade très précoce Abdus-Samad fait encore usage d'un style plus ou moins persan. Mais vers la fin de sa vie deux grands chefs-d'œuvre montrent tout le chemin qu'il a parcouru grâce au projet du *Hamzanama*. D'abord un portrait peint après la mort d'Akbar (sous le règne de son fils, le prince Salim, qui portait le titre royal de Jehangir) : celui du roi de Perse, Jamshid ou Jamshed, qui selon la tradition fut le bâtisseur de Persépolis. Il montre des personnages dotés de volume, des visages pleins de profondeur et de caractère, une véritable profondeur de champ en trois dimensions et une liberté dans le traitement de la nature qui rendent l'œuvre extrêmement plus vivante. Et ensuite dans le délicieux tableau d'Abdus-Samad représentant la lutte entre deux chameaux, l'énergie réaliste du combat est bien éloignée de la stylisation à la manière persane.

Quant aux autres artistes, comme nous le verrons, il y en a très peu qui émergent comme peintres "identifiés" crédités de l'essentiel du travail sur telle ou telle partie du *Hamzanama* mais il est probable que l'esthétique, peut-être même l'éthique de ce projet long de quatorze ou quinze ans, ait placé la valeur de la contribution individuelle au-dessous de celle de l'œuvre dans son ensemble. Les artistes du *Hamzanama* n'ont jamais rien conquis de semblable au statut social de leurs équivalents occidentaux, ils avaient plutôt le rang d'artisans, comme ces maîtres maçons qui à la même époque entreprirent la construction de ce chef-d'œuvre d'architecture, ce grand miracle de grès que constitue la cité-palais de Fatehpur Sikri, la première capitale permanente jamais bâtie par les Moghols, aujourd'hui à une heure de route d'Agra. Dans bien des cas, les artistes occupaient un rang encore inférieur, une multitude de membres de cet atelier, hautement qualifiés et qui travaillaient dur, demeurent à jamais anonymes : bon nombre de calligraphes qui ont inscrit sur les feuillets le récit des aventures de Hamza, bon nombre des brillants artistes décorateurs qui ont peint les spectaculaires bordures qui encadrent chaque image et bien sûr tous les artisans qui ont fabriqué ces sept volumes si sophistiqués, plaçant les peintures (réalisées sur du coton) à l'intérieur de cadres en papier décoré, fixant des bandes de papier de chaque côté de la page pour en renforcer les joints, intercalant trois couches intermédiaires, de papier, de tissu, puis de nouveau de papier entre le recto et le verso de chaque feuillet pour le renforcer et effectuant de manière générale tout le travail sans lequel pas même deux cents des mille quatre cents images n'auraient survécu. Tous ceux-là doivent trouver leur immortalité là où ils peuvent, dans les pages pleines de vie du *Hamzanama* lui-même, mais leurs histoires sont perdues.

Cette primauté donnée au groupe sur l'individu nous conduit à avancer que, peut-être (et on ne peut pas en dire autant des mécènes de l'art de la Renaissance), le véritable "surartiste" du projet du *Hamzanama* n'était autre que l'empereur Akbar en personne. On ne trouve aucune réponse dans les archives historiques à la question de savoir pourquoi le jeune roi, récemment monté sur le trône, se préoccupa si tôt au début de son règne de réunir une si vaste assemblée d'artistes et de commander un projet aussi grandiose. Mais il y a peut-être une réponse à trouver dans le caractère d'Akbar et dans l'idée qu'il se faisait non seulement du genre de chef d'État qu'il voulait être mais du genre de pays qu'il souhaitait gouverner.

"Akbar", qui signifie "grand", n'était pas, rappelons-nous, son véritable nom mais celui qu'on lui donnait depuis son plus jeune âge, et de hauts faits légendaires, des prouesses physiques lui furent rapidement attribués même dans son enfance. "La grandeur" fut toujours au cœur du projet d'Akbar. Il voulait être un grand homme et un grand roi et comprit que pour atteindre ces objectifs il devait régner sur un grand peuple. Akbar, en d'autres termes, voulait inventer un royaume digne d'être gouverné, un royaume dont les piliers seraient la tolérance, la réconciliation et l'union. C'est peut-être dans cette perspective que furent créés l'atelier d'art et le scriptorium, ils constituaient, si vous voulez, des modèles en miniature de l'État idéal, dans lequel la créativité et le génie étaient mis au service de l'unité et de la cohésion. La "grandeur" du *Hamzanama* devait précisément se trouver dans sa pluralité, dans la multiplicité de ses talents, dans sa capacité à les maîtriser et à façonner tous ces éléments tellement divers en un tout unique et harmonieux. La tâche qu'Akbar confia à Mir Sayyid Ali et Abdus-Samad était, à sa façon, exactement la même que celle à laquelle il allait se vouer toute sa vie et le *Hamzanama* était le reflet et la glorification de cette philosophie.

Pourquoi les aventures de Hamza ont-elles été choisies pour thème de cette vaste entreprise ? Manifestement parce que c'était un héros illustre, peut-être aussi parce que son personnage était en partie historique en partie légendaire, en d'autres termes pas tellement différent du genre d'"Akbar" que voulait créer Akbar. Mais aussi, je pense, parce que la tradition du héros vagabond, celui qui surmonte de grands obstacles, terrasse de puissants ennemis, gagne la main de belles damoiselles et sort victorieux de situations désespérées est aussi, inévitablement, une histoire de *devenir* : atteindre par des hauts faits la stature, la valeur que ne détiennent vraiment que les tueurs de dragons et les amants des fées. L'histoire de Hamza n'est pas celle d'une quête sous sa forme traditionnelle et elle est différente, à cet égard, de la légende arthurienne du Graal, des travaux d'Hercule ou même de la quête persane mythique : *La Conférence des oiseaux* d'Attar (dans laquelle trente oiseaux partent à la recherche de leur dieu, le Simurgh, et au prix de nombreuses difficultés, parviennent au sommet du mont Qaf où l'on dit que vit le dieu pour s'entendre dire que le mot *"simurgh"* signifie "trente oiseaux", c'est-à-dire qu'après avoir effectué leur long voyage ils sont devenus le dieu qu'ils cherchaient) ; cependant c'est bien l'histoire d'un personnage magnifié par ses propres actes. La grandeur de Hamza n'est pas seulement démontrée dans ses hauts faits, elle en est véritablement le résultat. Là encore, le héros imaginaire monté sur Ashqar, son fabuleux cheval ailé, doté de trois yeux, ressemble beaucoup à un modèle pour l'enfant roi bien réel, lorsque, par exemple, il se tient sur son cheval magique au pied de la forteresse de son ennemi et l'exhorte à se battre de la manière en usage à l'époque, en échangeant des insultes. (Un usage qui fait penser à la scène où le garde français insulte les chevaliers anglais dans *Monthy Python, sacré Graal* ou dans sa réincarnation à Broadway, *Spamalot* : "Allez vous faire bouillir le cul !… Je te morve dessus !… Je ne veux plus te parler, bête sans cervelle, laveur d'auges à cochon !… Je vous pète à la figure ! Ta mère était un hamster et ton père puait le sureau !" Même si, j'en suis sûr, c'était dit plus élégamment en farsi.)

L'Akbar qui passa commande du *Hamzanama* était le roi mais il n'avait pas encore l'entière maîtrise de son royaume. Pendant les six premières années de son règne, ses territoires étaient gouvernés par des régents, d'abord par son général en chef, Bairam Khan, ensuite par sa tante et nourrice, Maham Anga, et son fils Adham, le frère adoptif d'Akbar. Les complots de l'affreuse Maham Anga contre l'honorable Bairam Khan, la mort de Bairam Khan pendant son pèlerinage à La Mecque de la main d'un Afghan vengeur dont le père était mort au cours d'un combat contre Bairam quelques années auparavant et l'infâme conduite qu'eut alors Adham Khan, violeur et assoiffé de sang, tout cela aurait pu sortir directement des feuillets du *Hamzanama*. La crise éclata en 1562 lorsque Adham Khan s'en prit au Premier ministre désigné d'Akbar et "posa la main" sur le jeune empereur Akbar en personne alors âgé de dix-neuf ans. Akbar était un solide jeune homme et il était déjà capable, comme un roi, de prendre des décisions radicales. Il terrassa Adham Khan et le fit jeter du haut d'un bâtiment et, comme cela ne suffit pas à le tuer, il ordonna qu'il soit à nouveau jeté dans le vide, mais cette fois la tête la première. Après quoi il assuma pleinement son pouvoir royal.

Nous pouvons en déduire que *(a)* la vraie vie au XVIe siècle n'était pas tellement différente du monde imaginaire des artistes et que *(b)* Akbar disposa pendant six ans de plus de temps qu'il n'en aurait jamais plus après le second plongeon d'Adham Khan. C'est au cours de cette période de régences que la première moitié des feuillets du *Hamzanama* fut achevée et, comme Akbar était un roi toujours très soucieux des détails et toujours doté de sens pratique, on peut présumer avec un bon degré de certitude qu'il s'impliquait très souvent dans la surveillance et la critique du travail en cours. Il commençait certainement à découvrir jusqu'à quelles extrémités pouvait aller la bassesse. Il est aisé de penser que la nature fantastique du *Hamzanama* avec son goût très persan pour les dragons correspondait à l'amour d'un adolescent pour le monde magique et fabuleux, à l'intérêt d'un jeune garçon pour les contes. Il y avait des dragons partout dans la littérature persane de l'époque et les meilleurs artistes indiens les adoptèrent bien volontiers. Sur un panneau conçu et essentiellement dessiné par une des grandes découvertes de l'école d'Akbar, le peintre Dasavanta qui était à l'origine le fils d'un porteur de palanquins qui adorait tracer des graffitis sur les murs, des graffitis qui incitèrent Akbar à l'admettre dans son atelier, on voit un dragon particulièrement magnifique se faire tuer par le grand ami de Hamza, l'espion ou *ayyar* Umar qui lui lance un flacon de naphte et y met le feu.

Il existe une idée reçue à propos de la vie de l'empereur selon laquelle si le jeune Akbar avait été fasciné par les mondes imaginaires, en grandissant il avait mis de côté toutes ces puérilités, passant du monde des dragons à un monde de philosophie et de sagesse. En d'autres termes, le monde "réel" avait supplanté le monde des rêves. Pour ma part je n'accepte pas ce résumé simpliste de sa vie, d'aucune vie, comme un voyage depuis l'imagination de l'enfance vers le réalisme de l'âge adulte. D'abord j'ai tenté de suggérer que les faits "réels" de la vie d'Akbar constituaient une image du monde "réel" comportant la plupart des traits saillants des tableaux du *Hamzanama*, à deux ou trois dragons près, à l'exception de quelque ogre moucheté de-ci de-là. Ensuite, comme je l'ai dit, nous sommes tous des créatures rêveuses, nous vivons en permanence en partie dans nos rêves, des rêves de ce qui pourrait advenir pour nous et nos enfants, et même des rêves plus terre à terre, des rêves dans lesquels notre mari devient plus charmant, notre maison s'embellit, nos perspectives s'enrichissent, des rêves sans lesquels notre vie quotidienne serait insupportable. Et rêver c'est aussi créer, et un monarque aussi puissamment créatif qu'Akbar n'aurait certainement pas pu être qualifié d'adulte coupé de son imagination. On ne devrait pas considérer le *Hamzanama* comme le reflet des fantasmes d'un gamin mais comme la vision grandiose et souvent machiavélique que se fit un grand homme du monde dans lequel il a vécu.

Les principaux artistes du *Hamzanama*, outre Mir Sayyid Ali, Abdus-Samad, et ce fils d'un porteur de palanquin dont il a déjà été question, l'artiste graffeur Dasavanta, étaient Basavana, Shravana, Madhava Khurd, Mahesa et Kesava Das, suivis par ordre d'importance de Mah Muhammad, Tara, Jagana, Lalu, Mithra et Mukhlis.

(Mah Muhammad, un des artistes secondaires, est intéressant en raison de son talent pour représenter l'architecture. Dans ses palais de fantaisie nous pouvons assister à la naissance du style qui se réalisera à Fatehpur Sikri.)

Sur une même image, plusieurs artistes pouvaient collaborer très étroitement. Sur un panneau représentant le géant Landhaur du Sri Lanka enlevé dans son sommeil par un *dev*, un génie maléfique, les deux artistes qui collaborent sont Dasavanta et Shravana. En l'occurrence, Dasavanta est chargé du dessin, des habits de Landhaur endormi avec son pyjama à motifs brillamment coloré, représenté en trois dimensions, et du personnage du *dev*, une des nombreuses bestioles ou créatures sauvages du *Hamzanama* que n'aurait pas désavouées Maurice Sendak. Shravana s'est chargé de peindre le lit sur lequel repose Landhaur et probablement les rochers délicatement dessinés dans le coin du tableau. La flore représentée à plat à la manière persane pourrait bien être l'œuvre d'une troisième personne. Nous commençons donc à voir comment ces talents différents se rassemblent.

Une des images les plus fameuses du *Hamzanama*, dans laquelle un monstre marin attaque Hamza et ses hommes, est le fruit de la collaboration entre Basavana et Shravana. (Hamza a tiré une flèche sur la créature qui l'a reçue dans l'œil ce qui l'a mise en rage.) Les personnages humains sont l'œuvre de Shravana, les habits et le monstre marin sont de Basavana.

Un des plus grands adversaires de Hamza dans le *Hamzanama* est le géant Zumurrud Shah, le "roi de l'Est". Il subit nombre de terribles malheurs provoqués par Hamza et ses alliés. Sur une image très connue, il est mystérieusement tombé dans un vaste trou et se fait battre par des "jardiniers soupçonneux". Le dessin ingénieux qui place Zumurrud Shah dans un cadre circulaire (le trou) à l'intérieur du cadre général de l'image et les personnages sont l'œuvre de Kesava Das. Le reste de l'image est attribué à d'autres artistes non identifiés. Une fois de plus, nous pouvons voir que cette approche collective ne provoque pas l'effet de désordre auquel on pourrait s'attendre, les divers talents, la peinture des paysages, celle des personnages, celle des bâtiments, le dessin des habits, tout se fond sans heurts dans un même ensemble. Parfois, lorsque les artistes s'étudient mutuellement, leurs talents commencent à se mélanger et il est difficile d'identifier la main qui est à l'œuvre. Une des grandes réussites du *Hamzanama* tient, selon moi, dans la découverte des moyens de représenter les éléments instables et changeants comme l'eau et les nuages. Les techniques qui permettaient de représenter la fluidité étaient une véritable innovation de l'atelier d'Akbar et tous les artistes semblent avoir voulu s'essayer à ces nouvelles méthodes. Dans l'image d'une inondation lâchée par un ennemi sur le camp de Hamza, les flots sont rendus de manière très expressive par Jagana, dans une autre image qui la suit de près, l'ennemi, Tayhur Shah, a été tué, et cette fois les flots sont l'œuvre de Shravana. Et sur un panneau montrant le sauvetage d'un bébé abandonné, l'eau et la plus grande partie de l'image (mais pas les bâtiments qui servent de toile de fond) sont d'un troisième artiste, Kesava Das. Démontrant sa maîtrise de toutes les formes fluides, Kesava Das offre aussi un extraordinaire ciel nuageux surplombant l'image d'un héros inconnu et quelque peu en surpoids qui tue un démon femelle aux grandes oreilles. L'éclat du ciel avec les formes abstraites et sinueuses des nuages et de l'air attire l'œil, écrasant véritablement la scène qu'il surplombe.

Finalement, même Mah Muhammad, qui se bornait habituellement à la représentation de l'architecture, s'y mit à son tour et dans une image de l'héroïne Mihrdukht, la fameuse archère, belle-sœur de Hamza fuyant des soupirants importuns (après leur avoir dit qu'elle aurait celui, quel qu'il soit, qui lui rapporterait le premier une flèche qu'elle avait tirée), l'eau et le paysage sont de la main de Mah Muhammad, les personnages sont attribués à un autre artiste du *Hamzanama*, Banavari.

On aurait tort d'écarter d'une étude de l'œuvre de "l'artiste composite" auteur du *Hamzanama* les nombreux actes audacieux et souvent sanglants commis par les *ayyars*. Nous avons déjà évoqué le meurtre de Qubad, le fils de Hamza, tué par un de ces *ayyars*, mais aussi dans une image d'une beauté exceptionnelle, remarquable pour le rendu des flots marins par Dasavanta – cette fois c'est Dasavanta –, l'*ayyar* Umar, un des plus proches alliés de Hamza, qui se lance à la recherche du héros qui, à ce moment de l'histoire, se retrouve captif. Umar, qui est toujours représenté sous l'allure d'un jeune homme élégant, est capable de rudes besognes.

Dans une scène devant le château de Fulad, il est peint par Kesava Das (les personnages) et Mah Muhammad (les bâtiments, évidemment) frappant un soldat pour lui soutirer des informations. Et les collègues d'Umar, les autres *ayyars* de Hamza, sont tout à fait prêts à tuer, à se glisser dans le château de l'ennemi et à décapiter les gardes.

Même les *ayyars* de sexe féminin comme Mahiya, espionne d'un autre des fils de Hamza, le prince Ibrahim, pratiquent le meurtre avec enthousiasme. Dans un tableau spectaculaire peint par Jagana et Kesava Das, on voit Mahiya, au centre exact de l'image, trancher la gorge d'un homme tandis que deux autres gisent décapités et que pas moins de cinq autres sont éparpillés alentour, assassinés. Le tout sur un fond de mosaïque et divers motifs décoratifs parmi les plus beaux et les plus richement ornés de toute l'œuvre.

Une autre femme *ayyar*, Khosh-Khiram, se promène dans un bois tenant négligemment à la main la tête tranchée d'un autre espion, Kajdast, dans une magnifique composition, moitié forêt, moitié palais, créée par Basavana et Mukhlis.

Vous voyez le tableau.

Dans l'univers du *Hamzanama*, les contraires coexistent : violence et beauté, réalisme et fantasmagorie, héroïsme et bassesse. C'est là aussi une tentative de créer un objet composite : pas seulement un artiste composite mais aussi un monde composite. Dans ces merveilleux tableaux, le projet cherche à dépeindre tout ce que la vie elle-même contient et beaucoup de ce que les vivants peuvent seulement imaginer dans leurs cauchemars ou dans leurs rêves. Et pas mal de choses sur la vie des ogres et la vie des animaux, et quelques aperçus aussi sur la vie divine.

Hamza, le héros, est lui aussi une personnalité composite et pas seulement parce qu'il a été créé par l'assemblage de plusieurs "originaux" différents, il est en partie un homme de ce monde qui cherche à surmonter les obstacles placés sur le chemin de son grand amour pour la princesse de Ctésiphon, Mihr-Nagar, et en partie un vagabond dans un royaume féerique, amoureux des *péris*, des fées et ennemi de leurs rivaux, les *devs*. La fée qu'il aime, Asma, ou Asman Peri (*asman peri* signifie "la fée céleste"), représente son amour pour le monde de l'imagination, tout comme son amour terrestre représente l'amour qu'il porte au monde réel et à cet égard également il représente le roi qui a commandé l'œuvre qui allait devenir, exactement comme Akbar l'avait prévu, un des grands ornements et l'une des gloires de son règne.

Tous ces événements se sont produits il y a très longtemps. Mais l'histoire est un lieu de contestation et nulle part ailleurs plus qu'en Inde (mais pas seulement là, tant s'en faut). Une bataille sur le passé est immanquablement une bataille pour le présent. L'histoire de la conquête de l'Inde par les musulmans, dont l'Empire moghol fut le dernier et le plus illustre épisode, est devenue dernièrement l'objet de violentes disputes. Le développement, au cours des trois dernières décennies environ, d'une forme de révisionnisme hindou agressif a conduit à prétendre que l'Inde musulmane était, en quelque sorte, *inauthentique*, que les dynasties musulmanes avaient écrasé et asphyxié la "véritable" Inde hindoue et avaient eu pour effet à la fois de la paralyser et de la dénaturer. Cette vision hautement négative de la période a même commencé à trouver place dans les manuels scolaires. Dans le cadre de son projet suprémaciste hindou, le gouvernement du BJP est sérieusement et délibérément engagé dans une entreprise de réécriture et de falsification de l'histoire. Et à une époque où le militantisme de l'islam moderne pourrait persuader certains que ces révisionnistes hindous n'avaient peut-être pas tout à fait tort, les images du *Hamzanama* deviennent une preuve importante dans ce débat.

Sous le règne de l'empereur Akbar, la civilisation indienne a atteint des sommets qu'elle n'avait jamais connus auparavant et dire cela n'est pas sous-estimer les réussites du grand royaume hindou de Vijayanagar dans le Sud, qui était sur le déclin lorsque les Moghols étaient en plein essor. Et grâce à la personnalité exceptionnelle du roi, cette civilisation fut marquée, et c'est toujours le souvenir qu'on en garde, par un esprit de véritable quête philosophique, une atmosphère de tolérance et une démarche qui incluait tous les Indiens, de toutes les régions et de toutes les religions. Sans son passé moghol, l'Inde serait bien moins aujourd'hui que ce qu'elle est. Le règne d'Akbar a-t-il été un brillant interlude ou un important jalon, ceci est une autre question. Jusqu'à ce jour, l'artiste composite du *Hamzanama*, avec ses nombreux chefs et ses nombreux pinceaux, se tient devant nous comme le signe de ce que les hommes sont capables d'accomplir lorsque leur créativité est mobilisée au service d'une cause commune.

AMRITA SHER-GIL : CORRESPONDANCE

Au début des années 1990, quand j'ai commencé à réfléchir à mon roman, *Le Dernier Soupir du Maure*, j'ai très vite compris qu'il comprendrait le portrait d'un personnage (et aussi de son œuvre), celui d'une Indienne totalement imaginaire, peintre du XXe siècle. J'ai pensé à mes amis et connaissances dont un certain nombre de bons artistes contemporains – Krishen Khanna, Bhupen Khakhar, Gulan Mohammad Sheikh, Nilima Sheikh, Nalini Malani, Vivan Sundaram, Anish Kapoor et d'autres que je ne connais pas personnellement mais dont j'admire les œuvres : Pushpamala N., Navjot, Sudhir Patwardhan, Gieve Patel, Dhruva Mistry, Arpana Caur, Lasma Goud, Ganesh Pyne. Le travail de tous ces peintres m'a aidé à imaginer les tableaux que mon personnage imaginaire, "Aurora Zogoiby", pourrait produire. Mais celle qui, pour ainsi dire, "m'a donné la permission" d'imaginer sa personnalité, d'inventer une femme peintre en plein cœur de l'art moderne indien, de croire en la possibilité d'une telle femme, était une artiste que je n'ai jamais rencontrée, qui est morte tragiquement jeune et que j'ai vue pour la première fois sur un tableau lumineux de son neveu Vivan Sundaram. Cette artiste était Amrita Sher-Gil.

Le tableau est un portrait de famille dans son intérieur. Un personnage masculin semble veiller à l'arrière-plan, une Occidentale se tient assise très droit sur une chaise (et un pistolet est posé sur la table à côté d'elle). La pièce est remplie de meubles et d'objets d'art, et l'ensemble est rendu dans une gamme d'oranges brillants et de dorés. Mais malgré toute la luxuriance et le mystère de la scène, l'œil est attiré par la jeune femme au premier plan, d'une beauté frappante, elle a un visage intelligent, une expression amusée et esquisse un petit sourire. C'est Amrita.

Je ne savais pas grand-chose d'elle à l'époque. Je savais qu'elle était à moitié hongroise et j'avais vu certains de ses tableaux représentant des scènes villageoises, des conteurs et des jeunes filles à la National Gallery de Delhi et au domicile de Vivan. Pendant que j'écrivais mon livre, je résistai à la tentation d'en apprendre davantage. J'inventai une Amrita imaginaire pour moi tout seul, une femme très influencée par les idées de Gandhi, qui se consacrait à peindre la "vraie" vie de l'Inde, la vie des villages, et je décidai que mon Aurora serait, à bien des égards, son antithèse, une citadine invétérée et sophistiquée. Ce n'est qu'après avoir achevé le livre que je me suis autorisé à faire un peu mieux connaissance avec la véritable Amrita et je découvris immédiatement qu'elle et mon Aurora avaient beaucoup plus en commun que je ne l'avais pensé. De fait, à certains égards, comme dans le cas de ses inclinations sexuelles par exemple, Amrita Sher-Gil était un personnage plus bohème, moins inhibé que la flamboyante femme que j'avais conçue.

Dans ses lettres, la véritable Amrita semble bondir de la page. "Vous allez trouver que j'ai une haute opinion de moi-même, écrit-elle en 1934, seulement âgée à l'époque de vingt et un ans, mais je ne démordrai ni de mes idées intolérantes ni de mes convictions." Son franc-parler, qui fait d'elle véritablement la sœur et non l'antithèse d'Aurora Zogoiby, est un des aspects les plus délicieux de sa correspondance. Elle fait l'éloge de Rabindranath Tagore mais elle ajoute également que "son éminence est due à la platitude du pays qui l'entoure".

Sa colère contre le manque de goût du *nizâm* de l'Hyderâbâd l'amène à lui dire carrément en face :

> Il possède dans son palais pour des millions de roupies de *croûtes* et en même temps des jades magnifiques et de beaux tableaux des Moghols et des Rajputs… et quand j'ai vu les Lord Leighton, les Watts, les Bouguereau amassés ici et que j'ai entendu tous les invités de la soirée les couvrir d'admiration et de louanges, j'en ai été tellement écœurée que quand il m'a demandé comment je les trouvais je lui ai rétorqué : comment quiconque doté du

> moindre goût pourrait-il acheter Leighton, Bouguereau et Watts quand on trouve sur le marché Cézanne, Van Gogh et Gauguin.

Après cela, comme on pouvait s'y attendre, il refuse de lui acheter deux toiles "cubistes" et elle est "évidemment en colère".

Écrivant à son allié et ami proche, Karl Khandalavala, elle lui parle de la façon dont il exerce la critique d'art en des termes qui auraient bien pu compromettre une amitié moins solide :

> On a l'impression d'une critique lucide et impersonnelle rédigée par une personne objective dotée d'un esprit calme et réfléchi. Et pendant qu'on la lit on est enclin à dire à haute voix "c'est bien ça" mais dès qu'on la repose on l'oublie. C'est-à-dire "qu'elle ne laisse à l'esprit aucune impression profonde et durable". C'est trop modéré dans son *mode* d'expression (la faute en est peut-être au choix des mots).

Son mépris le plus souverain est réservé aux artistes de l'école du Bengale, qu'elle compare dédaigneusement aux anciens peintres des grottes d'Ajanta.

> Ajanta peint avec un *noyau*, la peinture de l'école du Bengale n'a obtenu qu'une coquille vide, c'est un tas de choses construites autour de rien, un tas de choses sans aucune utilité et elle cesserait d'exister si toutes ces choses superflues lui étaient retirées.

Elle admet que Jamini Roy a "un certain talent" mais refuse que l'on puisse comparer son trait aux maîtres d'Ajanta.

Son esprit féroce et sa langue acérée combinés avec sa largeur d'idées sans complexes au sujet de sa conduite et son insistance à revendiquer le droit de se comporter à sa guise se retrouvent aussi dans ses pensées à propos de sa famille et de ses amis. Lorsque son père ("Duci") hésite à savoir si elle doit rentrer d'Europe en Inde et l'accuse de son manque d'intérêt pour l'Inde, elle accouche d'un texte extraordinaire qui est à la fois un testament artistique et une charge contre les critères bornés de son père en matière de mœurs sociales et sexuelles.

> Je souhaite rentrer premièrement dans l'intérêt de mon développement artistique… Comme tu te trompes quand tu parles de notre manque d'intérêt pour l'Inde, pour sa culture, son *peuple*, sa littérature alors que tout cela m'intéresse profondément… Notre long séjour en Europe m'a aidée à *découvrir*, pour ainsi dire, l'Inde. L'art moderne m'a amenée à comprendre et apprécier la peinture et la sculpture indiennes. Cela semble paradoxal mais je sais de façon certaine que si je ne m'étais pas rendue en Europe, je n'aurais peut-être jamais compris qu'une fresque d'Ajanta ou qu'une petite sculpture du musée Guimet valait plus que la Renaissance tout entière ! En bref, à présent je veux rentrer pour apprécier l'Inde et sa valeur… J'étais plutôt triste de constater que tu plaçais la conservation de ta bonne réputation au-dessus de ton amour pour nous. J'ai aussi été déçue de voir l'importance que tu accordais aux chamailleries de l'opinion publique… Je ne me considère pas le moins du monde comme quelqu'un d'immoral, je ne suis *pas* immorale… De plus je pense que tu dramatises quelque peu la situation (chose que tu fais volontiers à l'occasion) quand tu dis que la ruine de ta réputation est synonyme de notre retour en Inde. Les imbéciles et les faiseurs d'embrouilles parleront toujours, même si on ne fait rien pour alimenter leurs conversations. Et il y a des gens à l'esprit borné, pleins de préjugés et fanatiques, partout de par le monde, et en Inde aussi (comme tu l'as appris à tes dépens) mais doit-on se préoccuper de *ces gens-là* ?

Elle réprimande aussi sa mère, d'abord parce qu'elle maltraite ses domestiques et plus tard lorsque la vieille dame à l'esprit dérangé sombre dans l'instabilité mentale, pour ses mensonges.

> Elle nous accuse sans discrimination de tous les vices, l'ingratitude criminelle étant le moindre d'entre eux, de saleté, de paresse et de pratiques sexuelles anormales…

Coincée entre un père froid et conventionnel et une mère de plus en plus dérangée, Amrita se réfugie dans une vision artistique remarquable non seulement par sa franchise mais par son amour passionné de ce qui est beau. Dans une lettre à sa sœur Indu, elle évoque des fresques découvertes à Cochin.

> Je passe toutes mes journées du matin jusqu'au soir – c'est-à-dire jusqu'à ce qu'il n'y ait plus assez de lumière – dans un palais désert. Il renferme d'anciennes peintures parfaitement merveilleuses qui n'ont pas encore été "découvertes". Personne n'en connaît l'existence et les gens du coin, même les soi-disant responsables comme les membres du Diwan, les détruiraient, j'en suis sûre, s'ils en avaient le pouvoir parce que certains panneaux montrent des scènes érotiques. Des animaux et des oiseaux copulent avec la plus extrême candeur mais curieusement les personnages humains ne sont jamais montrés en train d'accomplir cet acte… C'est seulement quand on entreprend de les copier que l'on découvre à quel point ces gens possédaient une technique prodigieuse, une connaissance surprenante de la forme et un sens aigu de l'observation. Bizarrement, à la différence des formes élancées d'Ajanta, les personnages sont extrêmement lourds et massifs. C'est peut-être le dessin le plus puissant que j'aie jamais vu.

Les fresques de Cochin réapparaissent dans une lettre passionnée adressée à Karl Khandalavala et il est évident que leur influence sur elle a été profonde, comme celles de Bruegel et de Renoir. Elle parvint à la conviction que "*l'art tout entier, y compris l'art religieux*, est apparu à cause de la sensualité, une sensualité si vaste qu'elle déborde les simples frontières du physique".

Elle avait en matière d'art un goût irréprochable, qu'il s'agisse de la littérature européenne (Rousseau, Verlaine, Proust) ou des majestueuses sculptures d'Ellora ou des peintures rupestres d'Ajanta. ("Cher Karl, ELLORA, AJANTA. Une révélation.") En matière d'êtres humains aussi, elle avait bon goût : "J'ai enfin rencontré une femme merveilleuse, Sarojini Naidu. Et ses deux filles intéressantes. L'une […] qui est intelligente et pleine d'esprit et sa jeune sœur qui a l'air la plus âgée des deux, une étrange créature farouche, *sympathique comme tout**." (Sarojini Naidu était une figure importante du mouvement pour l'indépendance, une militante politique et une poétesse dont l'œuvre lui valut d'être surnommée "le rossignol de l'Inde".)

On ne pouvait guère s'attendre à ce qu'une femme comme Amrita trouve le bonheur dans une telle époque. En mars 1941 elle écrit à Indu :

> J'ai [...] traversé une crise de nerfs et je suis encore loin d'en être sortie. Je me sens impuissante, insatisfaite, irritable et contrairement à toi je ne suis même pas capable de pleurer. Il semble que des forces soient à l'œuvre, des forces élémentaires qui bouleversent les choses et les lancent privées de tout équilibre. Le chaos et la noirceur des vies individuelles, les guerres, les tremblements de terre, les inondations, tout semble relié de manière indéfinissable. Nous ne sommes pas seuls. Je le vois partout.

(Mais quelques lignes plus loin elle trouve le temps de critiquer l'écriture de sa sœur : "Tu dois faire un effort pour la rendre *lisible*" et pour se réjouir qu'un nouveau divan ait "l'air charmant".)

Six mois plus tard elle était morte, âgée seulement de vingt-huit ans, sans qu'on en sache très bien la cause.

C'est une émotion immense de découvrir dans les lettres d'Amrita cette voix brillante, passionnée, assurée, qui s'exprime si clairement mais pendant si peu de temps. Quand on revient vers sa peinture après l'avoir lue, on découvre une nouvelle profondeur dans sa sombre palette dont les tons sont emplis d'ombres et des couleurs de la terre. Elle écrit, et ce n'est que partiellement ironique, qu'elle choisit de peindre :

> en priorité les aspects tristes de la vie en Inde... Il se peut que la tristesse, l'étrange saleté des personnages que je prends pour modèles (ce qui pour moi est une beauté qui rend insipide tout ce que l'on place sous le mot "beau" selon les critères ordinaires du monde) s'adaptent à quelque chose en moi, quelque fibre interne de ma nature qui entre en résonance avec les choses tristes plutôt qu'avec les manifestations de vie marquées d'un bonheur exubérant ou d'une satisfaction placide.

L'art d'Amrita Sher-Gil entraîne naturellement vers la mélancolie et le tragique tout en gardant le regard fermement fixé vers un haut idéal de beauté. Il est poignant que cette œuvre et son auteur aient été si souvent mal compris, mais ce n'est peut-être pas étonnant. Dans une lettre de l'étranger, adressée en août 1938 à ses parents qui venaient de brûler une "pièce entière" de ses lettres parmi lesquelles de vieilles lettres d'amour, elle se résigne à :

> Une vieillesse lugubre qui ne sera pas soulagée par la distraction qu'aurait pu apporter la relecture d'anciennes lettres d'amour…

et elle conclut piteusement en hindi : *Me kohi aysi baat nahin kahungi ya karungi jisse aap ko dukh pahunje.* "Je ne dirai ni ne ferai rien qui puisse vous causer de la peine."

Il ne lui fut pas accordé de connaître la vieillesse, lugubre ou pas, mais ni sa personnalité magnifique et exubérante, ni l'œuvre qui en résulta ne contenaient quoi que ce fût dont elle devrait s'excuser. Le temps a passé et son œuvre demeure. Comme Moraes "Le Maure" Zogoiby écrit au sujet de sa mère, Aurora : "Même aujourd'hui, dans la mémoire, elle éblouit, on doit tourner autour d'elle. On peut la percevoir indirectement, d'après l'effet qu'elle produisait sur les autres… Ah, les morts, les morts sans fin, finissant éternellement : comme leur histoire est longue et riche. Nous, les vivants nous devons trouver quel espace leur accorder à nos côtés ; les immenses morts que nous ne pouvons retenir, bien que nous les saisissions par les cheveux, que nous les attachions par des cordes pendant leur sommeil[1]."

1. *Le Dernier Soupir du Maure*, traduit de l'anglais par Danielle Marais, © Plon, 1996.

BHUPEN KHAKHAR
(1934-2003)

J'ai rencontré Bhupen Khakhar pour la première fois au début des années 1980. C'était aux Riverside Studios de Hammersmith à Londres. Il y avait une conférence qui permettait à des écrivains et des artistes venus d'Inde de rencontrer des écrivains et des artistes d'origine indienne établis à Londres. Bhupen et moi nous nous sommes immédiatement entendus et nous sommes devenus amis. Il me dit qu'il avait lu et aimé mes livres en partie parce qu'il voyait un lien entre eux et ses tableaux. J'avais de mon côté le même sentiment. Il y avait un rapport artistique entre nous, l'impression que chacun de nous savait ce que l'autre essayait de faire, que nous nous efforcions d'atteindre les mêmes buts par des voies artistiques différentes.

Dans mes premiers textes j'ai tenté de baser mon écriture sur le langage familier des rues de Bombay. De la même façon, Bhupen a utilisé dans beaucoup de ses toiles le langage visuel de la rue indienne, les vitrines peintes, les camions et les rickshaws, les affiches coloriées à la main.

Rendre visite à Bhupen chez lui à Baroda, dans l'État indien du Gujarat, c'était comme entrer dans ses tableaux. Il vous emmenait au fond d'une ruelle dans un atelier d'horlogerie et vous vous retrouviez tout à coup dans une de ses toiles pleines de couleurs vives.

C'était un conteur qui reprenait les traditions anciennes de la peinture narrative tout comme je m'efforçais d'employer une version du conte indien traditionnel. Plus on regarde ses images, plus on a l'impression d'avancer. Souvent une histoire tout entière est racontée en une seule toile, comme dans le tableau qui donne son titre à la rétrospective de la Tate Modern en 2016, *On ne peut pas plaire à tout le monde*, où un père et son fils conduisant leur âne au marché apparaissent plusieurs fois.

Un an environ après notre première rencontre, j'allai le voir à la galerie Knoedler Kasmin, dans Cork Street à Londres, où il avait une exposition. Il se trouve que je venais de vendre une nouvelle à un magazine américain et que j'avais le chèque dans la poche. Il y avait dans l'exposition une toile dont je tombai immédiatement amoureux, *Compartiment de seconde classe*. Je ne pensais pas pouvoir me l'offrir mais j'en demandai tout de même le prix et je découvris que c'était exactement la somme qui figurait sur le chèque que j'avais en poche. (Dans les 1 500 livres environ seulement – l'art indien était encore ridiculement bon marché à l'époque.) L'idée me plut de transformer ma nouvelle en son tableau. Et c'est ce que je fis. Je l'ai acheté et il demeure un des trésors auquel je tiens le plus.

Compartiment de seconde classe ne faisait pas partie de l'exposition de la Tate Modern contrairement à deux œuvres que je possède : l'huile *Laveur de carreaux* et un livre d'art en édition limitée que nous avons réalisé ensemble, *Deux histoires*, dans lequel il a illustré deux de mes nouvelles, "La Radio libre" et "Les Cheveux du Prophète" par des gravures sur bois et des linogravures.

Je considère Bhupen comme le meilleur peintre d'une génération d'artistes qui a tenté de découvrir et de forger de nouveaux langages pour l'art indien, une "génération intermédiaire" qui précède les stars actuelles (comme Subodh Gupta dont la cote est très élevée et qui cite régulièrement Bhupen comme une influence) et suit les maîtres des débuts qui ont été profondément influencés par l'art occidental. Les chevaux de M. F. Husain, par exemple, bondissent en droite ligne du *Guernica* de Picasso tandis que le travail de beaucoup d'autres grands noms (comme S. H. Raza) devait beaucoup aux développements de l'abstraction occidentale. Cette génération intermédiaire d'artistes comme Arpita Singh, Nilima Sheikh, Nalini Malani et d'autres fut extraordinaire, et Bhupen en était peut-être le phare.

En réalité j'ai posé pour Bhupen en 1995. La BBC réalisait un documentaire sur mon roman, *Le Dernier Soupir du Maure*, inspiré par mon amitié avec des artistes indiens dont Bhupen. (Il y a un personnage dans le roman, un peintre connu comme “le comptable” qui fait explicitement référence à lui. Il a travaillé un certain temps comme comptable.) La BBC pensait que ce serait une bonne idée de lui faire réaliser mon portrait et que ce serait une séquence du film. J’en ai immédiatement fait la suggestion à Bhupen qui est venu à Londres pour réaliser le portrait. Il a emprunté l’atelier d’un ami dans Edwardes Square, pas loin de Kensington High Street. À peine étions-nous installés que Bhupen a pris un fusain et a tracé d’un seul trait un portrait de profil qui offrait la ressemblance la plus exacte qu’on pût imaginer. Il appliqua la peinture par-dessus et peignit des personnages du livre autour de moi. Mais j’aurais aimé disposer d’une radiographie de ce tableau pour revoir le dessin en dessous.

(*Le Dernier Soupir du Maure* est un roman sur un tableau caché sous un autre tableau, il était donc approprié, je suppose, qu’il y ait aussi un dessin caché sous la peinture.)

Dans l’image finale, il s’inspira de l’art du portrait indien classique mais lui donna une tournure moderne. Sur les portraits officiels des princes indiens des XVIe et XVIIe siècles, le corps fait face au spectateur tandis que le visage se présente de profil. Bhupen me peignit de cette manière mais le clin d’œil était que, alors que les princes du temps jadis portaient une élégante chemise en mousseline de l’étoffe la plus fine, on me voit vêtu d’une chemise de nylon bon marché. Aujourd’hui le tableau est accroché dans la National Portrait Gallery à Londres. Il est le seul peintre indien à y être exposé et je suis très fier qu’il s’agisse d’un portrait de moi.

Bhupen Khakhar était un peintre superbe et courageux. Il a révélé son homosexualité dans ses toiles et abordait ouvertement des thèmes gays, ce qui n’a jamais été chose facile en Inde où il était alors illégal d’être homosexuel. Dans ses premières toiles, il restait indirect et allusif mais quand il prit de l’âge et gagna en confiance, son travail devint beaucoup plus explicite sur le plan sexuel. Dans un contexte indien, ses œuvres étaient choquantes et le sont peut-être encore.

Bhupen est mort d’un cancer en 2003. Ce fut un artiste fondamental dans l’histoire de l’art indien. La rétrospective de la Tate lui apporte une gloire entièrement nouvelle sur le plan international et il le mérite amplement.

ÊTRE FRANCESCO CLEMENTE : *AUTOPORTRAITS*

Gagosian Gallery, Londres, 2005

De la même façon que nous possédons tous un moi souverain individuel, c'est du moins ce que la Renaissance nous a appris, ainsi notre visage possède-t-il une souveraine individualité. Nous avons tous en nous des autoportraits qui sont, pour la plupart, des portraits de notre visage, mais il doit y avoir, il y *a* des cas où nous, certains d'entre nous, nous voyons dans d'autres parties de notre corps ; l'image de soi d'un culturiste pourrait bien être celle d'un biceps, une danseuse peut estimer que la partie d'elle-même où elle existe le plus ce sont ses pieds, un gigolo ses parties génitales, ou un pianiste ses mains. Mais la plupart du temps, c'est dans notre visage que nous nous reconnaissons, et à cet égard l'invention du miroir est un événement plutôt important, il a rendu possible l'étude quotidienne prolongée du moi, le moi en tant que visage, le moi comme image du moi d'où peut naître ce nouveau reflet, l'autoportrait. Ne surestimons pas toutefois l'importance de cet épisode car avant le miroir existaient des proto-miroirs ; les Incas disposaient de sortes de miroirs dont ils ne pouvaient se passer même s'ils n'ont jamais découvert le secret de la roue. En Grèce et à Rome existaient des écrans polis comme ceux dans lesquels il était prudent de regarder la Gorgone et des eaux miroitantes comme celles grâce auxquelles Narcisse, le premier auteur d'un autoportrait, est tombé dans la contemplation éternelle de sa beauté.

Et il n'est pas indispensable de disposer d'un reflet. Nous nous connaissons nous-mêmes, que nous ayons un miroir ou pas. “L'homme ne peut comprendre sans images”, dit saint Thomas d'Aquin et notre esprit est programmé pour construire ces images même sans le secours de nos yeux. La conséquence de ce don de la conscience de soi, ce don qui nous rend humains, est l'invention de l'image de soi. Des aveugles ont peint des autoportraits et des sculpteurs qui n'avaient jamais vu leur visage l'ont pourtant sculpté dans la pierre. Il y a près de trois mille cinq cents ans, Bak, le sculpteur en chef du pharaon Akhenaton, a sculpté dans la pierre des portraits de lui-même et de sa femme, Taheret ou Taheri. À l'époque, les portraits étaient un art de commande et cependant Bak a éprouvé le besoin, sans espoir de rétribution financière, de réaliser son portrait et celui de la femme qu'il aimait. Phidias, dit-on, fut emprisonné pour avoir commis le blasphème de graver l'image de son propre visage sur le bouclier d'Athéna au Parthénon. Il devait être conscient du tabou qu'il enfreignait et pourtant il passa outre, cédant au besoin ancien et impérieux d'être vu par les autres tel qu'il se voyait lui-même.

Longer le fameux corridor de Vasari à Florence, ce passage couvert construit en 1565 par Giorgio Vasari pour permettre à Cosme de Médicis de passer discrètement de la galerie des Offices au palais Pitti et qui abrite actuellement peut-être la plus vaste collection d'autoportraits au monde, c'est assister à bien des actes comparables de bravoure dans la révélation de soi. Ici le dédain patriarcal plein de menace de Lucas Cranach l'Ancien semble terrifier Filippino Lippi, tourmenté et empli des appréhensions de la jeunesse ; la pose arrogante de Vélasquez et son regard soupçonneux rencontrent chez Rembrandt l'acceptation sereine et résignée du passage des ans. Chagall se dévoile sous les traits d'un magicien bleu, avec une de ses femmes aériennes posée sur le front tandis que le peintre suédois Carl Larsson est un clown coiffé d'un chapeau clownesque et tenant à la main une poupée en forme de clown. Pour créer une œuvre d'art, on doit recourir à une forme de double vision, en regardant simultanément vers l'extérieur et vers l'intérieur, mettre à nu ce qui est vêtu, dire ce qui est secret et révéler de quelle manière le monde intérieur de la sensibilité, de la mémoire et de la peur est lié à ce qui est crié haut et fort et étalé sous nos yeux dans le monde qui nous entoure, ce monde si brillamment illuminé qui n'en demeure pas moins opaque jusqu'à ce que la nudité de l'artiste fournisse la clef qui en dévoile le mystère. C'est ce que nous voulons dire lorsque nous affirmons que l'art est un acte de courage et c'est pourquoi la réussite d'un grand autoportrait paraît une action quasi héroïque parce que c'est la forme qui constitue peut-être le *locus classicus* de la rencontre entre le monde intérieur et le monde extérieur ; les autoportraits ratés, les réticences mêlées d'affectation que l'on rencontre trop souvent, sont des preuves d'une sorte de lâcheté.

L'autoportrait est le questionnement de ce que l'artiste connaît le mieux mais c'est aussi la plus changeante des formes, il met l'accent sur la continuité ou le changement, la surface ou la profondeur, le masque ou le crâne. Et parfois l'artiste est simplement le modèle, encore que l'artiste quand il se prend lui-même pour modèle ne soit peut-être jamais "simple" : le Caravage se peignant sous les traits de la tête tranchée de Goliath était lui-même un géant sur le déclin, proche de la fin de sa vie ; Artemisia Gentileschi prêtant ses traits forts et puissants à ses féroces héroïnes suggérait aussi une intention personnelle tout comme sans aucun doute James Montgomery Flagg quand il se servit de ses propres traits pour créer l'image ultra patriotique de "l'Oncle Sam".

Si la longue étude que Rembrandt fit de lui-même au cours des années se tient à l'un des bouts du spectre de l'autoportrait, la représentation de Warhol de l'artiste comme produit se tient à l'autre bout et entre les deux se trouvent les introspections morbides et révélatrices à l'excès de Kahlo, les postures énigmatiques et opaques de Gilbert et George, les performances de Cindy Sherman, l'artiste comme acteur et la qualité documentaire de Nan Goldin, et puis il y a le cas de Sam Francis qui peignait des autoportraits qui ne lui ressemblaient pas, des tableaux où son visage pouvait devenir celui d'une femme ou d'un Japonais et dont le sujet, disait-il, était la métamorphose. Il avait besoin de la métamorphose pour retrouver son chemin vers lui-même. Plus on regarde des autoportraits, plus on se met à éprouver le sentiment que la métamorphose, l'art de Protée, pourrait être plus proche de la vérité de la forme que la représentation et c'est en fin de compte pour cette raison que les nouveaux portraits que Francesco

Clemente a faits de lui-même sont si intéressants. Clemente est un être métamorphique *par excellence**, acteur, clown, masque, avatar et aussi insaisissable que le légendaire Vieillard de la Mer. Il se tortille furieusement quand on essaie de le clouer au sol. Il faut le plaquer fermement et très longtemps tandis qu'il ne cesse de changer de forme pour échapper à votre prise et ce n'est qu'au tout dernier moment, alors que vous êtes l'un et l'autre épuisés, qu'il révèle ses secrets et vous dit ce que vous devez savoir.

"Tout passe, rien n'est permanent", écrivait Héraclite, et l'idée que le changement est la seule constante est devenue plus tard un des concepts dominants de l'Empire romain. Ovide, dans ses *Métamorphoses*, illustra brillamment ce thème. Oui, le changement était omniprésent, il pouvait être espiègle, extraordinaire ou grotesque mais il ne s'opérait pas par hasard. Les femmes en danger tout comme les empereurs attaqués se métamorphosaient non pas selon leurs caprices mais en réaction aux drames de leur existence. Les personnages d'Ovide se transforment, pourrait-on dire, en eux-mêmes. Le caméléon après tout ne change pas de couleur par fantaisie mais pour se protéger, pour survivre. Ses changements aussi sont le signe de sa nature lente et prudente.

Clemente et le caméléon sont de la même espèce. Les voici unis dans une même image mystérieuse et même mystique, la créature verte enroulée sur la tête de l'artiste comme un second moi et refusant, sans nul doute pour des raisons esthétiques, d'adopter la couleur du fond sur lequel il pose. Quel est l'autoportrait dans cet autoportrait, pourrait-on se demander, l'image du reptile ou celle de l'homme ?

Dans la mythologie indienne ainsi que dans la philosophie, la notion de la personnalité changeante, aussi bien chez les dieux que chez les hommes, est proche du cœur des choses. J'ai moi-même toujours été fortement attiré par les métamorphoses et je soupçonne que cet intérêt indien pour tout ce qui est changeant explique l'intérêt durable et passionné de Clemente pour l'Inde, dont on peut trouver tant de preuves dans ses nouveaux autoportraits, dans le sanglant et lumineux rose Madras de l'*Autoportrait à la cigarette* qui se détache sur les tons plus sombres du visage humain ; dans l'*Autoportrait tantrique* et aussi dans la transfiguration de l'*Autoportrait en femme bengalie*, qui rappelle les altérations du moi de Sam Francis. Mais sous ces références évidentes à l'Inde il y a quelque chose qui rattache maintenant plus profondément Clemente au sous-continent, une chose qui ne relève pas de la simple référence, une sympathie acquise, développée ou découverte pour un rythme indien de la vie. Si l'on place ces portraits en regard de l'œuvre d'un artiste indien contemporain de premier plan comme feu Bhupen Khakhar, les correspondances sautent aux yeux. Khakhar, à la recherche d'une "voix" indienne qui ne cherchait à imiter ni le style de l'Occident ni celui de la miniature traditionnelle indienne, trouva son inspiration dans l'époque contemporaine, dans l'aspect visuel du mobilier urbain des rues indiennes, la palette de couleurs des vitrines et des panneaux d'affichage et construisit à l'aide de ces matériaux son propre univers de plus en plus passionné, de plus en plus explicite, de plus en plus érotique. Clemente, qui n'est pas en reste sur le plan érotique, prend lui aussi son inspiration – recherche l'éternel – dans l'Inde contemporaine ; son chat mangeant un poisson, son portrait entouré de volutes de fumée, les généreux motifs et les magnifiques couleurs éclatantes de son oiseau en cage, sa méditation tantrique et son mandala yin et yang ressemblent à ce que l'on peut voir sur les calendriers des dieux indiens omniprésents, sur les boîtes d'allumettes, sur les affiches que l'on voit également partout où les hommes politiques sont transformés en dieux mais aussi dans les boîtes jaune vif de beurre clarifié, les boîtes de fromage bleu cobalt et dans les saris pourpre et vermillon mis à sécher sur les rochers noirs des *dhobi-ghat*.

Qu'en est-il des Indiens et des Italiens ? Parce que si la meilleure forme de comédie est la comédie de la reconnaissance, le rire qui nous vient quand nous disons, oui, c'est bien ça, les choses sont ainsi et nous aussi, alors en Inde se joue souvent une telle comédie de la reconnaissance entre Indiens et Italiens, parce que parfois nous les Indiens en regardant des touristes italiens nous avons l'impression de nous voir dans une sorte de miroir comme si nous apercevions notre propre image en traduction, nous reconnaissons quelque chose, peut-être dans les gesticulations, dans la volubilité, dans l'attachement à la mère, le goût de la poésie, les plaisirs de la table, la voix haut perchée, le système de caste, la véhémence, le tempérament bouillant, et nous pensons, certains Indiens pensent que peut-être si nous buvions du vin nous serions ces gens-là, que peut-être les Italiens sont seulement des Indiens qui boivent du vin. Par conséquent en Inde il arrive parfois qu'on dise aux Italiens qu'ils sont les Indiens de l'Europe. En général on dit cela pour que les visiteurs se sentent chez eux et ce n'est donc qu'une forme de la politesse indienne – et il y en a tellement, de formes de politesses indiennes, y compris celles qui sont de véritables insultes, mais celle-ci contient assez de vérité pour mériter qu'on s'y attarde. Et si les Italiens sont les Indiens de l'Europe, les Indiens sont les Italiens de l'Asie et pas seulement parce que nous sommes les uns et les autres des gens du Sud, pas seulement parce que nous pendons en dessous de notre continent d'origine, l'Italie comme une jambe géante, l'Inde comme un gigantesque nez qui coule. Et à cheval sur cette frontière italo-indienne, cette frontière fantastique, la chevauchant ou plutôt bondissant de part et d'autre de cette frontière imaginaire, arborant le sourire espiègle de la commedia dell'arte, semblable à un satyre et en même temps iconique – *satyriconic* –, se tient Francesco Clemente qui mêle les deux mondes, artiste d'un cynisme spirituel et d'une chasteté érotique ou peut-être d'une spiritualité cynique et d'un érotisme chaste, son visage énorme suspendu au-dessus de ses paysages oniriques à la manière de la lune.

Il existe un récit de Calvino sur une époque où la Lune était plus proche de la Terre qu'elle ne l'est aujourd'hui, où les amoureux pouvaient d'un bond quitter la Terre pour marcher sur son satellite et contempler là-haut leur planète d'origine suspendue à l'envers au-dessus de leur tête. La séparation, l'inversion, la fascination du bond : telles sont les caractéristiques des tableaux de Clemente. Son art est un art de voyageur. “Dans chaque endroit où je me suis trouvé, dit-il, la continuité des souvenirs, la tradition de l'endroit ont été brisés quelque part à un moment quelconque. Je ne sais pas pourquoi. Vraiment vous ne pouvez regarder aucun lieu du monde en étant sur place. Vous devez regarder d'ailleurs pour voir ce qui s'y trouve.” Ces idées de la fragmentation des cultures et de l'intérêt créatif des déplacements me tiennent aussi à cœur. “Les seuls qui voient le tableau en entier, dit un de mes personnages dans *La Terre sous ses pieds*, sont ceux qui sortent du cadre[1]." Les fragments sont tout ce qui nous reste et l'artiste doit les assembler en une forme pleine de sens, pour qu'ils puissent révéler au moins un peu de leur mystère brisé, à la façon dont les éclats du livre perdu d'Héraclite, deux mille ans plus tard, gardent encore le pouvoir d'une parole signifiante. L'*Autoportrait à la cigarette* rassemble de cette façon un moi fragmenté reliant les éléments physiques de l'artiste dissocié et répliqué par le plus fugace et le plus évanescent des liens.

Ces tableaux sont plus joyeux, moins sombres que la grande série des "grisailles" d'il y a quelques années, ils offrent à la place de l'observation de soi grave et déterminée de ces tableaux d'autrefois une vision quasi mystique de l'artiste présent dans toutes choses comme toutes choses sont présentes en lui. Clemente est le chat avec le poisson dans la gueule (mais il pourrait tout aussi bien être le poisson), il est le cochon portant le masque de Clemente autant que l'artiste portant un masque de cochon. Il est dans une volute de fumée et dans la créature à l'aspect divin qui chevauche un phallus priapique, il est celui qui rêve d'une apocalypse aérienne, peut-être celui qui la fait advenir. Des parallèles avec le cinéma actuel s'imposent : le menaçant agent Smith dans *Matrix* prenant le contrôle de tous les corps qu'il décide d'occuper et les transformant à son image, ou bien la scène de *Dans la peau de John Malkovitch* où dans l'univers intérieur de l'acteur tout a été malkovitchisé, tous les visages sont les visages de Malkovitch et le seul mot qui demeure dans la seule langue connue est "Malkovitch". Il y a un délicieux narcissisme à l'œuvre chez Clemente mais il est racheté par ce qu'on pourrait appeler son insistance hindoue sur le principe sous-jacent de l'unité de l'univers, *Tat twam asi*, "Tu es cela" comme le père avisé Uddalaka explique à son fils Svetaketu dans le Chandogya Upanishad, voulant dire plus ou moins que le moi est une partie ou un fragment associé de la réalité ultime qui est l'origine de tout.

La "grammaire transformationnelle" de ces tableaux (pour emprunter les termes de Chomsky) cherche à mettre en relation la

1. Salman Rushdie, *La Terre sous ses pieds*, traduit de l'anglais par Danielle Marais, coll. "Folio" n° 5196, © Éditions Gallimard, 2021 [première édition © Plon, 1999].

structure profonde des images intégrées, comme l'avait compris Thomas d'Aquin, dans notre nature essentielle inconsciente avec la structure de surface de nos perceptions visuelles. Et au cœur de la collection, moins ancien que les autres tableaux, plus sombre et plus mélancolique, il y a l'extraordinaire *Autoportrait tiré d'une photo de famille*, un tableau qui nous cache le regard de la famille, mais même ainsi, même si nous ne pouvons pas plonger dans les fenêtres de l'âme, parvient à transmettre l'amour, l'intimité, la douleur, la perte et d'autres émotions pour lesquelles il n'y a pas de nom, un tableau dans lequel le monde caché derrière les yeux est parfaitement révélé à travers ce que l'on voit des visages, des gestes et du contact : un chef-d'œuvre.

TARYN SIMON : UN INDEX AMÉRICAIN DU CACHÉ ET DU MÉCONNU

Whitney Museum, New York, 2007

“Ce qui nous intéresse, c’est le versant dangereux des choses”, écrivit le poète Robert Browning dans *Bishop Blougram’s Apology* (1855). C’est un vers qui a inspiré Graham Greene qui note, dans son autobiographie en 1971, *Une sorte de vie*, qu’il pourrait servir d’épigraphe à tous ses romans. Il pourrait également servir d’introduction au travail photographique d’une femme dont l’esthétique consiste à étendre les limites de ce que nous sommes autorisés à voir et à savoir, à se rendre jusqu’aux frontières ambiguës où les dangers – physiques, intellectuels et même moraux – nous guettent. Elle ne réfléchit pas à deux fois avant de pénétrer dans la caverne d’une montagne où hibernent une ourse noire et ses petits ou dans une pièce pleine de capsules de déchets nucléaires d’où émane une lueur bleue et des radiations qui, si vous n’êtes pas protégé, peuvent vous tuer en quelques secondes. Taryn Simon a vu l’Étoile de la Mort et a survécu pour nous en raconter l’histoire.

Je suis toujours extrêmement reconnaissant envers les gens qui réalisent des exploits à ma place et m’en rapportent les images. En somme, je n’ai pas besoin de le faire moi-même mais au moins je sais à quoi cela ressemble. Ainsi un des premiers sentiments que l’on éprouve en regardant bon nombre de ces images extraordinaires, c’est la gratitude (immédiatement suivie par une brève pointe d’envie : hommage de l’écrivain solitaire à la femme d’action). J’ai connu autrefois un photographe sportif qui avait soudoyé un employé de l'hippodrome d'Aintree à Liverpool en Angleterre, afin d'obtenir l'autorisation de se tenir recroquevillé au pied de la haie géante, Becher's Brook, l'obstacle le plus dangereux de ce Grand National Steeplechase de soixante-douze kilomètres et demi de façon à pouvoir rapporter des clichés "impossibles" de ces puissants chevaux de course bondissant au-dessus de sa tête. Si l'un d'entre eux était tombé sur lui, il aurait été tué presque à coup sûr, mais il savait, tout comme Taryn Simon, qu'un des secrets de la grande photographie est de se trouver à l'endroit – une pièce radioactive, un centre d'animaux malades, la haie d'une course hippique – où la photographie va advenir et de la saisir quand elle se produit.

Regardez ces câbles anodins, orange et jaune, émergeant du sol d'une pièce presque vide dans le New Jersey. Ils ne sont protégés que par une cage métallique des plus ordinaires. Ils ont parcouru soixante milliers de kilomètres (6 485 kilomètres exactement, Taryn Simon aime la précision) au fond de l'océan depuis Saunton Sands au Royaume-Uni pour apporter en Amérique des nouvelles venues d'ailleurs (60 211 200 conversations à la fois, d'après Taryn Simon). Mais ce qui est intéressant à propos des câbles transatlantiques c'est que, bien qu'on puisse se douter que de tels câbles existent, il est pourtant pratiquement certain qu'on n'a pas la moindre idée de l'endroit où ils se trouvent, de leur quantité, de leur épaisseur, de leur couleur tant qu'on n'a pas vu cette image. Vous n'auriez pas imaginé votre voix dans cette pièce banale et pourtant magique et cependant elle y est passée, transformée en petits fragments numériques d'énergie. Tous les jours nous traversons des mondes secrets comme les mondes contenus à l'intérieur de ces câbles sans jamais soupçonner ce qui nous arrive. Dès lors quel est le monde fantôme et quel est le "vrai" : le nôtre ou le leur ? Ne sommes-nous rien de plus que les fantômes dans ces machines ?

Nous vivons une époque de secrets. Au-dessus, au-dessous et à côté de ce que Fernand Braudel appelle "les structures du quotidien", il existe d'autres structures qui n'ont rien de quotidien, des vies dont on a peut-être entendu parler mais qu'on n'a presque certainement jamais vues, et même d'autres dont l'existence paraît incroyable, y compris quand on nous en donne des preuves visibles. Auriez-vous cru par exemple à l'existence du magazine *Playboy* en braille ? Eh bien le voici, avec les oreilles de lapin et tout le reste, publié par une division de la bibliothèque du Congrès, pas moins. Et voici encore une photo ressemblant à s'y méprendre à une scène de crime hitchcockienne, un peu théâtrale. C'est une image qui représente le cadavre d'un jeune homme en train de pourrir dans un bois, prise dans un centre de recherche du Tennessee expressément destiné à étudier la manière dont les cadavres se décomposent dans des environnements différents. Ici, nous dit Taryn Simon, il y a en permanence jusqu'à soixante-quinze cadavres en décomposition sur un site de deux hectares et demi. Il est possible que Patricia Cornwell ou les gars des *Experts* aient été au courant de ce genre de recherches médicolégales de pointe mais moi je ne l'étais pas et même quand on contemple la photographie de Taryn Simon, d'une beauté surnaturelle, l'éclat brillant de ces branches nues, les feuilles tombées et la riche palette de l'automne, on s'interroge sur l'ingéniosité sans limites des êtres humains, sur notre besoin de savoir, ce qui pourrait bien faire que notre propre cadavre doive un jour reprendre du service pour se décomposer dans une clairière.

Comment parvient-on à s'introduire dans les endroits les plus secrets du monde et à en ressortir avec une photographie ? Le grand journaliste Ryszard Kapuściński explique qu'il a survécu dans les zones de guerre les plus dangereuses du monde en s'efforçant de paraître petit et sans importance, même pas digne de la balle d'un seigneur de guerre. Mais Taryn Simon ne travaille pas sur des images volées, ses photographies sont très élaborées formellement ; ce sont souvent des photographies soigneusement posées qui nécessitent de la part du modèle une coopération totale. Qu'elle ait réussi à obtenir libre accès, par exemple, à l'Église de scientologie, à MOUT, une ville factice et inaccessible du Kentucky servant de site d'entraînement à la guérilla urbaine, ou au Bureau impérial des chevaliers du monde du Ku Klux Klan, avec ses magiciens et ses faucons de nuit et ses kleagles qui ont tous l'air de personnages d'un film des frères Coen, ou au bloc opératoire dans lequel une femme d'origine palestinienne subit une hyménoplastie, une technique servant généralement à restaurer la virginité, prouve que son pouvoir de persuasion est au moins égal à son talent de photographe. Dans une période historique où tant de gens se donnent tellement de mal pour cacher la vérité à la masse de la population, une artiste comme Taryn Simon est une force de résistance d'une valeur inestimable. La démocratie a besoin de visibilité, de responsabilité, de lumière. C'est dans les ténèbres impénétrables que s'entassent et se développent les choses mauvaises. Taryn Simon est parvenue à convaincre bon nombre d'habitants des mondes cachés de ne pas courir se mettre à l'abri quand on allume la lumière comme les cafards et les vampires mais de prendre fièrement la pose devant son objectif indiscret en exhibant leurs tatouages et leurs drapeaux confédérés.

Le travail de Taryn Simon ne relève pas de l'esthétique habituelle : appareil tenu d'une main tremblante, images granuleuses et monochromes de la "réalité". Ses sujets (des perroquets gris dans leur cage de quarantaine, des plants de marijuana cultivés à des fins de recherche dans la ville natale de William Faulkner, Oxford dans le Mississippi, la silhouette d'un rouge flamboyant du .44 Magnum de l'inspecteur Harry, prise dans la chaleur de la forge, deux membres des Juifs orthodoxes unis contre le sionisme) sont baignés de lumière, saisis avec une vive clarté hyperréaliste haute définition qui confère un statut de star à ces mondes cachés dont on pourrait croire que les habitants sont tout l'inverse des stars. Dans la vision qu'elle en donne, ce sont des étoiles noires attirées dans la lumière. Ce qui n'est pas connu, et rarement vu, possède une sorte de charme obscur, et c'est cette beauté noire qu'elle révèle si brillamment et avec tant de clarté. Voici la maison au bord de la plage à cap Canaveral où les astronautes passent, en compagnie de leur épouse, leurs derniers moments d'intimité avant d'être expédiés dans l'espace. Voici un homme accroché par la poitrine, suspendu dans les airs lors de la Lone Star Sun Dance. Voici le terrain de basket illuminé du Cheyenne Mountain Directorate dans le Colorado, un poste de surveillance militaire prévu pour résister à l'explosion d'une bombe atomique. On ne peut qu'imaginer les étranges parties solitaires postapocalyptiques, les derniers tirs au panier qui pourraient être tentés ici si les choses tournaient mal pour nous autres. C'est ainsi que le monde s'achèvera, non par une explosion mais par un tir au panier. (Non, à la réflexion, il y aura probablement aussi une explosion.)

Taryn Simon se sert du texte comme peu de photographes, pas seulement comme un titre ou une légende mais comme une partie intégrante de son travail. Il y a des images qui ne révèlent leur sens que lorsqu'on a lu le texte, comme cette photographie des dunes mouvantes de Guadalupe-Nipomo en Californie, sous lesquelles, nous dit-elle, se trouve enseveli un des plus extraordinaires décors de cinéma jamais construits, la cité du pharaon de la version muette de 1922 des *Dix Commandements* de Cecil B. DeMille, volontairement enterrée ici pour empêcher d'autres producteurs de "s'approprier ses idées et d'utiliser ses décors".

Il y a des cas (rares) où curieusement le texte est plus intéressant que l'image. En dressant la liste des denrées confisquées entreposées dans les locaux de la douane américaine et du service de protection contre la contrebande aux frontières de l'aéroport John F. Kennedy, Taryn Simon compose une sorte de fugue surréaliste, une ode au fruit défendu (et à la viande) qui fait même déborder la corne d'abondance de sa photographie : "Rats des roseaux infestés d'asticots, fredonne-t-elle, ignames africaines *(Dioscorea)*, tubercules des Andes, plants de courges du Bangladesh, plats de viande aborigènes, chérimole, feuilles de curry (murraya), écorces d'orange séchées, œufs frais, escargot africain géant, crâne d'impala, graines de jaquier, prune de Cythère, noix de cola, mangue, okra, fruit de la passion, museau de porc, lèvres de porc, viande de porc, volaille crue (poulet), tête de cochon sud-américain, tamarillos d'Amérique du Sud, citrons verts asiatiques atteints de chancres citriques, canne à sucre (Poaceae), viandes crues, plante subtropicale non identifiée en terre."

Cependant, dans la plupart des cas, ses images parlent d'elles-mêmes, y compris lorsqu'elles sont accompagnées des informations les plus étonnantes. Le portrait nébuleux, blanc sur blanc, du cocon de conservation hypothermique dans lequel les corps de la mère et de la femme du pionnier de la cryogénisation, Robert Ettinger, gisent congelés, laisse sans voix. Il évoque de manière si éloquente notre peur de la mort et nos rêves d'immortalité que peu de mots suffisent. Le cliché d'un tas de détritus médicaux infectés rivalise avec la beauté abstraite du *dripping* d'un tableau de Jackson Pollock ou peut-être d'un collage d'assiettes cassées de Schnabel.

Il y a des images profondément humaines, comme ce portrait de Don James, un malade du cancer en phase terminale, pris juste après qu'on lui a remis une prescription pour une dose mortelle de pentobarbital qu'il s'est battu pour obtenir grâce à l'*Oregon's Death With Dignity Act*. Il y a des images grotesques et abrutissantes comme le portrait du pasteur Jimmy Morrow, le Brandisseur de serpents de Newport, Tennessee, tenant une vipère cuivrée au venin mortel au-dessus d'un passage de la Bible nous invitant à "l'appeler Jésus" et il y a des images épiques qui ouvrent l'esprit comme cette vue rosée d'une zone de formation stellaire, la nébuleuse Pacman éloignée de 9 500 années-lumière. (Soit un peu moins de 90 000 000 000 000 000 de kilomètres d'après mes calculs, ce qui fait beaucoup de chemin pour une bonne photo.)

Et dans un cas au moins, il y a un exemple remarquable d'"art brut". Qui aurait pu imaginer que ces quatre-vingt-dix capsules en acier inoxydable, pleines de césium et de strontium radioactifs, plongées dans unc piscine et émettant cette lueur bleue, ressembleraient, vues du dessus, à la carte des États-Unis ? Lorsqu'un photographe parvient à une image d'une telle puissance expressive, même quelqu'un qui se consacre au langage comme je le fais est enclin à admettre qu'elle vaut bien au moins un millier de mots.

KARA WALKER AU MUSÉE HAMMER, LOS ANGELES, 2009

D'après l'*Histoire naturelle* de Pline, la peinture est née du geste de tracer un trait autour d'une ombre humaine, thème abordé par Vasari, Murillo, et tant d'autres. Si l'ombre est la représentation du corps, la silhouette est une représentation de cette représentation et elle renvoie à bien des thèmes parmi les plus importants de l'art : la lumière et l'obscurité, le bien et le mal, le soi et la personnalité refoulée, le corps et l'âme. Nous n'avons jamais cessé de nous considérer comme des ombres, nous n'avons jamais oublié les ombres qui sont en nous et nous les avons sans cesse représentées, depuis les personnages figés de l'*Ode sur une urne grecque* de Keats, son "amant audacieux" qui ne parvient jamais à embrasser sa bien-aimée dont la beauté ne peut jamais se flétrir jusqu'aux formes colorées abstraites des *papiers découpés** de Matisse, depuis les silhouettes féminines qui bondissent dans le générique des films de James Bond jusqu'aux petits personnages, homme et femme, placés sur la porte des toilettes, depuis la scène où Fred Astaire danse avec son ombre dans le film *Sur les ailes de la danse* jusqu'aux fascinantes silhouettes découpées des *Aventures du prince Ahmed*, le chef-d'œuvre d'animation de Lotte Reiniger.

Dans cet étrange conte allemand, l'histoire de Peter Schlemhil, le diable offre à un pauvre gamin une bourse inépuisable emplie de pièces d'or mais lui prend son ombre, ce qui rend le pauvre garçon repoussant aux yeux de tous en dépit de sa récente richesse. Dans le conte encore plus étrange de Hans Christian Andersen sur l'ombre qui se sépare de l'homme à qui elle appartient, c'est l'ombre qui devient plus puissamment vivante que son ancien propriétaire et qui finit par prendre sa place. Comme écrit T. S. Eliot dans “Les Hommes creux” : “Entre la conception / Et la création / Entre l’émotion / Et la réponse / Tombe l’ombre[1].”

Tel est l’antique sujet que Kara Walker a choisi de réinventer et de faire revivre. Sa baguette magique n’est pas un pinceau mais un coupe-papier. Grâce auquel, en étant parfaitement consciente des ombres anciennes derrière ses ombres nouvelles, elle pénètre dans un monde qui, même s’il a disparu, n’a rien perdu de son pouvoir, un monde autrefois bien réel, qui a fait l’objet de nombreux mythes et qui garde encore, à travers ses étonnantes silhouettes, une réalité choquante et une force mythique, un monde auquel elle ajoute d’extraordinaires dimensions de trait et d’esprit. Le Sud américain d’avant la guerre est ressuscité avec une maîtrise visionnaire et une ironie lourde de sens totalement contemporaine. Les fortes femmes coiffées d’un fichu de Kara Walker et ses jeunes filles décharnées et osseuses évoluent avec grâce, terreur, innocence mais aussi avec malice dans des paysages où elles rencontrent des danseurs, des amants, des propriétaires d’esclaves violeurs et parfois des nœuds coulants pendent à des branches d’arbre cruellement déployées. Il y a de l’humour noir à l’œuvre et une intelligence introspective. “Il n’y est question que d’absence”, a dit Kara Walker de son travail et son génie est d’habiter le monde fantôme de l’esclavage avec une telle puissance qu’il brille avec plus d’éclat que les brillantes demeures à colonnades des maîtres. Ses images sont souvent choquantes. Une épée s’enfonce dans un vagin, une esclave pleure, un enfant regarde un autre enfant se faire lyncher. Mais elles sont rachetées par une délicatesse presque musicale. Tout comme l’ombre rebelle chez Andersen, les ombres de Kara Walker occupent triomphalement le centre de la scène, délivrées par sa liberté lyrique et sensuelle de forme et de trait, leurs joies, leurs peines, leurs secrets et leur mensonge mènent une danse sombre et dangereuse sur les espaces blancs des papiers, des murs et des tissus.

Elle a connu, pour résumer brièvement, une brillante carrière. À seulement vingt-sept ans elle a été la plus jeune artiste à recevoir la bourse MacArthur Fellowship, que l’on appelle “la bourse des

1. Thomas Stearns Eliot, *La Terre vaine. Et autres poèmes*, traduit de l’anglais par Pierre Leyris, © Éditions Points, 2006 pour la traduction française.

génies". Elle a été la toute première à participer aux Hammer Projects du Hammer Museum et a présenté plus de quarante expositions en solo à travers le monde. En 2007, sa rétrospective *My Complement, My Enemy, My Oppressor, My Love* a été encensée aussi bien par la critique que par le public. Elle a aussi travaillé la vidéo et l'aquarelle en plus des découpages. Le magazine *Time* l'a nommée l'une des cent personnes les plus influentes du monde.

Kara Walker est une artiste de l'histoire. Elle nous a toujours rappelé que nous pouvons voir ce qui nous attend simplement en observant le passé avec sincérité et de manière implacable. Les chants d'esclave, les *"minstrel shows"*, les récits oubliés du Sud, le récit complexe et pernicieux du racisme, l'oppression intime à l'œuvre jour et nuit entre maître et esclave. Tout cela informe son travail. Elle réinvente l'Amérique de manière implacable avec pertinence et violence. Elle peut aborder l'horreur de manière presque ludique, elle peut regarder stoïquement l'érotisme et la brutalité et par son art lyrique et déterminé elle nous a fait voir, et continue à le faire, le péché originel américain de l'esclavage. C'est une des artistes contemporaines les plus importantes.

SEBASTIÃO SALGADO

Face à une œuvre d'art, nous nous efforçons d'entendre la voix de l'artiste. Plus l'artiste est grand, plus la voix que nous entendons est forte et distincte. Seul Mozart sonne comme du Mozart, seul Hemingway sonne comme du Hemingway. C'est une des plus grandes satisfactions de l'expérience artistique : d'entendre une voix parler comme elle seule peut le faire. Et quand la voix est exceptionnellement puissante, elle parvient à exalter son aspect matériel et nous permet de goûter à la plus rare des joies, celle de la transcendance.

Les arts visuels ont également leurs voix, enlevée dans le cas de Brancusi, polyphonique chez Picasso. La photographie est tout aussi douée de parole. Les photos de Cartier-Bresson d'une foule qui danse le jour de l'indépendance de l'Inde, les Américains inquiets d'Arbus, les portraits implacables d'Avedon, la vue prise de la fenêtre de l'atelier de Nicéphore Niépce en 1826 (la "première photographie" par laquelle tout a commencé), ces images sont tout sauf silencieuses, du moins leurs silences sont aussi éloquents que n'importe quelle parole.

La voix de Sebastião Salgado est une des plus puissantes de la photographie contemporaine, capable de dureté dans son observation implacable des hommes et des femmes au travail, de grandeur épique dans sa vision des mouvements de masse des êtres humains à travers la planète, et de beauté lyrique dans ses images de la nature. Il est le poète du plein air, des personnages dans un paysage et, plus récemment, de paysages d'où l'homme est absent de façon à révéler des réalités plus primordiales : le fouettement de la queue d'une baleine sur fond de ciel resplendissant, la mystérieuse familiarité d'une main de reptile à cinq doigts, les stries en mille-feuille d'anciennes couches géologiques.

Ce n'est pas un photographe parmi d'autres. C'est une superstar, une vedette, et cela attire des critiques. Ingrid Sischy le compare de façon peu flatteuse à Walker Evans parce que, dit-elle, Salgado "aborde constamment ses sujets avec un mélange de lyrisme et de didactisme". Et il est vrai que l'approche de Salgado est didactique. Elle ne ressemble pas à celle de Walker Evans. Ce qui, à mes yeux, n'en diminue pas forcément la valeur. Le critique français Jean-François Chevrier s'est montré encore plus sévère, qualifiant le travail de Salgado de "voyeurisme sentimental… une exploitation de compassion". Pourquoi ? Parce que ses photos sont trop belles. La beauté n'est pas la sensiblerie ni le "glamour". Les photos de Salgado sont empreintes d'une grande beauté formelle. Tout comme les tableaux de la Renaissance représentant la Crucifixion. Il n'y a aucune recherche de sentimentalisme dans les portraits que fait Salgado de la pauvreté et du monde du travail, ni de "glamour" mais, sans cesse, la puissance organisatrice de son regard donne du sens à ce qu'il nous montre. Le cri qui s'échappe de la bouche émaciée d'un *dhobi* indien en train de laver du linge au *ghat* est amplifié de façon dramatique par les éclaboussures en forme d'arc de cercle qui s'envolent du vêtement qu'il est en train de frapper contre la pierre. L'explosion liquide est ce qui rend son cri visible. Des enfants posent sur des tombes blanches et dénudées nous faisant penser aux saints qu'ils ne sont pas et aux fantômes qu'ils deviendront. Des personnages au bord d'un abîme empli de nuages étendent les bras pour voler de manière ludique, fantastique, désespérée. Personne n'a jamais pris de meilleures photos de la poussière, de la sueur et de la boue, ou de l'épuisement, de la détermination et du désespoir qu'on peut lire sur le visage de ceux qui sont couverts de boue, de ceux qui transpirent, de ceux qui meurent de soif. Le pétrole englue les êtres humains comme s'ils étaient des oiseaux à l'agonie.

Dans ses photos d'itinérance, Salgado aborde un des grands thèmes de notre temps, les flux migratoires que notre époque a rendus possibles et nécessaires, ces migrations qui à leur tour ont donné forme et sens à notre époque. Des hommes et des femmes qui ont abandonné tout ce qu'ils possédaient et se sont regroupés sur des collines comme une armée d'autrefois en route pour la guerre, comme des pèlerins sans but sacré à espérer. L'humanité grouille, fourmille, se bat, sombre, se relève. Il y a beaucoup de foules dans ces images mais ce ne sont pas des foules anonymes. L'individualité des hommes et des femmes n'est pas perdue. Voici leur visage, leurs muscles, leurs besoins. Et lorsque parfois ils se fondent en une masse crasseuse, tendue vers un but, cette masse garde toujours forme et mouvement. Elle a, pourrait-on dire, du caractère.

Dans ces images de cités fortifiées et de mines d'or, de filets de pêche et de puits de pétrole, de volcans fumants et de lions de mer crachant, Sebastião Salgado nous a donné un portrait de notre monde qui parle de la voix la plus rare, la voix qui nous dit des choses que nous n'avons pas envie d'entendre, des choses que peut-être nous ne savons pas comment aborder, mais ces choses, quand on nous les montre, nous les reconnaissons à l'instant même comme la vérité.

LE NOËL D'UN INCROYANT

Quand j'étais enfant à Bombay (qui n'était pas encore Mumbai et ne l'est toujours pas dans mon vocabulaire personnel), Noël n'avait pas tellement d'importance. Non seulement nous n'étions pas chrétiens mais nous n'étions pas une famille pratiquante et le 25 décembre n'était rien de plus que le vingt-cinquième jour du mois de décembre. Le Nouvel An était bien plus important.

Le paragraphe précédent n'est pas entièrement exact. Sur un point : l'école que nous fréquentions s'appelait la Cathedral School ou, pour citer le nom complet, la Cathedral and John Connon's Boys High School, placée "sous les auspices" – quelle que fût la nature de ces auspices – de l'Anglo-Scottish Education Society – quelle que fût cette société. Par conséquent, on chantait toute l'année des cantiques lors de la séance quotidienne de prières et on se rendait régulièrement en excursions scolaires à l'Anglican St Thomas' Cathedral et il y avait "Venez tous, fidèles" et "Écoutez le chant des anges" au mois de décembre et tous autant que nous étions, hindous, musulmans, sikhs, parsis, nous devions chanter en chœur. Et comme nous n'étions après tout que des collégiens, nous avions appris aussi la version comique de "Écoutez !"

Écoutez le chant des anges
Microlax pour une bonne vidange
Si vous voulez aller au ciel
Prenez six ou sept d'entre elles,
Si vous voulez aller en enfer,
Avalez la boîte entière.

Et puis mes sœurs et moi avions une merveilleuse *ayah* chrétienne, Mary Menezes, de Mangalore, une catholique romaine très pieuse qui aidait à nous élever et à cause de laquelle ma mère dressait un (tout petit) sapin et nous demandait de lui chanter des cantiques le matin de Noël. Mais en dehors de la brève apparition du tout petit arbre et des cantiques obligatoires, il n'y avait rien. De la dinde ? Des *mince pies* ? Des choux de Bruxelles ? Non, bien sûr. Nous avions des plats bien plus savoureux à déguster. Et les cadeaux étaient réservés aux anniversaires et à la fête de l'Aïd.

Après la St Thomas' Cathedral à Bombay il y eut le pensionnat en Angleterre, Rugby School, avec l'obligation de suivre la messe à la William Butterfield's Rugby Chapel et la Rugby School tout entière devait chanter *Le Messie* de Haendel, ce qui constituait un "cadeau" spécial pour Noël. Et certains cantiques à présent étaient en latin.

Adeste fideles,
Laeti triumphantes,
Venite, venite, in Bethlehem.

Venite se prononçait "wenite" parce que c'était la façon snob de le dire en anglais. Il était un peu décevant que le mot latin pour "Bethléem" fût *Bethlehem* et non un mot aux sonorités plus latines, mais passons.

Ce gamin aux racines indo-musulmanes et passablement athée chantait en chœur avec tous les autres l'adoration d'un enfant né au Moyen-Orient pour être le roi des anges. Tout en chantant, je regardais ce qui me plaisait le plus dans la chapelle, la plaque de marbre à la mémoire d'un grand ancien de Rugby, le révérend Charles Lutwidge Dodgson, alias Lewis Carroll, sur laquelle on voyait en silhouettes les illustrations qu'avait données Tenniel de ses personnages immortels, des silhouettes noires sur fond de marbre blanc et des blanches sur fond noir. Je n'aimais pas particulièrement la chapelle de Rugby. C'est bien plus tard que j'ai appris à apprécier le monument néogothique de Butterfield. Mais j'aimais l'idée que le créateur d'Alice se soit trouvé là avant moi. Ça valait bien mieux que Noël.

Puis je me suis retrouvé au King's College à Cambridge en présence de la King's Chapel, peut-être le plus beau monument d'Angleterre. Un jour j'ai eu la chance, avec quelques camarades privilégiés du King's College, d'escalader un étroit escalier en colimaçon installé dans un angle sous la conduite de John Saltmarsh, le professeur d'histoire qui portait des rouflaquettes, le grand spécialiste de la chapelle. Nous avons fini par atteindre un espace sombre au-dessous du toit mais au-dessus de la fameuse voûte en éventails qui se déployait devant nous comme le squelette d'un animal gigantesque. "Faites bien attention, nous dit M. Saltmarsh, parce qu'à certains endroits la pierre ne fait qu'un centimètre et demi d'épaisseur et si vous posez le pied dessus vous passerez à travers et vous laisserez un méchant trou. Cela fait presque vingt-cinq mètres de haut, de plus les gens vous en voudront énormément."

Dans la chapelle se trouvait le fameux chœur et à Noël se tenait le célèbre Festival of Nine Lessons and Carols, et même un étudiant impie ne pouvait s'empêcher d'apprécier la beauté du chant, sauf pendant le trimestre où j'eus ma chambre au Peas Hill Hostel de l'université dont les autres occupants étaient tous membres du chœur et passaient tout leur temps en répétitions. Plusieurs heures de chant quotidiennes dans la pièce d'à côté peuvent faire beaucoup pour entamer votre foi dans la beauté, surtout s'il se trouve que votre voix sonne faux comme un gémissement pitoyable.

Pendant quelques années après mon installation à Londres, je retrouvais d'autres allergiques à Noël et nous allions dîner dans un restaurant indien le 25 décembre, souvent chez Gaylord, dans Mortimer Street. Pas de cadeaux, pas de viande farcie, beaucoup d'humour irrévérencieux et de poulet tandoori. Puis sont arrivés le mariage et les enfants.

Avoir des enfants, ça change Noël. Mes fils, Zafar et Milan, voulaient fêter Noël comme il faut. Mes nièces aussi, les filles de ma sœur Sameen, Maya et Mishka. C'est aussi le cas aujourd'hui de ma belle-fille, Natalie, l'épouse de Zafar, une chanteuse soprano. Ce sont tous, non, en fait, pas tous, des fanatiques de Noël. Sameen et moi avons cédé à leurs exigences et pendant de nombreuses années il y a eu de grands sapins chargés de décorations, du houx, du gui, de la dinde, de la farce, de la sauce à la mie de pain, de la sauce aux airelles, des biscuits au gingembre, des crackers, et tout le fourbi jusqu'aux choux de Bruxelles. (Une ou deux fois nous avons récemment rompu la tradition et dégusté à la place la délicieuse cuisine indienne de Sameen.) Il y a la reine à la télévision, l'océan annuel de papier cadeau. Il y a les chaussettes. Il y a les pulls de Noël. D'un bout à l'autre de la table du dîner débordant de victuailles, ma sœur et moi on se regarde en silence et on se demande comment une telle chose a pu nous arriver. Nous nous permettons seulement deux petits actes de rébellion. Le premier : nous n'aimons pas le *Christmas pudding* et nous ne mangeons pas de ce truc. Le deuxième : je ne lui offre aucun cadeau de Noël et elle ne m'en offre pas non plus. C'est notre modeste geste de fidélité envers ceux que nous étions autrefois.

Nous passons un bon moment. Nous sommes, je pense, nous les Rushdie, une joyeuse bande, et la journée est emplie de rires. Nous ne sommes pas comme ces familles au cinéma (et pas seulement au cinéma) où les réunions ressemblent à de petites guerres. Nous nous entendons tous bien et passons une excellente journée et si, d'une certaine façon, tout cela est dû à l'Enfant Jésus, nous sommes d'accord pour ne pas y attacher d'importance. Merci, petit Jésus, de la part de cette bande d'impies. Nous ne croyons pas en toi mais nous voici tout de même réunis pour fêter la famille, la camaraderie et l'amour, et c'est une habitude annuelle qui apporte de la lumière dans un monde qui s'assombrit.

CARRIE FISHER

En 1977, alors qu'ils se rendent en voiture de Chicago à New York, "Harry Burns" (Billy Crystal) dit à "Sally Albright" (Meg Ryan) : "Entre hommes et femmes, il ne peut pas y avoir d'amitié parce que le sexe fait toujours barrage." (Petite précision : on est en 1977 *dans le film. Quand Harry rencontre Sally*, la comédie romantique de Rob Reiner, est sorti en fait en 1989.)

Quand j'ai vu ce film, j'ai eu très fortement le sentiment que Harry avait tort. J'ai grandi au milieu de trois sœurs, je n'ai pas eu de frères et par conséquent j'ai toujours eu au moins autant de femmes que d'hommes pour amis. Je dis "par conséquent" parce que j'ai toujours pensé que ces circonstances familiales expliquaient mes nombreuses amitiés féminines. En 1997, j'ai rencontré une des stars qui partageait l'affiche de *Quand Harry rencontre Sally* et la proximité qui s'est développée entre nous est devenue peut-être le meilleur argument contre le postulat de Harry.

Nous nous sommes rencontrés à Londres en 1997 quand nous étions les invités d'un talk-show qui passait en fin de soirée, celui de Ruby Wax, nous étions assis autour d'une table et bavardions en faisant semblant de dîner et nous nous sommes si bien entendus que, peu de temps après, Ruby nous a invités tous les deux à dîner au River Café. Bon, il est possible que Ruby ait cru bon de vouloir jouer les entremetteuses (je n'en sais rien, je ne lui ai jamais posé la question), mais j'étais heureux en mariage et mon fils Milan était sur le point de naître, la question ne se posait donc même pas. Au restaurant, j'ai posé mon Banana Phone sur la table et j'ai déclaré : "Si ce téléphone sonne, je vais devoir vous quitter parce que cela voudra dire que l'accouchement a commencé."

Voilà qui réglait la question d'une idylle. Au lieu de quoi nous sommes devenus et nous sommes restés les plus grands amis, les plus proches qui soient.

Je garde tant de souvenirs heureux de notre amitié. Je me souviens d'un dîner à New York en compagnie de Peter Farrelly des frères Farrelly (et qui a récemment réalisé *Sur les routes du Sud*) au cours duquel je racontai à Carrie et Peter l'histoire d'un dentiste qui venait de mourir dans le New Jersey, laissant derrière lui une collection macabre d'objets étranges dont la chemise tachée de sang que portait le président Lincoln au Ford's Theatre et, encore plus extraordinaire, le pénis de Napoléon Bonaparte accompagné d'un certificat d'authenticité en bonne et due forme. Carrie imagina immédiatement un documentaire. Nous allions faire l'acquisition de l'organe séparé, le rapporter en grande pompe à Paris et le placer avec toute la solennité requise sur la tombe de Napoléon à l'hôtel des Invalides, rendant ainsi son intégrité à l'empereur. Ce serait notre cadeau au peuple français en reconnaissance de la statue de la Liberté. Charlie Wester, producteur et ami de Peter, essaya d'acquérir le pénis. Il n'y parvint pas.

Lorsque Chiwetel Ejiofor et Ewan McGregor jouaient Othello et Iago au Donmar Warehouse, Carrie parvint à se procurer pour elle et moi deux billets particulièrement difficiles à obtenir en téléphonant à Ewan, faisant jouer ses relations avec lui dans l'univers de *Star Wars*. Après le spectacle, nous allâmes dîner, Ewan, Carrie et moi au Ivy, et Ewan soudain questionna Carrie sur le fameux discours de l'épisode original de *Star Wars*, celui qui est caché à l'intérieur de R2-D2. "Est-ce que tu t'en souviens ?" lui demanda-t-il. "Évidemment, tu parles que je m'en souviens", répondit-elle. "Tu pourrais le refaire ?" Et sans transition elle passa sur le mode princesse Leia et prononça le discours avec une grande intensité dramatique : "Au secours, Obi-Wan Kenobi, fit-elle en conclusion, Vous êtes mon seul esp !" Et elle expliqua : "Vous savez, l'enregistrement a été coupé avant que j'aie pu prononcer le mot espoir."

Une autre fois à Londres, nous fûmes pris en photo alors que nous sortions d'un restaurant et le lendemain un journal publia la photo accompagnée d'un gros titre SALMAN RUSHDIE EN COMPAGNIE D'UNE MYSTÉRIEUSE BLONDE. Je n'arrive pas à me rappeler pourquoi elle était blonde à l'époque mais c'était le cas et ce qu'il y a d'étonnant c'est que ça voulait dire que le journal ne l'avait pas reconnue. Elle en fut transportée de joie, se procura un exemplaire du journal, fit encadrer l'article et l'accrocha chez elle à la place d'honneur. Après quoi pendant un certain temps elle signa les messages qu'elle m'adressait "La mystérieuse blonde".

Et celui-ci… nous dînâmes ensemble à New York à l'occasion d'Halloween. Et, comme nous n'avions ni l'un ni l'autre envie de nous déguiser, nous expliquions aux autres que nous étions déguisés en nous-mêmes. Et encore… nous sommes allés ensemble à la Maison Blanche du temps de George W. Bush à l'occasion du National Book Festival, elle afficha un dédain magnifique et royal comme si elle était la princesse Leia méprisant Jabba le Hutt. Et celui-ci… elle testait ses numéros sur moi bien avant que j'aie pu la voir triompher dans son one-woman show, *Boire à souhait*. Je savais par exemple que lorsqu'elle demanda à George Lucas pourquoi il n'y avait pour elle ni soutien-gorge ni culotte lors de sa première séance d'essayage pour *Star Wars*, il répondit : "Carrie, les sous-vêtements n'existent pas dans l'espace."

Derrière la comédie se cachait la fragilité et ses amis proches se montraient tous très protecteurs à son égard. Elle parlait ouvertement de ses problèmes, de sa toxicomanie aussi bien que de ses troubles bipolaires graves, se servant de la comédie pour triompher de l'adversité. Elle avait régulièrement recours aux électrochocs et même si cela m'inquiétait, comme les autres, elle ne jurait que par cette méthode, affirmant qu'elle l'aidait même si, comme nous le disait le message enregistré sur son répondeur, cela voulait dire qu'elle ne se souvenait probablement pas de qui nous étions. Oui, la fragilité donc, mais aussi un immense courage.

Nous formions une drôle de bande, nous, les courtisans de la princesse – Helen Fielding, l'auteur du *Journal de Bridget Jones*, le réalisateur et acteur Griffin Dunne, les acteurs Craig Bierko et Tracey Ullman, le romancier et scénariste Bruce Wagner, le comédien et auteur de comédies Kevin Nealon et plusieurs autres –, mais nous l'aimions tous et nous la protégions farouchement. Ce n'était pas toujours facile. Il lui arrivait d'être désespérée et incontrôlable. Parfois elle était au fond d'un trou noir. Elle râlait souvent et nous devions l'écouter jusqu'au bout. Certains jours quand j'allais la voir dans sa splendide demeure excentrique de

Coldwater Canyon, je la trouvais en proie à son côté sombre, la Carrie des mauvais jours. (Quand on voulait la voir il fallait généralement se rendre chez elle, elle répugnait souvent à quitter son refuge barricadé.) Je me rappelle un après-midi, j'étais assis sur son lit comme le faisaient ses amis, et elle soliloqua sur ce je ne sais quoi qui la rongeait pendant deux longues heures (vraiment très longues). Brusquement elle s'interrompit, m'adressa un sourire méchant et me demanda : "Bon ! Et *toi*, comment vas-tu ?"

Elle s'était liée d'amitié avec mes fils comme avec moi. Elle avait connu Milan quand il était encore très jeune mais déjà fan inconditionnel de *Star Wars* et s'était mise à lui envoyer les cadeaux les plus sympas, un sac à dos Chewbacca, une poubelle à rabat en forme de R2-D2. Elle avait assisté à la fête de fiançailles de Zafar. Elle était venue par égard pour nous tous comme si nous faisions partie de sa famille et c'est ainsi que nous la considérions. Carrie faisait partie de la famille.

En octobre 2016, j'ai assisté en sa compagnie dans le cadre du New York Film Festival à la première de *Bright Lights*, un documentaire sur ses relations avec sa mère, Debbie Reynolds qui, dans les dernières années de sa vie, téléphonait tous les matins à sa fille depuis la maison qu'elle occupait au fond du jardin de Carrie en lui disant : "Bonjour Carrie, ici ta mère Debbie." Comme si elle avait besoin de se présenter. Il y a une scène dans le documentaire qui montre Carrie adolescente appelée sur scène par Debbie et priée de chanter, elle interprète alors "Bridge Over Troubled Water" d'une voix puissante et magnifique. "Je ne savais pas que tu chantais comme ça, lui dis-je. Pourquoi n'as-tu pas persévéré ?
– Oh, fit-elle. J'ai toujours pensé que le chant était l'apanage de ma mère." Après le film, Carrie se plaignit de l'image ingrate qu'il donnait d'elle mais elle finit par admettre que c'était un document émouvant sur une relation mère-fille exceptionnelle. À présent qu'elles ont toutes les deux disparu, le film semble encore plus précieux qu'avant.

Elle avait avec Los Angeles une relation amour-haine. D'une certaine façon, elle était l'Hollywoodienne par excellence, elle savait tout sur tout le monde mais détestait toutes ces conneries. Elle aimait Londres et souhaitait y passer plus de temps à chiner dans Portobello Road. Deux mois tout juste après la première à New

York, nous nous sommes retrouvés à Londres, elle faisait une pause dans son voyage de retour à L.A. et moi je venais voir ma famille à l'occasion de Noël et elle me demanda de passer à son hôtel, le Chiltern Firehouse. C'était le jeudi 22 décembre, je l'ai trouvée au bar de l'hôtel en compagnie de Sharon Horgan, avec qui elle avait tourné dans la série télévisée *Catastrophe*. Je me souviens de m'être dit qu'elle semblait particulièrement en forme, pleine de vie, la Carrie des bons jours, et qu'elle était très enthousiaste à l'idée de s'être offert une base londonienne, une maison dans Old Church Street, elle débordait de projets londoniens. Puis elle alla se coucher parce qu'elle devait prendre l'avion le lendemain. Et le lendemain elle prit son vol pour nulle part.

Je l'aimais et je crois qu'elle m'aimait. L'histoire de notre amitié, c'est ma réponse à Billy Crystal / "Harry Burns". C'était de l'amitié. Rien de plus. Et c'était amplement suffisant.

PANDÉMIE

Mon expérience personnelle du coronavirus

Le 9 mars 2020, mon éditrice, Robin Desser, est venue chez moi pour me faire part de ses commentaires sur la relecture du manuscrit de ce livre. Le monde, à ce moment-là, était encore "normal" mais mon instinct me disait qu'il ne le resterait pas très longtemps. J'avais réservé un vol pour Londres afin d'aller voir ma famille trois jours plus tard, le 12 mars, pendant les vacances de printemps de la New York University. (Depuis six ans, j'enseigne dans le cadre d'un séminaire de troisième cycle consacré à la *"narrative nonfiction"* à la NYU lors du semestre de printemps.) Après le départ de Robin, j'ai annulé mon vol pour Londres. Je n'avais pas vu mes fils depuis Noël mais ils admirent que c'était une sage décision. Une semaine plus tard, j'ai commencé à avoir de la fièvre et il devint rapidement évident que j'avais contracté le coronavirus. J'avais soixante-douze ans et j'étais asthmatique, ce qui faisait de moi une cible de choix. Le 16 mars est le lendemain des ides de mars mais bon, je ne suis pas Jules César.

Jusqu'à ce jour je n'avais été gravement malade que deux fois. Et naturellement j'ai repensé à ces deux maladies.

La première, c'était en 1949. Je n'avais pas encore deux ans quand j'ai contracté la fièvre typhoïde. Tous les traitements prescrits ont échoué et le médecin de famille a annoncé à mes parents que j'allais probablement mourir bientôt. Mon père, angoissé, a demandé : "Il doit bien y avoir un autre traitement." Le médecin lui a répondu : "Il existe un nouvel antibiotique, la chloromycétine.

On dispose de très peu d'informations sur son efficacité, après tout vous pouvez l'essayer, de toute façon il est condamné." C'était le soir et mon père a pris sa voiture pour parcourir tout Bombay à la recherche d'une pharmacie ouverte. Il est rentré à la maison avec le remède qui m'a guéri très rapidement. Par la suite, la chloromycétine est devenue et restée pendant des décennies le traitement standard contre la typhoïde, du moins dans cette région du monde. Je lui dois la vie.

(C'est ainsi que l'histoire a pris forme dans mes souvenirs. Je suis sûr qu'elle a été dramatisée et enjolivée, le médecin annonçant froidement ma mort imminente, mon père fonçant à travers la ville, la nuit, cherchant frénétiquement une pharmacie ouverte. Le médecin s'est peut-être montré moins brutal, et le remède était peut-être plus facile à se procurer, peut-être juste à côté chez Thomas Kemps & Co., la pharmacie qui a donné son nom à ce qu'on appelle encore le Kemps Corner. Peut-être tout cela est-il arrivé l'après-midi. Mais ce qui est vrai, c'est que j'ai contracté la typhoïde, que la chloromycétine venait d'être découverte en 1949 et qu'elle m'a sauvé la vie.)

La deuxième maladie c'était à Londres en 1984. J'ai contracté je ne sais comment une double pneumonie. Personne n'a jamais réussi à comprendre dans quelles circonstances mais j'ai été hospitalisé deux semaines dans une salle commune réservée aux patients atteints de troubles respiratoires à l'University College Hospital. J'étais entouré de malades bien plus gravement atteints que moi, beaucoup d'entre eux souffraient de cancers. Pratiquement tous les jours, on installait un paravent autour d'un lit voisin parce que quelqu'un venait de mourir. Après quoi, pendant quelque temps, le lit restait vide puis il était de nouveau occupé.

(À l'époque, j'étais un gros fumeur et j'ai toujours pensé que j'ai été guéri de cette habitude grâce à une métaphore. Le médecin qui me suivait m'a demandé si j'aimais le cinéma et quand je lui ai répondu affirmativement il m'a dit : "Considérez le cancer du poumon comme un film. Dites-vous que c'est un long métrage. Et dans ce cas, ce qui vous arrive à présent c'est que vous êtes en train de regarder la bande-annonce. Quand vous êtes pris de vos accès d'un quart d'heure de toux convulsive et que vous recrachez du mucus verdâtre, demandez-vous donc si vous avez envie de voir le film en entier.")

Je me suis remis de la typhoïde sans aucune séquelle durable. Mais mon asthme est le cadeau que m'a fait l'univers pour avoir guéri de la pneumonie et renoncé au tabac. Et voilà que trois décennies et demie plus tard je me retrouvais dans la zone de danger du covid-19 : un "sénior" à la santé fragile.

Pendant les deux semaines suivantes et au-delà, je me suis senti assommé, je toussais et ma fièvre jouait aux montagnes russes grimpant jusqu'à 39,7 °C avant de retomber à la normale et, juste au moment où je pensais aller mieux, remontant en flèche. C'était démoralisant mais j'ai eu de la chance. La maladie n'a jamais atteint mes poumons. Mon excellent généraliste prenait contact avec moi presque tous les jours – j'ai bien conscience d'être privilégié, d'avoir eu un tel médecin et une bonne assurance maladie. Chaque fois il me demandait si j'avais la poitrine oppressée et le souffle court. Et quand je lui répondais que je n'éprouvais aucun de ces symptômes, il me disait que dans ce cas ma vie n'était pas en danger que je devais éviter d'aller à l'hôpital, rester chez moi, garder le lit, prendre du Tylenol et du sirop contre la toux et selon ses propres termes "tenir bon".

Lecteur : j'ai fait ce que j'ai pu. Je ne sais pas jusqu'à quel point j'ai tenu bon. Je n'ai jamais été un patient facile. Un mauvais rhume fait de moi une épave grincheuse et irascible. Par chance j'avais une compagne extrêmement attentionnée pour prendre soin de moi. Elle aussi a contracté la maladie mais a réussi je ne sais comment à s'en débarrasser en quelques jours. Moi il m'en a fallu dix-sept.

Depuis ce temps-là, j'en suis arrivé à comprendre à quel point j'ai eu de la chance. J'ai assisté avec une horreur et un chagrin croissants à l'augmentation du nombre de morts, j'ai vu comment un nombre encore plus important de personnes endeuillées, d'orphelins, de proches des morts se sont battus pour pouvoir accepter de telles fins alors que les mourants, dans leurs derniers instants, ne pouvaient être réconfortés par ceux qu'ils aimaient, et que les vivants se voyaient refuser le douloureux point final d'une cérémonie funéraire. J'ai aussi découvert à quel point ma famille était véritablement effrayée de me savoir malade. Chacun faisait bonne figure quand il me parlait dans ses appels quotidiens en vidéo mais sous leurs airs confiants et rassurants, ils étaient terrorisés. Si je l'avais su, je l'aurais été également.

John Prine est mort. Il avait un an de plus que moi et j'ai toujours aimé sa musique depuis son tout premier disque en 1971, j'ai même eu la chance de le rencontrer une fois lorsque j'étais membre du jury qui lui a accordé une bourse PEN pour l'ensemble de sa carrière d'auteur-compositeur en 2016. Mon ami le légendaire producteur de musique Hal Willner est mort. La mère d'un ami est morte. Le père d'un autre ami est mort. Mais il y a aussi des amis qui sont parvenus à se débarrasser de la chose. Des écrivains et des éditeurs, des photographes et des restaurateurs, je le sais, ont survécu. Ma vieille copine Marianne Faithfull a réussi à vaincre le virus dans un hôpital londonien en dépit de son passé médical mouvementé. Chaque jour apportait de mauvaises nouvelles et parfois quelques bonnes. Les chiffres horribles ne cessaient de grimper et la pression ne cessait de s'accroître sur le système de santé déjà branlant.

Dans son célèbre ouvrage *La Maladie comme métaphore*, Susan Sontag, qui a elle-même survécu à un cancer pour mourir quelques années plus tard des suites d'un autre cancer, nous met en garde contre la tentation de considérer la maladie physique comme l'image de quelque autre maladie sociale.

> Mon propos c'est que la maladie n'est pas une métaphore, et l'attitude la plus honnête qu'on puisse avoir à son égard […] consiste à l'épurer de la métaphore, à résister à la contamination qui l'accompagne[1].

Tandis que la pandémie faisait rage, bien des gens n'ont pas suivi son conseil. Des voix parmi lesquelles un porte-parole de Daech, le catcheur Hulk Hogan, et un pasteur conservateur de Floride du nom de Rick Wiles ont déclaré que le virus était un

1. Susan Sontag, *La Maladie comme métaphore*, traduit de l'anglais (États-Unis) par Marie-France de Paloméra, C. Bourgois, 2005.

châtiment de Dieu. D'autres voix, plus vertes celles-là, ont suggéré que c'était la revanche que la nature prenait sur la race humaine, même si, pour être honnêtes, des voix bien plus fortes nous ont mis en garde contre le fait d'anthropomorphiser "mère" Nature. La vieille idée venue de la science-fiction selon laquelle la race humaine est le virus dont la terre essaie de guérir a connu aussi une certaine faveur dans les médias. Des hommes politiques ont présenté la pandémie comme une guerre. Arundhati Roy l'a qualifiée de "portail, de passerelle entre un monde et le suivant".

Et les ventes du roman d'Albert Camus datant de 1947 ont crevé le plafond.

Rien de tout cela ne m'a intéressé, ni le blabla sur le châtiment divin ou terrestre, ni le rêve d'un avenir meilleur. Bien des gens ont pensé que de cette horreur sortirait quelque bien, qu'en tant qu'espèce nous allions en tirer quelque sage leçon pour émerger du cocon du confinement sous la forme de splendides papillons New Age et créer des sociétés plus chaleureuses, plus apaisées, moins avides, plus soucieuses de l'environnement, moins racistes, moins capitalistes, plus ouvertes. Cela me semblait, cela me semble toujours une sorte d'utopie. Le coronavirus ne m'a pas frappé pour m'annoncer l'arrivée du socialisme. Les structures de pouvoir au niveau mondial et ceux qui en tirent avantage n'allaient pas facilement céder la place à un nouvel idéalisme. Je ne peux m'empêcher de trouver étrange ce besoin que nous avons d'imaginer que du mal émerge le bien. L'Europe à l'époque de la peste noire, et plus tard Londres pendant la Grande Peste n'étaient pas pleines de gens qui s'efforçaient de voir l'aspect positif des choses. Ils étaient bien trop occupés à essayer de ne pas mourir. Comme les personnages d'Eric Idle dans *Spamalot*, la comédie musicale tirée de *Monthy Python, sacré Graal*, la seule chose à fêter était de ne pas être mort.

Je ne suis pas encore mort
Je danse et je chante
Je ne suis pas encore mort
Je peux exécuter la Highland Fling
Je ne suis pas encore mort
Pas la peine d'aller au lit

Pas besoin d'appeler le médecin
Car je ne suis pas encore mort.

Ce n'est pas par hasard que nous sommes l'espèce dominante sur cette planète. Nous avons de grands talents pour survivre. Et nous survivrons. Mais je doute qu'une révolution sociale fasse suite aux leçons tirées de la pandémie. Mais, oui, bien sûr, on peut espérer que les choses s'améliorent et se battre pour y arriver, et peut-être nos enfants verront-ils, *feront-ils*, ce monde meilleur.

Un des aspects tragiques de la crise que nous vivons c'est que nous sommes affligés dans de nombreux pays, à commencer par les trois qui me sont les plus chers dans la vie, de dirigeants qui font preuve d'une mauvaise foi et d'un cynisme étonnants. En Inde, le gouvernement de Narendra Modi a pris prétexte de la pandémie pour jeter l'opprobre sur les musulmans. Au Royaume-Uni, Boris Johnson (bien qu'il ait contracté le virus et en ait guéri) a géré la crise avec une incompétence confondante en commençant par minimiser le danger (comme Trump), en déclenchant une réaction insuffisante et trop tardive (là aussi comme Trump) et en continuant à jouer la carte anti-immigration du Brexit (comme Trump une fois de plus) alors que les médecins qui ont pris de soin de lui à l'hôpital étaient des immigrés et que le Service national de santé britannique dépend dans son ensemble de leurs talents et de leur courage. Et dans l'Amérique de Trump, où il pouvait se produire n'importe quoi, dans ce pays où il n'y avait pas de limite à l'indécence, de sorte que ses partisans et lui pouvaient tomber aussi bas qu'ils voulaient, il y avait toujours pour eux un cran au-dessous – au Trumpistan, le virus (comme tout le reste) devenait un enjeu politique, était minimisé, qualifié de mauvais tour des démocrates, la science était tournée en dérision, la riposte lamentable du gouvernement à la pandémie était obscurcie par un blizzard de mensonges, ceux qui portaient un masque se faisaient insulter par ceux qui portaient une casquette rouge et la montagne des morts ne cessait de grandir sans un mot de condoléances du charlatan imbu de lui-même qui prétendait, au mépris de toute évidence, qu'il rendait sa grandeur à l'Amérique.

Il ne sera pas facile de réparer les dégâts commis par ces gens-là au cours de cette période.

Je ne suis pas sûr de voir la guérison de ces blessures de mon vivant. Cela prendra peut-être une génération ou davantage. Les dégâts de la pandémie en elle-même sur la vie sociale, la peur de nos anciens comportements en société, dans les bars, les restaurants, les salles de danse et les stades mettront longtemps à se calmer (même s'il y a un certain pourcentage de gens qui dès à présent semblent n'éprouver aucune crainte comme on peut le voir sur les plages, dans les parcs et lors de manifestations). On recommencera à s'étreindre et à s'embrasser. Mais existera-t-il encore des cinémas ? Des librairies ? Arriverons-nous à nous sentir à l'aise dans des rames de métro bondées ?

Les dommages de ces années-là sur le plan social, culturel et politique, l'accroissement des fractures déjà profondes au sein de la société dans bien des régions du monde, y compris les États-Unis, le Royaume-Uni et l'Inde prendront encore plus de temps. On pourrait dire sans exagérer que, observant la situation par-delà ces gouffres, nous nous sommes mis à haïr l'autre. Cette haine a été encouragée par les cyniques qui nous gouvernent et son bouillonnement se répand pratiquement chaque jour sous différentes formes. Il est difficile de voir comment ce fossé pourra être comblé, comment l'amour pourra trouver la solution.

J'ai été surpris, au début du confinement du nombre de gens qui m'ont dit : "Évidemment, après la fatwa iranienne contre *Les Versets sataniques*, le confinement n'a plus de secret pour vous, la situation actuelle doit vous être familière." Je n'ai pas voulu argumenter, si les gens n'étaient pas capables de voir qu'une menace de mort lancée contre un individu par un gouvernement étranger pour des raisons religieuses *n'était pas la même chose* qu'une pandémie, de la même façon par exemple qu'une pierre lancée à la tête d'un homme sur la place d'un village n'est pas la même chose qu'une avalanche mortelle de rochers qui dégringole sur ce village et le détruit, alors je ne pouvais probablement rien pour eux.

D'autres m'ont dit : "Ce doit être une occasion formidable pour vous, tout ce que vous avez à faire c'est rester chez vous et écrire un roman." Et là encore je me suis abstenu de discuter parce que ma réponse aurait été par trop sarcastique. "Sur ce point vous avez tellement raison, il y a déjà bien plus de cent dix mille morts rien qu'aux États-Unis, mais, mon Dieu, quelle merveilleuse époque pour écrire des romans." En vérité j'avais du mal à écrire. Je commençais quelque chose et après avoir rédigé une centaine de pages je l'abandonnais comme une tentative stupide. Il m'a fallu des mois pour me lancer, avec hésitation, dans quelque chose d'autre. Beaucoup à qui j'en ai parlé m'ont dit qu'ils avaient eux aussi du mal à travailler. Le grondement du monde réel était assourdissant et ne laissait aucun espace de calme où aurait pu se développer un monde imaginaire.

Aussi bien que vers Camus, de nombreux lecteurs se sont tournés vers le *Journal de l'année de la peste* de Daniel Defoe. Mon séminaire à la NYU est consacré aux travaux des journalistes qui se servent des techniques des romanciers pour raconter des histoires vraies. (*De sang-froid* de Truman Capote, *La Supplication* de Svetlana Alexievitch, *Écrire pour sauver une vie* de John Edgar Wideman, *La Chaleur d'autres soleils* d'Isabel Wilkerson.) Certaines des œuvres les plus intéressantes de ces cinquante dernières années se situent à la frontière indécise entre la réalité et la fiction et les résultats sont parfois stupéfiants (comme dans le tableau que fait Katherine Boo de la vie dans un bidonville de Mumbai dans *Annawadi, vie, mort et espoir dans un bidonville de Mumbai*) et parfois problématiques (comme dans *Le Négus* de Ryszard Kapuściński, un reportage sur la cour éthiopienne de Haïlé Sélassié et sur sa chute, un livre si magnifiquement écrit et qui recrée son monde avec une telle richesse que l'on a envie de négliger l'importante question de la véracité que ce texte pose et à laquelle il n'apporte aucune réponse satisfaisante).

Le livre de Daniel Defoe procède à l'inverse des œuvres ci-dessus. Il se sert des techniques du journalisme et se présente comme un texte journalistique mais c'est en réalité une œuvre d'imagination. Defoe le publie en 1722, de façon anonyme, et en attribue la paternité à "un citoyen resté à Londres durant toute l'épidémie". Il avait soixante-deux ans, ce qui veut dire qu'à l'époque de la Grande Peste en 1665, il devait en avoir cinq. Il se peut qu'il ait entendu quand il était enfant ou adolescent des récits de l'épidémie rapportés par son oncle Henry Foe, mais il s'agit essentiellement d'un roman, pas d'un reportage.

La Peste et le *Journal de l'année de la peste* sont tous deux de bons livres et méritent bien d'être lus mais en ce qui me concerne, je me suis tourné plus d'une fois vers la fable sombre de William Golding, *Sa Majesté des mouches*, trouvant dans le récit que fait Golding de la fragilité de la civilisation et de la facilité avec laquelle ce vernis peut être détruit pour révéler la barbarie sous-jacente une vérité terrible et pertinente. Et puis en mai 2020, j'ai lu un article de Rutger Bregman dans le *Guardian* sur une version de la saga de Golding qui s'est produite dans la vraie vie. En 1965, un groupe d'écoliers australiens s'est retrouvé abandonné sur une île de l'océan Pacifique, au sud du royaume de Tonga. Et contrairement aux jeunes sauvages de Golding, ces naufragés :

> "[...] ont mis en place une petite communauté avec un jardin potager, des troncs d'arbres évidés pour recueillir l'eau de pluie, un gymnase équipé de curieux poids, un terrain de badminton, des poulaillers et un foyer qui brûle en permanence, tout cela fait à la main à l'aide d'une vieille lame de couteau et de beaucoup de détermination." Tandis que les garçons de *Sa Majesté des mouches* en viennent aux coups à propos du feu, ceux de la version qui se déroule dans la vraie vie entretinrent si bien leur foyer qu'il ne s'éteignit jamais pendant plus d'un an.
>
> Les garçons s'étaient mis d'accord pour travailler par équipes de deux, établissant un strict cahier de service pour le jardinage, la cuisine ou pour monter la garde. Il leur arrivait de se disputer mais chaque fois que cela se produisait ils parvenaient à résoudre le problème en ordonnant une pause. Leurs journées commençaient et finissaient par des chants et des prières [...].
>
> [Un des garçons] tomba un jour d'une falaise et se cassa la jambe. Les autres se frayèrent un chemin pour descendre jusqu'à lui et l'aidèrent à remonter jusqu'au sommet. Ils réduisirent la fracture à l'aide de bâtons et de feuilles. "T'en fais pas, fit en plaisantant [un autre gars]. On se chargera de ton boulot pendant que toi tu te prélasseras ici comme le roi Taufa'ahau Tupou en personne."

En d'autres termes, il n'y eut pas de descente dans la sauvagerie. Ils se sont conduits comme de jeunes gens civilisés, ont collaboré, ont pris soin les uns des autres et grâce à cela ont survécu. Ils furent secourus au bout d'un an et demi et découverts en assez bonne forme. La jambe cassée était parfaitement guérie.

Le roman de Golding et le fait divers australien en sont venus à représenter à mes yeux les vérités essentielles sur la manière dont les êtres humains réagissent face à une situation critique. La crise jette une lumière très crue sur le comportement humain, elle ne laisse aucune ombre dans laquelle on pourrait se dissimuler et révèle, en même temps, le pire dont nous sommes capables et le meilleur côté de notre nature. Nous avons largement assisté à ce que l'humanité peut donner de meilleur dans le travail des combattants de première ligne, médecins, infirmiers, personnel hospitalier et dans les efforts dépensés vingt-quatre heures sur vingt-quatre à travers le monde entier pour découvrir le vaccin. Et nous avons aussi vu le pire, dans la dégradation de pans entiers de la société en foules sectaires et ignorantes. Il se trouve que le chef-d'œuvre de Golding se trompe sur la nature humaine mais aussi qu'il dit la vérité exactement en même temps.

Depuis quarante ans que je suis père, il ne s'est jamais passé plus de six mois sans que je voie mes enfants. Zoom désormais n'a plus de secrets pour moi et c'est bien pratique mais insuffisant. Maintenant que je suis guéri, ce qui m'est le plus pénible c'est d'être physiquement éloigné d'eux.

Demandez-vous si vous avez envie de voir le film.

J'ai occupé mes soirées vides à revoir les grands films que j'avais découverts dans ma jeunesse, ceux qui m'ont rendu amoureux du cinéma comme forme artistique. Si mon prochain roman est influencé par la Nouvelle Vague française, comme je pense que ce sera le cas, c'est le confinement qui en est responsable parce que j'ai regardé *Bande à part* et *Vivre sa vie* de Jean-Luc Godard, deux films dans lesquels joue la lumineuse Anna Karina et j'ai été enthousiasmé une nouvelle fois par les techniques de la Nouvelle Vague, les longs plans-séquences, les ruptures de cadrage, les raccourcis au montage et les procédés de distanciation tels les intertitres qui décrivent l'action avant qu'elle ne soit montrée. Eric Rohmer a tourné six "Contes moraux" qui ont tous essentiellement la même intrigue, un personnage a une relation avec un autre personnage, est attiré par un troisième personnage mais pour finir revient à la vie qu'il ou elle menait auparavant et j'ai regardé ses deux meilleurs films, *Le Genou de Claire* et *Ma nuit chez Maud*.

Je me suis aventuré au-delà de la France pour explorer cet âge d'or du cinéma mondial. J'ai étudié la structure narrative flottante, sensuelle et indolente de *L'avventura* de Michelangelo Antonioni, le film qui a fait de Monica Vitti une star, j'ai regardé attentive ment le film de samouraï d'Akira Kurosawa, *Yojimbo*, *8 ½* de Fellini et *Xala* de Sembène Ousmane, une comédie sénégalaise sur l'impuissance.

Il y eut aussi des soirées de divertissement consacrées aux films en anglais, le délicieux *Une femme disparaît* d'Hitchcock, les films de la grande période de Marilyn (*Certains l'aiment chaud*, *Les hommes préfèrent les blondes*, les distractions comiques de *High Society*, *Drôle de frimousse* et *L'Impossible Monsieur Bébé*). C'est ce festival de cinéma privé qui a fait rejaillir ma veine narrative. Quand j'étais jeune, les films m'inspiraient au moins autant que les livres. Il est assez merveilleux qu'à ce stade plus avancé de ma vie ils recommencent à le faire.

Après avoir recouvré force et santé, j'arpentais les rues, masqué comme il se doit et ganté pour renouer ma relation avec cette ville, New York, que j'ai toujours aimée depuis la première fois que j'y suis venu au début des années 1970. Je me suis tenu absolument seul dans le hall de Grand Central Station, ce qui était bizarre. J'ai vu ce cœur qu'on avait dessiné à la tondeuse dans le gazon de Bryant Park en hommage aux travailleurs en première ligne, la Cinquième Avenue déserte et un homme aux cheveux blancs assis sur un banc de Madison Square Park, jouant tranquillement de la guitare. J'ai vu Times Square complètement vide et j'ai rendu hommage au deli qui était autrefois le légendaire Max's Kansas City. Le restaurant à présent était fermé et Max's avait fermé bien longtemps auparavant. Rouvrirait-il ? Impossible de le savoir. Peut-être le passé renaîtrait-il comme par magie et les fantômes de Lou Reed et du Velvet Underground reviendraient-ils se produire à l'étage chez Max tandis que Bowie et Warhol seraient installés dans l'arrière-salle et que Debbie Harry assurerait le service.

Puis la ville changea une fois de plus avec l'arrivée d'une deuxième crise et, du moins pendant un certain temps, ce fut comme si la pandémie avait cessé d'exister.

Une autre sorte de révolution sociale a commencé à la suite du meurtre de George Floyd par des policiers de Minneapolis menés par Derek Chauvin le 25 mars 2020 et il se peut que ce crime, plus que la pandémie, s'avère le point de bascule. Les rues étaient soudain pleines de gens entassés les uns sur les autres comme si la pandémie n'avait été qu'un cauchemar. Alors que l'énorme vague de protestations provoquée par la mort de George Floyd se répandait nuit après nuit d'une ville à l'autre, j'ai repensé à Peter Finch dans un film de 1976, *Main basse sur la télévision*, criant : "Je suis complètement fou et je ne vais pas supporter ça davantage." Et je me suis souvenu de Toni Morrison disant : "Les Blancs ont un problème très très sérieux et ils devraient bien commencer à se demander comment ils peuvent le régler" et "Si vous ne pouvez être grand que parce que quelqu'un d'autre est à genoux, alors vous avez un grave problème". Et dans les yeux et sur le visage des manifestants, certains masqués d'autres pas, j'ai vu une détermination qui disait "Cette fois, c'est différent".

Le temps dira si les manifestants ont provoqué un regain de la pandémie. Le temps dira si l'Amérique peut vraiment être différente et si le meurtre gratuit de femmes et d'hommes noirs par des policiers et d'autres suprémacistes blancs armés peut disparaître. Au moment où vous lirez ces lignes nous saurons s'il y a un nouveau président aux États-Unis et si l'aube se lève sur un jour meilleur. J'espère de tout cœur qu'il en sera ainsi. Sinon nous aurons bien besoin d'être secourus par le Dieu en qui je ne crois pas.

Le mercredi 3 juin 2020, je me suis rendu au cabinet de mon médecin traitant pour une prise de sang en vue d'un test antigénique. Le 5 juin j'ai obtenu le résultat, des anticorps avaient été détectés. Quand on me l'annonça j'éprouvai une bouffée d'enthousiasme. Je pouvais marcher dans la rue, entrer dans des magasins ou dans des pièces avec moins d'appréhension. L'idée de prendre l'avion devenait moins inquiétante. La vie après le virus était peut-être en train de reprendre ses droits.

Les autorités médicales américaines n'ont pas l'air d'avoir envie de dire de manière claire si les anticorps confèrent l'immunité. Les Allemands en revanche sont sûrs à 99 % que l'immunité existe pour au moins un an et que la présence des anticorps signifie que vous ne pouvez être porteur de la maladie ni contaminer les autres. En ce moment je fais confiance aux Européens plus qu'aux Américains, ne serait-ce que parce qu'en Europe, la vision médicale des choses ne semble pas entachée de considérations politiques.

Je pense être immunisé. Je l'ai dit à quelques amis et plus d'un m'a répondu : "Te voilà un vrai Superman." Je ne me sens pas tellement super. Et je sais que pour tout Superman il existe aussi un morceau de cette roche verte, la kryptonite.

Nous verrons bien.

LE QUESTIONNAIRE DE PROUST : *VANITY FAIR*

Quand et où avez-vous été le plus heureux ?
Ici et maintenant.
À quelle occasion vous est-il arrivé de mentir ?
À présent.
Quel est votre état d'esprit actuel ?
Chantant.
Quel talent aimeriez-vous le plus avoir ?
Le chant.
Quel est selon vous votre plus grand exploit ?
D'avoir continué.
Quelle vertu trouvez-vous la plus surestimée ?
La foi.
Quel est le trait que vous déplorez le plus chez vous ?
La volubilité.
Quel est le trait que vous déplorez le plus chez les autres ?
Le silence.
Quelle est votre plus grande extravagance ?
Elle est d'ordre linguistique.
Quelle est votre caractéristique la plus frappante ?
Des paupières tombantes.
Quel est votre bien le plus précieux ?
Une santé raisonnablement bonne.
Quel est pour vous le comble de la détresse ?
Toutes les maladies même les moins graves.
Quelle est votre qualité préférée chez un homme ?
L'ardeur.

Quelle est votre qualité préférée chez une femme ?

L'humour.

Quels sont vos écrivains favoris ?

Mes amis.

Quel est votre héros de fiction préféré ?

Leopold Bloom, Gregor Samsa, Bartleby le scribe.

Qui sont vos héros dans la vie réelle ?

Les joueurs de tennis, les joueurs de baseball, les guitaristes.

Où aimeriez-vous vivre ?

Sur l'étagère d'une bibliothèque. À jamais.

Si vous deviez mourir et revenir sous la forme d'une personne ou d'un objet, qu'est-ce que ce serait ?

La rue d'une ville.

Si vous pouviez vous réincarner que choisiriez-vous ?

Une ville.

Comment aimeriez-vous mourir ?

Je préférerais ne pas.

À PROPOS DE CES TEXTES

“Contes fantastiques”, “Protée”, “Héraclite”, “Autobiographie et roman”, “Adaptation”, “L’instinct de liberté” et “L’artiste composite” ont tous été adaptés de cours donnés à l’université Emory. “Gabo et moi” est une nouvelle version d’un cours donné au Ransom Center de l’université du Texas à Austin. “Hans Christian Andersen” est un discours prononcé à Odense au Danemark à l’occasion de la remise du prix de littérature Hans Christian Andersen.

“Les débuts d’un autre écrivain” est une version quelque peu étoffée de la conférence inaugurale Eudora Welty à la National Cathedral à Washington, “Philip Roth” fut prononcé dans le cadre d’une série de conférences consacrées à Philip Roth. “Kurt Vonnegut et *Abattoir 5*” était une conférence donnée à la bibliothèque Vonnegut à Indianapolis.

“Les romans de Samuel Beckett” est paru pour la première fois en préface à ce volume de ses œuvres complètes. “Cervantès et Shakespeare” est une version révisée de la préface à un recueil de nouvelles inspirées par ces deux auteurs. “Harold Pinter” réunit deux articles pour n’en former qu’un seul. “Préface aux entretiens de la *Paris Review*, vol. IV” était la préface du livre du même titre. “Notes sur la paresse” est paru dans la revue *Granta*. “*King of the World* de David Remnick” est la préface du livre du même titre. “Eh bien soit, je me contredis” est paru dans le *Times* (Royaume-Uni).

“Vérité” est paru pour la première fois dans *Svenska Dagbladet*. “Courage” et “La plume et l’épée” sont parus dans le *New York Times*. “Christopher Hitchens” est paru dans *Vanity Fair*. “La conférence Arthur Miller” a été publiée dans le *New Yorker* sous le titre “On

Censorship" ("De la censure"), "Oussama Ben Laden" a été publié dans le *Daily Beast*, "Ai Weiwei et quelques autres" est paru dans le *New York Times*, "Le dieu à moitié femme" a été publié la première fois dans *AIDS Sutra*, une anthologie traitant de la crise du sida en Inde.

"Taryn Simon, un index américain du caché et du méconnu" et "Être Francisco Clemente, *Autoportraits*" ont été écrits pour servir de préfaces aux catalogues des deux expositions éponymes. "Bhupen Khakhar" est paru dans le *Daily Telegraph*. "Amrita Sher-Gil : correspondance" a servi de préface au livre du même titre. "Sebastião Salgado" est la préface d'un volume du travail de ce photographe. "Kara Walker" est un hommage à l'occasion d'un prix qu'elle a obtenu au Hammer Museum de Los Angeles. "Le Noël d'un incroyant" et "Carrie Fisher" sont parus dans l'édition britannique de *Vogue*. "Le questionnaire de Proust : *Vanity Fair*" est paru dans *Vanity Fair*.

"La naissance du Festival PEN Voix du monde", "Le festival PEN Voix du monde, soirée d'ouverture, 2014", "Le festival PEN Voix du monde, soirée d'ouverture, 2017", "Discours prononcé lors de la cérémonie de remise des diplômes à l'université NSA, en Floride, en 2006", "Discours prononcé lors de la cérémonie de remise des diplômes à l'université Emory en 2015" et "Pandémie" paraissent ici pour la première fois.

Tous les textes de ce livre ont été soigneusement revus. Aucun ne paraît sous sa forme originale.

*

"Vérité" est paru en français sous le titre "La littérature et les *fake news*" dans *Charlie Hebdo*, 23 mai 2018.

"Courage" est paru dans la revue *America*, n° 2, 2017.

"Taryn Simon, un index américain du caché et du méconnu" est paru dans le catalogue de l'exposition Taryn Simon au Jeu de Paume à Paris en 2015.

OUVRAGE RÉALISÉ
PAR L'ATELIER GRAPHIQUE ACTES SUD
REPRODUIT ET ACHEVÉ D'IMPRIMER
EN DÉCEMBRE 2022
PAR NORMANDIE ROTO IMPRESSION S.A.S.
À LONRAI
POUR LE COMPTE DES ÉDITIONS
ACTES SUD
LE MÉJAN
PLACE NINA-BERBEROVA
13200 ARLES

DÉPÔT LÉGAL
1re ÉDITION : NOVEMBRE 2022
N° impr. : 2206233

(Imprimé en France)